中國新詩的傳統與現代

李怡　著

本書系重慶市教育委員會重大社科專案（中國現代新詩閱讀學研究）
及四川大學文化遺產與文化互動創新基地專案

大陸學者叢書 CG0011

總　序

　　1992 年，兩岸開放探親後的第五年，我在埋首撰寫論文〈大陸的台灣文學研究概況〉過程中，驚覺對岸對於台灣文學研究的投入成果，並在種種因緣之下，開始關注對岸文學，一頭栽進大陸文學的研究與教學。

　　多年來，心中一直記掛著應該把台灣的大陸文學研究情況也整理出來。因為台灣和大陸是現代華文文學研究的兩大陣地，除了兩岸學界的本土文學研究之外，還須對照兩岸學界的彼岸文學研究，才能較完整地勾勒現代華文文學研究的樣貌。去年，我終於把這個想法，部分地呈現在〈台灣的「大陸當代文學研究」觀察〉一文中。但是，這個念頭的萌發到落實，竟已倏忽十年，而在這期間，仍有許多想做和該做的事，尚未完成，不禁令人感慨韶光的飛逝和個人力量的局限。

　　回顧過去半世紀以來的現代華文文學研究，兩岸都因政治環境和社會文化的變遷，日益開放多元；近年更因大量研究者的投入，產生豐盛的研究成果，帶起兩岸文學界更加密切的交流。兩岸的研究者，雖在不同的歷史背景下成長，但透過溝通理解、互動砥礪，時時激盪出許多令人讚嘆的火花。

　　「大陸學者叢書」的構想，便是在這樣的感慨和讚嘆中形成的。從文學研究的角度來看，成果的交流和智慧的傳遞，是兩岸文學界最有意義的雙贏；於是我想，應從立足台

灣開始，將對岸學者的文學研究引介來台，這是現階段能夠
做也應該做的努力。但是理想與現實之間，常存在著難以克
服的主客觀因素，台灣出版界的不景氣，更提高了出版學術
著作的困難度。

　　感謝秀威資訊公司的總經理宋政坤先生，他以顛覆傳統
的數位印製模式，導入數位出版作業系統，作為這套叢書背
後的堅實後盾，支持我的想法和做法，使「大陸學者叢書」
能以學術價值作為出版考量，不受庫存壓力的影響，讓台灣
讀者有更多機會接觸到彼岸的優質學術論著。在兩岸的學術
交流上，還有很多的事要做，也還有很長的路要走，我相信，
這套叢書的出版，會是一個美好開端。

宋如珊

2004 年 9 月　於士林芝山岩

序[*]

當上帝把我定格在現代文學研究領域的時候，我已經過了愛讀詩、愛寫詩的年齡，粗糙的人生已經磨鈍了我的敏銳的詩感，所以現代詩歌研究領域我一直不敢問津，現代詩論著作也讀得很少。但就我有限的經驗，我敢說，李怡這部《中國新詩的傳統與現代》是我迄今為止讀到的一部極好的現代詩論著作。雖然已經耽誤了李怡該書出版的時間，但我還是一口氣讀完了李怡寄來的全部文稿，幾乎它的每一個章節都使我感到震動，感到一種求知的喜悅。可以毫不誇張地說，他的全書從開頭到結尾，到處都有閃光的論述。這是我所始料不及的。

詩歌研究有個困難，即詩歌欣賞要求詩論家要像詩人一樣敏感，一樣易於被一個具體的對象所感動，一樣富有想像力，但這樣的詩論家則往往讓人感到有些小家子氣，有些鑽牛角尖，這當然首先是由我們這些感覺較遲鈍的讀者造成的，他們感受到的我們感受不到，他們想像得出的我們想像不出，所以我們感到他們對著芝麻粒大的一首小詩，對著其中的一個意象、一個詞語說了那麼多的話，就把這微末的東西當成整個大世界，有些小，不大氣，有些怪，難以讓人理

---

* 本書初版名《中國現代新詩與古典詩歌傳統》，出版於 1994 年 4 月，這是王富仁先生為初版所寫的序言。

解。但與此同時，詩論家也不能不負著一點責任，因為詩論總是給不那麼懂詩的人看的，你得讓他感到意義，感到真確的內容。假若你在任何一個微末的細節上都有超常的感動，見月傷心，見花流淚，在任何一個平淡無奇的詩句中也能引申出全部人類的全部感情，讀者也就難以跟得上你的思路了。在這時，他感到你詩論家太小家子氣，太有些羅曼蒂克也就不是毫無道理的了。詩論還是論，它總得有點理論深度，有個居高臨下的氣勢，有個囊括一切而又能分辨其不同等級、不同個性的框架。我認為，迄今為止，中國新詩研究的這個框架還是沒有建立起來。論郭沫若便用郭沫若的標準，論馮至便用馮至的標準，其結果還是無法把他們放在一個統一的現代新詩的框架中，越研究越零碎，越說越雜亂，不是抓住一個丟掉一切，就是對每個人都說一大堆好話，這樣便失去了研究的價值了。李怡這部書的最大貢獻就是給中國新詩的研究建立了一個宏大的現代詩學的框架，雖然它不是一個唯一合理的框架，但卻是一個有自身合理性的框架。這個框架不是任意加諸對象的，而是反映著中國新詩發展特點的一個框架。中國新詩發展的一個顯著的特點就是它是在中國古典詩歌傳統、西方詩歌傳統、現代詩人的個性追求這三種不同力量的綜合運動中進行的。李怡一旦把全部中國新詩納入到這個歷史的框架，就使他的研究有了宏闊的氣勢，有了博大的胸懷，不再使人感到那麼小家子氣。但這宏觀的氣度並沒有使他失去對詩歌的敏銳感受，反而使他對現代詩的感受更細緻、更具體了。我認為，每個讀完全書而又不懷有偏見的人，都會與我有相同的感受。

　　任何一個詩人的創造都離不開自己的傳統，但在我們過去的理解中，傳統似乎僅指中國古典詩歌的傳統，實際上，傳統是一個渾融的整體，是詩人所賴以創造的全部基礎。對於中國現代詩人，中國古代的詩歌和西方的詩歌都是他賴以起步的詩歌傳統，只是它們在各個不同的歷史時期所起的作用有所不同，詩人自身對它們的意識有所不同。在新詩初建的時候，新詩作者在西方詩歌的傳統中看到發展中國新詩的契機，所以他們提倡向西方詩歌學習，介紹西方詩人的創作和理論，努力把西方詩歌的經驗和理論運用於自己的詩歌創作，但他們這樣做的時候，並不能完全擺脫中國古代詩歌的傳統，更不能完全擺脫傳統思想和中國語言特點的束縛，西方的傳統到了中國的詩歌中，發生了變異，有了不同的特質，當向西方詩歌學習成了一種定勢，人們就感到自己仍然無法離開中國古代詩歌的傳統，並且中國古代詩歌的成就仍然對於發展新詩有著不可忽視的重要作用。在這時，詩人們就會重點轉向中國古代詩歌傳統，用中國古代詩歌的創作和理論改造中國的新詩，但在這時，中國新詩的作者卻已經接受了西方詩歌的影響，他們已經無法完全洗淨也不想洗淨這些影響了，不但古代的文化傳統已經不可能原封不動地搬進現代，就是古典詩歌的文言基礎也與現代白話語言有了根本的不同。古典詩歌的部分美學特徵已經隨文言格律詩形式的改變而不可挽救地喪失了。我認為，這兩種傳統在現代詩人意識中正像紅綠燈一樣一個亮起來，一個暗下去，暗下去的又亮起來，亮起來的又暗下去，輪番發揮著自己的作用，導致了中國新詩的不斷演變和發展。但在這一亮一暗當中，又

構成了東西方詩歌的各個不同的對應點,因為亮也不是整個傳統的亮,暗也不是整個傳統的暗,當西方浪漫主義詩歌傳統,當惠特曼、華茲華斯、泰戈爾這些外國詩人的創作在郭沫若的意識中亮了起來的時候,中國古代的詩歌傳統就從整體上暗了下來,但屈原、陶淵明、李白、王維的古典詩歌傳統卻在整體暗下去的背景上顯得愈加突出,這就構成了東西詩歌傳統的對應點,郭沫若的詩歌就在這兩個對應點間移動,有時更近於西方詩歌傳統,有時又更近於中國古代詩歌傳統。而在選擇這對應點時,又隨著詩人自身的個性和當時中外詩歌發展的不同情勢有所變動。我認為,李怡該論著對中國現代新詩這一發展脈絡的縷述格外精細,常常發人所未發,見人所未見,很多有才華的論述都建立在這樣一個脈絡的縷述過程中。他的詩人論頗見功底,這當然與他的詩歌審美感受力之強有著直接關係,但若不在這樣一個發展脈絡中感受具體的詩人創作,恐怕也是不可能達到現有的成就的。

　　中國新詩在東西兩種詩歌傳統的基礎上起步,但最終起關鍵作用的還是中國現代詩人的精神發展狀況。詩歌是最純粹的語言藝術,所以說它最純粹,並不因為以前詩論家所說的詩人可以不食人間煙火,詩人可以完全脫離社會人生、現實政治和物質實利關係,那只不過是一些詩人和詩論家的錯覺,是自己無力正視現實社會和人生痛苦的一種遁詞。詩歌之所以是純粹的,只是因為它應當或儘量多地擺脫掉除語言之外的中間環節而直接呈現詩人自己的精神感受,小說、戲劇、散文都要多多少少地借助情節和人物,都要借助非語言自身的力量,而詩歌則是更純粹的語言的藝術,在語言的意

蘊與形式的張力關係中實現精神感受的傳達。正是由於詩歌
的這一特點，詩人自身精神的特點便起著更直接的巨大作
用。詩人的精神較之小說家、散文家、戲劇家更是精赤裸裸
的，儘管他的語言更朦朧、更模糊，但他對世界、對人類、
對周圍世界的各種具體事物的感受在詩中則是更加無所遮
攔的，否則，他就不能創作出好的詩歌。小說家、戲劇家、
散文家可以用別人的語言說話，可以把自己埋藏在別人的語
言裏，但詩人只能自己說話，用自己的語言說話，除了他的
語言什麼都不能成為他內在感受的遮蔽物。正是在這樣一個
意義上，李怡著重揭示了中國現代詩歌與中國古代詩歌在審
美特徵上的千絲萬縷的聯繫。讀完他的這部著作，你不能不
相信他的論斷，不能不認為整個中國現代詩歌與其說更接近
西方詩歌，不如說更接近中國古代詩歌，雖然在表面特徵上
恰恰相反，它在表面特徵上更接近西方詩歌，而與中國古代
格律詩截然不同。

　　在很多人的觀念中，認為直觀、直感是不受社會文化的
制約的，是人類中人人相同、沒有任何本質差別的東西。大
概正是在這樣的認識基礎上，像梁實秋這類的文藝理論家建
立了自己的人性論，並在人性論的基礎上把東西方文化和東
西方文學溝通起來，認為找到了評價東西方文學和文化的統
一的標準。實際上，越是直觀和直感，越是反映著不同文化
乃至不同個體之間的巨大差別。直至現在，我們黃種人還很
難在直觀和直覺中覺得出一個黑人美女的美，我們的眼睛更
易接受楊貴妃、林黛玉式的美女形象。直觀和直感是長期的
審美經驗積累起來的，是在完全自然的情況下的文化觀念的

呈現，倒是理性更能幫助我們進入到別人的和別種文化的直觀、直感體驗中去。對於自己的直觀和直感，是不須理解，不用思考的，它在剎那間呈現，在一瞬間實現，是整體的，不必重新組裝，一眼就能感受到對象的整體特徵。在東西方文化數千年的獨立發展中，彼此因對世界和人類自身的理解不同，從而形成了絕不相同的感受方式，它不但凝結在人們的心靈中，而且凝結在各自的語言中。在西方，世界萬物都是具有超驗特徵的上帝所創造的，因而世界萬物都體現著超驗的上帝的創造意志，體現著它的精神，但這種精神、這種創造意志又不是直接呈現的，它包含在世界萬物的物質性的外殼中。物質性的外殼不但自身不具有精神性的特徵，而且它把那種超驗的精神禁錮在自己的物質外殼中，以物質的外殼掩蓋著它的超驗的精神。這樣，世界萬物便都同時具有兩個層次的意義：物質性的和精神性的。物質性的外殼是人間的、世俗的、實利的，具有現世的實利性的價值，但它卻不是精神性的價值，精神性的價值是超驗的、非人間的、非實利的，具有非現實實利的精神意義。物質的和精神的共存於同一事物之中，但二者不是統一的，各自有不同的內涵，物質的外殼僅具有相對性，精神性的價值才是絕對的，但這絕對又永遠只以相對的形式體現著，只有上帝這個非人間的、彼岸的創世主才以絕對性呈現其絕對性，但它卻因不具有相對性的形式而無法用我們的直觀和直感而感知，它只存在在我們的精神性的感受中。直觀和直感只能感知具有相對性的物質的形式，內在精神才能感知具有絕對意義的內在精神。人也是上帝的一種創造物，它也具有上帝的精神素質，但上

帝的創造意志同樣不是直接呈現出來的，而是在有限的、粗
俗的、人間的肉體中禁錮著，所有屬於人的欲望、智慧、道
德觀念都是人的現世特徵，都是與上帝的創造意志不同而又
禁錮著超驗的精神的東西。人無法僅從對自身的理智認識中
把握自己內在的精神，只有在心靈的精神感受中才能與它接
近。人永遠是不純粹的，人生而有罪，人的精神永遠禁錮在
自己的肉體的、物質性欲望中的有限形式中。人要找到自我
的內在精神，就必須超越自己的物質存在的形式，而只在心
靈中呈現出它的存在。中國人的文化觀念中不存在完全超驗
的精神，我們不認為世界的萬物除了物質的特徵外還有不屬
於物質的另一種精神性的東西。我們面前的世界是單層面
的，物質和精神不相分離，精神是物質的精神，物質是體現
著特定精神的物質，你肯定了它的物質也就同時肯定了它的
精神，你肯定了它的精神也就意味著肯定了它的物質，美的
就是美的，醜的就是醜的，牡丹花是美的，它的物質和精神
就都是美的，它自身不具有任何禁錮美、限制美的粗糙物質
性外殼，因而人直觀中的牡丹花本身就是美的；烏鴉是醜
的，它的醜既是物質性的也是精神性的，它自身不具有任何
被禁錮著的美，人在直觀中便能感受它的醜。人自身也是這
樣。西方人從物質和精神的二元對立中不認為在此岸世界的
人會是至善至美的人，而中國的文化則告訴我們，人在現世
就可以成為聖人或真人，你不能做到這一點是因為自己努力
不夠，因為自己沒有嚴格約束自己，因而你的任何不屬於真
善美的東西都應由自己負責，都是應當感到羞恥的事情。必
須看到，中外這種不同的文化觀念也凝結在彼此的語言中。

在西方的那種文化觀念中，任何一個語言概念都不是絕對真的、善的、美的，也不絕對是假的、惡的、醜的，它們都有物質的、現世的、粗俗的、實利的、形式的特徵，也有精神的、超驗的、非人間性的特徵，而在中國的語言中，即使多義詞也都處於一個平面上，而沒有外與內的差別，通過現象我們就能發現它的本質，現象與本質是同一的。這一切，都使中國古代詩歌與西方詩歌的審美特徵有著本質的不同。這種不同甚至表現在關於詩人和詩歌的根本觀念上。在中國，詩人就是能夠駕馭詩歌這種語言形式的人，詩歌就是一種表情達意的語言形式。你也熱愛祖國，我也熱愛祖國，但你不會寫詩，無法借助詩歌這種語言形式表達自己對祖國的熱愛之情，我會作詩，也就可以用詩表達出來。在西方，詩人的觀念與我們不同，詩人是與普通人有所不同的人，詩人有一種與平常人不同的能力，他能通過世界的物質性外殼感受到它的內在的精神，在相當長的歷史階段，詩歌被認為是上帝的聲音，是詩人在上帝的啟示下創作出來的。詩歌不但是超越於平常人的，同時也是超越於詩人自己的，它只是在一剎那間、在內在心靈中上帝的（或絕對精神的）自身呈現。所以，詩歌是詩人的精神追求，是自我精神的昇華，而不是詩人思想情感的現實性平面展示。詩歌不是平凡的，詩人不是平庸的，詩歌是人類的精神追求，詩人是不斷超越於自我和現實而進入另一個更完美的精神世界的人。當然，他們進入這個世界的方式各不相同。但在中國，詩歌就是詩人的現實思想感情的表現，詩歌完全代表著詩人自身的道德品貌。他不是世界的猜謎人，而是世界的描述者；不是精神領域的探

險家，而是停留在某種精神高度的有修養的人。我認為，如果我們在東西文化這種根本不同特徵上理解李怡該書對中西詩歌審美特徵的比較，便可發現它們是相當深刻，相當精確的。為了篇幅的關係，我就不一一引述他對中西詩歌不同審美特徵的具體論述了。

　　假若本書還稍有欠缺，除了任何一部學術著作都可挑剔的小的不足外，我認為作者對古典格律詩與現代白話詩的不同審美特徵分析得還不夠深入具體，它遠遠不如中西詩歌不同特徵的歸納和梳理。我之所以提出這一點，是因為只有把這一方面也做得十分充分，才會使讀者感到，不但中國現代詩人根本不可能走出自己的文化而完全進入西方的文化，而且也不再有可能走出現代而完全走回古代。在詩歌創作和在文化上一樣，全盤西化是不可能的，全盤復古也只是一種幻想。我們被推到了現代中國，不論怎樣，都只能是一個現代的中國人，彼此的差別也只能是現代中國可能有的差別。洋與古都只是我們的文化參照物，而不是我們選擇的本身。聞一多的新格律詩的主張不是為了替古人寫詩，馮至的十四行詩也不是代洋人作詩，他們都是為了作好中國現代人的現代詩。

王富仁

1994 年 4 月 10 日於北京師範大學中文系

臺灣新版前記

　　這是一個充滿矛盾的與糾纏不清的現實：

　　一方面，中國現代新詩在思想、語言及審美形態上都與中國古典詩歌有了很大的差異，在過去，我們習慣於將這樣的差異視作現代中國詩人反叛古典傳統的結果。於是，百年來中國現代新詩的歷史被闡述成一段不斷反叛自己傳統的歷史。

　　另外一方面，在歷史旋轉的每一個瞬間，如果不懷有任何偏見的話，我們也能夠感受到：所謂的「傳統」又不是可以被我們任意否定和背叛的東西，「傳統」其實就是根植在我們骨髓、流淌在我們血液中的元素，它不是情緒化的反叛所能夠真正清除的。

　　中國新詩，從「西化」的胡適之於「宋詩運動」的密切聯繫開始，中間經過了新月派、象徵派、現代派之於晚唐五代諸傳統的吸收，直到最「現代化」的中國新詩派，我們可以清理出一條相當清晰的中國古典精神的印記。發掘這樣的古今聯繫，當為我們理解新詩與新文學的現代處境提供新的思路。

　　1994 年，就是出於這樣的目的，我寫作出版了《中國現代新詩與古典詩歌傳統》，算是對中國現代新詩發生發展過程中的古今文化聯繫作了一比較系統的梳理。著作問

世之後，正遇上了 1990 年代初的「文化保守主義」浪潮：中國新詩與中國新文學的「反傳統」形象，遭遇到了空前的質疑，「五四」文學家們的思維方式被貶之為「非此即彼」荒謬邏輯，而他們反叛古典「傳統」、模仿西方詩歌的選擇更被宣判為「臣服於西方文化霸權」，是導致中國新詩的種種缺陷的根本原因。我個人認為，拙作的內容正好可以構成對這一浪潮的回應與對話。不過，在著作後來的傳播過程中，我卻意外地發現，在一些讀者的理解當中，拙作同樣成為了某種古典傳統永恒魅力的證明。這便提醒我不得不重新重視「現代」與「傳統」關係的另外一面的事實，即漫長的「傳統」流變過程中「現代」本身的價值或意義。或者也可以說是「傳統」自身的存在與發展方式問題，「舊傳統」的存在與「新傳統」的生長問題。我以為，「文化保守主義」本身固然有它的價值，然而，一旦與國家主義與政治意識形態相結合，「文化保守主義」同樣會構成他們所批判的那種文化霸權，在這個時候，我們的任何言行都可能被旋入這一話語的圈套。於是，我一直想對著作進行適當的增補，有意識突出「現代」與「傳統」關係的另外一面，我認為，只有同時描述了中國現代新詩與古典詩歌的矛盾糾纏的種種情形，才是對這一命題的比較豐富的展開。

　　今天，借助在臺灣出版拙作新版的機會，我終於可以對書稿進行適當的補充了。在關於詩人梁宗岱與穆旦的闡述中，我們當更能夠見出「傳統」的繁複與流動。

　　關於「新傳統」的話題本來還有很多，限於篇幅的關係，也只增補了部分章節，有興趣的讀者可以參看我的其他相關論述。

多少朝代在他的身邊升起又降落了

而把希望和失望壓在他身上，

而他永遠無言地跟在犁後旋轉，

翻起同樣的泥土溶解過他祖先的，

是同樣的受難的形象凝固在路旁。

　　　　　　　　——穆旦《讚美》

目 次

導論

中國現代新詩與古典詩歌傳統

● 中國新詩：創作和闡釋的艱難

　　即便是到了世紀末的今天，大概也沒有人會從歷史事實上否認中國現代新詩之於整個中國現代文學的「首開風氣」之功，也沒有人會否認在響應 20 世紀世界藝術種種潮流之時，中國現代詩人所一再呈現出的果敢、敏捷和熱情。不管人們持怎樣的評價，這個事實顯然也能獲得普遍性的認可：中國現代詩人在思想和藝術方面的探索是十分廣泛的，從思想到藝術，從自我表現到大眾化，從西方到東方，從散文化到純詩化，從浪漫主義、現代主義到現實主義，可以說，在現代藝術這塊土地的每一個角落，都留下了中國詩人耕耘的足跡。

　　與之同時，新詩從它誕生的那一天起，就不得不踏上一條崎嶇坎坷的道路，所有的耕耘似乎都不足以使它能夠在世界詩壇上昂首天外，從整體上看，似乎也不足以與它試圖超越的中國古典詩歌相媲美。連續不斷的責難貫穿了現代詩史，時時昭示著新詩創作的尷尬處境。胡適 1919 年評價他的同代人（初期白話詩人）說：「我所知道的『新詩人』，除了會稽周氏弟兄之外，大都是從舊式詩，詞，曲裏脫胎出

來的。」[1]胡適的感慨還餘響未絕，穆木天、王獨清等人就在 1926 年把批判的矛頭對準了他：「中國人現在作詩，非常粗糙……」「中國的新詩運動，我以為胡適是最大的罪人。」「中國人近來做詩，也同中國人作社會事業一樣，都不肯認真去做，都不肯下最苦的工夫，所以產生出的詩篇，只就 technique 上說，先是些不倫不類的劣品。」[2]1931 年陳夢家編選《新月詩選》，他也回顧著「新詩在這十多年來」的成就：「中國的新詩，又比是一座從古就沉默的火山，這一回，突然噴出萬丈光芒沙石與硫礦交雜的火焰，只是煊亮，卻不是一宗永純的燦爛。」[3]左翼的中國詩歌會同樣在感歎：「中國的詩壇還是這麼的沉寂；一般人在鬧著洋化，一般人又還只是沉醉在風花雪月裏。」（《緣起》）30 年代中期，孫作雲談論「十年來新詩的演變」，他認為：「若苛薄一點說，便是在這十年中的新詩，尚沒有使我們永久不忘的好詩。」[4]此後不久，魯迅在會見美國記者斯諾時提出了一個更加嚴厲的判斷，他認為，即便是最優秀的幾個現代詩人的作品也「沒有什麼可以稱道的，都屬於創新試驗之作。」「到目前為止，中國現代新詩並不成功。」[5]李廣田則在 40 年代如是描述：

1　胡適：《談新詩》，《中國新文學大系・建設理論集》第 300 頁，良友圖書公司 1935 年版。

2　穆木天：《譚詩──寄沫若的一封信》；王獨清：《再譚詩──寄給木天、伯奇》，原載 1926 年 3 月《創造月刊》第 1 卷第 1 期。

3　陳夢家：《新月詩選・序言》，《新月詩選》，新月書店 1931 年版。

4　孫作雲：《論「現代派」詩》，原載 1935 年 5 月《清華周刊》第 43 卷第 1 期。

5　《魯迅同斯諾談話整理稿》，《新文學史料》1987 年第 3 期。

「當人們論到五四以來的文藝發展情形時，又大都以為，在文學作品的各個部門中以新詩的成就為最壞。」[6]的確，在中國現代文學諸種體裁當中，顯然是新詩的實績最小。如果說《吶喊》、《徬徨》和《野草》已經證明了現代小說與現代散文的獨特價值，《雷雨》、《原野》顯示了現代戲劇的生命力，它們都初步確立了一種區別於中國古典文學的現代形態，並從世界文化的「邊緣」出發，開始了與「中心」的對話，那麼，新詩就相形見絀了。我們看到，無論是在草創期還是在成熟的三四十年代，也不管是以什麼樣的派別為基準，都不約而同地、連續不斷地傳來對新詩的指摘、抱怨和歎息，這說明，中國現代新詩甚至還不曾完全征服一個基本的讀者群落。這樣的結果比照先前的種種探索、種種熱情，我們確乎可以感到中國現代新詩的發展是何等的艱難了！

　　藝術發展本身的艱難性亦將顯示為藝術闡釋的艱難性。

　　對一種基本上趨於「成型」的藝術形態的闡釋和對一種尚未成型的藝術形態的闡釋是非常不同的兩種情形，趨於成型的藝術形態都有一種自足性、完整性，它充分吸收了歷史和現實的文化信息，並恰當地完成了對這些信息的融化和組合，當同樣帶著歷史和現實信息的闡釋者走近它時，闡釋者和被闡釋者的「視界融合」是很容易實現的，闡釋似乎是沒有多大阻礙就能切中肯綮，同時也完成了闡釋者的自我釋

6　李廣田：《論新詩的內容和形式》，《詩的藝術》，開明書店 1943
　　年版。

放。我們說，對中國現代文學其他品種（如現代小說）的闡釋就要略為「方便」一些，這並不意味著這些藝術形態是簡單透明的，而是說作為被闡釋者，它們較為成型，便於主客體的疊合，當然，也有利於文學批評家們揚長而避短。在這些容量豐富的客體面前，我們似乎獲得了某種「自由」感。相對來說，中國現代新詩這一尚在艱難中摸索前進的藝術形態就並不那麼成型，也就是說它自身並不完整，甚至沒有構成一個自圓自足的詩學體系，它是「殘缺」的；歷史和現實的文化信息紛至沓來，但它往往還沒有很好地加以清理和調整，所以時常矛盾重重，讓闡釋者不得不瞻前顧後，左支右絀。這個時候，我們那些豐富的歷史經驗和現實感受都不大容易能夠「自由」地釋放和投射了，主體和客體的錯位很容易發生，或者扭曲了被闡釋者，或者就委屈了闡釋者自身。回顧中國現代新詩闡釋史，我們可以清清楚楚地看到這種艱難性。

　　比如，以蒲風等左翼詩人在 30 年代對新詩的一系列闡釋為先導，我們逐漸形成了一套思路：20 年代前期的絕大多數詩歌都深受資產階級思想的影響，郭沫若的《女神》「真正反映了中國新興資本主義向上勢力的突飛猛進」，徐志摩等人的作品則屬於封建貴族、資產階級的脫離現實的濫調，隨著 20 年代後期無產階級文學的出現及 30 年代中國詩歌會的誕生，中國新詩才走上了一條嶄新的「新現實主義」（社會主義現實主義）的道路。[7]無產階級意識同封建貴族意識、

---

[7]　參見蒲風：《五四到現在的中國詩壇鳥瞰》，原載 1934 年 12 月-1935 年 3 月《詩歌季刊》第 1 卷第 1-2 期。

資產階級意識在矛盾鬥爭中發展，這似乎就是中國新詩走向光明的歷程。但是，以蒲風為代表的中國詩歌會詩人的創作，還有 40 年代的抗戰詩歌，是不是就符合「客觀、冷靜」的現實主義原則呢？其中那些鮮明的情感性因素不也是浪漫主義的特徵嗎？如果說「新現實主義」本身就兼有寫實性與情感性的兩重因素，那麼這本身就意味著我們必須對「現實主義」重新定位了。況且三四十年代詩壇本身十分複雜，中國詩歌會的「現實主義」和七月詩派的「現實主義」就是兩碼事，當我們籠統地冠以「現實主義」的名目時，這不是讓闡釋的對象變得清晰明瞭，讓闡釋的過程變得輕快順利，倒是讓我們陷入了一系列的新的困惑之中。[8]

又比如，經由二三十年代沈從文、梁實秋、余冠英等人的闡述，產生了一個迄今為止仍有著廣泛影響力的詩歌史判斷：新詩從草創到相對成熟，總的規律是，舊詩的格調愈來愈少，現代的色彩愈來愈濃，或者說，草創期是「無意識的接收外國文學的暗示」，成熟期則「認清新詩的基本原理是要到外國文學裏去找」。[9]這種判斷顯然是將新詩納入到中國文學「走向世界」這一總體進程中來加以觀察、分析的結果。的確，20 世紀中國文學從總體上看是顯示為從一個封閉的封建角落走向一個開放的現代世界的過程，中國新詩當然也置身其中，不過，文學的發展總有它出人意料的部分，

8　前些年，有的詩學針對這一闡釋的窘境，曾提出，詩歌中本來就沒有「現實主義」一說，可惜並沒有引起學術界足夠的重視。參見藍棣之《關於詩歌中的現實主義問題》，《貴州社會科學》1987 年第 2 期。

9　梁實秋：《新詩的格調及其他》，原載 1931 年 1 月《詩刊》創刊號。

當我們拋開一切外在的歷史概念，平心靜氣地梳理新詩的歷程時，卻又不難感到，中國現代新詩在由草創向成熟的演變當中，外國文學的濃度固然還在增加，但古典詩歌的濃度卻同樣有增無減。比如在新月派、象徵派和現代派這一比較「純粹」的藝術探索的軌道上，本土與外來兩相比較，我們自身的傳統的影響力恐怕還更引人注目一些，石靈就說，新月派是在「舊詩與新詩之間，建立了一架不可少的橋梁」，[10]現代派詩人卞之琳更是總結說：「在白話新詩獲得了一個鞏固的立足點以後，它是無所顧慮的有意接通我國詩的長期傳統，來利用年深月久、經過不斷體裁變化而傳下來的藝術遺產。」[11]於是，我們單純以中國文學「世界化」進程為背景的這一闡釋便又一次遇到了困難。

　　不僅是在詩史的闡釋方面遇到了種種的困難，在新詩批評的一系列基本問題上，我們似乎也頗覺躊躇。比如，「純詩化」和「散文化」都是貫穿於新詩發展過程的重要現象，那麼，究竟什麼是「純詩」呢？中國現代新詩所追求的「純詩」是不是就等於法國象徵主義的「純詩」？穆木天、梁宗岱、劉西渭各自的「純詩」主張又是否一致？「純詩化」的主張與「純詩化」的實踐又有怎樣的關係？[12]同樣地，胡適「以文為詩」的散文化和艾青的散文美是不是一回事呢？從

---

[10]　石靈：《新月詩派》，原載 1937 年 1 月《文學》第 8 卷第 1 號。

[11]　卞之琳：《戴望舒詩集·序》，《人與詩：憶舊說新》第 64 頁，三聯書店 1982 年版。

[12]　近年來才有人開始深入研討這方面的問題，如吳曉東《從「散文化」到「純詩化」》，載《中國現代文學研究叢刊》1993 年第 3 期。

整個新詩的發展來看，是不是「純詩化」才是指向「詩本體」的？某些詩人（如艾青、穆旦）的「散文化」創作就在「詩之外」嗎？在中國現代詩人那裏，這些重要的詩學概念並沒有比我們這些闡釋者有更統一的價值標準，而舶來的概念也常常產生著難以預料的變異，闡釋者就不得不經常地調整，以適應千差萬別的詩歌現象，為西方詩歌發展所驗證的一些基本概念恐怕並不會給我們提供多少的便利。

　　所有這一切，似乎都要求我們的闡釋走過一條艱難曲折的道路，我們既得擦淨現代詩歌概念中的那些西方文化的痕迹（「本土化」已使得它們面目全非了），又得撥開中國詩人種種「誤讀」、「反讀」所帶來的種種歧義（歧義會錯誤地牽引我們的視線，有一葉障目之弊）。在這個意義上，我認為走出闡釋困境的選擇便是：進入新詩本體！

● 進入新詩本體與闡釋的傳統文化視野

　　「進入……本體」、「回到……本身」都曾是 80 年代中國現代文學研究的相當重要的口號。其主要含義大約有二：（1）清除長期以來「左」傾思潮強加給文學的種種僵化的教條，如唯階級鬥爭論。（2）恢復文學作為個體性活動的本來面目，請「神」返回人間，讓「鬼」恢復人形。我所謂的「進入本體」、「回到本身」當然是這一尚未完成的課題的繼續，但又不止於這兩層含義。在我看來，如何恢復文學作為個體性活動的「本來面目」，進入文學的所謂「本體」還只是一種比較抽象的理想，歸根結底，任何歷史形態的存在其實也並不會有一個什麼純客觀的「本來」、一個純

客觀的內在的「本體」；所謂「回」與「入」不過是在不受到其他非文學壓力的情況下所作出的接近事實的闡釋罷了，對「本體」和「本身」的闡釋也不會只有一個，站在不同的觀察角度就會得到不同的闡釋，於是，本體或本身也就有了不同的側面。相對來說，中國新詩的不成型特徵會讓我們單一的觀察陷入窘境，比較接近事實的策略應當是多重觀察的「視界融合」。進入新詩本體和回到新詩本身都意味著從多種文化的價值標準出發來「恢復」新詩固有的「立體特徵」。我們要緊緊依託詩的文體特徵，主要從新詩自身的語言編碼和文化編碼入手（而主要不是從外在的社會文化概念入手）來探討詩的歷史存在。這並不是否認外在的社會文化概念，而是說，所有外在的社會文化概念只有在經過了詩這一特定藝術形式的接納、融解和重新編制以後才是有意義的，也才有研究的必要，在這樣一個過程當中，就產生了我們所謂的新詩自身的語言編碼和文化編碼。

　　比如，我們在評論中國新詩時常用「現實主義」這一概念。我們暫不捲入詩歌中究竟有無現實主義這種論爭，僅僅就中國左翼革命詩人所宣揚的「理想」型現實主義來看，就分明與西方詩歌不大一致。在西方詩歌史上，現實主義精神的影響主要在於對個人情感的某種節制、壓抑，換之以一種客觀的敘述語調，冷靜地看待人生世事，如法國的巴那斯派和英國的維多利亞詩風，「理想」正是這種現實主義所拒斥的；我們又曾把某些初期白話新詩稱之為「現實主義」，但顯而易見，那些初期白話詩人絕無西方詩人式的自覺的冷靜，沒有把冷靜、客觀作為一種個性化的生命態度。這都說

明了什麼呢？我認為，這都說明了中國新詩自有其特定的「語碼」，外來的概念往往與這些「語碼」很不相同，概念經過了編制，經過了調整。我們研究中國現代新詩，是從若干的概念出發呢，還是從新詩自身的語碼出發呢？答案是不言而喻的。

我們必須適當轉換我們的研究態度。

進入新詩本體既是一種研究態度的轉換，同時又展開了一片寬廣的學術境域，等待我們探索和闡釋的東西很多：

新詩在中國詩歌史中的生成。

新詩內在的發展動力。

新詩的分流與整合。

新詩的「詩」學內涵。

新詩的形式意識。

……

我試圖完成其中的一部分，很小的部分。

本書可能也僅僅是「走向」而已。

我認為，進入「本體研究」有一個亟待解決的關鍵性環節，這就是，在 20 世紀中國詩歌的發生發展過程中，民族詩歌文化（古典詩歌傳統）和西方詩歌文化究竟各自給了新詩什麼，兩者的關係如何？眾所周知，民族文化心理代表著我們深層的無意識「共性」，而在世界文化格局中又屬於獨特的「個性」。詩性本身不就是由這些共性和個性組成的嗎？對於個體詩人而言，如果我們不認真清理兩種詩歌文化在意識深層的存在，又何以能夠解釋它的種種認同與拒絕，並由此而構成了一個與眾不同的「我」呢？儘

管我們過去也討論過新詩與中西文化，但我認為還是粗略了些，簡單了些，「本體研究」所要求的一些細節遠遠沒有得到更精細的闡釋。

我們新的闡釋應當包含兩個相互聯繫的層面：

（1）古典詩歌傳統在中國詩歌「現代」征途上的種種顯現、變異和轉換。

（2）西方詩學觀念對中國詩歌「現代」取向的種種影響，它怎樣受到古典詩學傳統的限制、侵蝕和擇取，最終到底留下了什麼。

顯然，第一個層面屬於傳統文化的闡釋視野，在西方被稱之為「原型批評」。不過，在西方文化的背景下，原型通常都與「神話」相聯繫，我們的集體無意識就是關於神的誕生、歷險、受難和復活的記憶，文學就是這一古老而常新的神話模式的反覆講述。然而在中國，高度成熟的儒家文化卻早已滌除了我們原始年代的諸多「神的記憶」，因而我們所謂的「原型」又主要是一種世代相傳的典型的社會文化心理，就詩歌而言，指的就是中國古典詩歌在它的發展成熟過程中所建立的審美理想、藝術追求。由唐宋時代的極盛而衰之後，這些審美理想和藝術追求似乎都成了可望而不可即的高峰，它久久地迴旋在人們的心底，從不同的意義上影響著新的創作活動。中國現代新詩的建立與西方詩歌的輸入關係甚大，但是，「文化及其產生的美感感受並不因外來的『模子』而消失，許多時候，作者們在表面上是接受了外來的形

式、題材、思想，但下意識中傳統的美感範疇仍然左右著他對於外來『模子』的取捨。」[13]

第二個層面似乎一直都是我們議論的話題。其實不然，當梁實秋聲稱「新詩，實際就是中文寫的外國詩」[14]時，這實際上就是將中國新詩當作了對西方詩潮的單純回應。前文已經談到，從這個單純的角度出發並不利於新詩的闡釋，我們所說的「影響」是在時刻注意將中國詩歌作為傳統中國文化之一部分這一基礎上加以闡發的。雖然我們不能同意時下一些「後現代」論者對「現代化」一說的批評，但他們所致力的「邊緣」與「中心」相互對話的這一目標卻的確是有意義的，西方詩歌對中國現代新詩的「影響」，就是一個文化體與另一個文化體的「對話」，當然，我們更關心的是，在「對話」中，中國詩歌文化「同意了」西方詩歌文化的什麼觀念。

既然「同意」是在「對話」中發生的，那麼，我認為，目前有必要首先弄清楚，中國詩歌文化本身究竟有些什麼內涵，它在現代詩歌史上有些什麼樣的顯現，起了什麼樣的作用。只有對我們自身的這一文化體作出認真的清理，才可能找到中西詩歌文化在現代中國相互「對話」的基礎，真正說明外來的「影響」是在哪一個層面上發生的，又在哪一個層面上遭到了拒絕。這也就意味著，在傳統文化的闡釋視野裏，探討中國古典詩歌與中國現代新詩的關係是我們將要展

---

[13]　葉維廉：《東西方文學中「模子」的應用》，《尋求跨中西文化的共同文學規律》第 17 頁，北京大學出版社 1986 年版。

[14]　梁實秋：《新詩的格調及其他》，原載 1931 年 1 月《詩刊》創刊號。

開的工作的第一步。隨著這一工作的展開，中國現代新詩的歷史特徵應當可以得到新的深入的闡釋。

● **中國現代新詩與古典詩歌傳統**

　　在所有的文學體裁當中，以詩歌與本民族傳統文化的關係最深、最富有韌性。從審美理想來看，詩與小說、戲劇等敘事性文學不同，它拋棄了對現實圖景的模仿和再造，轉而直接袒露人們最深層的生命體驗和美學理想。當現實圖景的運動帶動敘事性的文學在流轉中較快地過渡到一個新的歷史時代時，詩還是無法掩飾人內心深處最穩定的一面。於是，詩就被「擱淺」了，它讓人們清清楚楚地看到了民族集體無意識心理。正如艾略特所說：「詩歌的最重要的任務就是表達感情和感受。與思想不同，感情和感受是個人的，而思想對於所有的人來說，意義都是相同的。用外語思考比用外語來感受要容易些。正因為如此，沒有任何一種藝術能像詩歌那樣頑固地恪守本民族的特徵。」[15]再從語言來看，每一種詩歌都有在文人提煉中「凝固化」和在社會活動中「靈動化」兩種趨向。相對來說，便於追蹤現實社會活動的敘事性文學語言可能更俗、更白、更富有時代變易的特徵，而經過反覆推敲、打磨的詩的語言則因「凝固」而更接近傳統文化的「原型」。

---

[15]　艾略特：《詩歌的社會功能》，《西方現代詩論》第 87 頁，花城出版社 1988 年版。

　　如果說在西方詩歌自我否定的螺旋式發展中，民族文化的沉澱尚須小心辨識方可發現，那麼，中國詩歌不都如此，在漫長的歷史中建立的一個又一個的古典理想常常都為今人公開地反覆地讚歎著，恢復詩的盛唐景象更是無數中國人的願望。在中國，民族詩歌文化的原型並非隱秘地存在，只會在「夢」裏泄漏出來，相反，它似乎已經由無意識向意識滲透，回憶、呼喚、把玩古典詩歌理想，是人們現實需要的一部分，維護、認同古典詩歌的表現模式是他們自覺的追求。俞平伯說：「我們現在對於古詩，覺得不能滿意的地方自然很多，但藝術的巧妙，我們也非常驚服的。」[16]葉公超談出了一些詩人的感受：「……舊詩詞的文字與節奏都是那樣精煉純熟的，看多了不由你不羨慕，從羨慕到模仿乃是自然的發展。」[17]周作人也表示：「我不是傳統主義（Traditionalism）的信徒，但相信傳統之力是不可輕侮的；壞的傳統思想自然很多，我們應當想法除去它，超越善惡而又無可排除的傳統卻也未必少，如因了漢字而生的種種修詞方法，在我們用了漢字寫東西的時候總擺脫不掉的。」[18]這些都生動地道出了現代中國人的基本心理狀態。這種基本心理既存在於詩人那裏，又存在於普通的讀者那裏，創造者和接受者共同「期待」著中國古典詩歌理想的實現。創造者的

---

[16]　俞平伯：《社會上對於新詩的各種心理觀》，原載 1919 年 10 月《新潮》第 3 卷第 1 號。
[17]　葉公超：《論新詩》，原載 1937 年 5 月《文學雜誌》第 1 卷第 1 期。
[18]　周作人：《揚鞭集‧序》，《語絲》第 82 期。

「期待」決定了詩歌創作的潛在趨向，接受者的「期待」則
鼓勵和鞏固著這種趨向。

　　從總體上看，中國現代新詩與古典詩歌傳統的關係時隱
時顯，時而自覺，時而不自覺，時而是直接的歷史繼承，時
而又是現實實踐的間接契合。

　　以胡適為代表的初期白話新詩襲取了宋詩「以文為詩」
的傳統。胡適描述說：「這個時代之中，大多數的詩人都屬
於『宋詩運動』。」[19]他「認定了中國詩史上的趨勢，由唐
詩變到宋詩，無甚玄妙，只是作詩更近於作文！更近於說
話！」[20]不過，符合傳統模式的「以文為詩」同那些滾滾而
來、雜亂無章的西方詩歌究竟該取著怎樣的結合呢？初期白
話詩人尚未有過細的思考。在《嘗試集》中，我們看到的就
是東西方詩歌理想的雜糅，類似的情形亦見於郭沫若的《女
神》。郭沫若極力推崇先秦的動的文化精神，對屈騷愛不釋
手，但同樣欣賞陶淵明的飄逸、王維的空靈，西方詩人惠特
曼、拜倫、雪萊、歌德也投合他的性情，[21]於是，古今中外
這些紛繁複雜的詩歌理想又不加分別地混合了起來。比較自
覺地從傳統中汲取營養是從冰心、宗白華等人的小詩創作開
始的。聞一多在 1923 年 6 月提出了著名的「地方色彩」主
張，「要做中西藝術結婚後產生的寧馨兒」實際上就是要自

---

[19]　見《胡適文存》（二）第 214 頁，臺北遠東圖書公司 1975 年版。
[20]　胡適：《逼上梁山》，《中國新文學大系‧建設理論集》第 8 頁。
[21]　參見郭沫若：《今昔集‧題畫記》，《沫若文集》第 12 卷，人民出版
　　　社 1959 年版。

覺地維護和保持新詩的民族特徵，[22]而將引入西方詩藝作為
增添「地方色彩」的手段這一民族化的主張顯然在新月派的
詩歌創作中得到了充分的實踐。從新月派、象徵派到現代
派，中國現代新詩較好地再現了極盛期古典詩歌理想（唐詩
宋詞）的種種韻致和格調，同時也重新調整了西方現代詩藝
的作用，使之較好地為我所用，這便從根本上改變了「五四」
詩歌多重文化混雜不清的局面，通過「融合」順利地完成了
向古典詩歌境界的折返。緊接著，這樣的一條折返之路受到
了三四十年代的其他一些詩人的懷疑和指摘。左翼革命詩人
以「大眾化」攻其貴族式的狹窄化，九葉派詩人也因「新詩
現代化」的要求而批評詩壇上盛行的「浪漫的感傷」，唐詩
宋詞仿佛不再為這些詩人所吟詠唱誦了；不過，當中國詩歌
會和 40 年代解放區詩歌開始大規模地採集民歌民謠，以此
維護「中國作風與中國氣派」時，我們不就依稀看到了遙遠
的「采詩」景象，那四處響起的不就是《國風》、《樂府》
式的歌謠曲調嗎？當九葉派詩人重新以敘述性、議論性的詩
句表達他們的人生感受時，我們是不是也會想起宋詩呢？當
然，較之於新月派、象徵派和現代派，中國詩歌會、解放區
詩歌和九葉派與古典詩歌的關係是間接的或者隱蔽的，它們
是創作實踐本身所導致的遠距離溝通和契合，其中，九葉派
詩人與宋詩的關係尤其如此。

22　聞一多：《〈女神〉之地方色彩》，原載 1923 年 6 月《創造周刊》第
　　5 號。

　　通過以上對新詩史中的古典傳統影響的簡要追述，我
們大體上可以總結出古典詩歌原型在現代復活的幾個主要
特徵：

（1）古典詩歌的影響歸根結底是通過具體的詩派、詩人
　　　來表現的，而多樣性、個體性又是現代詩派與詩人
　　　的顯著特徵，每一個流派、流派中的（或流派外的）
　　　詩人對傳統本身的理解和情感又是各不相同的，所
　　　以說，中國古典詩歌作為一個整體對現代新詩造成
　　　全面的影響已經是不可能的了。我們看到，中國現
　　　代新詩表現出的往往只是古典詩歌理想的一部分
　　　內涵，不同的流派、不同的詩人，只對古典詩歌理
　　　想的某一部分「記憶」猶新。這一點可以說是它的
　　　「不完整性特徵」。

（2）原型的復活並不等於簡單的復古，它往往是隨著時
　　　代思潮的發展而出現的，與時代的某些特徵相互聯
　　　繫著。由於時代發展的原因，古典傳統中某些被壓
　　　抑的部分可能會得以強化，變得格外的顯赫，如屈
　　　騷、宋詩和詩的歌謠化趨向。這些古典詩歌形態顯
　　　然都不及唐詩宋詞璀璨奪目、玲瓏剔透，也不是中
　　　國古典詩歌美學最具有代表性的部分，但恐怕正是
　　　因為它們的某些「非典型性」，才使之能夠在反撥
　　　腐朽傳統的新詩運動中重見天日，發揚光大，反傳
　　　統的新詩似乎也獲得了來自傳統內部的某些支
　　　撐，顯然，這正是一些中國詩人求之不得的。這一
　　　點可以說是「時代性特徵」。

（3）中國現代詩人面對的是整個世界詩歌的潮起潮
　　　落，而非僅僅是一個遙遠的傳統文化，他不僅要滿
　　　足無意識的詩美「期待」，也必須回答 20 世紀的
　　　各種「挑戰」。於是乎，當古典詩歌的影響以各
　　　種形式曲折地表現出來的時候，它很可能同時接
　　　受了種種的改造、重組。有時候，古今的聯繫是
　　　相當隱蔽的、間接的，其中嵌入了其他詩學因素
　　　的影響，比如九葉詩派和宋詩之間就顯然嵌入了
　　　太多太多的西方 20 世紀詩學的內涵，我們甚至已
　　　經不能斷言九葉詩派實際成就的取得包含著宋詩
　　　的多少功勞，我們只能說九葉詩派的作品與宋詩
　　　有某些遠距離的契合。這一點可以說是「被改造
　　　特徵」。
（4）與前面的第二、第三方面相聯繫，中國現代新詩對
　　　古典傳統的接受又可能與它對西方詩歌的接受互
　　　相配合。我們注意到，西方詩歌經常是被移作古典
　　　美學現代生命的證明，如新月派、象徵派、現代派
　　　就看中了西方 19 世紀到 20 世紀前後某些詩歌的
　　　「東方色彩」，從而以「中西交融」為過渡，理直
　　　氣壯地向古典詩歌傳統汲取養料。或者也就可以這
　　　樣說，在一些詩人看來，中國現代新詩移植西方詩
　　　藝的基礎還是在古典詩歌傳統的內部。這一點可以
　　　叫做「中西交融特徵」。

　總之，不完整性、時代性、被改造和中西交融就是中國
現代新詩接受古典詩歌傳統影響的幾個主要特徵，也可以說

是古典詩歌傳統繼續作用於現代新詩的幾種主要方式。在本書各部分的闡述中，我們都可以看到它們的存在。

　　那麼，這些古典詩歌傳統的影響對於中國現代新詩自身的完善和發展究竟有什麼樣的意義呢？

　　我以為意義是多方面的，也是具有多重性質的。

　　最容易看到的一點是，正是中國詩人對古典詩歌理想的自覺繼承推動了中國新詩的成熟，並使之贏得了廣泛的讀者群。眾所周知，白話詩剛剛興起的時候，反對之聲大起，俞平伯敘述道：「從新詩出世以來，就我個人所聽見的和我朋友所聽見的社會各方面的批評，大約表示同感的人少懷疑的人多」。[23]這充分表明了中國讀者從固有的審美需要出發對這一新生藝術的陌生感和抗拒心理。那麼，中國讀者又是從什麼時候開始認可新詩的呢？是在徐志摩出現以後。[24]而我們知道，中國現代新詩對古典傳統的自覺繼承始於以徐志摩為代表的新月派。中國讀者分明因這些「自覺」的詩美繼承而備感親切。前文我們談到，來自創造者和接受者的「期待」是中國詩美原型復活的主要動力，這一道理也可以表述為，只有以某種方式滿足了這種「期待」的新詩才能贏得它的讀者，因為只有在讀者那裏，藝術品才得以最後完成。

　　這裏也產生一個適應「期待」的「度」的問題。當中國現代詩人一味依順於這類詩美的「期待」就很可能會在追蹤

23　俞平伯：《社會上對於新詩的各種心理觀》，原載 1919 年 10 月《新潮》第 3 卷第 1 號。

24　參見卞之琳：《徐志摩選集·序》，《人與詩：憶舊說新》第 34 頁。

古典情趣的過程中滑入作繭自縛的褊狹狀態。我們注意到，徐志摩、邵洵美等新月詩人都寫過猥瑣的香豔詩，就仿佛中國古代的風流才子都要塗抹幾首「宮體詩」一樣，而現代派詩人在他們創作的後期也陷入了詩形僵死、文思枯竭、未老先衰的境地，[25]這難道不正是傳統詩藝的負面意義麼？如果中國現代詩人將古典詩美因素僅僅作為一種潛能，一種不具備現代特徵的詩學潛能，有意識地結合現代文化的發展加以改造性的利用，如果傳統詩歌的文化因素能在一個更深的層面上存在下來，並注入更多的新的文化養分，讓「陌生化」和「親切感」相並存，並互為張力，那麼，古典詩藝的影響又未嘗不可以更具積極性、更具正面的意義。在這方面，40年代的九葉詩人或許為我們樹立了良好的榜樣。當然，縱觀中國現代新詩史，我認為不得不指出的一點是，古典詩歌影響的負面意義似乎更讓人憂慮，中國現代新詩創作和闡釋的艱難又似乎都與這一負面性的意義有關。

　　帶著這些初步的印象，讓我們重新進入歷史吧。

---

[25]　柯可：《雜論新詩》，原載 1937 年《新詩》第 2 卷第 3、4 期。

第一章

物態化與中國現代新詩的文化特徵

　　何謂「物態化」？在 20 世紀的世界詩歌史上，中國現代新詩的民族文化特徵又是怎樣的呢？這不是三言兩語就能回答的問題。還是讓我們返回中國現代新詩自身，在幾個側面上對它進行審視、檢測吧。

　　我們先來討論中國新詩的發生發展，看一看它是如何「生成」的，成熟時期的中國新詩藝術究竟給人哪些方面的啟示。

一、興與中國現代新詩的生成

> 　　自古工詩者，未嘗無興也。
> 　　觀物有感焉，則有興。
>
> 　　　　　　　　　　——葛立方《韻語陽秋》

　　我們所謂的「生成」包括兩層含義：一是新的文學樣式的「發生」，二是新的文學作品的「生產」。「發生」是針對中國現代新詩這一文學「新」樣式而言，「生產」則是針對具體的新詩作品而言。無論是作為文學樣式還是作為具體的文學作品，新詩的生成都體現了顯著的民族特色。

● **中國現代新詩生成的兩種文化根基**

　　探討中國現代新詩的發生之源並非始於今日，郭沫若早在 1921 年的《論詩三札》中就提出：「要研究詩的人恐怕當得從心理學方面，或者從人類學、考古學——不是我國的考據學方面著手，去研究它的發生史，然後才有光輝，才能成為科學的研究。」[1]20 年代的俞平伯、康白情、周作人，30 年代的梁實秋、陳夢家、朱自清等人都曾論及新詩的發生淵源問題，但直到今天，我們也幾乎無一例外地認為新詩運動的能量來自西方。關於這一點，梁實秋在 1931 年表述得最清楚：「我一向以為新文學運動的最大的成因，便是外國文學的影響；新詩，實際就是中文寫的外國詩。」[2]且不管這位白璧德主義者的真實動機如何，這個論斷的真理性都是毋庸置疑的，也應當是我們進行新的闡釋的基礎。

　　不過，在充分尊重這一基本論斷的前提下，我卻要提出另外一個層面的思考：外來的啟示難道就能夠取代自我的生成麼？新的生命體的生成總是對固有生命質素的利用、組合和調整，外來能量是重要的，但外來的影響終究也要調動固有生命系統的運動才能產生作用。

　　中國現代詩歌史上的重要事實是：「五四」初期譯介、模仿西方詩歌的人們在後來都受到了不同程度的指摘，如聞一多認為郭沫若的《女神》喪失了「地方色彩」，穆木天甚至說胡適是中國新詩運動「最大的罪人」。新詩從草創到成

1　　《沫若文集》第 10 卷第 203 頁。
2　　梁實秋：《新詩的格調及其他》，原載 1931 年 1 月《詩刊》創刊號。

熟，外來的影響並不是越來越濃、越來越深了，事實上，初期
白話詩歌中的某些「西方風格」倒是在後來被淡化或被抑制
了。比如胡適那首標誌「新詩成立紀元」的譯詩《關不住了》：

> 我說「我把心收起，
> 像人家把門關了，
> 叫『愛情』生生的餓死，
> 也許不再和我為難了。」
>
> 但是屋頂上吹來，
> 一陣陣五月的濕風，
> 更有那街心琴調，
> 一陣陣的吹到房中。
>
> 一屋裏都是太陽光，
> 這時候「愛情」有點醉了，
> 他說，「我是關不住的，
> 我要把你的心打碎了！」

詩寫「我」與「愛情」之間的一場「爭鬥」，它最顯著的特
色就是「愛情」這一抽象形態的概念化的東西被當作了表現
的主體。S. Teasdale 的原作雖不能代表西方近現代詩歌之精
華，但顯而易見，那種對知性事物、抽象概念的深切關注卻
是西方詩歌的故轍。反過來考察成熟期的中國新詩，對愛情
作此類抽象表現的作品實在就不可多得了。中國新詩膾炙人
口的愛情篇章往往都有具體的人物、可感的背景、生動的情
節（或特寫鏡頭），如徐志摩《我來揚子江邊買一把蓮蓬》：

「我來揚子江邊買一把蓮蓬；／手剝一層層蓮衣，／看江鷗
在眼前飛，／忍含著一眼悲淚──／我想著你，我想著你，
啊小龍！」也不僅僅是愛情詩，成熟期的新詩更願意「感性
抒情」，過多的知性訴說仿佛又成了詩的一大諱忌。特別值
得注意的是，自 20 年代中期以後，中國詩人及詩論家的詩學
見解已經帶上了鮮明的民族化特徵，中國古典詩學的諸多理想
如性靈、神韻、意境等等重新成了人們自覺追求的目標。詩人
卞之琳就說過：「在白話新體詩獲得了一個鞏固的立足點以
後，它是無所顧慮的有意接通我國詩的長期傳統，來利用年深
月久、經過不斷體裁變化而傳下來的藝術遺產。」「傾向於把
側重西方詩風的吸取倒過來為側重中國舊詩風的繼承。」[3]

　　這是不是表明：中國新詩並不曾完全沿著西方詩學所牽
引的方向走向成熟，中國新詩史上首先出現的「成熟」是以
它在詩學追求上的某種轉向為前提的；沒有民族文化精神的
復歸，中國新詩也就沒有這樣的「成熟」。這樣，從整個歷
史的發展來看，我們似乎可以認為，中國新詩的生成具有某
種「二次」性，或者說至少具有兩種不同的文化根基。

　　從中國古典詩學的角度來看，這生成的能量之源就是
「興」。興是中國古典詩歌文化提供給我們的一份發生學遺
產。「興者，起也。」（劉勰《文心雕龍・比興》）「興者，
先言他物以引起所詠之詞也。」（朱熹《詩集傳》）中國古
典詩歌的創作就尤其忌諱那些架空的說理、抽象的描述，它
的情緒和感受都儘可能地依託在具體的物象上。皎然《詩式》

3　卞之琳：《戴望舒詩集・序》，《人與詩：憶舊說新》第 64、63 頁。

云：「取象曰比，取義曰興。義即象下之意。凡禽魚草木人物名數，萬象之中義類同者，盡入比興。」在中國古典詩歌史上，「從興產生以後，詩歌藝術才正式走上主觀思想感情客觀化、物象化的道路，並逐漸達到了情景相生、物我渾然、思與境偕的主客觀統一的完美境地，最後完成詩歌藝術特殊本質的要求。」[4]

　　《嘗試集》是質樸的直言其事，《女神》是爽快的直言其情，早期的中國新詩尚沒有意識到化情於象、即物即真的必要性。有意識開掘物我間的一致性，通過對「象下之意」的尋覓，「言在於此而意寄於彼」（南宋羅大經語）這一「興」的藝術在反撥「五四」詩藝取向中逐漸顯示了自己的價值，並最終形成了中國新詩史上的第二次生成的藝術資源。新詩的再生成包含了「第一次」的外來啟示，但又十分自覺地不願止足於這種啟示，它努力從中國詩歌傳統內部尋找養分，發掘「興」的詩學價值。所以，從整體上看，本來包含著「第一次」營養的「第二次」生成倒是自覺地反撥了前人的若干追求。

　　這種反撥首先體現在新月派詩人一系列的創作實踐中。石靈說，新月派的功績在於「他在舊詩與新詩之間，建立了一架不可少的橋梁」，[5]新月派詩歌是中國新詩再生成的重要代表。

　　通過新月詩歌與「五四」詩歌的比較，我們就可以見出「興」的啟示意義。這一啟示意義主要表現在三個方面。

---

[4]　趙沛霖：《興的源起》第 184 頁，中國社會科學出版社 1987 年版。
[5]　石靈：《新月詩派》，原載 1937 年 1 月《文學》第 8 卷第 1 號。

　　首先，對抽象意念的表現大大減少了。在「五四」初期的白話新詩中，抽象意念曾經一度引起了不少詩人的興趣，如林損的苦、樂、美、醜（《苦—樂—美—醜》），康白情的「愛的河」（《「不加了！」》），黃仲蘇的「心靈」（《問心》），唐俟（魯迅）的文化衝突（《他們的花園》），胡適的活躍的思維（《一念》），劉半農的靈魂（《靈魂》），劉大白的「淘汰」（《淘汰來了》），也包括郭沫若對「涅槃」這一東方生命觀念的表現（《鳳凰涅槃》），以及當時流行於詩壇的大量譯詩，都屬此例。但從新月詩歌開始，這樣的創作傾向受到了明顯的抑制，僅以「愛情」這一常見的詩題為例，在「五四」新詩中，「叫愛情生生的餓死」這類的抽象表述頗有代表性；在新月派詩歌中，儘管徐志摩也曾寫過《這是一個懦怯的世界》，但其真正的代表作卻是《雪花的快樂》、《呻吟語》、《偶然》之類。

　　其次，純粹寫景、寫實的詩幾乎絕迹了。在新文學史上的第一部新詩總集《分類白話詩選》中，寫景、寫實與寫情、寫意分別歸類，足以見出當時追求客觀真實的趨向。余冠英先生曾「以《詩鑴》為界分新詩為前後兩期」，他比較的結果是：「後期哲理詩一類的作品之不如前期多最為顯然，寫景詩亦復甚少，現在隨便找一個證據，例如翻開《詩刊》的第一、二、三期差不多近九十首詩竟無一首純粹寫景，而全體是抒情詩。」[6]

---

[6]　余冠英：《新詩的前後兩期》，原載 1932 年 2 月《文學月刊》第 2 卷第 3 期。但余冠英又稱：「前期的詩受舊詩的影響多，後期的詩受

　　第三，純粹想像性的物象也日漸減少。「五四」白話新詩中，純粹想像性的物象與純粹的寫景寫實類相映成趣，如唐俟的《桃花》、光佛的《心影》、陳建雷的《樹與石》等，郭沫若《女神》中的許多作品就更不用說了。純粹想像性的物象充分顯示了詩人對客觀世界的創造力、操縱力；除少數作品外，新月詩歌均以表現「原生」狀態的物象為主，「原生」當然也包含著一定情感，與寫實寫真不同，但它的情感又相當自然地融化在物象本身的性質之中，而不是對事物進行強制性的扭合、撕扯。新月派詩人如徐志摩、聞一多等雖也強調過「想像」的重要性，但他們所謂的想像已經與西方詩學相去甚遠，在想像中求和諧，求統一，求自我情緒的克制才是其詩學精神的實質，所謂「詩意要像葉子長上樹幹那樣的自然」。[7]

　　中國新詩第二次生成所體現出來的這一系列的變化，不妨可以作這樣的認識：摒棄抽象意念，實際上是阻撓著詩歌通向純粹內心世界的道路，把詩的視野引向客觀世界；而迴避單一的寫景寫實，又在客觀世界中保留了主觀心靈的位置；最後，當客觀世界呈現在我們平和的心境中，而詩人也不再以個人想像的力量去破壞它的原生形象，轉而追求物我間的和諧時，一個全新的迷人的詩的境界就誕生了。在這樣的境界中，詩在於象又在於義，在於「象下之意」的興味。這正是古人所謂的「因事有所激，因物興以通。」（梅堯臣《宛陵集》）

西洋詩的影響多。」對此，我卻不能贊同。

[7]　徐志摩：《翡冷翠的一夜·序言》，《翡冷翠的一夜》，新月書店 1927 年版。

當中國現代新詩在「興」的啟示下第二次生成並開始指向成熟之際，中國現代詩論也作出了及時的闡述和總結，從而把這一生成的意義確定和推廣開來。1926 年周作人在為劉半農《揚鞭集》所作的「序」中第一次明確提出了「興」的問題，並把它與當時流行的另一種外來藝術——象徵聯繫在一起，作了不失時機的中西滙通。周作人當時就很有發生學意識，他設想，「新詩如往這一路去」，「真正的中國新詩也就可以產生出來了」。[8]

後來的歷史已經證實了周作人的預言。從新月派到象徵派直至 30 年代的現代派，物我共生的藝術思維日漸成了新詩創作的基本特色。興完成了中國新詩史上影響最為深遠的再生成。

● 以物起情、隨物宛轉的詩歌表現模式

「興」在宏觀上引導著詩人對「象下之意」的追求，從而開闢了中國現代新詩史上的一個嶄新的時代。在具體的藝術手段方面，興所代表的那種以物起情、隨物宛轉的表現模式也深得人心，成為中國現代新詩創作的基本特徵之一。

「興者，先言他物以引起所詠之詞也。」（朱熹語）「他物＋抒情」的思維方式曾經是中國古典詩歌最早的也是最常見的「起興」模式。在中國現代新詩中，這一模式仍然獲得了廣泛的重視和運用，如徐志摩手剝蓮蓬，目睹江鷗而想起

---

[8]　周作人：《揚鞭集·序》，《語絲》第 82 期。

心中的戀人（《我來揚子江邊買一把蓮蓬》），又因寧靜的
庭院、當空的明月而思緒飛揚（《山中》），聞一多見瓶中
盛放的秋菊而聯想到遙遠的祖國和東方文明的「高超」、「逸
雅」（《憶菊》），林徽因深夜聽樂而生出無限的憂傷（《深
夜裏聽到樂聲》），方瑋德在自然界的風暴裏引發了自我心
靈中的風暴（《風暴》），李金髮淋小雨而思故鄉（《雨》），
馮乃超「看著奄奄垂滅的燭火／追尋過去的褪色歡忻」（《殘
燭》），卞之琳由小孩扔石頭而悟出生命被「拋落塵世」
的事實（《投》），戴望舒目擊落葉、牧女而做秋夢（《秋
天的夢》），隨「海上的微風」泛動「遊子的鄉愁」（《遊
子謠》），何其芳感雨天的陰晦潮濕而歎相思的寂寞（《雨
天》）。甚至，我們還可以在「五四」白話新詩裏（即在
中國新詩的第二次生成之前）找到這類抒情模式的某些痕
迹，如胡適的《四月二十五夜》、羅家倫的《往前門車站
送楚僧赴法》等。由此可見，興作為一種藝術表現模式更
有它廣泛的影響力。

　　與中國現代新詩分段抒情的客觀體式相適應，「他物＋
抒情」的起興模式也作了一些新的調整：起興之物不再是一
次出現，它所引發的情感也不再一貫到底；在一首詩中，他
物往往內容豐富，頻繁展現，而生成的詩情也此起彼伏，綿
亙悠長。如徐志摩的《再別康橋》，由「河畔的金柳」而生
故人的返想，由「軟泥上的青荇」引出溫軟的情懷，由「榆
蔭下的一潭」勾起往昔的夢幻；李金髮《有感》睹秋葉飄落
慨歎生命的淒清，聞月下的醉歌悟出及時行樂的必要；馮至
觀「雄渾無邊的大海」而反省「人的困頓」，迎風吹拂的亂

髮又提醒著他光陰的流逝（《海濱》）。如果說一次性的「他物＋抒情」可以被稱作是「以物起情」，那麼，這種多次性的「他情＋抒情」則應當稱作是「隨物宛轉」了。

「以物起情」是起興的簡單模式，而「隨物宛轉」就要複雜和成熟多了，因為，在這個時候，興象不僅啟動了情感，而且能夠比較自然地嵌入了詩情的流動之中，構成詩情的一個有機組成部分。「隨物宛轉」既屬於現代詩歌特有的新體式的產物，又暗合了中國古典詩歌起興模式的發展線索：由機械的開頭稱韻轉為浮動於詩情中的物象，直到不露痕迹，物我不分，景語即情語，情語即景語。

在中國古典詩歌中，起情之物與所「起」之情渾然一體，不分彼此，在對物的直觀呈現中暗示情的流動，這才是真正高級的表現模式，我們也可以把它看作是一種更高級更理想的「隨物宛轉」。在 20 年代的林徽因、30 年代的何其芳、戴望舒等人的現代派詩歌中，一次或多次性的以物起情都很難找到，起情的物消失了標誌，完全成為情的一部分，這就是高級的「隨物宛轉」。如何其芳的《歡樂》：

> 歡樂是怎樣來的？從什麼地方？
> 螢火蟲一樣飛在朦朧的樹陰？
> 香氣一樣散自薔薇的花瓣上？
> 它來時，腳上響不響著鈴聲？

「歡樂」本屬於情，但卻被當作物象來表現了；飄散的花香，清脆的鈴聲，飛動的螢火，這些生機盎然的物象本身不也是一種「歡樂」嗎？

在《歡樂》式的表現模式中，起情意義的「興」顯然是隱匿了，淡化了；但是，從詩學精神的發展來看，詩歌表現模式由顯而隱，由人工而自然，這卻是歷史的進步。

與中國新詩在表現模式上的「興味」淡化傾向相適應，中國現代詩論對「興」的熱烈討論也在 30 年代中期以後趨於平靜，到 40 年代，在朱光潛建立他那更加龐大的現代詩學體系時，「興」已經退居到一個相當次要的位置了。在我看來，這倒恰恰說明，「興」已經完成了它對中國新詩的「發生」使命，進入到與其他藝術表現形式共生共容的渾融狀態了。

● **現代詩人的主體創作機制**

興對中國現代新詩的發生學意義，還通過對中國現代詩人的主體創作機制的影響表現出來。這種影響又主要體現在詩人的人格修養及基本的創作心境兩個方面。

詩人的人格修養是主體創作機制的重要基礎。在這方面，當然不能忽視西方浪漫主義、象徵主義詩學對中國詩人所產生的影響，如郭沫若提出「人格比較圓滿的人才能成為真正的詩人。」[9]穆木天等人也重複過法國象徵派的「純詩」觀念，但應當指出的是，西方近現代詩學對自我或者潛意識的這類內向性開掘並沒有成為中國現代詩人人格修養的主要內容，即便是那些闡述西方詩學人格觀的詩人也都同樣醉心於中國傳統詩學的興發人格，對自然化的人格津津樂道。

---

[9] 郭沫若：《文藝論集·論詩三札》，《沫若文集》第 10 卷第 201 頁。

郭沫若對宗白華的心物感應說就頗為欣賞。穆木天說：「感
情、情緒，是不能從生活的現實分離開的，那是由客觀的現
實所喚起的」，[10]最後還必須「徹底地，去克服我們的個人
主義的感傷主義」。[11]

　　興發人格的基本內涵就是詩人在客觀世界中強調自己
情感的韻律，並不斷求返詩人的內心世界，最終實現兩者的
協調一致，這樣，一個棄淬存精、洗淨鉛華的自然化人格就
形成了。

　　1920 年《少年中國》上刊登的幾篇詩論奠定了中國新
詩人人格陶冶的基本思路。宗白華的《新詩略談》認為，要
養成「詩人人格」，除「讀書窮理而外」，最重要的是「兩
種活動」：第一是「在自然中活動」，這是「前提」；第二
是「在社會中活動」。[12]康白情在《新詩底我見》中說，「養
情」「有三件事可以做」：「在自然中活動」，「在社會中
活動」，「常作藝術底鑒賞」。[13]兩人的意見大同小異，都
格外看重大自然的意義，至於把社會現象也作為重要的客觀
條件，則多少與現代人生存環境的新變有關（當然古人也有
重視社會現象的）。這兩條意見都凸出了外物的本體性意
義，而「讀書窮理」和「藝術底鑒賞」也是自我體驗、求返

10　穆木天：《詩歌與現實》，《平凡集》，新鐘書局 1936 年版。

11　穆木天：《建立民族革命的史詩問題》，原載 1939 年 6 月《文藝陣地》
　　第 3 卷第 5 期。

12　宗白華：《新詩略談》，原載 1920 年 2 月《少年中國》第 1 卷第
　　8 期。

13　康白情：《新詩底我見》，原載 1920 年 3 月《少年中國》第 1 卷
　　第 9 期。

內在情緒節律的關鍵。兩者的同步運行，就是興發的基礎，所謂「外感於物，內動於情，情不可遏，故曰興。」（賈島《二南密旨》）

在中國現代詩論中，關於詩人的人格修養多有論述，但這裏所闡述的主客觀條件卻具有相當的代表性。梁宗岱認為「詩人是兩重觀察者。他底視線一方面要內傾，一方面又要外向。」[14]中國現代文學史上第一部新詩史的作者張秀中認為，詩人的修養包括「要窮究宇宙的奧蘊」，「在自然中活動」；「要透見人性的真相」，「在社會中活動」和「常作藝術的鑒賞」。[15]值得一提的是，有些現代詩論較多地運用著西方近現代文藝思潮的術語，但從一個更寬泛或者說更根本的層次上看，又幾乎都還是「興」所要求的人格模式的投影，接受蘇聯無產階級文藝觀影響的詩論就是這樣，比如臧克家在40年代提出，詩人深入生活時必須「和客觀的事物結合」，「生活愈豐富，愈變化，所得的靈感也就愈多，愈頻」。[16]

一個自然化的人格，一副純淨無私與客觀世界息息相通的胸懷，當它面對大千世界，最纖細最微弱的信息都會洶湧而來，不可遏制，詩情在這時候開始醞釀，開始湧動，開始生成。這屬於詩歌創作的基本心境。自然化的人格在詩的生

---

[14]　梁宗岱：《談詩》，原載 1934 年 11 月《人間世》第 15 期。

[15]　張秀中：《中國新詩壇的昨日今日和明日》，海音書局 1929 年版。

[16]　參見臧克家：《新詩常談》（原載 1947 年 10 月《文潮月刊》第 3 卷第 6 期）、《談靈感》（原載 1942 年 10 月《文藝雜誌》第 6 卷第 6 期）。

成之際，仍然需要繼續保持那種收斂心性的「自然化」狀態，提神太虛、凝神靜氣地體察外物的生命韻致，這時候，過分鋒利的個性稜角會破壞外物的完整，過分亢奮的熱情會模糊詩人的耳目。「夫置意作詩，即須凝心，目擊其物，便以心擊之，深穿其境。」（《文鏡祕府論》）康白情認為新詩創造的第一步是「無意」地去宇宙裏選意。[17]冰心認為「冷靜的心，在任何環境裏，都能建立了更深微的世界。」（《繁星・五七》）林徽因的「靈感」顯然也只能在這種冷靜中產生：「是你，是花，是夢，打這兒過，／此刻像風在搖動著我；／告訴日子重疊盤盤的山窩；／清泉潺潺流動轉狂放的河」（《靈感》）。宗白華曾細膩而生動地描述過他《流雲小詩》的創作心境：

> 黃昏的微步，星夜的默坐，大庭廣眾中的孤寂，時常仿佛聽見耳邊有一些無名的音調，把捉不住而呼之欲出。往往是夜裏躺在床上熄了燈，大都會千萬人聲歸於休息的時候，一顆戰慄不寐的心興奮著，靜寂中感覺到窗外橫躺著的大城在喘息，在一種停勻的節奏中喘息，仿佛一座平波微動的大海，一輪冷月俯臨這動極而靜的世界，不禁有許多遙遠的思想來襲我的心，似惆悵，又似喜悅，似覺悟，又似恍惚。無限淒涼之感裏，夾著無限熱愛之感。似乎這微渺的心和那遙遠的自然，和那茫茫的廣大的人類，打通了一道地下的

---

[17]　康白情：《新詩底我見》，原載 1920 年 2 月《少年中國》第 1 卷第 9 期。

深沉的神秘的暗道，在絕對的靜寂裏獲得自然人生最
親密的接觸。我的《流雲小詩》，多半是在這樣的心
情中寫出的。[18]

就在這樣的人格修養與創作心境當中，「世界和我們中間的
帷幕永遠揭開了。如歸故鄉一樣，我們恢復了宇宙底普遍完
整的景象，或者可以說，回到宇宙底親切的跟前或者懷裏，
並且不僅是醉與夢中閃電似的邂逅，而是隨時隨地意識地
體驗到的現實了。」「一線陽光，一片飛花，空氣底最輕
微的動盪，和我們眼前無量數的重大或幽微的事物與現
象，無不時時刻刻在影響我們底精神生活，和提醒我們和
宇宙底關係」。[19]

　　一些新詩作品，就是在這樣的心境和狀態中產生了
出來。

　　從史的發生到作品的生產，興的意義都值得我們重視。

● 興與象徵

　　有意思的是，中國現代新詩與「興」的歷史性相會倒多
少包含著西方詩學的一份功勞。1926 年周作人第一次把「興」
與象徵相聯結，這實際上已經為現代詩歌運動提供了十分寶
貴的理論支點：中國古典詩歌的基本思維獲得了符合世界潮
流的解釋，外來的詩學理論也終於為本土文化所融解消化，

---

[18] 宗白華：《我和詩》，《美學與意境》第 177 頁，人民出版社 1987
　　年版。
[19] 梁宗岱：《象徵主義》，原載 1934 年 4 月《文學季刊》第 2 期。

於是，中國現代詩人盡可以憑藉「象徵」這一體面的現代化通道，重新回到「興」的藝術世界中去了。

在今天看來，這樣的中西融會卻未能避免周作人本人的「理解的迷誤」。

在用具體意象表達抽象的思想感情這種思維方式上，「興」與「象徵」確有驚人的相似。但是，如果我們引入民族文化這一深厚的背景，那麼它們各自的差異就依舊是不容忽視的。

「興」孕育自中國原始宗教，但它的成熟卻主要得力於消解這一宗教精神的「人文化」的傳統哲學。所以，「興」的本質就不是宗教的迷狂而是詩人一瞬間返回「天人合一」狀態的微妙體驗。在中國式的「人文化」哲學觀念裏，情感不是人的專利，而是宇宙中普遍存在的自然生命現象，「夫喜怒哀樂之發，與清暖寒暑，其實一貫也。」（《春秋繁露‧陰陽尊卑》）「象徵」亦可以追溯到原始宗教，但它的成熟卻是在西方中世紀的宗教神學時代。「象徵」在本質上是詩人對形而上的神性世界的感知與暗示。象徵主義先驅波德萊爾說：「正是由於詩，同時也通過詩……靈魂窺見了墳墓後面的光輝。」[20]

「興」的物象自成一體，渾融完整，在中國哲學中，「一」是本原，也是最理想的歸宿，「象徵」的物象則比較支離破碎，它們僅僅統一在詩人宗教化的概念之中；「興」的物象

---

[20]　波德萊爾：《再論埃德加‧愛倫‧坡》，收入《波德萊爾美學論文選》第 206 頁，人民文學出版社 1987 年版。

能夠與詩人的心靈相互交流，彼此契合，具有比較獨立的意義，「象徵」的物象則沒有這樣的獨立性，它純粹是詩人主觀意志、宗教信仰的產物，所以在西方詩學中，象徵（symbol）又被乾脆冠之為「標誌」，是「作為邏輯表象的替代物」。[21]

　　「興」與「象徵」作為詩思，其產生的過程與基本特徵也各不相同。前文所述，「興」的啟動須「致虛極，守靜篤」，「滌除玄覽」，以平和寧靜的心靈觀照大千世界；「象徵」思維卻充滿了亢奮和宗教化的迷狂，波德萊爾認為「研究美是一場決鬥，詩人恐怖地大叫一聲，隨後即被戰勝。」[22]美國 20 世紀詩人理查‧艾伯哈特（Richard Eberhart）也用柏拉圖式的語言說：「詩乃神授」，「寫詩的過程，其終極是神秘的，牽涉到全身的衝力，某種神賜的力量。」[23]

　　與之相適應，「興」的藝術和「象徵」的藝術對詩人的素質要求也不大相同。我們已經知道，「興」的要求歸納起來就是對客體的尊重和對主體的磨礪；「象徵」的藝術要求則同西方詩學崇拜自我、強化詩人主體性的一貫主張有關，所以「想像力」依然是象徵藝術對詩人的要求。蘭波（Rimbaud）謂「詩人＝通靈人」，甚至說，「我將成為創造上帝的人」。他的代表作《醉舟》就是在根本沒有見過海的時候對海的精彩描繪。

---

[21] 康德語，轉引自羅傑‧福勒：《現代西方文學批評術語辭典》中譯本第 275 頁，春風文藝出版社 1988 年版。

[22] 波德萊爾：《再論埃德加‧愛倫‧坡》，收入《波德萊爾美學論文選》。

[23] 理查‧艾伯哈特：《我怎樣寫詩》，收入《詩人談詩》第 35 頁，三聯書店 1989 年版。

在中國現代詩人那裏，「興」與「象徵」的這些深刻的
文化差異性似乎都被忽略了。西方詩歌潮流衝擊下的焦躁以
及建設中國現代新詩的急切，這是彌漫於現代中國詩壇的基
本心態。在許多時候，文化的復興都顯得比文化的改造更深
入人心，也仿佛更有實踐的可能性。於是，中國傳統詩學的
「興」終於承受住了「象徵」的衝擊滲透，在中國新詩中牢
牢地札下根來。

二、比與中國現代新詩的修辭

> 不學博依，不能安詩
>
> ——《禮記·學記》

修辭是「一種以特殊方式呈現思想的藝術」。[24]文學
作品的獨立性事實上就集中體現為修辭的獨立性，即語言
操作的獨立性。中國現代新詩的藝術追求也就是它的修辭
追求。

要詳細剖析新詩修辭方方面面的特徵還不是這本小書
的任務，我們只選擇詩歌修辭中一個富有代表性的策略—
—比喻來加以考察，並且這種考察也不完全是在語言學的
層面上展開，而是從文化看修辭，屬於所謂的「文化修辭
學」範疇。

---

[24]　羅傑·福勒：《現代西方文學批評術語辭典》中譯本第 295 頁。

● 遠取譬與近取譬

　　中國現代新詩的比喻藝術有一個逐漸走向成熟的過程。

　　初期白話新詩中的比喻是相當零落的，僅以 1920 年上海崇文書局刊印的第一部新詩總集《分類白話詩選》為例，寫景類中，出現了比喻的新詩大約只占 1／4，寫情類中只占 1／5，寫意類中則還不到 1／10，寫實類更慘，幾乎找不到一處真正的比喻。這些鳳毛麟角般的比喻，也大多樸素而簡明，例如描述雪「那白砂糖似的東西」，「像棉花」，又「像麵粉」，狀寫除夕是「樂味美深，恰似餳糖」。[25]等到「湖畔」誕生，冰心《繁星》、《春水》出現，小詩運動展開，比喻才逐漸豐富起來，郭沫若的詩歌創作更是充分地調動了比喻的力量，那些喻象常常以鋪天蓋地的氣勢迎面撲來，讓人歎為觀止。不妨順便統計一下《女神》中的幾首名作，《鳳凰涅槃·鳳歌》、《浴海》中 1／3 的句子使用了比喻，《地球，我的母親》、《新陽關三疊》中 3／5 的句子使用了比喻，《日出》、《筆立山頭展望》全詩均只有 16 句，出現比喻倒有 10 處以上。至此，中國新詩的比喻藝術算是基本成型了。

　　《女神》式的比喻和《繁星》、《春水》式的比喻都可以說是中國新詩比喻藝術走向成熟的標誌，不過，我們又感到，它們各自的形態特徵卻是大不相同的。《女神》式的比喻以它豐富的想像力取勝，在一種「有距離」的聯繫中刺激、

---

[25]　分別見易漱渝《雪的三部曲》、沈尹默《除夕》。

掀動著讀者的思緒，如「我是一隻天狗」，頭顱「好像那火葬場裏的火爐」，貝多芬「高張的白領如戴雪的山椒」等等；《繁星》、《春水》式的比喻則以這樣的話語為典型：「我們都是自然的嬰兒／臥在宇宙的搖籃裏」（《繁星·一四》），這樣的修辭，顯然並不是以其怪異活躍在我們眼前，它是溫軟的，恬靜的，在運用想像的同時恰如其分地化解了想像的銳利，修辭性的話語與整個的語境水乳交融，它仿佛真是心平氣和地描繪著我們生存的真相：我們不的確是宇宙的嬰兒麼？這哪裏像是技術性的刻意為之的比喻呢！借了朱自清用過的術語，我們可以把《女神》式的比喻稱作「遠取譬」，把《繁星》、《春水》式的比喻稱作「近取譬」。朱自清曾說，「所謂遠近不指比喻的材料而指比喻的方法」，「遠」就是「在普通人以為不同的事物中間看出同來。他們發現事物間的新關係，並且用最經濟的方法將這關係組織成詩。」[26]「近」則注意縮短事物間的距離，注意組織事物間的聯繫。遠取譬往往出人意料，讓人驚歎，令人思索；近取譬常常使人備感親切，它新鮮但不奇特，更不會讓我們為了破解它而苦苦思索，絞盡腦汁！

　　朱自清是在總結象徵派詩歌的藝術特徵時提出「遠取譬」一詞的，其實，並不是所有的象徵派詩人都選擇了這種比喻模式，李金髮寫蚊蟲「狂呼在我清白之耳後，／如荒野狂風怒號」（《棄婦》），寫「我的愛心」「如平原上殘冬之聲響」（《愛憎》），胡也頻「海潮如人間之土匪」（《噩

---

[26]　朱自清：《新詩的進步》，《新詩雜話》第 8 頁，三聯書店 1984 年版。

夢》），這是遠取譬，但穆木天寫妹妹的「淚滴是最美的新酒」（《淚滴》），寫逝去的記憶「是夢裏的塵埃」（《弦上》），馮乃超寫「教堂照得天國一樣光明」（《歲暮的Andante》），這又是近取譬了。從總體上看，中國現代詩歌中的近取譬似乎更容易贏得讀者的認同，所以說出現的頻率也更高。從新月派、象徵派直到現代派，中國現代新詩不斷完善和發展著冰心式的近取譬。特別是在現代派詩歌作品中，比喻通常與即景而生的情、客觀場景的描繪相互交織，不動聲色地隱藏了自身的主觀意圖，如戴望舒《我底記憶》、何其芳《月下》、卞之琳《圓寶盒》。有時候，比喻在詩中並沒有任何的語詞標記，但全詩的情或景本身就構成了一個巨大的隱喻，如卞之琳《距離的組織》。

　　新詩對近取譬的格外青睞恰恰符合中國古典詩歌的修辭傳統。早在《論語》裏，「近取譬」就是比喻的代名詞了，「能近取譬，可謂仁之方也已。」中國古典詩歌的比喻主要就是一種近取譬。「南國有佳人，容華若桃李」（曹植《雜詩》），「人生無根蒂，飄如陌上塵」（陶潛《雜詩》），「花紅易衰似郎意，水流無限似儂愁」（劉禹錫《竹枝詞》），「問君能有幾多愁？恰似一江春水向東流」（李煜《虞美人》），之所以說這些比喻是「近取」的，就是因為它的本體和喻體距離較小，要麼是在詩人抒情達志時目光所及的範圍內，要麼就是在詩人習慣性的思維邏輯當中，憑著一位中國讀者的直感能力和基本的文化素養，是不難迅速把握其中的意蘊的。劉勰將這一比喻策略總結為「切至」，他說：「比類雖繁，以切至為貴，若刻鵠類鶩，則無所取焉。」（劉勰

《文心雕龍‧比興》）看來，「刻鵠類鶩」似的遠取譬是中國詩學所反對的。

中國現代新詩的比喻為什麼會與中國古典詩歌的選擇不謀而合呢？這似乎可以從文化修辭學的角度加以闡釋。

作為修辭，比喻當然是一種「特殊的語言手段」，較充分地表現著詩人的主觀性、意志性，但是，「文學作品通過特殊的語言手段達到預期的效果，這一點並不能使其脫離語言的共核。」[27]比喻屬於具體的言語行為，它不可能脫離語言本身的深層結構。中國現代詩人所接受的全部蒙學教育就是「超穩定」存在著的漢語言系統，這就在他們內心深處形成了一個根深柢固的「語言共核」，他們個體化創作的「言語」必然要受到這個「核」的制約，「核」提供了藝術的語言庫以及變通的可能性；尤其是對詩而言，白話與文言的區別並不大，其內在的語言結構如詞法、句法、章法、音韻等絕無本質性的差別。語言深層結構上的同一性是中國現代新詩再現古典詩歌修辭現象的重要基礎。

新月派、象徵派與現代派詩人一般都具有豐厚的傳統文化素養，而像何其芳、卞之琳、戴望舒、孫大雨等人對漢語又作了深入的修辭學研究，這都構築了中國現代新詩比喻藝術生存發展的文化修辭學基礎。

---

[27]　雷蒙德‧查普曼：《語言學與文學》中譯本第 123 頁，春風文藝出版社 1988 年版。

● **近取譬的兩個特徵**

　　中國現代新詩的近取譬有兩個主要特徵，它們都具有鮮明的民族文化品格。

　　首先，中國現代新詩的喻象都比較注意「環境化」。所謂環境化，就是詩中的喻象注意相互協調，共同組成一處氣象渾融的場景。有的是幾個喻象之間注意配合，如徐志摩《呻吟語》：「我亦想望我的詩句清水似的流，／我亦想望我的心池魚似的悠悠」，前後兩個比喻性物象真是「如魚得水」了！再如何其芳的《歡樂》：「告訴我，歡樂是什麼顏色？／像白鴿的羽翅？鸚鵡的紅嘴？／歡樂是什麼聲音？像一聲蘆笛？／還是從籟籟的松聲到潺潺的流水？」白鴿的羽翅，鸚鵡的紅嘴，聲聲的蘆笛傳響，松濤陣陣，流水潺潺，這樣的環境本身不就是充滿了「歡樂」嗎？有時，詩的喻象又與詩中的其他物象相互融合，如林徽因的《仍然》：「你舒伸得像一湖水向著晴空裏／白雲，又像是一流冷澗，澄清／許我循著林岸窮究你的泉源：／我卻仍然懷抱著百般的疑心／對你的每一個映影！」詩中的喻象湖水、冷澗與詩中的想象性物象泉源、映影共同營建了一處空靈、純淨的場景。又如臧克家《春鳥》中寫春鳥的鳴唱「像若干隻女神的手／一齊按著生命的鍵。／美妙的音流／從綠樹的雲間，／從藍天的海上，／匯成了活潑自由的一潭。」

　　在圓圓融融的場景中，局部的喻象被打磨得毫無斧鑿痕迹，作為一種有意為之的修辭，它在表現自己的同時恰當地「淡化」了主體意志的鋒芒。

　　中國現代新詩喻象的「環境化」實際上折射出了中國文化固有的修辭學觀念。《老子》開宗明義：「道可道，非常道；名可名，非常名。」就是說，人根本無法認識更無法用言語來傳達天地萬物的終極奧祕，「知者不言，言者不知。」這樣，保持事物「未加名義」的渾一狀態才是明智的選擇，非解釋性、非主觀意志性就是中國詩歌語言的主要特色。比喻，是一種有意圖的話語，但在中國詩歌的實踐中卻極有必要消解它的「有意圖性」，於是，喻象就與「山川之境」融為一體了。依著山川之境本身的感性風貌，人類修辭才仿佛達到了最貼近「道」的程度。

　　較之於西方近現代詩歌的比喻模式，中國現代新詩喻象的民族特色就更加清晰了。西方詩人顯然無意依託山川之境「本身」來表達他們對世界意義的認識，他們筆下的喻象從不在「環境化」當中返回世界的原來的渾一狀態，無論是浪漫主義海闊天空的明喻（Simile）還是現代詩歌凝練晦澀的隱喻（Metaphor），這種修辭都僅僅是作為詩人主觀意志所選擇的一種「技巧」而存在；無論在什麼時候，詩人一己的意志都是不容辱沒的至尊。華茲華斯說：「你的精神像一顆遙遠的星星，／你崇高的說話聲音像是大海」（《倫敦，一八○二》），魏爾倫說：「我是一隻搖籃，／有隻手把我搖著，／在墓穴裏搖我：沉默吧，沉默！」（《大而黑的睡眠》）人的精神與遙遠的星辰，「我」和搖籃，這些物象都隔著千山萬水，很難在某一個自然環境裏渾融統一起來，那麼，又是什麼東西把它們連接到一處的呢？是人主觀性的感受和思索。藉著自身的思辨能力，西方詩人無所顧忌地拉大喻體

和本體之間的距離，喻象幾乎就不可能返回世界「本體」的自然狀態，比喻僅僅只是技巧，是手法。

我們注意到，中國現代詩哲對我們的比喻傳統的把握就是相當清醒的，比如，錢鍾書就提出，如果說理論文體中的比喻還僅僅是工具，可以叫做「符」（Sign）的話，抒情詞章卻不能如此；抒情詞章中的比喻應當稱之為「迹」（icon）。他認為，在理論文體中，「理之既明，亦不戀著於象，捨象也可」，就是說，比喻最終是可以被捨棄的，就如同「到岸捨筏」一樣，但在抒情詞章中，比喻是有機性的成分，「詩也者，有象之言，依象以成言；捨象忘言，是無詩矣」。[28]這樣的認識的確就與西方詩學判然有別了。比如，新批評大師瑞恰慈（Richards）恰恰就把隱喻稱之為抵達真理彼岸的舟筏。在瑞恰慈眼中，外物本來無所謂意義，是我們賦予其意義，先有人，後有物，先有語言，後有現實。

其次，中國現代新詩的喻象具有一定的文化傳承性，即是說較多地接受了中國古典詩歌的原型喻象。早期新詩中寥若晨星般的幾個比喻幾乎都是直接移用古典詩歌的喻象，如喚飄雪為「花朵」、「棉花」，謂天空為「碧玉」等等；成熟的現代新詩，其比喻雖是現代話語，但意蘊卻源於中國古典詩歌傳統，如徐志摩的名喻：「最是那一低頭的溫柔，／像一朵水蓮花不勝涼風的嬌羞」。將女性的情態與蓮花互喻是中國詩歌的典型話語，如唐代詩人郭震《蓮花》雲：「臉

---

[28]　錢鍾書：《周易正義・二乾》，《管錐編》第 1 冊第 12 頁，中華書局1979 年版。

膩香薰似有情，世間何物比輕盈，湘妃雨後來池看，碧玉盤中弄水晶。」戴望舒「雨巷」中的丁香讓人想到李璟「青鳥不傳雲外信，丁香空結雨中愁。」(《浣溪沙》)卞之琳《音塵》將書信喻為「遊過黃海來的魚」，「飛過西伯利亞來的雁」，這自然又是「魚雁傳書」的現代變形。還有，聞一多「忘掉她，像一朵忘掉的花」，沈從文的情詩「你是一枝柳」，邵洵美以女性為「蛇」，[29]這裏的花、柳、蛇都有眾所周知的原型意義。新詩裏常見的喻象原型還包括作為某種人生境遇的符號：夢、孤雁、流螢、秋葉、朝霧、漂泊的扁舟、月亮的圓缺，作為某種人生追求的象徵：魚、蠶、閒雲流水、飛蛾撲火等。

　　歷史傳承性事實上是強化了比喻作為語詞的聚合功能，它將孤立的語詞帶入到歷史文化的廣闊空間，並在那裏賦予了新的意義，由此，比喻這樣的個體行為又再次消融著它的鋒芒，在歷史的空間繼續其「環境化」的過程。

　　歷史的傳承性與語象的環境化就這樣相得益彰了。

　　西方詩歌的喻象是不是也具有歷史的傳承性呢？也許有吧，因為我們從艾略特等人的現代詩歌中不就找到了來自《聖經》或者其他神話的「原型」喻象嗎？但是，統觀西方詩歌的傳統，我還是認為，對喻象的歷史性開採本來是人與世界相互涵化的一種方式，從總體上看，西方詩人對這種「涵化」是不怎麼感興趣的，因此，他們並不熱中於對喻象的歷史形態的借用，其個體的主觀能動性永遠都是最重要的，即便是艾略

---

[29]　分別見聞一多《忘掉她》、沈從文《頌》、邵洵美《蛇》。

特，當他在《荒原》中大量化用神話、傳說、人類學、哲學和文學著作中的許多典故、喻象時，也絲毫不意味著他打算把自己心安理得地託付給歷史，恰恰相反，灌注於其中的基本精神是艾略特對人類歷史與現實複雜關係的深刻思考。於是，我認為，羅傑·福勒的一段總結對於西方詩歌是有代表性的：「隱喻在語言中是如此關鍵，以至於它作為一種文學手法不僅顯得十分重要，而且還特別無從捉摸和變化多端」。[30]

● **變異的傳統**

在以上一系列的分析之後，我們似乎會留下這樣的印象：中國現代新詩的比喻好像純粹就是古典詩歌修辭傳統的簡單再現。其實，問題還不是這麼的簡單。中國現代新詩終究屬於 20 世紀語境的產物，理所當然地，它必須面對和回應 20 世紀中國的風浪與劇變，作為對一個變動著的時代的話語表述，修辭亦將對自身的傳統進行適當的調整。當世界的「本體」已經動盪不安，「喻體」還可能固守那一份清靜麼？當工業時代的機器、槍炮和生存競爭占據了詩人的人生，他們還能僅僅靠幾片落花、幾絲楊柳來自我「映射」麼？20 世紀愈來愈走向沉重，走進複雜，落花、楊柳畢竟還是輕軟了，單純了。

較之於中國古典詩歌，中國新詩的比喻藝術至少發生了三個方面的「新變」。

---

[30] 羅傑·福勒：《現代西方文學批評術語辭典》中譯本第 330 頁，著重號為引者所加。

　　首先是賦予歷史性的喻象新的多樣化的內涵。比如臧克家有喻「災難是天空的星群」（《生活》），天空的星群多是燦爛光明的，但在這裏卻充滿了不幸。又如殷夫說「靜默的煙囪」「她堅強的挺立，有如力的女仙」（《我們的詩‧靜默的煙囪》），柔美飄逸的仙女竟如此的堅強有力，這是現代人的感念。再如邵洵美「我犯了花一般的罪惡」（《花一般的罪惡》），袁可嘉寫「難民」「像腳下的土地，你們是必需的多餘」（《難民》），鮮花何以「罪惡」，土地又如何成了「必需的多餘」？這些喻象在傳統詩歌中都不可能引出這樣的意義。

　　其次是開始在比喻裏發現事物間的新關係，本體和喻體間的距離拉大，也就是說產生了一些「遠取譬」。除郭沫若、李金髮之外，其他一些詩人有時也選取這種比喻方式，如聞一多「家鄉是個賊」（《你看》），陳夢家「他莊嚴依舊像秋天」（《白俄老人》），柯仲平「貧像個太古時的／沒有把刀斧的老百姓」（《這空漠的心》），杭約赫說都市的人們「像發酵的污水」（《復活的土地》），杜運燮說「落葉」好像一個「嚴肅的藝術家」（《落葉》），胡風說天氣「如死蛇一樣攤臥著」（《廢墟上的春天》）。

　　再次是出現了一些非物理可感性的喻象。喻象的物理可感性是中國傳統詩歌的顯著特徵，古語稱比喻就是「假物之然否以彰之」（王符《潛夫論‧釋難》），「以彼物比此物也」（朱熹《詩集傳》），有著具體的物理特徵的事物常常被中國詩人移作詩意的說明。如以堅挺的竹節喻人意志的剛毅：「人憐直節生來瘦，自許高材老更剛。」（王安石《華

藏院此君亭》）以蒼松翠柏喻人之老當益壯：「老柏搖新翠，幽花苦晚春。」（顧炎武《嵩山》）以清香四溢的梅花喻清高脫俗的節操：「不要人誇好顏色，只留清氣滿乾坤」（王冕《墨梅》）。

　　除了具體的物象外，中國現代新詩也不時使用一些抽象的概念，有的喻象本身就是理性的產品，沒有多少感性特徵可言，如「我們期望的只是一句諾言，／然而只有虛空，我們才知道我們仍舊不過是／幸福到來前的人類的祖先」（穆旦《時感》），「歸燕的平和之羽膀，／像是生命的寓言。」（李金髮《夜之來》）有的喻像是感性的描繪中滲入了強烈的思辨性，如「小小的叢聚的茅屋／像是幽暗的人生的盡途，呆立著。」（穆旦《荒村》）「生命便是／死神唇邊／的笑。」（李金髮《有感》）「那天真的眼睛」「只像一片無知的淡漠的綠野」（鄭敏《小漆匠》）。這類比喻模式倒讓我們想起了西方詩歌的傳統。在西方詩學裏，比喻本身就是一個相當寬泛的概念，並不一定具象。莎士比亞名言「成熟就是一切」向來被人們認為是典範性的比喻。因為，西哲認為：「每種語言本身就已經包含無數的隱喻。它們本義是涉及感性事物的，後來引申到精神上去，『掌握』（Fassen）『捉摸』（Begreifen）以及許多類似的涉及知識的字按它們的本義都只有完全感性的內容，但是後來本義卻不用了，變成具有精神意義的字：本義是感性的，引申義是精神的。」[31]

---

[31] 黑格爾：《美學》第 2 卷第 128 頁，商務印書館 1979 年版。

那麼，這是不是說，中國現代新詩比喻藝術的新變就與民族文化傳統毫無關係了呢？

當然不是。我認為，這種「關係」至少可以從兩個方面看出來。

首先，中國傳統的「近取譬」精神對於這樣的新變產生著明顯的制約性影響，抑制和規定了它的存在。因此，從「史」的角度來看，比喻的傳統模式依然居主導性的地位，「變異」雖然新鮮而奇麗，也更符合 20 世紀的走向，但在很長的一段時間裏還是影響有限，並沒有從整體上改變中國新詩的修辭本色。郭沫若開一代詩風，又曾為新詩比喻模式的現代變異作了許多的貢獻，但到後來，卻還是要強調「新詩在受了外來的影響的同時，並沒有因此而拋棄了中國詩歌的傳統。」[32]

尤其是那些「非物理可感性」的喻象，似乎也可以說是「遠之又遠」的取譬吧，它的設立，必然意味著一系列抽象概念的出現，語言活動勢必走向邏輯化，顯而易見，這與中國傳統的喻象模式相去甚遠。詩歌語言邏輯性的加強必然需要從詞法、句法、章法等許多方面重新組裝中國詩歌，因而這一新變所受到的傳統阻力最大，中國傳統似乎並不鼓勵這樣的修辭模式，以至於作詩近四十年以後，連最堅持抽象抒情的穆旦也困惑了：「總的說來，我寫的東西自己覺得不夠詩意，即傳統的詩意很少。這在自己心中有時產生了懷疑。有時覺得抽象而枯燥；有時又覺得這正是我所要的……」[33]

32　郭沫若：《雄雞集‧談詩歌問題》，《沫若文集》第 17 卷第 266 頁。
33　轉引自藍棣之：《論穆旦詩的演變軌迹及其特徵》，《正統的與異端

　　其次，我們還可以在文化修辭學的層面上來剖析這種
「變異」和「穩定」的內在聯繫。事實上，民族語言的深層
結構同樣也是言語新變的重要基礎。修辭作為一種有意圖的
言語，它變異的可能性、深淺度和方向感都與漢語言、漢文
化關係緊密，或者可以說就是漢語言深層結構「轉換生成」
的結果。變異和穩定相互依存，傳統本身也支配著對傳統的
調整。

　　比如，我們所謂「賦予歷史性的喻象新的多樣化的內
涵」，這是不是也與古典詩歌比喻藝術中相對的靈活性有關
呢？人類文化中的比喻大致有三類：一類是宗教性的比喻，
如《聖經》中的種種喻象，它神祕而刻板；二是西方現代詩
歌的隱喻，它突破了一切規則，純粹是詩人主觀意念的結
果，自由而較難把握；第三就是我們所說的中國古典詩歌的
近取譬，它具有與前述兩者都不相同的特徵：並非變幻莫
測，並非純粹的主觀意念，憑著我們的直覺感悟，就能把握
它的內蘊。「人憐直節生來瘦，自許高材老更剛。」王安石
以竹喻己，說自己生來端直，老更剛毅，不借助於任何的解
釋，我們就能準確地領會；同時，這類比喻又並不刻板，有
一種相對的靈活性，在一定的範圍內，它允許我們從特定的
角度出發，對它作出新的理解。比如，王安石以竹喻己，賦
予竹端直剛毅的性格，而杜甫卻說：「新松恨不高千尺，惡
竹應須斬萬竿」（《將赴成都草堂，途中有作，先寄嚴鄭公》），
杜甫以竹喻阻礙生命的勢力，賦予其「惡」的形象，到了清

　　的》第 315 頁，浙江文藝出版社 1988 年版。

人鄭燮筆下，竹又成了彼此支援的生命體，「新竹高於舊竹枝，全憑老幹為扶持。」（《新竹》）

　　再如，中國傳統的近取譬精神實際上又暗暗地滲透了現代詩歌中的那些「遠」取譬，於是，相對於西方詩歌的隱喻來說，中國新詩的比喻再「遠」都還是「切近」的。像李金髮「我的靈魂是荒野的鐘聲」，胡也頻「我如負傷的勇獸」，蓬子寫女性的長髮「有如獅子的鬃毛」，這些比喻，乍一看頗覺新鮮，但仔細咀嚼，又不會特別驚訝，因為它的基礎照舊是人對自然的某種認同，而且大體都是「原生」的未經主觀過分扭曲的自然。儘管西方近現代詩歌也被中國詩人奉為樣本，但從實踐來看，西方詩人在破壞中重組喻象的方法又實在不能讓他們接受。西哲曾說喻體與本體的連接屬於一種「違反邏輯的邏輯」（logic of logical abermation），又說詩的真理來自形象的衝突（Collison）而不是靠他們的共謀（Collusion），對於大多數的現代中國詩人來說，這些取象方式還是「遙遠」了些。

三、比興傳統與中國現代新詩的物態化特徵

　　　瞻萬物而思紛

　　　　　　　　　　　　　　——陸機《文賦》

　　從「生成」和「修辭」兩個側面觀察中國現代新詩，我們不難看出古典詩學理想在其中所產生的重要影響，興與比是我們無法割捨的傳統。在興與比的背後，我們又可以發現一種統一的存在，這就是環境性的「物」。興和比都努力在

一個「物」的環境中來運轉藝術的思維：「索物以托情謂之
比，情附物者也；觸物以起情謂之興，物動情者也。」（胡
寅《斐然集・與李叔易書》引李仲蒙說）「比者，比方於物
也；興者，托事於物也。」（鄭玄《周禮・大師》注引鄭眾
說）「比則取物為比，興則托物興詞。」（朱熹《楚辭集注》）
詩不「生成」於純主觀的想像，而是主客間相交觸的結果，
物感發了人的詩情；修辭也淡化了主觀的意圖，「近取譬」
悠然存在於一個和諧、親切的「境界」。我認為，這就是中
國詩歌文化精神的一個重要表現：物態化。古典詩學裏，興
和比常常並舉（「比興」），用來描述詩的藝術特色，並舉
的基礎就在於它們都體現了中國詩歌的物態化追求。

●「物態化」辨

　　我將「物態化」作為中國詩歌文化精神的重要表現，這
似乎就需要對它略加辨析了，因為，我們傳統的闡釋一般都
沿用「言志」或「緣情」的舊說，把中國詩認定為某種「心
志」或「情感」的表現。我認為，這對於我們開掘民族特性
的目標是極為不利的，它不僅無助於我們對中國古典詩歌的
深入認識，也將混淆中國現代新詩在自身發展過程中的兩重
文化衝突，從而妨礙著今人的觀察和探究。

　　我認為，無論是先秦《尚書・堯典》的「言志」還是西
晉陸機的「緣情」都屬於對藝術的終極性的判斷，但在傳統
「體用不二」思維模式的影響下，它們常常被不加細究地推
廣到中國古典詩歌闡釋的一切領域，這就極易混淆問題的本
質。特別是我們在比較文化、比較詩學的意義上談「文化特

徵」，這與在終極意義上推導「詩是什麼」、「詩從何處來」
是大有區別的（雖然在創作過程中也不時提到類似的問題，
但畢竟含意和側重點都不同了）。這樣，當我們一口咬定古
典詩歌的思維過程就是「緣情」或「言志」時，其似是而非
的局限性就勢不可免了。我們從以下四個方面略加辯證：

（1）隨著中國古典詩歌藝術的發展，中國古典詩論對詩
　　　歌創作藝術的解說也有一個逐漸發展、日趨準確的
　　　過程。中國古典詩歌藝術的成熟是魏晉至唐宋，而
　　　「言志」則是中國詩歌發展之初級階段的理論，西
　　　晉初年的「緣情」說也不能說包含了對藝術鼎盛期
　　　的全面省視，我們沒有理由格外強調這一結論而置
　　　魏晉以降的諸多詩論於不顧。

（2）考察中國古典詩論，我們可以知道，「志」或者「情」
　　　都不是闡述的終點，也不是唯一的概念，其他諸如
　　　「意」、「理」、「趣」等等也都在討論之列。全
　　　面考察中國古典詩歌的藝術論，我們就會看到，經
　　　常被使用的概括倒是「物」。《文心雕龍》云：「人
　　　稟七情，應物斯感」（《明詩》），「物色之動，
　　　心亦搖焉」（《物色》），這是感物而起的詩思；
　　　莊子「吾遊心于物之初」（《田子方》），鍾嶸「指
　　　事造形，窮情寫物」（《詩品序》），這是詩思的
　　　運動軌迹；「以物觀物」（《伊川擊壤集序》），
　　　「萬物歸懷」（郭象《莊子注》）就屬於詩思的圓
　　　熟之境了。

（3）從歷史來看，「言志」與「緣情」在現代被抽取出來作為藝術本體論顯然是受到了西方浪漫詩學的影響，但如此凸出詩人的主觀性卻也並不是中國詩歌的本來面目；就是在原來的「言志」、「緣情」說中，「志」與「情」也實在沒有這樣顯耀的獨尊地位，屬於「言志」派的《禮記·樂記》云：「人心之動，物使之然也。」陸機《文賦》謂「情」的本質是「遵四時以歎逝，瞻萬物而思紛；悲落葉於勁秋，喜柔條於芳春。」從這些表述中我們可以看出，「志」與「情」並不是獨立自足的，在很大的程度上（甚至可以說是在根本上），它們的發生發展都取決於「外物」。

（4）如果說「言志」與「緣情」在單純描述詩人的主觀世界時還有它一定的意義，那麼在把它用於闡釋詩歌藝術的文化特徵時則完全不能切中肯綮了。眾所周知，在中國傳統文化中，詩歌的創作活動都被賦予了濃厚的文化哲學意蘊。孔子「興於詩，立於禮，成於樂」，劉勰從莊子的「逍遙遊」推導出詩的「神與物遊」，嚴羽「論詩如論禪」，詩的運思就是儒道釋體驗世界的過程。但是，在單純的「志」、「情」闡述中，我們看不到這樣的哲學意識。

基於以上的認識，我們從文化學的角度將中國古典詩歌的思維方式概括為「物態化」。在「物」中求得自我的體認是中國古代哲學的總體精神，儒家以社會倫理為「物」，道、釋以自然存在為「物」。作為傳達這一哲學精神的詩歌，它

最顯著的特徵就是否認人是世界的主宰和精華，努力在外物的運動節奏中求取精神的和諧。在詩歌的理想境界之中，個人的情感專利被取締了，自我意識泯滅了（「無我」、「虛靜」），人返回到客觀世界的懷抱，成為客觀世界的一個有機成分，恢復到與山川草木、鳥獸蟲魚親近平等的地位，自我物化了。詩歌遊刃有餘地呈示著物態化的自我所能感受到的世界本來的渾融和韻致，這就是中國古典詩歌藝術的基本文化特徵。它並不否定情志，但卻把情志視作物我感應的結果，它也熱中於「模仿」世界，但又透過模仿的機械化外表顯示著生命本然意義的靈動。詩人放棄唯我獨尊的心態，拒絕旁若無人的抒情，轉為「體物」，轉為捕捉外物對心靈的輕微感發。於是，詩人仿佛另換了一副心靈，它無私忘我，化入一片清虛之中，通過對象的存在而獲得自身的存在，物即我，我即物，物化於我心，我心化於物，這就是所謂的「物態化」。物態化藝術的理想境界不是個人情緒的激盪，不是主觀思辨的玄奧，而是物我平等，物物和諧，「物各自然」。也就是說，這是一個萬事萬物都各得其所、各安其位又氣象渾融的物理世界，我們謂之「意境」。古人曾一而再、再而三地描繪「意境」的美妙，說它「如空中之音，相中之色，水中之月，鏡中之象，言有盡而意無窮。」（嚴羽《滄浪詩話・詩辨》）意境之中，景語即情語，情語即景語，寫實亦理想，理想亦寫實（王國維《人間詞話》），再難發現多少人工的痕迹了，所謂「羚羊掛角，無迹可求」（嚴羽《滄浪詩話・詩辨》）。總之，意境就是一個最充分的「物態化」世界。意境理想是在從魏晉至唐宋這樣一個漫長的過程中逐

漸產生日臻完善的，這也就是說，中國古典詩歌的物態化精神最完整地體現在魏晉唐詩宋詞之中。「人閑桂花落，夜靜春山空。月出驚山鳥，時鳴春澗中。」「天門中斷楚江開，碧水東流至此回。兩岸青山相對出，孤帆一片日邊來。」「碧雲天，黃葉地，秋色連波，波上寒煙翠。山映斜陽天接水，芳草無情，更在斜陽外。」（分別見王維《鳥鳴澗》、李白《望天門山》、范仲淹《蘇幕遮》）這些詩句都生動地體現了中國詩歌物化於我、我化於物的「物態化」追求，直到今天，也仍然是膾炙人口的。

　　當然，任何概念的定位都只能選取最典型最有代表性的層面進行。我們對中國詩歌物態化追求所作的分析，主要就是在人與大自然這個層面上展開的，因為正是在對大自然的觀照和表現當中，中國詩歌與西方詩歌判然有別了。不過，我認為，在這個層面上所進行的分析並不會縮小這個概念的適用度，在中國詩歌非自然的社會性題材裏，「物態化」的思維方式同樣存在。

　　中國古典的以社會為題材的詩歌作品有這樣一個顯著的特徵，那就是詩歌一般不對社會現象作純客觀性的描寫，而是儘可能地把自我與社會連接起來，貫通起來，自我不是高高在上的理性的審視者，而是社會歷史的自覺的承擔者。外在的社會現實總能內化成為詩人的道德使命，而詩人的道德使命又不是個體智力的突現，它也必然通過對某個社會角色的認同表現出來，從思維方式上看，這不是與「外感於物，情動於中」十分相似嗎？曹植《白馬篇》有云：「棄身鋒刃端，性命安可懷？父母且不顧，何言子與妻？名在壯士籍，

不得中顧私。捐軀赴國難，視死忽如歸。」韓愈《左遷至藍
關示侄孫湘》：「一封朝奏九重天，夕貶潮陽路八千。欲為
聖朝除弊事，肯將衰朽惜殘年。雲橫秦嶺家何在？雪擁藍關
馬不前。知汝遠來應有意，好收吾骨瘴江邊。」年輕氣盛的曹
植慷慨激昂，花甲之年的韓愈則抑鬱悲涼，但詩歌並沒有沿著
這兩種心情深入開掘，展示個人精神世界的繁雜，而是在個性
與道德使命兩者的接壤處烘托渲染，於是，詩中的情感無論高
昂還是低沉，都屬於一種道德化的情感，體現了人對社會角色
的認同，對社會使命的肩負。在這裏，詩人不是仍然首先需要
「社會化」（亦即「物態化」）嗎？詩的世界不也是人與社會
道德相互融會的世界（亦即「物態化」境界）嗎？

● **中國現代新詩的物態化特徵**

　　正如比興傳統在中國現代詩壇具有廣泛的影響力一
樣，物態化作為中國詩歌的基本文化精神也在現代充分顯示
了它的存在。

　　中國現代新詩的物態化特徵表現在許多方面，比興本身
就是物態化精神的表現。

　　興的詩學意義在於「生成」，比的詩學意義在於「修辭」，
放在詩歌創作的物態化追求上來看，我們又可以說，興是物
態化追求的準備，是「進入」物態化的重要環節，比則是物
態化藝術的自我完善。

　　將世界的本然狀態認定為和諧，並由此推導出「天人合
一」，牽引詩人由體物而物化，由物化而物我兩忘，這恐怕
仍然不過是人的一種觀念，比如，如果沿著西方進化論的思

路走下去，我們不又可能把世界的本然狀態認定為競爭嗎？重要的又在於，物態化追求對於 20 世紀的中國詩人究竟意味著什麼？它意味著觀念與現實的分離愈來愈大。20 世紀的中國，無論是生存環境的改變還是生存發展的要求，都讓中國詩人不得不時常偏執於「我」的權益、「我」的立場、「我」的意志，這樣，即便席勒所說的那種古典時代的物我和諧真的出現過，到此時也已經不復存在了，詩人真的由「樸素」轉向了「感傷」，個人情感的氾濫勢所難免。

在這樣的「分離」當中，如何將七情六欲的現代人「超度」到物態化的審美心境中去，就成了中國新詩頗難解決但又極想解決的問題。於是乎，「興」的詩學價值的再發現就成了中國新詩「物態化」走向的第一步，也是必不可少的一步。

「興」的人格修養及審美期待是創作主體的一種「準備活動」，它們形成了詩感的格局和格調。徜徉在大自然的青山綠水之間，以平靜的心來感應那輕微的自然生命的律動，個人意志的種種躁動不就蕩然無存了嗎？宗白華在《詩》裏說得好：「啊，／詩從何處尋？——／在細雨下，／點碎落花聲！／在微風裏，／飄來流水音！／在藍空天末，／搖搖欲墜的孤星！」雨打落花，流水淙淙，星光搖曳，這既是中國詩人陶冶性靈的自然環境，又是他們「等待」感興的心理氛圍。

值得注意的是，陶冶性靈僅僅是人格修養的一個手段，現代人並不總有機會忘情於山水，他們經常處於以個體面對世界的「危險」的獨立狀態，這個時候，他們又如何進行「修養」和「期待」呢？中國現代詩人又結合現代文化發展的特點，調動「理性」的力量來自我節制。從新月派、象徵派到

現代派，隨著中國新詩在藝術上的日趨成熟，一些專注於藝術探索的詩人又自覺地運用理性的手段來節制主觀欲望，把個人放任不羈的情緒收縮在一個「適度」的範圍內，試圖從理論的高度為現代詩歌的「無我」指明方向。新月派詩人、現代派詩人和一些象徵派詩人（如穆木天、馮乃超等）都曾對西方巴那斯主義的「以理節情」表現了不同程度的興趣。當然，巴那斯主義在他們那裏主要還是一種術語的借用，西方詩學的「理念」或「直覺理性」顯然並沒有主宰徐志摩、戴望舒、何其芳諸人的頭腦，中國詩人從不曾絕對地壓制情感，而只是借理智的力量排開情感的漩渦，騰出一份清靜來感物詠志，抒寫物理世界的些微顫動，是為「性靈」。所以石靈認為，新月派「在舊詩與新詩之間，建立了一架不可少的橋梁」。[34]在談到中國的現代派詩歌時，孫作雲又強調指出，像這樣的「東方的詩是以自然為生命」。[35]有的詩題本來是自我的呈現，但營造起來的意境，卻又完全是一處「忘我」的物化世界，比如現代派詩人何其芳寫愛情：

> 藕花悄睡在翠葉的夢間，
> 它淡香的呼吸如流螢的金翅
> 飛在湖畔，飛在迷離的草際，
> 撲到你裙衣輕覆著的膝頭。
>
> ——《夏夜》

---

[34] 石靈：《新月詩派》，原載 1937 年 1 月《文學》第 8 卷第 1 號。

[35] 孫作雲：《論「現代派」詩》，原載 1935 年 5 月《清華周刊》第 43 卷第 1 期。

這樣的愛情，僅僅只剩下了情調和色彩，似乎愛情雙方的情態、思想、個性都無關緊要了。顯然，若講到化解情感的主觀性，當然是以這樣溫和的情調為好，既克制又不僵化，保持了性靈的躍動。

　　我們又曾談到，中國現代新詩的近取譬比較注意喻象的環境化以及傳承性，這實際上又暗合了物態化詩歌的理想，保持了世界的原真狀態。環境化的喻象和傳承性的喻象自有一種「默默無聞」的境界，根本無須詩人來解釋、說明，一時間，我們主觀世界的種種欲望和情緒，都不得不大加收斂，首先我們必須「物化」，然後才談得上與這個物質性的環境和諧圓融。在一些不假修飾的詩歌描寫裏，物態化的「原真」效果更為顯著，如穆木天的《雨後》：

> 我們要聽翠綠的野草上水珠兒低語
> 我們要聽鵝黃的稻波上微風的足迹
>
> 我們要聽白茸茸的薄的雲紗輕輕飛起
> 我們要聽纖纖的水溝彎曲曲的歌曲
>
> 我們要聽徐徐渡來的遠寺的鐘聲
> 我們要聽茅屋頂上吐著一縷一縷的煙絲

在這「雨後」的世界裏，野草、微風、稻波、薄雲、溪流、鐘聲、炊煙構成了一幅令人陶然忘返的圖畫，「我們要聽」是人的欲望，但卻已經是一種充分「稀釋」之後的欲望，它飄飄渺渺，稀稀薄薄，可有可無，沒有了稜角，沒有了鋒芒，世界一片和平，物各自然。

　　社會性題材的大量出現是中國現代新詩的一個顯著特徵。從初期白話新詩中的《相隔一層紙》、《人力車夫》、《賣布謠》到蒲風《茫茫夜》、王亞平《農村的夏天》以及田間《給戰鬥者》、何仲平《告同志》，社會現實成為中國現代詩人十分關注的對象，這類詩歌又因三四十年代的社會動亂、民族危機而越發顯得舉足輕重了。在以後幾章的論述中，我們將看到，作用於這一類詩歌的詩學因素也是相當複雜的，但這裏我要強調的是，中國傳統的物態化精神的影響相當明顯，也就是說，其中有相當一部分詩人仍然和中國古典詩人一樣，無意在社會活動中顯示自我的力量，他們自覺地把個人與群體相融合，把自我和社會相融合，在揭示社會現實的時候，他們迴避了「小我」的喜怒哀樂，自覺以「大我」的思想為思想，以「大我」的情感為情感，他們「消失」在了對象之中：「工人樂——／富翁哭——／富翁——富翁——不要哭，——／我餵豬羊你吃肉；你吃米飯我吃粥。」（沈玄廬《富翁哭》）這是「工人」的情感。他們情感的潮汐滙入了民族情感的海洋：「我要匯合起億萬的鐵手來呵，／我們的鐵手需要抗敵，／我們的鐵手需要戰鬥！」（蒲風《我迎著風狂和雨暴》）他們時時提醒自己和自己的同志們放棄一己的獨立，投身於社會的道德義務：「但也不要過於愛惜你的熱情／當你應該哭，笑的時候／你就得和大家一起歡樂／一起流淚……」「請不要忘記人類底悲苦和災難／當你那些親密的兄弟／為我們明天的幸福而戰鬥著的晚上／你能守住你的妻子對著爐火安眠？」（力揚《給詩人》）這些詩歌中的相當一部分還有一個顯著的特徵，那就是以群體

性的「我們」而不是以個體性的「我」作抒情主人公，正如
中國詩歌會的宣言中所說：「我們要使我們的詩歌成為大眾
歌調，／我們自己也成為大眾中的一個。」（《新詩歌・發
刊詩》）對讀雪萊詛咒波拿巴「這麼個最卑賤不過的奴才」，
對讀拜倫「若國內沒有自由可為之戰鬥／就該為鄰人的自由
而戰」，惠特曼「來，我要創造永不分解的大陸，／我要創
造太陽自古以來照耀過的最壯麗的民族」，[36]我們很容易見
出中西詩歌在社會性題材中的差異，西方詩歌即使表達個人
的社會道義，也顯然是自我力量的實現，是個人的某種創
造，主體顯然也絕不願「大眾化」。

四、意志化與物態化的消長

> 我們訴諸感情，只是為了給理智找到營養，
> 我們破壞常規，只是為了創造理想。
>
> ——桑塔雅納《詩歌的基礎和使命》

　　從比興出發挖掘中國現代新詩的物態化根性，這絕不意
味著中國現代新詩就是中國古典詩歌的自然延伸，是古典詩
學精神孕育下的產兒；正如我們在前文已經有所提及的那
樣，新詩初創的動力來自西方，西方詩歌及西方詩學的影響
絕對是不可輕視的，這是我們認識的前提，拋開了這個前
提，我們同樣也會模糊歷史發展的本質。我認為，西方詩歌

---

[36] 分別見雪萊《一個共和主義者聞波拿巴垮臺有感》、拜倫《若國內沒
有自由可為之戰鬥》、惠特曼《為了你呀，民主！》。

以及西方詩學對中國新詩的影響也是持續不斷的，問題在於，我們應當如何來重新認識這一影響的具體特徵，以及它又是如何與中國傳統詩歌理想相互纏繞、抵牾和結合的，這些纏繞、抵牾和結合在中國現代新詩史上有什麼樣的表現。

　　我認為，西方詩歌的文化特徵在於「意志化」。在中國現代新詩史上，「意志化」與「物態化」呈現為一種彼此消長的關係。

● 「意志化」辨

　　「意志化」是在與「物態化」相對應的意義上加以定義的。

　　西方文藝思想的奠基人柏拉圖曾經非常矛盾地表述了他的「詩說」，他以「理性」的鞭子把詩人趕出了「理想國」，卻又滿懷深情地述說著詩歌運思的迷狂狀態：詩神「憑附到一個溫柔貞潔的心靈，感發它，引它到興高采烈神飛色舞的境界。」[37]柏拉圖是自我矛盾的，但我們卻也看到，無論是矛盾的哪一面都強調了這樣一個觀念，詩不是對客觀世界的回歸和品味，而是對某種超越性的意識形態的表達，或者是「理性」，或者是神的意志。理性自然是自我意識強化的產物，而所謂神的意志也不得不經常由個人的自我意志來表達。於是，這互有矛盾的東西又總是可以統一起來的，並最終構成了詩人追求自我意志的最早根據，詩人的意志化貫穿了西方詩歌創作發展的全過程。從古希臘到 18 世紀的整個

---

[37]　柏拉圖：《文藝對話集》（朱光潛譯）第 118 頁，人民文學出版社 1963年版。

西方詩歌史，是「意志化」思維模式主導一切、操縱一切的歷史。中世紀的神學無疑也以效忠上帝的形式凸現了「意志」的作用，在這一觀念中，對客觀世界的親近就是對上帝的褻瀆。18 世紀後期的感傷主義與 19 世紀的浪漫主義似乎是打開了一扇通向自然的門扉，但自然還是自然，西方詩歌並無放棄個性、返回自然乃至「物態化」的打算。「因為他們，像康得一樣，認為純然感受外物是不足的，真正的認識論必須包括詩人的想象進入本體世界的思索，必須掙扎由眼前的物理世界躍入（抽象的）形而上的世界。」[38]浪漫主義詩歌的基本特徵是詩人對客觀自然的不斷解說、明辨，不斷追問它們何以如此存在，「意志化」依舊處於統攝地位。現代西方，與哲學上一系列「反傳統」的觀念調整相適應，以象徵主義為先驅，開拓了詩歌藝術的新境界，這種藝術思維用奧遜（Charles Olson）和克爾里（Robert Creeley）的話來說即是「在創作的瞬間物象的發生……可以、應該、必須按它們在其中發生時的原原本本的情況去處理，而非經過任何外來的觀念或先入為主的概念」。[39]但是，所有這些「原原本本」的物象卻並不就是客觀事物的原真狀態，而是經過了詩人主觀意志「陌生化」處理的東西。龐德（E. Pound）對「意象」的界定是：「意象」不是一種圖像式的重現，而是「一種在瞬間呈現的理智與感情的複雜經驗」。現代詩作為「理智與感

---

[38] 葉維廉：《中西詩歌山水美感意識的演變》，《尋求跨中西文化的共同文學規律》第 112 頁。

[39] 轉引自葉維廉：《語法與表現：中國古典詩與英美現代詩美學的滙通》，《尋求跨中西文化的共同文學規律》第 71 頁。

情的複雜經驗」的展示，其意志化的特徵依然是彰明較著的。自我意識並沒有在艾略特的「非個人化」中泯滅，它倒是經過這樣一場前所未有的語言革命重新塑造了自己的形象。

　　總而言之，西方從詩學理論到詩歌創作都始終保持著對詩人主觀意志的肯定和推重。在他們看來，詩人主體的意志性高於一切，客觀外物是被操縱被否定被超越的對象；詩應當成為詩人從自我出發，對世界的某種認識和理解；藝術的世界是一個為自我意識所浸染的世界；詩人們著力於自然的「人化」而不是自我的「物化」，所有這些，都屬於西方詩歌的意志化特徵。

● 中國現代新詩的意志化趨向

　　我們同樣應當重視中國現代新詩的意志化趨向，因為，對西方詩歌的大規模譯介、對印歐語法規範的借鑒、外來語的引入，以及存在於這些文學現象背後的無法拒絕的「西學東漸」，都不斷給中國詩人注入了異域的文化觀念，提供了嶄新的藝術樣本，這都是西方詩歌意志化精神移向中國的社會文化基礎。

　　歸納起來，中國現代新詩的意志化趨向主要表現在這樣幾個方面。

　　首先，純粹自我的情緒開始成了一些詩歌描摹的物件。從理論上看，不少詩人都宣揚過詩的「自我表現」說，諸如「詩是個性的自我──個人的心靈的總和──一種在語言文字上」「沒條件及限制的表現」，[40]諸如「文藝是出於自我

────────────

[40]　俞平伯：《詩的自由與普遍》，原載 1937 年 1 月《文學》第 8 卷第 1 期。

的表現」，「抒情詩是情緒的直寫」。[41]從創作上看，則有
郭沫若《天狗》式的自我擴張，有殷夫《讓死的死去吧！》
式的堅定信念，也有艾青《大堰河——我的保姆》式的激
情……中國現代新詩對自我內在情緒的追蹤也最終建立了
他與西方浪漫主義思潮的深刻聯繫，雖然比較完整的浪漫主
義精神僅僅只在「五四」的《女神》中一晃而過，但這一詩
潮的各個側面卻始終顯示在整個中國現代新詩史上。在早期
革命詩歌裏，我們目睹了個人意志力的主導支配地位，在七
月派詩歌中，我們領略了主觀戰鬥精神的風采，在九葉派詩
人的創作中，我們又發現了生命追求的頑強毅力。

　　其次，比較抽象的意念也出現在了一些詩歌作品中。比
如劉大白曾把「淘汰」這一進化規律寫得活靈活現（《淘汰
來了》），饒孟侃沿街叫賣自己的「靈魂」（《叫賣》），
聞一多把心靈深處的民族意識渲染得濃密而絢爛（《一個觀
念》），李金髮生動地表現了「希望」與「憐憫」這兩種心
理類別（《希望與憐憫》），杭約赫細述人類「神話」的歷
史意義（《神話》），穆旦剖析著歷史傳統與現實人生的複
雜關係（《裂紋》）。

　　對抽象意念的關注是詩人自我意識日趨健全、以「意志
化」的探索叩擊世界、追問人生的必然結果，它顯然突破了
天人合一、情隨物轉的詩歌藝術模式，為中國現代詩歌提供
了最新異的「反傳統」的思維途徑。40 年代的九葉派詩人
就具有明確的「反傳統」意圖，比如穆旦多次談到「受舊詩

---

[41]　郭沫若：《文藝論集・論節奏》，《沫若文集》第 10 卷第 225 頁。

的影響大了對創作新詩不利」，[42]而他本人的創作就是一種
「幾近於抽象的隱喻似的抒情」。[43]。

　　再次，客觀世界成為創作主體調理、操縱的對象，這是
追蹤內在情緒、表達抽象意念的必然結果。在中國現代新詩
中，調理客觀世界的方式又表現有三：

　　其一是削減客觀形象，直接呈現主觀意識。如初期白話
新詩，郭沫若的《女神》，徐志摩的初期創作及新月派的部
分詩歌，早期革命詩歌及中國詩歌會的一些作品，臧克家、
艾青的一些作品。

　　其二是主體介入、干預客觀世界。如艾青筆下的大都會
巴黎：

　　　巴黎
　　　你是健強的！
　　　你的火焰沖天所發出的磁力
　　　吸引了全世界上
　　　各個國度的各個種族的人們
　　　具著冒險
　　　奔向你
　　　去愛你吻你
　　　或者恨你到透骨！
　　　——你不知道

---

[42]　轉引自周珏良：《穆旦的詩和譯詩》，《一個民族已經起來》第 20
　　頁，江蘇人民出版社 1987 年版。
[43]　唐湜：《憶詩人穆旦》，見《一個民族已經起來》第 153 頁。

我是從怎樣的遙遠的草堆裏

跳出，

朝向你

伸出了我震顫的臂

而鞭策了自己

直到使我深深的受苦！

　　　　　　　　　　　　——《巴黎》

在對巴黎的表現中，詩人投入了一個東方青年特有的複雜情感和評價，詩歌就是巴黎這一客觀世界與詩人主觀意志猛烈衝撞的結果。沒有主觀意志的介入干預，就不可能對巴黎作出嶄新的評說。來自西方詩學的調理、解說式運思使中國新詩超越了外物原生形態的束縛，為「意志化」的馳騁開拓了廣闊的空間。類似的作品還有聞一多的《太陽吟》、蒲風的《生活》、田間的《森林》、鄭敏的《金黃的稻束》、穆旦的《旗》等等。

　　其三是客觀物象完全屬於詩人主觀幻覺的產物。如郭沫若的「鳳凰」（《鳳凰涅槃》）、「天狗」（《天狗》），徐志摩的「瞎馬」（《為要尋一顆明星》），聞一多的女鬼（《夜歌》），戴望舒的祖國之軀（《我用殘損的手掌》），穆旦的野獸（《野獸》）等。

　　其四是選擇、確立了新的詩歌表現模式，特別是從小說、戲劇的表現形式中獲得啟示，並把它運用到新詩創作之中。其中，應用得最多也較有成就的是「戲劇道白」，即詩歌模擬戲劇藝術的獨白或對白，從一個新的方向展示詩人意

識的諸多側面。沈玄廬「五四」時的《「姓甚」》是最早的戲劇道白詩之一，它通過詩人和「他」關於姓氏的一段對白，挖掘了姓氏文化中所顯示的男女不平等觀念；聞一多的《天安門》則採用了一種獨白的方式，借一位拉車人的市井語言表現了反動當局鎮壓學生運動的白色恐怖，而拉車人特有的粗俗的充滿市民價值觀念的道白又把這一歷史事件所產生的複雜社會效應展示得淋漓盡致，耐人尋味；卞之琳的《奈何》是詩人「黃昏和一個人的對話」，對話歸結到「要幹什麼呢？」「到哪兒去好呢？」詩人不知，對話者亦不知，其中的人生無奈之歎很讓人咀嚼。

　　戲劇道白的表現形式就其詩學淵源而言顯然與西方浪漫主義詩歌有密切的關係。戲劇道白曾經是 19 世紀西方浪漫主義詩歌的重要藝術形式，它使敘述者能夠站在一個相對超脫的立場上，借助發話者與回話者對某一人生事件的不同態度，在彼此的差異所形成的碰撞當中呈現人生意蘊的複雜性。如果我們考慮到「對話」本身就是人對於世界的存在方式，那麼這一表現模式的哲學意義就更加明顯了。所有這一類的複雜的藝術選擇，均屬於「意志化」的努力。

● 意志化與物態化的消長

　　「物態化」是中國現代新詩的民族根性，「意志化」又是西學東漸時代的必然趨向。在中國新詩運動中，這兩種文化追求盤錯在一起，彼此矛盾、消長，形成了中國現代新詩在文化特徵上的複雜性。這樣，意志化和物態化都不可能再完整地顯示自己固有的價值取向，它們在與對方的碰撞當中

彼此消耗、削弱，而雙方在一定角度上的相似性又促成了它們有趣的「融合」。

意志化的鋒芒不斷受到物態化需要的包裹、消化，失去了向西方詩學的深層系統作進一步推進的可能。我們看到，儘管中國現代新詩曾史無前例地關注了純個人的情緒，甚至也表現過抽象形態的主觀意念，但是這些關注和表現最終也只在一個相對淺近的表層上展示的，又以一般性的描繪居多，而真正向下開掘進去的意志化思索卻較少。這樣，無論是個人情緒的波瀾或者是抽象形態的意念都始終沒有與最深厚的生命本體的幽邃世界貫通起來，生命自身的意義從來沒有被懷疑，被重新估量（顯然，中國詩學背後的儒道釋生命觀阻斷了這樣的思維途徑）。在接受了意志化影響的中國新詩裏，表現人生的痛苦但大多納入了實際生活的感傷，如胡也頻《如死神躡腳在腦後》；勾勒自我形象但並無深刻的自省，如李金髮《題自寫像》；描繪主觀想像但依舊是現實情感的映射，如王獨清《哀歌》、戴望舒《雨巷》；抒寫人生的終極理想但顯得較為空疏、輕飄，如袁勃《真理的船》。

意志化的追求也在物態化理想的湧動中顯得支離破碎，缺乏連貫性，它沒有能夠在中國新詩發展史上造成那種強勁的貫穿始終的影響，我們也很難發現多少樂此不疲的探索者。意志化思維方式的諸多側面倒是被各不相同的詩人以各不相同的面貌顯示著。部分早期新詩、部分革命現實主義詩歌及大多數的九葉派詩歌體現了對抽象意念的重視；郭沫若的《女神》以及蔣光慈、殷夫等人的部分早期革命詩歌又對個人情緒假以青眼；而在新月派、象徵派和現代派那裏情

況又另有不同，從總體上講，他們在新詩史上的意義主要是
開啟了一條返回傳統的道路，但在一些具體的作品中，仍可
不時發現「意志化」的痕迹。《志摩的詩》和《紅燭》都有
過「火」氣，留下了自我內在情緒的灼印，聞一多即便在自
我克制的「死水」時期也並沒有真正放棄個人頑強的意志
力，從而構成了新詩史上罕見的張力現象。其他如李金髮本
人的心理失衡讓他不時波向意志化的一側，戴望舒後期創作
「走向現實」，也走向了對個人情緒的新覺識。

　　與之同時，物態化雖然是中國新詩淵源深厚的文化追
求，但面對西方詩歌「意志化」浪潮此伏彼起的拍擊，它也
不大可能保持自己的完整形態。物態化的追求並不如它在中
國古典詩歌史裏那樣圓圓融融，優遊自在。與意志化趨向的
支離破碎、缺乏連貫相對應，中國新詩的物態化追求也搖擺
游離。在整體上，它受到了進入中國詩壇的經久不息的西方
浪漫詩潮的干擾，不時偏向自我抒懷的一側；在具體的創作
實踐裏，紛擾喧囂的現代生存環境又不斷提醒詩人，「以物
觀物」的詩學理想畢竟已是「無可奈何花落去」，為了適應
變化著的時代的需要，詩歌物態化思維的具體手段也不得不
一再調整，比如，在浪漫主義詩歌美學的滲透下，郭沫若、
艾青、穆旦等人的一些詩歌創作就不是單純的「體物寫志」
了，其中的自我宣泄味道是很濃的。

　　中國現代新詩物態化與意志化追求的「融合」向來就是
深孚人心的理想。顯然，如果融合真能成功，將給那些還躑
躅於文化衝突之歧路上的人們莫大的安慰和鼓舞！但是，文
化的融合卻又包含著多少複雜的程式呢，對於「文化中」的

我們來說，要清晰地辨明它們之間的相通與相異、相生與相剋，談何容易！「文化」或許本身就是一個極難跨越的陷阱吧。我當然不能宣判「文化中」就等於「陷阱中」，但是，這種主觀願望與冷峻現實的巨大差距卻無疑是存在的。於是乎，我們所謂的兩種文化在「相似性」基礎上的融合又必然暗含著種種的「誤讀」。

中國現代詩人就是在「誤讀」當中融合中西詩歌的文化追求的。

融合實際上是在兩個方向上進行的。

前面我們談到，象徵與興曾被中國現代詩人相提並論，這事實上代表了中國現代新詩文化融合的最重要的一種方式，即是將中國古典詩歌的物態化理想與西方本世紀前後在意志化道路上的某些新變打通了。一些中國現代詩人（特別是象徵派、現代派詩人）感到西方象徵主義以降的詩學選擇與中國古典詩歌的觀物取象方式兩兩相似。於是，從 20 年代中期直至 30 年代末，中國現代新詩史上一場有聲有色的融合運動展開了。在以後的論述中，我們還將分析這場運動在詩歌史及作家個人那裏所形成的影響。總而言之，這種融合是把物態化的典型形態與意志化的變異形態相互連接。

此外，還有一種融合方式經常被我們忽略，那就是把物態化的初級形態或變異形態與意志化的典型形態相互連接。

我們將中國古典詩歌的民族文化特質概括為「物態化」，這主要是取著與西方詩歌相甄別的立場思考問題的，但與之同時也應該看到，中國古典詩歌本身也是五彩紛呈、形態各異的，它也還存在著發生、發展、成熟以及變異等各

種歷史階段，物態化追求的典型形態主要還是出現於中國古典詩歌的成熟時期，即大體上是從魏晉詩歌到唐詩宋詞；在此之前的一些詩歌如屈騷就屬於「初級形態」，以後的宋詩則屬於「變異形態」，此外，也還存在與以上諸類文人創作所不相同的「民間形態」，以古典民歌民謠為代表。這些物態化程度不太充分的詩歌在某些方面倒是與西方的意志化追求略略相似。例如屈騷也在某種程度上凸出了詩人的自我，表現了人對客觀環境的操縱，宋詩則留下了某些理性思索的痕迹。當中國古典詩歌傳統作為一個整體呈現在中國現代詩人面前時，毫不奇怪地就將出現文化融合的選擇，中國現代詩人有可能把這些物態化程度不太充分的詩歌作為他們接受西方詩歌文化的內在支撐。例如，一些初期白話詩人曾同時推重宋詩和西方詩歌，郭沫若把屈騷和西方浪漫主義相互說明，一些左翼詩人則將西方的無產階級詩歌與民歌民謠並舉。

那麼，這樣的融合又產生了哪些新的問題呢？

我認為，所有這些中西融合都給中國現代新詩的文化面貌造成了複雜的影響，它啟示我們，僅僅在中西兩大詩歌典型形態的比較中認識中國新詩這還是遠遠不夠的，我們還很有必要進一步深入到中國古典詩歌史的內部，同時也深入到中國現代新詩史的內部，更仔細地觀察其中各個歷史形態究竟起了什麼樣的作用，以及這些歷史形態又與西方詩歌文化構成怎樣的關係。

這便帶來了我們下一章的思考。

第二章

中國現代新詩的歷史形態

　　我們繼續從詩的民族傳統出發，分析中國現代新詩的歷史形態。

　　所謂「傳統」，從來都不是鐵板一塊，它應當是一個綜合性的有機體，由許多不同的文化形態所構成。這些文化形態各有其不容代替的特性，各自從屬於歷史發展的某一個時期，但又都有另外一些共同性的文化取向，「共同」形成了系統的有機性，而差別則表現為系統的豐富性。

　　我認為，中國傳統詩歌文化有四大形態很值得注意，它們對中國現代新詩的影響也最大。這四大形態就是：以屈騷為代表的自由形態，以魏晉唐詩宋詞為代表的自覺形態，以宋詩為代表的「反傳統」形態和以《國風》、《樂府》為代表的歌謠化形態。

　　下面，我們將分別闡釋這四大形態在中國現代新詩中的文化意義。

一、屈騷與中國現代新詩的自由形態

　　　　這條江，雖然半涸了，還叫汨羅，
　　　　這裏的人，也許還與當初一樣；
　　　　　　　　——朱湘《十四行意體（二一）》

● 「熬過漫漫長夜的親切的力量」

　　按照中國的蒙學傳統，屈騷的排名可能會略後於《三字
經》、《百家姓》、《千家詩》及《四書》、《五經》，但
顯然也是最重要的文學啟蒙讀物之一。我們很難想像在中國
現代詩人中還有對《離騷》、《九歌》、《九章》、《天問》
等作品一無所知的，特別是那些出身書香門第、接受了正規
教育的詩人，對屈騷耳熟能詳，能夠隨意引經據典者可以說
比比皆是。郭沫若說過：「不管你是不是詩人，是不是文學
家，凡是中國人沒有不崇拜屈原」。[1]

　　在中國現代詩人的詩作中，來自屈騷的意象、典故時有
所見，至於其文學論著、社會評論以及隨筆、書信等，關於
屈原與屈騷的議論就更是不可勝數了。郭沫若滿懷深情地
說：「屈子是吾師，惜哉憔悴死！」[2]朱湘對屈原、屈騷欽
仰不已，稱之為「『偉大』的源泉」。[3]李金髮認為《離騷》
是「中國詩的精華大成」。[4]俞平伯讚揚朱自清的抒情長詩
《毀滅》「宛轉纏綿」、「沉鬱深厚」、「柔美悽愴」，「只
有屈子的《離騷》，差可仿佛」。[5]談到好友楊晦的「泄憤」
之作《屈原》時，馮至十分欣賞，「一口氣讀完」，還多次
催促他快些整理出來。[6]卞之琳也用《離騷》「雖九死其猶

---

[1]　郭沫若：《蒲劍集·屈原考》，《沫若文集》第 12 卷第 93 頁。
[2]　郭沫若：《題畫記》，《今昔蒲劍》，海燕書店 1949 年版。
[3]　朱湘：《十四行意體（二一）》。
[4]　李金髮：《盧森著〈療〉序》。
[5]　俞平伯：《讀〈毀滅〉》，原載 1923 年 8 月《小說月報》第 14 卷第 8 號。
[6]　《沉鐘社通信選》，《新文學史料》1987 年第 3 期。

未悔」來概括好友梁宗岱的人生追求。[7]戴望舒是現代派詩
人戴朝寀的筆名，其中「望舒」一詞就取諸《離騷》：「前
望舒使先驅兮，後飛廉使奔屬。」僅此幾例，我們便可以知
道，屈原及其騷賦在現代中國各流派詩人心目中的分量了，
它是人生、藝術的導師、楷模，是最活躍的生命基因，是浮
動在意識最深處的瑰麗的境界。

　　從原型批評的角度來看，這不難得解釋。儘管中國現代
新詩是對古典詩歌的反撥，儘管從審美趨向、句法形式、格
律音韻等等方面，中國新詩都與中國傳統詩歌產生了很大的
差別，儘管這兩種詩歌的差別又屬於更宏大更關鍵的社會文
化屬性的差別，但是，在中國現代知識份子的精神結構之
中，傳統詩歌文化的元素顯然格外豐富，並且「先入為主」
地鋪墊在了其智力系統的底部，形成了厚厚的一層，任何外
來的元素以及社會文化變遷的震撼都只能是由外而內、由
淺而深的緩緩滲透。就在這樣一個漫長的滲透過程進行的
同時，「原初」的傳統詩歌文化品格也與詩人自我的基本
生命追求日漸交融，對中國詩人的人生觀、世界觀、藝術
觀產生著潛移默化的影響。從某種意義上看，傳統的詩歌
意象甚至已經成了與各種現實感受相對應的符號，當中國
現代詩人面對紛至沓來的現實景象，當他們需要用符號的
藝術來顯示這諸多複雜的感受時，中國傳統詩歌的意象、
境界和人格精神就情不自禁地迸射了出來，並且時常較外
來的詩歌意象更親切、更熨帖。正如容格所說，「誰講到

---

[7]　卞之琳：《人事固多乖：紀念梁宗岱》，《新文學史料》1990 年第 1 期。

了原始意象誰就道出了一千個人的聲音,可以使人心醉神迷,為之傾倒。」「他把他正在尋求表達的思想從偶然和短暫提升到永恒的王國之中。他把個人的命運納入人類的命運,並在我們身上喚起那些時時激勵著人類擺脫危險、熬過漫漫長夜的親切的力量。」[8]屈原、屈騷就屬於這樣的「原始意象」。

不過,同樣作為無意識的傳統,屈原、屈騷的存在較其他一些「原始意象」又有些什麼差別呢?換句話說,它的現代顯現有什麼特別的歷史文化根源呢?

我認為,中國現代詩人在文化心態上與屈原的相似性是屈騷精神、屈騷意象一脈相傳的重要原因。

屈原面對的是這樣的歷史現實:故國衰微,君王昏憒,「明於治亂,嫺於辭令」的他卻遭人譖毀。在他心靈的深處,迴蕩著個體價值陡然失落的悲哀,他怨憤,他焦躁,甚至對自己固有的價值體系產生了些許的懷疑,但還是「眷顧楚國,心繫懷王,不忘欲反」。類似的文化背景及文化心態可以說曾多次出現在中國歷史上,「超穩定」體制周期性的動盪讓我們的詩人反反覆覆地陷入到這一古老的夢魘之中。於是,孤芳自賞、傲骨錚錚的屈原總是讓人備覺興奮,那逐龍喚鳳、驅日趕月的精神能量,那淋漓盡致的泄憤,還有那絢爛奇麗的想像,弘博麗雅的辭藻,都一再撥動著他們的心弦,震撼著他們的心靈,給他們展示出一幅個人精神與藝術

8　容格:《論分析心理學與詩的關係》,葉舒憲編:《神話原型批評》第 101 頁,陝西師大出版社 1987 年版。

追求的自由景象，成為他們享受短暫的灑脫、「熬過漫漫長夜的親切的力量」。

現代中國社會依然動蕩不安，列強威懾，外敵入侵，民族危亡的陰雲籠罩著大地，翻捲在「救亡圖存」的中國知識份子心裏，這都與屈原時代頗為相似。而外來的西方自由民主觀念在強化中國詩人個性意識、激勵其自我實現欲望的同時卻也帶來了更深的失落體驗，愈是個性張揚，自我的發展愈是陷入到孤獨零落、眾叛親離的境地，也愈是感到懷才不遇、報國無門的痛苦。僅就這一心理事實來說，相對於整個中國封建社會，現代詩人與屈原在文化根源上的相似性不僅沒有減少，反倒是強化了。也正因為諸種流派的絕大多數中國現代詩人都置身於這樣的生存體驗之中，所以屈騷也就浸潤了許許多多的中國現代詩人，成了一個較有廣泛影響的「原型」現象。

● 中國現代新詩的屈騷式「自由」

救亡圖存、憂國憂民的情懷，自我實現、個性發展的意志，開闔倏忽、縱橫捭闔的藝術，這就是屈騷原型貢獻給中國現代詩人的自由之境。如果說，在中國封建時代的成熟期裏，屈騷給予中國詩人的「自由」啟示終歸還是短暫的、有限的——在普遍嚴格的等級秩序中，在日趨晶瑩潤澤，也日漸狹小的語言框架中，就連「修齊治平」的情感也被納入了有限的抒發途徑——那麼，中國現代詩人在自我和藝術兩個方面都具備了更多的「自由可能性」。自由形態的屈騷把它特有的「自由」品格帶給了中國現代新詩。

　　首先，屈原「哀民生」、「為美政」的精神得到了強化，成為中國現代詩人救亡圖存、匡世濟民這一社會意識的重要基礎之一。比如，朱湘《招魂辭》、田間《給戰鬥者》、黃藥眠《黃花崗的秋風暮雨》、蔡夢慰《祭》、蔡其矯《肉搏》一類作品很容易讓我們想起屈原的《國殤》，它們之間至少存在著這樣一系列的相似之處：都是對民族英雄的悲壯讚頌，都是從生生死死的慘烈景象中展開敘述，都布滿了殺戮的鮮血，詩人又都滿懷著一腔濃烈的熾熱的民族情感，情緒發展波瀾壯闊，氣勢磅礴。田間說長詩《給戰鬥者》是一個「召喚」，「召喚祖國和我自己，伴著民族的號召，一同行進，我的希望，是寄託在人民身上。」[9]詩歌號召人們「在鬥爭裏，／勝利／或者死」，認為「戰士底墳場／會比奴隸底國家／要溫暖，／要明亮。」這都不能不讓人想到屈原的慷慨激昂：「誠既勇兮又以武，終剛強兮不可凌。身既死兮神以靈，魂魄毅兮為鬼雄！」《國殤》對英雄主義的此般頌揚往往就成了後世的民族情感的先導，中華民族「捐軀赴國難，視死忽如歸」的追求似乎自覺不自覺地就會向《國殤》認同，向《國殤》靠攏。正如有的人所說：「既戰而勇，既死而武，死後而毅。不但以慰死魂，亦以作士氣，張國威。」[10]

　　田間曾深情地回憶了家鄉端午龍舟賽的熱烈場面，他說：「呵，屈原這位愛國詩人的名字，也流傳至今，還為鄉

9　　田間：《寫在〈給戰鬥者〉末頁》，《給戰鬥者》，桂林南天出版社1943年初版。
10　　林雲銘語，轉引自劉毓慶《古樸的文學》第207頁，北嶽文藝出版社1988年版。

民所不忘，它也不時打動我的心弦。」[11]被屈原不時打動心
弦的當然不止田間一人，當 30 年代前後無產階級革命的浪
潮翻捲，當三四十年代抗日民族鬥爭的烽煙四起，一種大義
凜然、視死如歸的英雄氣概充溢了人們的胸懷，憂國憂民的
情感也因之而顯得格外的峻急和熾烈，屈騷恰恰在這些方面
為人們提供了激動人心的詩美模式。在早期的無產階級詩歌
裏，在中國詩歌會的作品中，在 40 年代的其他抗戰題材的
詩作裏，我們可以發現這樣一個頗具普遍性的詩美模式：鮮
明的道德使命、政治追求和濃烈的個人情感相結合，離人望
鄉的憂傷和傲骨錚錚的怨憤相融會。不妨讀一讀殷夫的《五
一歌》：「在今天，／我們要高舉紅旗，／在今天，／我們
要準備戰爭！／怕什麼，鐵車坦克炮，／我們偉大的隊伍是
萬里長城，／怕什麼，殺頭，槍斃，坐牢，／我們青年的熱
血永難流盡！」現代民主的壯麗理想激盪在「我們」的熱血
裏。再讀一讀高蘭的《我的家在黑龍江》：「我的兄弟爹娘，
／我生長的家鄉，／雖然／依舊是冰天雪地，／依舊是山高
水長，／可是／三千萬的人成了牛馬一樣，／雪原成了地獄
再沒有天堂！」「把奴隸的命運，／把奴隸的枷鎖，／一齊
都交付給了抵抗！／他們流血，／他們死亡！」流離失所的
悲與恨都凝聚在這些詩行中了。當然，由於題材的特殊性，
我們似乎很難在這些詩句裏找到多少直接來自屈騷的典故
和語象，但是，放在一個更寬廣的歷史文化的空間裏，我們
分明感到，現代詩人在表述這類群體性的「自由」之時，那

---

[11] 《田間自述》，《新文學史料》1984 年第 2 期。

個普遍性的詩美模式卻是存在的:《五一歌》的剛毅之於《國殤》,《我的家在黑龍江》之於《哀郢》,古今詩歌遠距離的溝通是依稀可辨的。其實,從整個中國詩歌史來看,屈騷作為典故和語象對後代詩歌的影響固然是一個方面,但恐怕更重要的還在於,它的「哀民生」、「為美政」的精神延伸進入到了中國詩人的家國之憂裏,輾轉演化成為杜甫、陸游、岳飛、文天祥等人忠憤熱烈的民族情感,顯然,它自然也將輾轉蔓延到中國現代詩壇。

作為詩歌形態的獨立性,屈騷所蘊涵的「個體自由」可能更值得我們重視。

同成熟期(魏晉唐宋)的中國詩歌比較,屈騷顯然對個性和自我作了較多的肯定,而這正好成了現代中國詩人呼應西方個性主義思潮的重要基礎。

對於郭沫若來說,引進西方的浪漫主義詩歌和復興屈騷的精神是並不矛盾的,在《屈原研究》裏,他評價屈原說:「他在詩域中起了一次天翻地覆的革命。他有敏銳的感受性,接受了時代潮流的影響,更加上他的超越的才質和真摯的努力,他的文學革命真真是得到了壓倒的勝利。氣勢和實質都完全畫出了一個時期。」[12]在《詩歌底創作》一文中,郭沫若又頗為「浪漫」地認為:「屈原所創造出來的騷體和之乎者也的文言文,就是春秋戰國時代的白話文,在二千年前的那個時代,也是有過一次五四運動的,屈原是五四運動的健將。」屈騷竟然成了二千年前的「五四」新文學!更有

---

[12]　《沫若文集》第 12 卷第 394 頁。

趣的在於，郭沫若對屈騷的估價和今人對《女神》的估價是何其相似！這似乎啟示我們，郭沫若已經自覺不自覺地把自己和屈原，把《女神》和屈騷疊印在了一起。《女神》的自我表現之中不時閃爍著屈騷的意象、屈騷的情緒、屈騷的人格理想。詩劇《女神之再生》的高潮化用了《九歌》中的詩句：「萬千金箭射天狼」（「舉長矢兮射天狼」），《鳳凰涅槃·鳳歌》讓人想起《天問》：「宇宙呀，宇宙，／你為什麼存在？／你自從哪兒來？／你坐在哪兒在？／你是個有限大的空球？／你是個無限大的整塊／你若是有限大的空球，／那擁抱著你的空間／他從哪兒來？」[13]《電火光中》、《湘累》等詩或詩劇則表現了屈原式的孤傲。

「舉世皆濁我獨清」、「吾將上下而求索」這大約就是對屈騷個體自由的基本概括。前一句話表明了詩人的內心世界，他的個體人格；後一句話則顯示了詩人的現實追求。個體精神的這兩個方面都展現在了中國現代新詩的創作裏。

創造社詩人成仿吾有詩云：「我生如一顆流星，／不知要流往何處」，周全平自喻為「潔白的小羊」，迷失在「千百條詭譎的歧路」上，這裏有「臭惡的銅腥」，有「血冷心硬的強權」，有「絕情滅理的禮教」，有「悠然自得的隱士」，但是，「我沒有卸除責任的思想！／我沒有畏懼怕死的心胸！／我不願把自己的良心放棄！」馬任寅在「苦行放歌」：「負著怨仇／負著憂鬱／我，喝著自己的血汗／孤苦地，行過遼

---

[13] 《天問》有：「曰遂古之初，誰傳道之？上下未形，何由考之？冥昭瞢暗，誰能極之？馮翼惟象，何以識之？」

闊的沙漠／行過悠長而嚴寒的時間」，「但，我不戰慄／也
不沉湎而玩弄寂寞／依然堅韌而倔強地向前」。[14]從 20 年代
到 40 年代，中國現代新詩中的「流浪者之歌」一曲接著一曲，
但大體上都包含著這樣幾個特徵：（1）流浪的無始無終；（2）
流浪者的憂鬱和寂寞；（3）流浪者的堅韌、倔強或者自我的
清白體驗。實際上，這正是屈騷式的個體「自由」的基本特
徵，在這些詩歌裏，我們不難讀出《離騷》的韻味來。

　　「五四」以後，來自西方詩歌的個性自由、自我擴張精
神從來就沒有在中國詩壇上消失過（儘管它時沈時浮），當
中國詩人需要從自身的傳統教育、傳統文化中尋找印證時，
屈騷的光彩也自然而然地閃現了出來：作為中國詩歌的早期
形態，它與成熟期古典詩歌的顯著不同就在於，它尚沒有被
「天人合一」的「虛境」所俘獲，屬於自我的個體性的內涵
也沒有被完全化解和消融。就這樣，當中國詩人在屈騷的鼓
勵下接近西方浪漫主義詩學、建設中國新詩以實現對中國傳
統詩歌的反撥時，實際上就是啟動中國詩歌的原初能量來進
行自我的調整。郭沫若就表示要利用他所理解的先秦自由精
神來反抗「宗教的、迷信的、他律的」封建文化。先秦屈騷
的「自由」也就成了反撥晉唐詩歌藝術「自覺」的一面旗幟。

　　不僅在意識本質、美學追求上如此，中國現代詩歌的「自
由」形式也多得益於屈騷的暗示。張我軍在 1925 年談到他
的新詩理論時說得好：「自三百篇以降，離騷、漢魏樂府諸

---

[14]　分別參見成仿吾《流浪序詩》、周全平《迷途的小羊》、馬任寅《苦
　　　行放歌》。

詩篇，形式還沒有完備，也還沒有束縛。至六朝為律詩、絕詩之源，至有唐而律詩、絕詩大成，形式既備，束縛亦隨之而備至。」[15]當然，有的詩人如朱湘也曾從用韻的角度推崇過屈騷，但是認真分析起來，在朱湘的格律詩創作中，受屈騷影響的作品（如《招魂辭》）仍然是最「自由」、灑脫的，其他相對嚴格的現代格律詩則主要來源於魏晉唐詩宋詞的影響，保留的是「中國舊詞韻律節奏的靈魂」。[16]因而，我們可以認為，屈騷原型在不同的意義上，以不同的方式支持了中國新詩語言形式的「自由化」。

● **中西比較說「自由」**

　　任何概念的界定都必須依託於特定的語域，當我們把屈騷對中國現代新詩的影響稱為「自由」時，很可能就會與現代人的一些概念範疇混淆起來。因為，現代中國文化最重要的特徵就是從西方輸入了民主和自由（至少在理論上是如此），按照我們一般的理解，「自由」應當來自西方，是西方文化的重要概念，於是，在中國詩歌傳統內部確立「自由」形態，就應當是與西方文化的「自由」所不相同的另外一種自由。那麼，這兩種文化的自由有什麼樣的關係？又有什麼樣的分歧呢？「聯繫」和「分別」將幫助我們進一步認識中國新詩自由精神的時代特徵與民族特徵。

---

[15]　張我軍：《詩體的解放》，原載 1925 年 3 月 1 日-21 日《臺灣民報》
　　　第 3 卷第 7-9 號。
[16]　沈從文：《論朱湘的詩》，《文藝月刊》第 2 卷第 1 期。

　　西方文化的自由精神通過西方詩歌在現代中國顯示著自身的存在，浪漫主義詩歌主要表現了西方文化的個體自由，無產階級詩歌又主要表現了群體自由。

　　屈騷式的自由為西方詩歌自由精神的本土輸入提供了依據；與此同時，西方詩歌的自由精神也因之輸入方式的不同而對古老的屈騷產生著影響，由此決定了中國新詩自由形態的實際構成。

　　在屈騷之中，群體自由（「哀民生」、「為美政」）同個體自由（「深固難徙」，「煢獨而不予聽」）是互相依存的一個整體，屈原的群體自由是他個體自由的重要內容，而個體自由則是實現群體自由的重要條件。但是，在中國現代新詩的自由形態裏，群體的自由與個體的自由卻分離了，它們相互對壘，彼此攻訐，左翼革命詩歌與新月詩派惡言相向，《前茅》、《恢復》時期的郭沫若發誓要與前期的個性主義一刀兩斷，原因何在呢？我認為，這是西方詩歌之自由觀念對新詩的猛烈轟擊所造成的，而西方的兩種自由觀念（個體與群體）的輸入又是由不同的詩人來完成的，因而各取一端的中西融合就帶來了轟擊目標的偏離，以至最終就相互對立了。「五四」反封建的啟蒙文化和與之相適應的浪漫主義詩歌強化了個體的自由，將群體的自由「懸置」起來，隨著歷史的運動，救亡的迫切性和與之配合的蘇聯無產階級文學又強化了群體的自由，同時又將個體的自由「懸置」起來。

　　以上可謂是中國新詩自由形態的時代特徵，這一時代特徵是屈騷原型與西方詩學共同作用的結果。

　　屈騷原型與西方詩學的連接又絕不是天衣無縫的，它們畢竟是分別屬於兩大文化背景的。在中國生存文化背景上誕生的中國詩歌往往很難建立西方式的「自由」，與拜倫、雪萊那種重建世界的恢宏壯麗，馬雅可夫斯基未來主義的高邁相比較，這樣的「群體自由」實在太現實、太具體了：

　　　　要地裏
　　　　長出麥子；

　　　　要地裏
　　　　長出小米；

　　　　拿這些東西，
　　　　當做
　　　　持久戰的武器。

　　　　　　　　　　　　——田間《多一些》

我們知道，屈騷式的「群體自由」正具有鮮明的現實指向，他反覆向懷王宣傳修明清度、舉賢授能，「惜往日之曾信兮，受命詔以昭詩；奉先功以照下兮，明法度之嫌疑。」（《九章・惜往日》）又感歎故都淪陷：「皇天之不純命兮，何百姓之震愆？民離散而相失兮，方仲春而東遷。」（《九章・哀郢》）

　　另外一些追求「個體自由」的中國現代新詩也與屈騷一樣，它無意把「自由」引入生命本體的層次，無意因「自由」的鼓舞而向世界挑戰，同時也向自我挑戰。在中國現代新

詩中，我們很少看到這樣戰勝命運的困阨、擁抱自由的動
人景觀：

> 一個光榮的民族又一次
> 發出照耀萬邦的閃電：自由，
> 把熊熊的火焰直射到天空，
> 從心靈到心靈，從高樓到高樓，
> 在西班牙國土上閃爍著光輝。
> 我的靈魂踢開了沮喪的鎖鏈，
> 雄壯地展開歡歌的翅膀而飛騰，
> 像年青的鷹高飛在朝霞中間，
> ……

> ——雪萊《自由頌》

詩人的情緒完全聽任自己的思想，在任何一個地方自在地翱
翔，仿佛沒有任何一個客觀的力量能羈絆住它。郭沫若的「天
狗」也是自由的，但仔細分析起來，「天狗」從吞噬宇宙到
吞噬自我這一心理流程與其說是浪漫主義者信心十足的自
我表現，還毋寧說是詩人在企圖自我表現的時候，由於某種
無形力量的干擾而迷茫失措起來，他似乎糊塗了，究竟什麼
叫做「自由」，又如何去追求？最後，詩人只能反反覆覆地
宣布：「我便是我呀！」其中的空泛性隱隱可見。

　　屈騷式的自由既是現實的，沒有更多的來自形而上的絢
爛，又是有序的，與徹底的自我擴張、激進反叛頗為不同，
那以，它便很可能逐漸流向一個新的境界：逍遙。逍遙是一
種變形的自由，它無拘無束，無掛無礙，既浪漫又現實，既

自在又溫良。比如，新月詩人朱湘一生敬重屈原，屈原的
名字幾乎是刻入了他的生命，最終也是以屈原的方式終結
了人生。朱湘所理解和享受的「自由」就猶如隨波飄動的
紅葉，到處流浪，到處漫遊，「涉江」而行，他對這位生
命的導師說：

> 在你誕生的地方，呱呱我墜地。
> 我是一片紅葉，一條少舵的船，
> 隨了秋水、秋風的意向，我漫遊。
>
> ——《十四行意體（二十一）》

當自由轉換為逍遙，實際上也就與中國古典詩歌在魏晉唐宋
時代的成熟形態溝通了。如果說屈騷式的自由與西方詩歌的
自由屬於「似是而非」，那麼，它與中國魏晉唐宋時代的理
想則可以說是「似非而是」。

　　我們說過，物態化是中國古典詩歌的文化特徵，這也就
是物化於我，我化於物，物我和諧，天人合一。所謂的「物」
通常都是指大自然，但也包括了社會（以及社會的種種道德
規範），物我和諧既是人與大自然的和諧，又是人與社會的
和諧。漢儒的「天人感應」就是將這兩種形式的和諧統一起
來，這種統一進一步推動了中國詩歌物態化理想的完善。

　　「自由」的屈騷當然還只是中國詩歌的初途，物態化的
程度顯而易見低於「自覺」形態的魏晉唐詩宋詞，但是，我
認為，「自由」與「自覺」之間的差異是相對的。比如，前
文已經提到，屈騷的個體自由與群體自由基本上就是一體
的，這不正與儒家的「天人合德」互為呼應嗎？在屈原與漢

儒之間,在屈騷與魏晉唐詩宋詞之間,並不存在什麼不可逾越的鴻溝,在「合」的取向上,中國詩歌的思維發展有它的連續性。對此,中國現代詩人也是基本認可的。比如最富有叛逆性的郭沫若就這樣評價屈騷:「站在藝術的立場有時描寫超現實的境地,但在精神方面,卻是極端的忠君愛國的倫常思想。屈原的文章裏面,沒有老子、莊子那樣離開現實社會沉醉於烏托邦的虛無縹緲的氣息。但是《遠遊》則與老莊的氣脈相通,合乎老莊的思想。」[17]郭沫若發現屈騷也或多或少地有儒道二家的氣息,這實在令人玩味不已,須知,魏晉唐詩宋詞的「自覺」就是儒與道各自發展又相互滲透的結果。

屈騷式的「自由」呈現了向晉唐式的「自覺」延伸、演化的趨勢。這樣的趨勢同樣存在於中國現代新詩之中。

我們注意到了這樣的事實:與屈騷精神息息相通的新詩的「自由」形態,雖然在它的誕生發展之初曾對晉唐詩歌有挑戰,有不滿,但從整體上看,還是對晉唐詩歌頗為寬容,甚至是相當欽敬的。郭沫若一生,不斷在屈騷原型與晉唐原型之間選擇,難以割捨:「我自己對於這兩位詩人(屈原和陶淵明——引者注)究竟偏於哪一位呢?也實在難說。」[18]朱湘從來沒有因為對屈原的一往情深而遺棄了其他古典詩詞,他的不少作品,都帶有濃郁的唐風宋韻,精通古詩的蘇

---

[17]　郭沫若:《蒲劍集・屈原的藝術與思想》,《沫若文集》第 12 卷第 111 頁。

[18]　郭沫若:《今昔集・題畫記》,《沫若文集》第 12 卷第 235 頁。

雪林就指出，朱湘詩歌的首要特點就是善於融化舊詩詞。在絕大多數的中國詩人看來，屈騷與中國古典詩歌的其他形態並沒有特別的矛盾，都是他們學習借鑒的榜樣，而且意味深長的是，「自由」形態的中國新詩對自己所追求的「自由」似乎並不那麼信心十足，躊躇滿志，它們熱切盼望來自其他中國詩歌原型的支持。

二、魏晉唐詩宋詞與中國現代新詩的自覺形態

> 太陽無量數，太空無限大，
> 我們只是倏忽渺小的夏蟲井蛙。
>
> ——戴望舒《贈克木》

「自覺」是一種思想上的明確認識，詩的自覺就是對作為藝術的詩歌有一種清醒的體認，創作在詩歌自身的藝術軌道上進行。如果說，中國詩歌的自由形態主要關心自我情感的抒發，還較少考慮詩歌本身的規定性，它的情緒特徵和文體特徵，那麼自覺形態的詩歌就始終把握著「藝術」的尺度，努力使詩更成其為詩，有時候，我們也將這樣的追求稱作是「為藝術而藝術」。

屈騷式的自由在中國詩歌史上畢竟只是短暫的輝煌，產生著更為濃烈的影響的還是魏晉唐詩宋詞。我們注意到，當中國現代新詩也走上了「為藝術而藝術」的道路時，魏晉唐詩宋詞的魅力就顯現出來了。

● 走向「純詩」

　　中國現代新詩「為藝術而藝術」的自覺主要出現在二三十年代，以新月派、象徵派和現代派的創作為代表。

　　與「五四」詩歌反封建的自由傾瀉相比較，與 40 年代詩歌肩負的社會使命相比較，與同一時期革命詩歌鮮明的政治功利目的相比較，新月派、象徵派和現代派堅定地沿著「詩本身」的藝術規律努力探索，他們更注意詩的內在特質，而把相應的社會歷史責任置於遠景狀態；他們醉心於詩歌語言與音韻的推敲鍛鍊，在新的層面上重建著詩歌的「自我」，開闢出一條通向「純詩」的藝術之路。而且，這些詩學追求在他們那裏儼然已經上升為一種清醒的自覺，是有意識地以自己的實踐來匡正時弊；後人儘管提出過程度不一的指摘，卻又都難以迴避他們所擁有的這一片藝術的熱誠。徐志摩表示「要把創格的新詩當一件認真事情做。」[19]梁實秋從「史」的角度分析說：「新詩運動最早的幾年，大家注重的是『白話』，不是『詩』，大家努力的是如何擺脫舊詩的藩籬，不是如何建設新詩的根基。」並由此認為，徐志摩、聞一多等人在《晨報》上辦《詩刊》「應該是新詩運動裏一個可紀念的刊物」，「我以為這是第一次一夥人聚集起來誠心誠意的試驗作新詩」。[20]象徵派詩人李金髮提出：「藝術是不顧道德，也與社會不是共同的世界。藝術上唯一的目的，就是創

---

[19]　徐志摩：《詩刊弁言》，原載 1926 年 4 月《晨報副刊・詩鐫》第 1 號。
[20]　梁實秋：《新詩的格調及其他》，原載 1931 年 1 月《詩刊》創刊號。

造美，藝術家唯一的工作，就是忠實表現自己的世界。」[21]穆木天把詩與「深的大的最高生命」聯繫起來，[22]王獨清「努力於藝術的完成」，以「做個唯美的詩人」，他又引鄭伯奇的話說，「水晶珠滾在白玉盤上」的詩才是「最高的藝術」。[23]現代派則將現代中國的「純詩」運動推向了頂峰，現代派詩人活躍的日子往往被人稱之為自「五四」以後中國「純文學」發展的「黃金期」、「狂飆期」、「成熟期」。[24]《現代》編者旗幟鮮明：「《現代》中的詩是詩。」

　　從新月派、象徵派到現代派，中國新詩沿著自覺的藝術之路前進，這首先讓我們想到的還是來自西方詩歌的影響。中國現代新詩的運動大多與西方詩潮的漲落起伏息息相關，新月派的理論權威梁實秋就說：「我以為我們現在要明目張膽的模仿外國詩。」梁實秋：《新詩的格調及其他》，原載 1931 年 1 月《詩刊》創刊號。在新月派、象徵派和現代派那裏，西方浪漫主義、唯美主義、象徵主義都留下了鮮明的印迹，其中，唯美的巴那斯主義貫穿始終。巴那斯主義反對「感傷」，反對情感的氾濫，主張理性的節制，倡導藝術形式的工巧，詩歌造形的精緻。這一詩學追求關涉著新月派詩歌的獨特面貌，又經由新月派繼續對現代派詩人產生影

---

[21] 華林（李金髮）：《烈火》，原載 1928 年《美育》第 1 期。

[22] 穆木天：《譚詩──寄沫若的一封信》，原載 1926 年 3 月《創造月刊》第 1 卷第 1 期。

[23] 王獨清：《再譚詩──寄給木天、伯奇》，原載 1926 年 3 月《創造月刊》第 1 卷第 1 期。

[24] 參見吳奔星：《社中人語》，原載 1936 年 10 月《小雅》第 3 期；路易士：《三十自述》，《三十年集》，詩領土出版社 1945 年版。

響。[25]象徵派詩人如穆木天、馮乃超等也陶醉在巴那斯主義當中，巴那斯先驅維尼的詩作是穆木天「熱烈地愛好」的物件，[26]馮乃超「喜歡高蹈的東西」。[27]

　　從新月派到現代派，中國現代新詩的「純詩」追求始終與「巴那斯」精神緊密相連，這倒又與西方近現代詩歌本身的發展軌迹大相徑庭了。在西方，在中國新詩「藝術自覺」的西方導師們那裏，巴那斯與象徵主義恰恰呈現為一種相互抗衡、對立的狀態。魏爾倫、馬拉美都是巴那斯的逆子貳臣，他們之所以重新聚集在象徵主義的旗幟之下乃是出於對巴那斯主義「無我」、「取消人格」、「不動情感」之強烈不滿，「在巴那斯派詩人這方面，他們的確都是詩的忠僕，他們甚至把自己的人格也奉獻給詩了；而青年一代詩人，他們從音樂直接獲得創作衝動，這是前所未有的。」[28]現代主義詩人也「拋棄了陳腐的維多利亞的裝飾，以赤裸裸的激情者面目出現。」[29]在藝術的探求中，象徵主義、現代主義取著與巴那斯主義完全不同的方向，相反，中國現代新詩從新月派到現代派雖各有特色，但在巴那斯主義「以理節情」這個

---

[25]　參閱拙文：《巴那斯主義與中國現代新詩》，《中州學刊》1990 年第
　　　2 期。
[26]　穆木天：《我的詩歌創作之回顧》，原載 1934 年 2 月《現代》第 4
　　　卷第 4 期。
[27]　馮乃超：《我的文藝生活》，原載 1930 年 6 月《大眾文藝》第 2 卷第
　　　6 號，「巴那斯」又譯作「高蹈」。
[28]　馬拉美：《關於文學的發展》，《西方文論選》（下）第 261 頁，上
　　　海譯文出版社 1986 年版。
[29]　羅斯・佩爾・詹姆遜語，轉引自裘小龍譯《四個四重奏》第 7 頁，灕
　　　江出版社 1986 年版。

基點上，諸種詩派卻統一了起來。

這是不是表明，中國現代詩人所理解的「自覺」本來就與西方詩學貌合而神離呢？

問題在於，中國現代詩人為什麼對巴那斯主義的節制與工巧念念不忘，依依不捨？

答案正好可以在中國古典詩學中找到。從魏晉到唐宋，中國古典詩歌藝術成熟的重要標誌便是對詩情的修飾和對形式的打磨。相對於屈騷時代的自由宣泄來說，魏晉唐詩宋詞自然就是節制而工巧的。

魏晉唐詩宋詞是中國詩歌「自覺」形態的古典原型。從早期的粗樸中脫穎而出，不再滿足於「助人倫、成教化」，辭藻、對偶、聲律日漸獲得了重視，「天人合一」的意境理想日臻晶瑩，這就是中國古典詩歌從魏晉到唐宋的藝術探索進程。魏晉南北朝詩歌大體上可以說是藝術自覺的奠基時期，盛唐詩歌可以說是成熟時期，晚唐五代詩詞和宋詞可以說是昇華時期。[30]到唐詩宋詞的時代，中國詩人似乎已經找到了表現中國文化精神的最佳形式，以精緻工巧的語言模式表現詩人不慍不怒的細膩感興。

何其芳晚年的一首《憶昔》生動地描寫了自覺形態的中國古典詩歌對現代詩人的意義：「憶昔危樓夜讀書，唐詩一卷瓦燈孤。松濤怒湧欲掀屋，杜宇悲啼如貫珠。始覺天然何壯麗，長留心曲不凋枯。兒時未解歌吟事，種粒冬埋春復蘇。」

---

[30]　我把宋詞和宋詩區別開來。在營造情調氣氛、潤飾意境、探索聲律等方面，宋詞更近於唐詩，宋詩則另闢蹊徑。可參見本書第二章第三節。

是魏晉唐詩宋詞第一次打開了中國詩人那一顆顆年輕的心，把生命的奇妙韻律輸入到他們質樸的靈魂，喚起他們潛在的詩興，把他們帶入一個全新的藝術王國。那些「鏡花水月」的文字已經像種子一樣埋藏了下來，怎麼也不會隨風而逝了，它們棲息在詩人豐腴的心田裏，在未來的歲月裏接受陽光雨露，尋找破土而出的時機。當「五四」新舊詩歌還處於尖銳對立，舊詩的重壓窒息著萌芽狀態的新詩時，現代詩人實際上是不可能無所顧忌地寄情於歷史的，但是一旦新詩獲得了一個基本的立足點，情況就不同了，遙遠的傳統詩歌和最新的西方詩潮似乎變得平等了，各有其動人的一面，尤其是作為中國文化的傳人，人們又總是在情感上更能認同傳統的詩歌原型，冬埋的文化種粒終於復蘇了，而且日長夜大。反過來，人們也會理所當然地以傳統的模式來理解、認同、接受外來的詩歌文化，於是，巴那斯主義的冷靜、客觀就與中國古典詩歌「哀而不傷，樂而不淫」的抒情模式相結合了，並久久地盤旋在一代又一代的詩人心裏。新月派、象徵派、現代派的「為藝術而藝術」其實就是中西融合，是以中國成熟期的詩歌形態為基礎來容納外來的西方詩歌文化。石靈說得好，新月派的功績就在於「他在舊詩與新詩之間，建立了一架不可少的橋梁」，[31]穆木天、馮乃超曾熱烈討論「我們主張的民族彩色」，[32]卞之琳總結道：「在白話

---

[31]　石靈：《新月詩派》，原載 1937 年 1 月《文學》第 8 卷第 1 號。
[32]　穆木天：《譚詩——寄沫若的一封信》，原載 1926 年 3 月《創造月刊》第 1 卷第 1 期。

新體詩獲得了一個鞏固的立足點以後，它是無所顧慮的有意接通我國詩的長期傳統，來利用年深月久、經過不斷體裁變化而傳下來的藝術遺產。」[33]馮文炳更是明確指出，新詩將是溫庭筠、李商隱一派的發展，[34]甚至連古典文學修養相對薄弱的李金髮也在《食客與凶年》的《自跋》裏表示，他就是要溝通或調和中國古詩和西方詩歌之間的「根本處」。[35]

　　總而言之，我認為，追求藝術自覺的新月派、象徵派與現代派，與其說他們是不斷追隨現代西方詩歌潮流的代表，倒毋寧說是中國詩人返求傳統的典型；與其說他們是自覺地實踐著從巴那斯主義到現代主義的藝術理想，還不如說是把對傳統的繼承上升到一個「自覺」的境地。走向「純詩」也就是走進一個更純粹的古典藝術的天地。

● 生命與藝術

　　中國現代新詩的自覺形態究竟從哪些方面襲取了魏晉唐詩宋詞的理想呢？換句話說，魏晉唐詩宋詞作為一種藝術範式究竟對中國現代新詩產生了什麼樣的影響？

　　前文已經談到，節制與工巧這就是魏晉唐詩宋詞給現代詩人留下的深刻印象，這一印象又決定了中國現代詩人之於巴那斯主義的親切感，決定了中國現代詩歌對巴那斯精神的固戀，其實，這還只是魏晉唐詩宋詞的一點表面化的意義，

---

[33] 卞之琳：《戴望舒詩集·序》，《人與詩：憶舊說新》第64頁。
[34] 馮文炳（廢名）：《談新詩·九〈草兒〉》，人民文學出版社 1984年版。
[35] 李金髮：《食客與凶年》，北新書局 1927 年版。

在我看來，更具有實質意義的影響主要表現在兩個方面，即詩人在詩歌中所擁有的生命態度以及他們對詩歌藝術形式的理解。

屈騷著力於自我的突現，個體的伸展，世界環繞在「我」的周圍，聽憑「我」的呼喚、驅趕。這樣的「自由」當然還在魏晉唐詩宋詞中時時湧起，如李白「大鵬一日同風起，搏搖直上九萬里」，「三杯吐然諾，五嶽倒為輕」，但顯而易見的是，魏晉唐詩宋詞在整體上絕不是對屈騷精神的強化和推進，它是依著另一個方向來表現「自我」，展示詩人的生命態度的，屈騷以個人為中心的「自由」在中國詩歌的「自覺」之路上被逐漸消解，取而代之的是人對客觀世界的容納和接受。如果說屈騷中的生命是由個體自身的奔突、求索來完成的，那麼魏晉唐詩宋詞中的生命則是由個體對客觀環境的不斷認同來完成的。

慷慨悲涼的建安詩歌主情，但這種情已不再是屈騷式的自我生命的噴射，而是「秋風蕭瑟天氣涼，草木搖落露為霜」，是「山不厭高，水不厭深。」[36]也就是說，詩人的生命態度與他對客觀世界的態度聯繫著，外「物」的價值引起了詩人的注意；從正始時代的嵇、阮到東晉，詩逐漸趨於主理，但這種「理」又不是純粹個人的批評、議論，而是佛理與玄談。釋道二學恰恰就是對個體生命意志的軟化和稀釋；齊梁詩歌的顯著特徵就是日常生活的詩化，嘲風雪弄花草的生命與自然和諧的景觀在齊梁時代隨處可見；初、盛唐詩歌

---

[36] 分別見曹丕《燕歌行》、曹操《短歌行》。

是對自建安到齊梁的生命意識的總結，盛唐時代的昂揚使人在大自然的懷抱裏神思飛揚，「灩灩隨波千萬里，何處春江無月明！」「忽如一夜春風來，千樹萬樹梨花開。」[37]至此，中國詩歌中所表現的一種與屈騷很不一樣的生命觀就基本上確立了。晚唐五代詩歌及宋詞（主要是慢詞）沒有了盛唐的闊大，但它們的婉轉纏綿、淺唱低吟倒似乎更適合於主體蜷縮的意志，更便於人與世界的交融，便於個體的生命融解在溫潤的自然環境當中，所以說，這一時期的詩歌又實在是「自覺」境界的昇華。概括這一生命態度的術語就是「意境」。盛唐時代的王昌齡第一個提出了「意境」的概念，但作出更透闢更細膩闡釋的卻是在盛唐以後。中唐皎然的《詩式》推崇「取境」，提出「詩情緣境發」，晚唐司空圖細品境中之「味」，南宋嚴羽以禪趣、禪境「悟」詩，強調詩境就「如空中之音，相中之色，水中之月，境中之象，言有盡而意無窮。」（嚴羽《滄浪詩話・詩辨》）從不同的角度出發，我們可以對「意境」作多方面的理解，如情景交融，物我合一，內在情緒客觀化與客觀物象內在化的統一等等，但從我們的立場來看，則可以說是個體生命對自然世界的最大程度的容納，是生命個體性的稀釋，直到可以毫不費勁地與自然的秩序相互黏連。

　　總之，從魏晉詩歌至宋詞，走向「自覺」的中國古典詩歌雖然風格各異，成就不一，但都的確是在努力探索著一種與屈騷精神不同的生命態度，它們的探索曾在各個角度上進

---

[37] 分別見張若虛《春江花月夜》、岑參《白雪歌送武判官歸京》。

行，但又都不約而同地指示著一個方向，即如何在與客觀世界的緊密聯繫中來釋放自我的生命感受。魏晉唐詩宋詞在自覺之路上的詩學成果代表了中國詩歌「物態化」精神的最高境界。

自覺形態的魏晉唐詩宋詞是現代蒙學教育的主要內容，它們的生命態度以及表達這一態度的「意境」理想無疑就成了中國現代詩人藝術創作的某種「先在」。

意境在「五四」時代就引起了中國詩人的興趣，抒寫意境理想逐漸成了建設中國新詩的「自覺」追求。胡適在 1919 年的《談新詩》裏讚歎溫庭筠、姜白石等人的詩詞意境，第二年，宗白華就給詩下了定義：「用一種美的文字——音律的繪畫的文字——表寫人底情緒中的意境。」他又進一步闡述說，「詩的意境」就是「詩人的心靈，與自然的神祕互相接觸映射時造成的直覺靈感」。[38]這顯然是用現代的語言道出了魏晉唐詩宋詞的藝術體驗。有趣的是，就在宗白華提出「意境」說的同時或者稍後，聞一多、徐志摩這兩位後來的新月派主將走上了詩壇。當然，我們不能說這些追求「藝術自覺」的詩人就是在宗白華詩論的啟迪下進行創作的，但我們至少可以這樣認為，正是從那個時候起，現代詩人對中國古典詩歌「藝術自覺」的美學內涵有了相當深刻的體悟，這正是中國新詩走向「自覺」的文化心理基礎。

前文已經談到，新月派詩人主張以理節情，反對浪漫的感傷，聞一多「冷」，朱湘「穩」，徐志摩早期曾以「詩哲」

---

[38]　宗白華：《新詩略談》，原載 1920 年 3 月《少年中國》第 1 卷第 9 期。

為筆名，有意思的是，在一般讀者的心目中，新月派詩歌還是抒情的，甚至也不乏感傷之作，這說明了什麼呢？我認為這倒是生動地表明了新月派詩學主張的民族特色：他們既以理節情，又以情節理，關鍵的還在於，他們所要節制的「情」其實是個體生命的自由宣洩（如郭沫若那樣），而非性靈的顫動，他們所要推崇的「理」也是某種自我克制的行為規範，而非什麼樣的哲學思想。作為一定量的「情」和一定量的「理」，兩者在那種物我和諧的、渾然一體的生命形態中是可以共存的。我們注意到，「星光的閃動，草葉上露珠的顫動，花鬚在微風中的搖動，雷雨時雲空的變動，大海中波濤的洶湧」，[39]這都是新月派詩人感興的對象，他們是把個體生命融入了這些客觀的自然景物；對於個體生命的現實發展——「文章和政論」他們是不感興趣的，他們一心「超脫」，「取樂於山水，墓道，星月下的松樹」，[40]陶醉於美的「意境」。

　　現代派詩人廢名說過：「現代派是溫、李這一派的發展。」[41]的確，30 年代的現代派詩歌很容易讓人想到晚唐五代詩詞，它們都是那樣的惝恍迷離，哀怨婉轉，都是那樣的淒豔美麗，洋溢著女性化的柔弱和溫馨，其中，最值得我們注意的還是它們的生命觀。卞之琳說現代派是要「無所顧慮的有意接通我國詩的長期傳統」，這也就意味著，古典詩

---

[39]　徐志摩：《自剖》，原載 1926 年 4 月《晨報副刊》。

[40]　分別見陳夢家、方令孺《信》及陳夢家《夢家存詩・自序》。

[41]　馮文炳（廢名）：《談新詩》。

歌自覺形態的生命態度將為他們所「自覺」地繼承。現代派詩歌重要的創作原則就是「客觀化」，「在不能自已的時候，卻總傾向於克制，仿佛故意要做『冷血動物』」。[42]對比現代派詩歌和郭沫若的《女神》，我們看得格外的清晰，現代派並不和盤托出自我的情感，不是對內在情感的釋放，不是凌駕於客體之上的抒情，它力圖把自我寄託在客觀的形象上，以客觀來暗示主觀，尋求主客間的交流、配合和補充。過去評論界曾認為，現代派詩歌的「客觀化」是西方象徵主義尤其是後期象徵主義影響的結果。的確，同浪漫主義詩歌相比，後期象徵主義更強調「情感的放逐」，「非個人化」，但是，我們也絕沒有忘懷這個事實，在所有那些「客觀」的背後都活躍著一顆顆跳動不息的剛強的心臟。艾略特說得好：「詩不是放縱感情，而是逃避感情，不是表現個性，而是逃避個性。自然，只有有個性和感情的人才會知道要逃避這種東西是什麼意義」。[43]從本質上講，「情感的放逐」、「非個人化」恰恰是詩人避免為污濁、瑣碎的現象界所玷污，在「否定」當中實現新的肯定的重要方式，「一個藝術家的前進是不斷的犧牲自己，不斷的消滅自己的個性。」[44]對於西方詩論傳統來說，「客觀」只可能是手段，是過程，而不是目的。閱讀中國現代派詩人的自述和作品，我們便可以知道，他們其實多半不是對西方象徵主義本身感興趣，而不

---

[42]　卞之琳：《雕蟲紀曆・自序》，《雕蟲紀曆》第 1 頁，人民文學出版社 1984 年版。

[43]　艾略特：《傳統與個人才能》，見《西方現代詩論》第 80、76 頁。

[44]　同上。

過是從西方象徵主義中看到了中國古典詩歌的理想。具體說來，就是從「客觀化」當中看到了晚唐五代詩詞的完美的「意境」，也就是說，中國式的生命態度是掀動他們情感的真正力量。戴望舒的憂鬱並不指向生命的本體，而更像是李商隱的「曉鏡但愁雲鬢改」，或者就是「夕陽無限好，只是近黃昏」；何其芳又把他的美夢依託於「佳人芳草」的形象當中；卞之琳冷靜地進行著「距離的組織」，他說，詩中的「我」也可以和「你」或「他」（「她」）互換，[45]我以為，這個說法對許多現代派詩歌都具有典型意義。自我的生命形態可以由你與他或她來替代，這正是詩人有意識的自我消解行為，消解結束了個體的為所欲為，消解讓詩歌進入了古典式的藝術自覺。

　　魏晉唐詩宋詞藝術自覺的另一個標誌就是詩歌形式意識的產生。從文學發展的規律來看，文體的成熟往往就表現為它對形式的自覺探尋，我們說屈騷是自由的而不是自覺的，也就是說那時還沒有產生一種明確的形式意識。中國古典詩歌比較全面地探尋辭藻、駢偶、用典、聲律等形式因素始於魏晉南北朝。建安曹丕、曹植一反前人，開始在詩中鋪陳一些絢麗的辭藻，曹植又自覺地使用駢偶，「詩賦欲麗」是曹丕對這一語言追求的概括（《典論・論文》）；太康時代「駢偶大作」，陸機以專注於詞采的推敲而著稱，他的《文賦》用了不少篇幅討論遣詞造句，這正是他在詩歌實踐中苦心孤詣的表現；南朝宋人顏延之好用對偶和典故，「這在古體文筆（魏晉之前）向今體文筆（唐朝的律詩律賦四六）轉

45　卞之琳：《雕蟲紀曆・自序》，《雕蟲紀曆》第 3 頁。

化過程中一個關節」。[46]聲律的研討又是所有這些形式探尋中最重要的活動。音韻學在三國時代就已興起，經由歷代文人的嘗試，到齊永明中，沈約「四聲八病」之辨的提出，則意味著取得了重大的成果，由此，中國古典詩歌出現了歷史性轉折，所謂「古之終而律之始也。」（陸時雍《詩鏡總論》）唐詩集大成地總結了魏晉南北朝時代的形式研究，並更上一層樓，它既充分吸收了前朝詩歌的詞采、對偶、用典等形式因素，又將齊梁的聲律和諧由「一簡之內」、「兩句之中」推廣到詩的全篇，並避免了「酷裁聲病」之弊，從而最終確立了近體律詩的文體規範。至於後來由詩到詞的文體演變，似乎又正是這種「形式意識」在新的歷史條件下的繼續表現。

　　中國「五四」詩壇曾受到胡適「作詩須得如作文」的影響，有重質輕文的流弊，新月派最顯著的流派特徵就是為新詩的形式「立法」，由此而被稱為是新詩中的「格律詩派」。聞一多的「三美」代表了新月派詩人在選字（「繪畫美」）、造句（「建築美」）、音律方面的精心設計。特別值得一提的是，「三美」所要達到的最終理想「均齊」恰恰就來自聞一多對中國古典律詩的深入研究，他在《律詩底研究》一文中指出，「抒情之作，宜整齊也」，「均齊之藝術納之以就矩範，以挫其暴氣，磨其稜角，齊其節奏，然後始急而中度，流而不滯，快感油然生矣。」「抒情之作，宜精嚴也」，「詩之有藉於格律音節，如同繪畫之藉於形色線。」他還認為：「中國藝術中最大的一個特質是均齊，而這個特質在其建築

---

[46]　范文瀾：《中國通史》（二）第 523 頁，人民出版社 1978 年版。

與詩中尤為顯著。」[47]象徵派也對「非常粗糙」的早期新詩不滿，甚至認為胡適是新詩運動最大的罪人，象徵派從法國象徵派的「純詩」理論中受到了啟發，提出「詩要兼造形與音樂之美」，[48]情與力應加上音與色才成其為詩，[49]這些術語似乎也是對法國象徵派詩人魏爾倫、蘭波的「移植」，但顯而易見的是，只要詩歌本身是運用漢語創作的，造形、音樂、色彩又必然通過漢語的選字、造句加以表現，漢語本身的語言特徵仍然是形、音、色的主要依據。在這個意義上，魏晉唐詩宋詞作為漢語形式的一種完美的典範也就不可能不產生出潛在的牽引力量了。比如，穆木天就認為李白的詩屬於他所謂的「純粹詩歌」；為了加強詩的暗示性，他甚至主張廢止句讀，因為詩的句讀對於旋律有害，它「把詩的律，詩的思想限狹小了」。[50]其實，中國古典詩歌不就沒有句讀麼？在詩與格律的關係問題上，現代派詩人意見不一，一方面，廢名、陳江帆、禾金、侯汝華、金克木、李白鳳、李廣田、李心若等大多數詩人的作品都是自由的，較少研討形式問題，戴望舒從《我底記憶》開始也似乎趨於形式的自由化，但是，在另一方面，何其芳、卞之琳、林庚這幾位最著名的

---

[47] 聞一多：《律詩底研究》，《聞一多全集》第 10 卷第 156、157、159 頁，湖北人民出版社 1993 年版。

[48] 穆木天：《譚詩——寄沫若的一封信》，原載 1926 年 3 月《創造月刊》第 1 卷第 1 期。

[49] 王獨清：《再譚詩——寄給木天、伯奇》，原載 1926 年 3 月《創造月刊》第 1 卷第 1 期。

[50] 穆木天：《譚詩——寄沫若的一封信》，原載 1926 年 3 月《創造月刊》第 1 卷第 1 期。

現代派詩人卻始終對詩的形式建設相當關注，從來就沒有停止過實驗，從他們各自的表述來看，顯然又都是自覺地繼續著聞一多等新月派詩人的思考，並且是把問題推向了深入。這是不是表明，中國新詩的形式「自覺」在許多時候都注意襲取魏晉唐詩宋詞的傳統。

● **面對挑戰**

　　魏晉唐詩宋詞的生命態度和藝術理想在現代詩歌的藝術自覺中繼續存在，但這種存在卻有它無法逃避的尷尬性，它不得不隨時面對外來的入侵，面對完全異質狀態的西方詩歌的挑戰，它已經失卻了歷史本來所有的自足性和穩定性，在現代生存的眾聲喧嘩中，它必然是搖擺的，甚至不得不是隱匿的，它更像是一段欲了而未了的情，一個美麗而飄忽的夢，中國現代詩人很難嚴格按照魏晉唐詩宋詞的模式來進行自己的藝術創作了。

　　西方詩歌文化的滲透尤其不能忽略。

　　不錯，新月派、象徵派與現代派似乎都是在學習西方的近現代詩歌的過程中返回了自己的古典傳統，西方的詩歌總是鼓勵他們在「一見如故」之時更大膽地側重於傳統詩風的繼承，但是，不容忽視的是，西方詩歌（包括巴那斯主義、象徵主義等）畢竟還是屬於另一文化系統的東西，它一旦被納入到中國詩歌體系就不會在短時期內被融解消化，作為西方詩文化的符號，它還會頑固地散發信息，傳播自身的影響。這些域外信息與現代中國的時代氛圍（突破封閉、建立於廣泛的世界聯繫基礎上的動蕩、喧囂的生

存環境）結合起來，為中國傳統詩歌精神在現代的生長設置了重重障礙，干擾甚至破壞了人們建設著的古典的「物化」意境。

物我和諧的生命態度是否就真的能夠取消現代人的意志力呢？我認為是有困難的。聞一多的詩歌創作就不時呈現這樣的矛盾：一方面竭力彌合傳統的審美理想，另一方面卻又湧現出一系列的懷疑與困惑，如《紅燭》、《雨夜》、《睡者》、《春光》、《靜夜》等，聞一多既為來自西方的頑強的生命意識所鼓動，又具有敏銳而真誠的社會感受能力，多重詩文化觀念的衝撞，使他難以平衡，以至於放棄了詩歌創作。

另外一些詩人，他們雖然也醉心於晚唐兩宋詩歌客觀、無我的「渾融」之境，但他們似乎並不總能做到「物我兩忘」，他們筆下的現代意境也不都是圓潤和諧的。對於自我，戴望舒時而設想，「為人之大道全在懵懂，／最好不求甚解，單是望望，／看天，看星，看月，看太陽。」但忽然又克制不住生命的衝動，「或是我將變一顆奇異的彗星，／在太空中欲止即止，欲行即行，／讓人算不出軌跡，瞧不透道理，／然後把太陽敲成碎火，把地球撞成泥。」（《贈克木》）他還是不能「忘我」！卞之琳的《西長安街》似竭力渲染北京古城特有的清淡和寧靜，把生命凝固在一片古老的安詳中，但字裏行間卻不斷躍出騎兵隊、司令部、槍聲等動蕩時代的意象，最後，還是按捺不住生命的衝動，道一聲：「朋友，我們不要學老人，／談談話兒吧。……」物我合一的意境就這樣被瓦解了。

　　既然包括現代派在內的一些中國詩人都直覺了傳統意境理想在現代社會的不穩定，那麼，這一「藝術自覺」所設立的目標就不能不說面臨危機了。現代派詩歌創作後期，藝術的尷尬終於來到，相當多的現代派詩人文思枯竭，難有新鮮之作，這說明，現代生活已經不能為他們過於「純粹」的藝術提供養料了。中國新詩的「藝術自覺」應該也必須從傳統的「自覺」模式中掙脫出來，從中國傳統語言和傳統美學所挾持的「純粹」裏脫身，開闢一條新的道路，正如柯可在當時所呼籲的：「詩僵化，以過於文明故，必有野蠻大力來始能抗此數千年傳統之重壓而更進。」[51]

　　回應這一呼籲的是 40 年代的九葉派、七月派，是他們超越「純粹」的「反傳統」的新的藝術理想。九葉派、七月派的出現，標誌著中國新詩為藝術而藝術的「自覺」形態的終結。

三、宋詩與中國現代新詩的反傳統趨向

> 詩國革命何自始？要須作詩如作文
> 　　　　　　——胡適《戲和叔永再贈詩》[52]

　　「反傳統」可以說是中國現代新詩的基本趨向之一。對於日漸衰萎的中國古典詩歌傳統，初期白話新詩可謂是逆子貳臣；對於 20 年代前期的中國式的浪漫主義傳統，20 年代

51　柯可：《雜論新詩》，原載 1937 年 1 月《新詩》第 2 卷第 4 期。
52　詩全名為《戲和叔永再贈詩，卻寄綺城諸友》。

末到 30 年代的革命詩歌則大行否定批判之道；對於 20 年代
到 30 年代的所謂感傷主義餘風，40 年代九葉詩人和七月詩
人的反叛意識也顯得特別的強烈。中國現代新詩從誕生、發
展到成熟，始終響徹著反傳統的呼聲。

　　中國新詩的「反傳統」常常借助外來文化的力量，如胡
適首開風氣的「嘗試」之於英美意象派，革命詩歌之於世界
無產階級文學，九葉派、七月派之於葉芝、艾略特等人的
20 世紀詩風或者西方浪漫主義等等。我們完全可以認為，
沒有外來文化的啟示和激勵，中國現代新詩的「反傳統」將
難以發生。但是，作為中國語言文化組成部分之一的中國
新詩，它對傳統的所有背離行為終究還是在「傳統」之中
進行的，剔除、刪減了某些傳統，又組合運用另外一些傳
統，並且繼續形成著屬於中國詩歌文化的新的傳統，外來
文化的刺激和影響最終也還是要通過「傳統」語言、「傳
統」心理的涵養和接受表現出來。從這個意義上講，「反
傳統」永遠不等於兩種文化的簡單碰撞與衝突，它的實質
是對「傳統」的再發現、再認識和再結構。當然，外來文
化也會影響著這種「發現」、「認識」和「結構」的具體
方式及其深度。

　　於是，我認為，要深入剖析中國現代新詩的反傳統趨
向，就不能繼續停留在與外來詩潮的種種聯繫之上，而要進
一步地向下挖掘，探討這些「叛逆」之所以發生的自我根源，
總結它們是在何種層面上展開的，對我們傳統的詩文化作了
何種方向的改造，又有何種程度的保留。「反傳統」恰恰需
要我們新的民族文化批評。

● 宋詩：「反傳統」的詩文化原型

　　中國現代新詩的反傳統能否獲得中國古典詩歌精神的支持，或者說，在中國古典詩歌幾千年發展所形成的「傳統」中是不是存在著自我否定、自我反撥的文化原型，這是我們研究的起點。因為，如果不存在這樣的原型，中國新詩接受異質文化也就失去了最起碼的基礎，失去了「叛離」所要求的基本的心理承受能力。

　　我認為，宋詩就是存在於傳統之中的「反傳統」原型。

　　中國古典詩歌藝術是在中國「大一統」的文化環境中成長定型的，隨著中國文化去粗取精、多元而一元地走向成熟，中國古典詩歌也由先秦的「自由」轉向晉唐的「自覺」。這個轉向，實際上就意味著對個體自由的逐漸削弱和淡化，意味著自我物態化、天人合一的最高境界的精純和完善。特別是晚唐五代及兩宋的詞作，更是從生命追求和藝術形式兩個方面將這「大一統」的詩學意境推向了峰巔。當然，所有這些藝術成就都是在「大一統」的文化背景中實現的，如果社會文化在高度成熟之後沒有自我否定的趨向，如果詩人的個性繼續消退，而它所浸染著的物化境界本身又不可能出現更多的更複雜的變化，那麼成熟也就包含著深刻的危機了。晚唐五代及兩宋詞（特別是慢詞）終究淪入到了空疏、浮靡的絕境。魏晉唐詩宋詞代表了中國古典詩歌傳統的典型形態，包括它的興盛與危機。

　　與晉唐詩、也與同代詞（以慢詞為主流）的美學藝術追求頗不相同，宋詩有意識地另闢蹊徑，走出了一條「反傳統」

的新路，所謂蘇黃一出，滄海橫流，唐風盡變，唐宋詩界線判斷始分。我認為，宋詩的「新變」特徵可以從以下幾個方面加以認識。

政治上濃厚的道德觀念。這是後期封建社會意識形態的獨特話語。盛唐可謂是前期封建社會的繁榮期，蒸蒸日上的國勢醞釀著開明的政治觀念，詩，作為意識形態的藝術話語也呈現出一種開闊的政治胸懷，「登高壯觀天地間」，具有較大的包容性，仕與隱，進與退，「修齊」與「治平」各得其所，取捨由人。有宋一代卻轉為中國封建社會的後期，官僚體制優勢耗盡，積貧積弱。南渡之後，更是南北輻裂，中原易主，泰山壓卵。在沒有新的政治文化引入之前，人們似乎更願意竭力維護儒家道統觀念的統治地位，希望通過強化儒家的政治倫理思想以力挽狂瀾。歐陽修、王安石、蘇軾、黃庭堅等詩人皆終生沉浮於宦海之中，他們都把文學創作活動與政治活動緊密地聯繫起來，明道致用，詩派與理學結盟，詩歌帶有較多的說教意味，又都對偏離儒家道統軌道的晚唐五代文風大加鞭撻。杜甫「奉儒守官」的一面成為宋代詩人人生與藝術的榜樣，「子美集開詩世界」（王禹《日長簡仲咸》），其「仁政愛民」的政治理想和深廣的社會責任感都一再激盪在宋代詩人的心中。

文化上鮮明的理性意識。儒釋道多種文化體系在宋代相互參融、滲透，理學予儒家的性命道德之學以佛老式的思辨特徵，佛老之玄學思辨極大地影響了一代人的思維方式。從慶曆到元祐，經世致用的理性思潮在政治變革失敗後演變為自覺的理性反省，重在治心養氣，格物致知。這也表現在了

詩歌創作之中。如果說，盛唐傳統是蓬勃向上，豪情奔放，充滿青春與朝氣，那麼宋詩則已進入到歷史的反思階段，充滿思辨色彩；它不以現實圖畫見長，而把摹寫生活圖畫提高為剔抉解剖生活，把描繪人生提高為探索思考人生，表現人格修養。宋代詩人傾向於從世事萬物中玄思天地造化，相信「一事之中，理皆全遍」，時時透出睿智的哲學風範。例如蘇軾在流連山水之餘，還不忘理性的證悟：「不識盧山真面目，只緣身在此山中。」（《題西林壁》）

　　人生觀上的滄桑體驗。中國封建社會後期，隨著這一體制內在活力的喪失，長時期積聚起來的矛盾再難掩蓋，也沒有解決的途徑。在高度嚴密化的政治秩序裏，在內憂外患、風雲動蕩的催迫下，知識份子基本上已經失卻了進取的信心和能力，更多地浸泡在世事無常、命運堪憂的嗟歎當中，政治上執著的道統觀念倒越發將人推進理想與現實相分離的尷尬境地，從而加深了人生如夢的悲劇性體驗。盛唐氣象是明快歡暢的，即便憂傷，也屬於少年式的空靈的感傷；宋代詩歌則凝重沉鬱，思慮重重。蘇軾唁歎「嗟予潦倒無歸日，今汝蹉跎已半生。」（《侄安節遠來夜坐二首》）黃庭堅「想得讀書頭已白，隔溪猿哭瘴溪藤。」（《寄黃幾復》）陳師道：「花絮隨風盡，歡娛過眼空」（《夏日書事》）。有的評論家說得好，在宋詩絢爛之極歸於平淡的「老境」背後，「是一種人世滄桑的淒涼和強歌無歡的沉鬱」。[53]

---

[53]　張毅：《對理趣與老境美的追求》，《南開學報》1992 年第 2 期。

　　藝術觀上的革新精神。隨著一系列政治觀、人生觀、文化觀的改變，宋代的詩歌藝術已經建立在了一個新的歷史層面之上，同晉唐的詩歌傳統比較，它洋溢著強烈的革新精神。宋代文學素以「詩文革新」為口號，黃庭堅詩云：「隨人作計終後人」，又說：「文章最忌隨人後」（《苕溪漁隱叢話》）。關於宋革唐風的種種特徵，前人曾作了多方面的歸納，如云：「唐人豪邁者，宋人欲變之以幽峭；唐人粗疏者，宋人欲加之以工致；唐人流利者，宋人欲出之以生澀；唐人平易者，宋人欲矯之以艱辛；唐人藻麗者，宋人欲還之以樸淡；唐人白描者，宋人欲蓋之以書卷；唐人酣暢者，宋人欲抑之以婉約；唐人多煉實字，宋人兼煉虛字。」（陳祥耀《宋詩話》）林林總總的概括之中，我認為最首要的還是所謂的「以文為詩」，即打破晉唐詩歌物我涵化、含蓄蘊藉的美學規範，反對傳統竭力營造「純詩」境界的路數，用散文化的方式創造詩歌，廣泛採用敘述性、議論性的語句；同時拋棄傳統語言留空白、求意會的氤氳氛圍，刻意突出語詞本身艱硬的難以迴避的表達效果，造拗句，押險韻，尋典故，「點石成金」，「脫胎換骨」，「以腐朽為神奇」。

　　宋詩的這一系列思想藝術追求，都是與晉唐傳統很不一致的，屬於另一重天地。如果我們從文化哲學的高度進一步加以梳理和總結，把這些思想藝術潛在的文化取向加以擴張、放大，那麼就更可見出它們與晉唐傳統的深刻差別了。政治觀念上的儒釋道相容，人生觀念上的享受生命，文化觀念上的感性思維，以及藝術觀念上的純詩追求，這都使得晉唐詩歌比較容易地淡化「自我」，進入「物化」的意境，從

而在世界詩歌史上放射出最具有民族色彩的光芒來；而宋詩的諸種趨向卻顯然是擴大了個人的意志力和思想的輻射力，述說個人的社會人生感慨，將自我帶離可親可近的客觀世界，轉而在人類文化的創造物中尋求語言的信息。由此，物態化的意境理想遇到了困難，面臨著危機。

　　如果我們承認晉唐詩歌的物化境界代表了中國古典詩歌傳統最典型的形態，那麼，宋詩對這一境界的某些偏離則體現了中國古典詩歌中一種十分難得的「反傳統」力量，宋詩便是存在於傳統之中的「反傳統」文化原型。

● 反傳統的中國新詩

　　中國現代新詩從它與傳統詩歌對抗誕生的那一刻起，就暗含了同「反傳統」的宋詩建立起千絲萬縷聯繫的可能。宋詩作為反傳統的文化原型很可能在一定的氣候下復活，不管它採取什麼樣的方式。

　　真正對中國現代新詩構成巨大歷史壓力的顯然不是所有的中國古典詩歌。明清沒落期的衰弱的中國古詩不大可能成為中國新詩發展的絆腳石，因為在這個時候，傳統藝術的黯淡無光倒恰恰證明了開拓前進的必要性，並且賦予中國詩人莫大的自信心和優越感；能夠對稚嫩的新生的藝術造成巨大威懾的是古典藝術的極盛期，是在它的思想和藝術等各個方面都散發出無窮魅力的時代，它的存在、它的輝煌都時刻反襯出新生力量的羸弱、渺小和粗陋。如前文所述，中國古典詩歌傳統的典型形態是晉唐詩歌，所以，與中國現代新詩形成歷史對抗的「傳統」元素正存在於晉唐。中國新詩要擺

脫古典詩歌的束縛，建立新的富有時代精神的美學理想，就必然突破晉唐傳統的藝術模式，包括自我物化、天人合一等等內容自然都得「價值重估」。宋詩正是在這樣一個背景上為現代新詩提供了可資借鑒的詩學取向。

同時，在作為中國現代新詩外來淵源的西方詩歌那裏，最特異且最顯著地區別於中國傳統詩歌的藝術理想也是非意境、非物化，追求詩人自我堅強的「意志性」力量，以強烈的主觀感情來感受、評價世界。於是，宋詩又與外來的詩歌理想產生了某種程度上的相似性，讓人似曾相識，油然而生親切之感。

凡此種種，都為宋詩作為文化原型在現代的復活，為它的藝術趨向獲得新詩「反傳統」主義的認同，也為外來詩學的本土移植奠定了基礎。

我曾經強調說：「五四」詩歌的發生與西方詩歌的譯介關係緊密，胡適「開紀元」的《關不住了》就是一首頗具西方色彩的譯作，至於中國現代詩人主動地自覺地接受古典詩歌的影響，則是從新月派開始的。[54]但這是不是說初期白話詩人就與中國古典詩歌傳統毫無關係了呢？當然不是。我們可以說初期白話新詩與中國詩歌「物態化」理想的典型差距很大，但卻不能認為它們可以隨意掙脫整個古典詩歌傳統，更不能說它們的「嘗試」是在毫無內在支點的情況下憑空進行的。事實上，當時的一些白話詩人就有意識地從中國古典詩歌的演變過程中尋找變革的基因了。他們相信，中國詩歌

---

[54]　參見本書第一章第一節。

的演變規律是由禁錮到開放，由束縛到自由，至宋元就已經
出現了白話。胡適說：「中國詩史上的趨勢，由唐詩變到宋
詩，無甚玄妙，只是作詩更近作文！更近說話！」「宋朝的
大詩人的絕大貢獻，只在打破了六朝以來的聲律的束縛，努
力造成一種近於說話的詩體。」並十分明確地指出：「我那
時的主張頗受了讀宋詩的影響」。[55] 儘管胡適的這些思想在
某些繼續主張「純詩」化的後人那裏曾招來了不少指摘，儘
管我們也不能說所有「反傳統」的現代詩人都接受了這種理
論，但是，在歷史新紀元的起點，一位「首開風氣」者的文
化心態，卻不能不說是很有一種深刻的典型性的，因為，正
是在繼往開來的歷史轉折期，在面對瓦礫與廢墟的抉擇裏，
民族文化心理總可以無所顧忌地袒露出來，它還來不及也不
必要裹上太多的時代包裝。我認為，胡適從歷史裏剔抉未
來，向傳統索取發展的養料，這恰恰顯示了中國文人源遠流
長的「復古明道」心理。由於新文學建設的急迫性，白話詩
草創期的艱難性，胡適不得不特別凸出他的「白話文學史」
觀，特別證明其「嘗試」的正統性；而在此之後，詩人跨過
了歷史轉折的門檻，解除了部分的歷史包袱，因此類似的民
族心理往往也下沉到一個更深的層次。不過，原型畢竟是原
型，在漢語言文化的特定氛圍當中，它的復活就是藝術史的
必然，並且也是意義深遠的。

　　「作詩如作文」這是胡適對宋詩最直覺最樸素的闡釋，
也影響了他及其他初期白話詩人的「反傳統」創作。如果我

---

[55]　胡適：《逼上梁山》，《中國新文學大系・建設理論集》第 8 頁。

們把問題引向世界詩歌的廣闊背景來加以分析，就得承認，「詩」與「文」的文體關係頗為複雜，浪漫主義之於古典主義是自由的、散文式的，詩律規則較為寬鬆，象徵主義之於浪漫主義又是「純詩」化的、音樂化的，「反傳統」自然未必都是「作詩如作文」了。但是，在整個中國現代詩史上，「反傳統」詩歌形態一般都傾向從「文」的體式中探求「詩」的新變，將散文化的敘述性語句引入詩的創作。柯可提出，散文詩、敘事詩和詩劇是現代詩歌特別值得注意的新趨向。[56]茅盾說：「從抒情到敘事」，「這簡直可以說是新詩的再解放和再革命」。[57]艾青提出，「由欣賞韻文到欣賞散文是一種進步」。[58]九葉詩人袁可嘉雖然不同意「散文化」的主張，但同樣認為，「現代詩人極端重視日常語言及說話節奏的應用」。[59]不能說這些詩學取向都是從宋詩裏引申出來的，但至少在「以文為詩」的選擇上，古今詩歌的確是走到了一起，這都提醒我們必須重視宋詩原型所起的無形的作用。

　　理性化也是中國現代新詩反傳統趨向的特徵。「新詩的初期，說理是主調之一，新詩的開創人胡適之先生就提倡以詩說理，《嘗試集》裏說理詩似乎不少。俞平伯先生也愛在詩裏說理；胡先生評他的詩，說他想兼差作哲學家。」[60]抗戰

---

[56]　柯可：《論中國新詩的新途徑》，原載 1937 年 1 月《新詩》第 4 期。
[57]　茅盾：《敘事詩的前途》，原載 1937 年 2 月《文學》第 8 卷第 2 號。
[58]　艾青：《詩的散文美》，見《詩論》，人民文學出版社 1980 年版。
[59]　袁可嘉：《新詩現代化》，原載 1947 年 3 月 30 日天津《大公報‧星期文藝》。
[60]　朱自清：《詩與哲理》，《新詩雜話》第 23 頁。

以後，新詩的理性化因素又普遍增加，七月派詩人綠原在詩中說：「人必須用詩尋找理性的光。」（《詩與真》）九葉派詩人袁可嘉也強調：「好的詩篇常常包含抽象的思想。」[61]

　　強烈的社會責任感又是貫穿於所有這些「反傳統」作品中的重要人生態度。胡適、沈尹默、劉半農、劉大白等人的早期白話詩作中洋溢著濃厚的人道主義精神，表現「今日的貧民社會，如工廠之男女工人，人力車夫，內地農家，各處大負販及小商鋪，一切痛苦情形」，[62]蔣光慈、殷夫「勉力為東亞革命的歌者」，[63]中國詩歌會想要「打碎這烏黑的天地」，[64]左翼革命的熱誠無疑強化了詩人干預社會的願望，而抗戰的爆發又把更多的詩人推到了民族存亡的莊嚴主題之下，田間以「燃燒」、「粗野」、「憤怒」的詩句書寫「鬥爭的記錄」，艾青「以最高的熱度讚美著光明，讚美著民主」，[65]九葉派詩人也認為：「今日詩作者如果還有擺脫任何政治生活影響的意念，則他不僅自陷於池魚離水的虛幻祈求，及遭到一旦實現後必隨之而來的窒息的威脅」。[66]如果說中國現代新詩的種種「反傳統」形態在具體的詩學追求上還有著種種的差別，那麼在肩負社會道義、民族責任這一點

---

[61]　袁可嘉：《詩與意義》，原載 1947 年《文學雜誌》第 2 卷第 6 期。

[62]　胡適：《建設的文學革命論》，《中國新文學大系・建設理論集》第 136 頁。

[63]　蔣光慈：《新夢・自序》。

[64]　楊騷：《鄉曲》。

[65]　艾青：《為了勝利》，原載 1941 年 1 月《抗戰文藝》第 7 卷第 1 期。

[66]　袁可嘉：《新詩現代化》，原載 1947 年 3 月 30 日天津《大公報・星期文藝》。

上，卻幾乎都走到了一起，出現了驚人的相似性。我認為，除了從特定的時代風雲中尋找解釋之外，宋詩式的「道統」觀念起了潛在的作用。我們也不難發現，在中國新詩所有「反傳統」傾向的對立面，都是那些吟風弄月或個人身世感懷的「情景交融」之作。胡適對當時詩壇上「浮誇淫瑣」的「傷春悲秋」之調大為不滿，[67]「沉醉在風花雪月裏」的新月派、現代派是左翼詩歌的「革命」對象，袁可嘉將徐志摩式的傳統主義與穆旦的反傳統主義作了對比，他說，徐詩「重抒情氛圍的造成」，「感情濃，意象華麗」，而穆旦「不重氛圍而求強烈的集中」，作為現代人，「我們也自然不無理由對穆旦底詩表示一點偏愛」。[68]這樣的兩兩對抗，是不是也讓我們想起了宋詩對晚唐五代詩風的抨擊呢？

● 局限、變形與超越

　　以上我們從中國現代新詩「反傳統」的整體追求出發，考察了它與宋詩直接或間接的聯繫。應該指出的是，中國現代新詩諸種的「反傳統」形態依然各自保持著較多的獨立特徵，胡適、沈尹默、劉半農等人「首開風氣」的反傳統，左翼革命詩人的反傳統，以及七月派、九葉派等詩人的反傳統都各不相同，這可以說是受惠於宋詩的現代詩史區別於古典詩史的特異之處了。在中國古典詩歌史上，宋詩作為最獨一

67　胡適：《寄陳獨秀》信，轉引自祝寬《五四新詩史》第 132 頁，陝西師範大學出版社 1987 年版。

68　袁可嘉：《詩與民主》，原載 1948 年 10 月 30 日天津《大公報‧星期文藝》。

無二的反晉唐模式已經成了所有「反傳統」傾向的典型，此後，「反傳統」的願望就比較單純地認同著宋詩的理想，於是一切復興晉唐正統與改造晉唐正統的分歧都表現為「唐詩派」與「宋詩派」的分歧。唐宋之爭概括了自南宋末年至晚清的整個中國詩歌的發展，在沒有更豐富的異域詩歌文化潮流湧入之前，中國詩人只能作如此的選擇。但中國現代新詩則不同，它的發生、發展和成熟都與西方詩潮源源不斷的衝擊有關，自始至終，它都置身於中西文化交會的廣闊原野上，承受八面來風；況且對於現代的白話新詩來說，「傳統」實際上就是從先秦到晚清的整個古典詩歌，也包括了宋詩本身，古典詩歌各個藝術形態對現代人都具有一種潛在的「原型」力量，反晉唐傳統是一回事，不知不覺地返回到這一傳統也不無可能。所有這些中西詩學的複雜匯合，都帶來了現代詩人「反傳統」選擇的複雜性。就這樣，同樣認同於宋詩原型的藝術理想，卻產生了頗不相同的實踐方式，或者基本上遵循原型的語意，在原型所提供的文化境域內建設新的文學；或者執著於原型的某些啟示，又匯合了其他詩學追求；或者與原型保持一種遠距離的歷史聯繫，自由地借用時代的力量對「歷史」作新的組裝，輸入新鮮的血液，鍛造全新的筋骨。這三種實踐方式我分別稱之為宋詩原型的「局限」、「變形」與「超越」。

　　初期白話新詩較多地顯示了宋詩的文化特徵，如社會道義、理性思維、以文為詩等等。這主要根植於胡適等詩人的自覺認同。當然，這一代人也接受了其他傳統詩學的影響，比如胡適也曾主張「詩的具體性」，強調「引起讀者渾身的

感覺」，反對抽象的做法，這似乎屬於晉唐詩歌的意境理
想；[69]胡適、劉半農、劉大白等人又曾在理論或實踐上探索
過詩歌歌謠化的問題，這也與「學者化」的宋詩取向不盡一
致。但是這些異質的詩學並沒有從根本上改變初期白話新詩
的「宋詩特徵」，晉唐的境界對於胡適而言終究只是想像中
的境界，其詩作的總體特色還是「以文為詩」，抽象性、理
智性的成分居多，以致在後來不斷招來非議；歌謠化的趨向
從未動搖這一代詩人逆晉唐而動、另闢蹊徑的執著願望，並
且在某種程度上，歌謠的敘事成分與敘述語調也與宋詩式的
「散文化」特徵彼此依託，互為支撐。[70]如劉大白《田主來》：

> 辛苦種得一年田，
> 田主偏來當債討。
> 大斗重秤十足一，
> 額外浮收還說少。
> 更添阿二一隻雞，
> 也不值得再計較！

這種「誦之村嫗婦孺而皆懂」的白居易詩風本來也屬於宋代
詩人反叛晉唐境界的「楷模」。王禹偁有「北山種了種南山，
相助力耕豈有偏」（《佘田調》），蘇舜欽有「十有八九死，
當路橫其屍」（《城南感懷呈永叔》），范成大有「室中更
有第三女，明年不怕催租苦！」（《後催租行》）從這些方

69　胡適：《談新詩》，《中國新文學大系・建設理論集》第 309 頁。
70　可參見本章之下一節。

面分析，我倒認為，初期白話新詩實踐著宋詩式的反傳統，也較多地為這一理想所「束縛」了，屬於我所謂的「局限」的實踐。

　　左翼革命詩歌（包括早期革命詩歌、中國詩歌會）「反傳統」的某些特徵也與宋詩有相同之處，如鮮明的社會責任感以及敘事性成分、敘述性語調等等，不過，宋詩式的理性主義卻沒有出現在左翼革命詩歌中。相反，在蔣光慈、殷夫、蒲風等詩人那裏，情感被提升到一個相當高的位置。30 年代的穆木天認為，詩人必須「把握時代的進步的感情」，[71]蒲風讚揚說，在詩人溫流的貢獻中，「尤其重要的是針對現實而憤怒，而詆毀，而詛咒，而鼓蕩歌唱」，[72]殷夫自覺是「枕著將爆的火山，火山的口將噴射鮮火深紅」（《地心》）。這一重要的改變是因為西方浪漫主義及蘇俄無產階級詩潮的滙入（兩者在突出詩的情感特徵這一點上異曲而同工）。儘管左翼革命詩歌對浪漫主義也曾有過排斥，但最終還是經由「革命浪漫主義」的鼓勵而容納了浪漫的激情。激情代替了宋詩的理性色彩，而西方浪漫主義與蘇俄無產階級詩潮的磅礴、雄健的社會意識又進一步改造了中國式的民族憂患，使之突破了「仁政愛民」的狹窄框架，抗爭，搏擊，奔湧著新世紀的生命長河：

---

[71]　穆木天：《詩歌創作上的題材與主題的問題》，《怎麼學習詩歌》，生活書店 1938 年初版。

[72]　蒲風：《幾個詩人的研究·溫流的詩》，《現代中國詩壇》，詩歌出版社 1938 年版，著重號為原文所有。

像決堤的黃河水，

誰有力量去攔堵？

像海洋的浪

澎湃洶湧的是我們的隊伍。

——蒲風《六月流火》

社會使命與澎湃情感的融合也促使左翼革命詩歌接受了「內美修能」的屈騷的影響，比照晉唐詩歌的物化境界、宋詩的理性主義，屈騷原型自有一份令人迴回腸蕩氣的自由。[73]古今中外多種詩學精神改造了中國「反傳統」固有的模式，左翼革命詩歌屬於這一「反傳統」原型的「變形」的實踐。

　　七月派、九葉派及艾青等人的創作是對宋詩原型的「超越」性實踐。在一系列的「反傳統」趨向上，它們與宋詩似非而是，似是而非，取著「遠距離」的文化聯繫。他們皆有自覺的社會意識，並以此作為反傳統的標誌之一；但是他們又並沒有用外在的社會意識來代替個性本身，而是力求在兩者之間尋找一個結合的部位。九葉派詩人感到「肯定詩與政治的平行密切聯繫」「並不等於主張詩是政治的武器或宣傳的工具」。[74]他們反對「片面地過分迷信文學的工具性及戰鬥性」。[75]七月派提出燃燒著的「主觀精神」，艾青把詩的「宣傳的功能」與個人情感的「發酵、醞釀」維繫在一起；

---

[73]　參見本章第一節。

[74]　袁可嘉：《新詩現代化》，原載 1947 年 3 月 30 日天津《大公報‧星期文藝》。

[75]　袁可嘉：《「人的文學」與「人民的文學」》，原載 1947 年 7 月 6 日天津《大公報‧星期文藝》。

他們表現出了不同程度的理性精神，但又把理性引向了一個更豐富、更深厚的層面，並同人的其他精神元素交相輝映。九葉派詩人唐湜讚賞的是把「深沉的思想皆化為清新的精神風格與情感代價」，「用身體的感官與生活的『肉感』（SenSuality）思想一切」。[76]袁可嘉歸納說，詩除了有理性的「概念邏輯」之外還要有「想像的邏輯」。七月派詩人胡風認為，理論的正確是詩以前的東西，而詩只能是以正確的理論為基礎去抒寫詩人「對於鬥爭的情緒的感受或感應」，[77]他堅決反對詩是抽象思想「形象化」的說法。[78]艾青重視詩的聯想、想像、形象思維。他們都倡導過詩的口語化、敘述性及「說話節奏」，但又並不停留在包容散文話語的願望上。在七月派詩人胡風看來，詩的語言「得是沒有拘束的形式，才能自由地表現作者底情緒」，[79]艾青也闡述了類似的觀點：「寧願裸體，卻決不要讓不合身材的衣服來窒息你的呼吸。」[80]這都表明，他們更重視選擇「以文為詩」的深層原因，較之宋人，更有一種清醒的現代意識。對於九葉派詩人而言，「日常語言及說話節奏」絕不是刻意出新的語言技巧，其文學價值在於：它的「變化多，彈性大，新鮮，生動的文字與節奏才能適當地，有效地，表達現代詩人感覺

76　唐湜：《飛揚的歌·後記》，平原社 1950 年版。
77　胡風：《略觀戰爭以來的詩》，《胡風詩全編》第 615 頁，浙江文藝出版社 1992 年版。
78　胡風：《關於「詩的形象化」》，《胡風詩全編》第 649 頁。
79　胡風：《略觀戰爭以來的詩》，《胡風詩全編》第 616 頁。
80　艾青：《詩論》。

的奇異敏銳,思想的急遽變化,作為創造最大量意識活動的工具」。[81]同時,「民間語言與日常語言的好處都在他們儲藏豐富,彈性大,變化多,與生活密切相關而產生的生動,戲劇意味濃,而並不在因為他們僅僅是民間用的或日常說的話語」,[82]說話節奏也無意混淆詩與文的界限,詩還是詩。九葉詩人深受 20 世紀西方詩潮的影響,努力區別「詩的語言」與「科學的語言」,這樣,經過對詩歌「以文為詩」的否定之否定,實際上是把問題引向了一個更深的層次。

除此之外,在 40 年代的這一系列「反傳統」選擇裏,還與眾不同地凸出了人生的滄桑體驗、苦難意識,把它作為詩歌最深厚最堅韌的意志力量。在中國初期白話新詩建設的亢奮與二三十年代愈演愈濃的「古風」之中,滄桑感與苦難感十分鮮見,新月派、象徵派、現代派的「青春期感傷」缺乏更恢宏的生命宇宙感;「反傳統」的左翼革命詩人又以提倡革命樂觀主義為己任,這實際上都是在不同的角度上漠視了生存的真相。與此前的新詩形態(包括「反傳統」的新詩形態)大相徑庭的在於,40 年代的這幾類「反傳統」詩歌都飽含著對生命的沈重思考,細訴著它的苦難、它的滄桑,其直面人生的大膽、坦率和疾言厲色都讓人歎為觀止。七月詩人「壓縮」、「凝結」了對民族戰爭災難性現實的痛苦觀

---

[81]　袁可嘉:《新詩現代化》,《論新詩現代化》第 7 頁,三聯書店 1988 年版。

[82]　袁可嘉:《對於詩的迷信》,原載 1947 年《文學雜誌》第 1 卷第 11 期。

察，艾青用凡爾哈侖、波德萊爾式的憂鬱讀解社會與人生，九葉派詩人則一再抒寫著傳統與現代轉折期一個古老民族的「豐富的痛苦」，如穆旦細膩地品味著中國式的人生矛盾：「告訴我們和平又必需殺戮，／而那可厭的我們先得去歡喜。／知道了『人』不夠，我們再學習／蹂躪它的方法，排成機械的陣式，／智力體力蠕動著像一群野獸」（《出發》），如此「豐富的痛苦」不僅在現代中國所有的「反傳統」選擇中實屬少見，就是與宋詩的滄桑感相比較，也作了更深入的意義擴展。宋詩的滄桑感雖較傳統詩歌豐富，但畢竟「去古未遠」，又沒有接受其他新的文化思潮的衝擊，所以從一個更深的層次上看，依舊沒有擺脫古典詩人的特定文化心態──他們的滄桑感多半不脫「時不我待」、「人生如夢」的狹窄窠臼，缺乏將個人痛苦向民族乃至人類痛苦上升的宇宙意識，也無意對種種痛苦本身作更深入細緻的挖掘、解剖，至於反抗絕望、與黑暗搗亂的勇氣就更難見到了；相反，倒往往在人生苦難的敘述中點綴著若干智慧性的幽默，讓人在把玩鑒賞之餘，暫時忘卻了痛苦的壓力，這就是所謂的「理趣」。「仰頭月在天，照影我在地，我行影亦行，我止影亦止。不知我與影，為一定為二？月能寫我影，自寫卻何似？……」（楊萬里《夏夜玩月》）從痛苦中提煉出某種趣味，這是禪家的風範，的確讓人神往，但痛苦本身的深邃意義也就被蕩去了許多。40 年代的「反傳統」新詩大大地超越了它的文化原型，它很少強作笑意，很少以阿 Q 式的精神勝利掩飾生命中不可改變的事實，它咂摸著苦難，分解著苦難，以對生命的苦難性思考作為主體意識的重要根基，其他

所有的人生選擇、社會選擇、藝術選擇都緊緊地熔鑄在這一層面之上。由此看來，40 年代前後的「反傳統」新詩不僅在各個詩學選擇上賦予了宋詩原型更雄厚的內容，而且，還根本改造了詩人的主體意識。

　　不難看出，在 40 年代前後「反傳統」選擇超越宋詩的實踐中，20 世紀西方詩潮起了至關緊要的作用。從它們各自對內在情緒性因素的重視，對人意志力的凸現，對那種獨具魅力的詩的文體特徵的探索，以及對個人的或世界的苦難的深刻反思，都可以觸摸到西方 19 世紀至 20 世紀詩歌發展的強勁脈搏。其中的大多數詩人，都是在西方詩歌啟示下，第一次睜大了雙眼，敞開了胸懷，沒有西方詩歌的哺育，就沒有穆旦，沒有九葉派詩人，也沒有艾青、田間和胡風。宋詩為「反傳統」樹立遙遠的榜樣，而 19、20 世紀的西方詩風又提供了及時而現實的能量，宋詩與西方詩風有某種相似的取向指引了「反傳統」的方向，西方詩風又為這一選擇充實了更豐富更具有時代氣息的內容。從這裏分析，我認為，40 年代前後的「反傳統」選擇屬於區別於 30 年代的新的「中西詩學融合」，其融合的結果是，現代新詩既沒有為中國古典詩學的原型所局限（因為它大量吸收了外來詩學的新內涵），也沒有為西方詩學所輕易俘虜（因為它從宋詩的啟示中明確了「反傳統」的基本方向）；這些詩歌既是中國的，又是現代的，既是民族的，又是超越了所有古典傳統的。只要中國現代新詩繼續浸潤在漢語言文化的氛圍中、生存在中國文化蜿蜒曲折的長河裏，只要中國詩人依舊還是現代的「傳統人」，那麼，這一時代的「反傳統」實踐就可謂是最

成功的典範。它為中國新詩的健康發展、為真正的屬於現代
的「中西融合」留下了許多寶貴的經驗。

四、《國風》、《樂府》與中國現代新詩的歌謠化趨向

> 我們要使我們的詩歌成為大眾歌調，
>
> 我們自己也成為大眾中的一個。
>
> ——中國詩歌會《新詩歌·發刊詩》

對於民歌民謠，中國現代詩人表現出了一種比較廣泛而
持久的興趣，「歌謠熱」幾乎與「五四」的激情一起生成。
1920 年 12 月成立的北京大學歌謠研究會是「五四」新文化
運動中最早成立的一批群眾社團之一，它的發起者、參與者
囊括了我國最早的白話詩人，如劉半農、沈尹默、錢玄同、
沈兼士、周作人等；由它主辦、創刊於 1922 年 12 月的《歌
謠周刊》也是中國現代文化史上出現較早、堅持時間最長
（1937 年 6 月終刊）、影響較大的期刊之一，不少著名詩
人或詩評家如胡適、朱自清、朱光潛、鍾敬文等均參加了編
輯工作或撰寫重點文章。歌謠的影響鮮明地顯示在了眾多詩
人的作品之中，如劉半農、劉大白、沈玄廬、蒲風、任鈞、
田間、柯仲平、阮章競、馬凡陀、李季、賀敬之的創作，甚
至連徐志摩、聞一多、朱湘、戴望舒這樣的「藝術忠臣」也
一度捉筆寫作現代民謠。如果把其他片言隻語的評論感慨也
算上，那麼我們簡直可以認為，幾乎所有的現代詩人都對這
一種古老而常新的民間藝術形式歆羨不已，歌謠化是中國現
代新詩最值得重視的創作趨向之一。

　　需要我們作出回答的是，是什麼樣的社會的文化的或者心理的力量推動中國現代新詩走向「歌謠」，歌謠化的中國新詩究竟有什麼樣的文化意義，在文學史上的地位如何，與其他中國現代新詩構成怎樣的關係？

● **中國現代新詩的歌謠化潮流**

　　歌謠化是中國現代新詩較有普遍性的創作趨向，從「五四」至 40 年代，這一趨向又集中表現在三次大的詩歌潮流中。

　　第一次是「五四」時期，以初期白話詩人劉半農、劉大白等人的創作為代表。從 1918 年起，劉半農就和沈尹默等人共同倡導徵集歌謠。劉半農不斷從故鄉江陰採集民謠刊行於世，1920 年、1921 年，他又用江陰方言寫作「四句頭山歌」二十餘首，彙編成《瓦釜集》，由此被人稱作是「中國文學上用方言俚調作詩歌的第一人。」[83]「瓦釜」與「黃鐘」相對，代表著一種來自民間的樸拙之音。緊跟著出版的《揚鞭集》，也容納了不少現代「山歌」。劉大白《賣布謠》、《田主來》等詩也直接模仿了民間歌謠的體式。有人認為：「在我國新詩運動剛剛興起的五四時期，自覺地創作民歌體詩歌，就只有他（指劉半農──引者）和劉大白兩人。」[84]

　　第二次是在 30 年代前期，以中國詩歌會諸詩人的左翼革命詩歌為代表。中國詩歌會機關刊物《新詩歌》的《發刊

---

[83] 渠門：《讀〈瓦釜集〉以後捧半農先生》，原載 1926 年 10 月《北新》周刊第 9 期。

[84] 潘頌德：《劉半農的詩論》，《中國現代詩論 40 家》第 57 頁，重慶出版社 1991 年版。

詩》宣稱：「我們要用俗言俚語，／把這種矛盾寫成民謠小調鼓詞兒歌，／我們要使我們的詩歌成為大眾歌調，／我們自己也成為大眾中的一個。」對民謠，中國詩歌會模仿創作與蒐集整理並重，且有理論研究，希望「借著普遍的歌謠、時調諸類的形態，接受它們普及、通俗、朗讀、諷誦的長處，引渡到未來的詩歌。」[85]中國詩歌會健將蒲風的作品成就最大，影響深遠，曾獲得茅盾等人的高度肯定，被認為是向民間歌謠學習「嘗試成功的第一人」。[86]

　　第三次是從 30 年代中後期到 40 年代的抗戰勝利前後。全民性的救亡圖存運動大大地縮小了詩人與普通民眾的心理距離，民謠成了最方便也最有影響力的時代之聲。田間、柯仲平都十分注意吸收民謠的語言長處，李季從陝北「信天遊」裏找到了藝術的靈感，阮章競陶醉於「漳河小曲」，馬凡陀胎息於吳歌，賀敬之、蕭三、魏巍、陳輝、林山這些知名的解放區詩人和許多不知名的群眾詩人共同造成了民間歌謠創作的強大聲勢。

　　在這三次詩歌潮流裏，以第二次尤其是第三次的陣容最大，給詩歌史留下的經驗也最多，中國歌謠化新詩思想和藝術的許多特徵都在這兩個時代有比較充分的表現，我們往往也能在這兩大潮流中尋找到中國新詩之所以歌謠化的最基本的解釋。

85　《我們的話》，原載《新詩歌》第 2 卷第 1 期。
86　茅盾：《文藝雜談》，原載 1943 年 2 月《文藝先鋒》第 2 卷第 3 期。

　　容易看出，兩個時代的兩大詩潮分別受到了兩種力量的推動：一是世界無產階級文學觀念，一是抗日圖存的民族大團結意識。相對來說，30 年代前期的中國詩歌會主要得益於第一種力量，而 30 年代中後期直至 40 年代的其他各路抗戰詩人則借助了第二種力量。世界無產階級文學從一開始就生存在社會大眾的海洋中，早期無產階級文學作家包括英國的憲章派詩人和法國的杜邦、巴黎公社詩人等等本身就是清一色的工人群眾，文學創作、詩歌創作就是他們所從事的群眾性革命活動的組成部分。蘇聯無產階級文學更是被自覺地當作了教育人民、服務於人民的革命工具。列寧反覆強調，文學應該為「千千萬萬勞動人民」服務，「藝術是屬於人民的」，無產階級文學必須為勞動群眾「所瞭解和愛好，它必須結合這些群眾的感情、思想和意志，並提高他們。」[87]列寧的這些主張早在 20 年代後期就被我們作為權威性論斷引入中國，被認為是「普羅文學底大眾化問題底理論的根據」。[88]中國詩歌會便是在「大眾化」的無產階級文學潮流中應運而生的，歌謠即是「大眾化」的詩歌。來自蘇聯無產階級文學的「大眾化」觀念繼續對 30 年代後期至 40 年代的「抗戰」詩人產生著影響，不過，我認為，對於這些「抗戰」詩人來說，無產階級文學的「大眾化」理論顯然已不那麼重要，更激盪他們靈魂的還是瘡痍滿目、生靈塗炭的現實，是民族共同的歷

---

[87]　《列寧論文學與藝術》第 2 卷第 912、916 頁。
[88]　林伯修（杜國庠）：《一九二九年急待解決的幾個關於文藝的問題》，原載 1929 年 3 月《海風周報》第 12 號。

史命運帶來了各階層的共同話題,歌謠是「高貴」的詩人與平俗的大眾引以共鳴的心聲,大眾的痛苦和憤怒也就是詩人自己的痛苦和憤怒,詩人所詠唱的歌謠也出諸大眾的喉舌。作為這一時代精神精闢總結的《在延安文藝座談會上的講話》,它所追求的就不是理論邏輯的雄辯效果,而是平實樸素的情感感染力:「在群眾面前把你的資格擺得越老,越像個『英雄』,越要出賣這一套,群眾就越不買你的帳。你要群眾瞭解你,你要和群眾打成一片,就得下決心,經過長期的甚至是痛苦的磨練。」[89]其實,這正是救亡圖存的時代發展給每一位抗戰詩人的教訓。毛澤東的《講話》及《講話》以後歌謠創作活動的蓬勃發展都是這一時代發展合情合理的結果。如果說,20 年代前期中國詩歌會的歌謠化趨向主要根源於外來理論的啟迪,那麼在此之後,抗戰詩人的歌謠化追求則屬於時代精神的必然發展。

● 歌謠化的歷史根基

　　但是,到此為止,我們就完滿地解釋了中國新詩歌謠化的社會文化淵源麼?我認為沒有。因為,以上的幾種解釋僅僅是在最膚淺最表面化的層次上進行的,最多只是梳理了這一詩學取向的外部環境因素,更深入的一些疑問並沒有得到回答,例如,「外來文化」與「時代發展」這樣多重性的環境力量是否存在統一的層面,三次大的詩潮又是如何互相貫

---

[89]　毛澤東:《在延安文藝座談會上的講話》,《毛澤東選集》第 3 卷第 808 頁,人民出版社 1966 年版。

通的，主體的潮流和個別的民謠化傾向有無共同的心理根據；我們也還沒有充分考慮到古今中外的一些相似的詩學取向並與之相互參照。特別是，我們顯然暫時忽略了歌謠化同樣也是中國古典詩歌重要趨向這一歷史事實。同作為中國文化系統的組成元素，中國新詩與中國古典詩歌的血脈聯繫是無法割斷的，「原型」的力量也常常不以任何個人的主觀願望為轉移，中國新詩的歌謠化絕非單純的外來文化與時代發展的產物，它應當有更深厚的歷史淵源。

那麼，在民族文化的長河裏，詩的歌謠化有什麼樣的歷史內涵，或者說，中國古典詩歌歌謠化趨向的文化意義何在，它何以會產生，又何以會持續下去呢？這又還得從中國古典詩歌文化的總體特質說起。

我們說過，中國古典詩歌的文化特徵是「物態化」，其中，又以「意境」為自己的最高藝術理想。所謂「意境」，即「不涉理路，不落言筌」，「惟在興趣」，「羚羊掛角，無迹可求」，「如空中之音，相中之色，水中之月，鏡中之像，言有盡而意無窮。」（嚴羽《滄浪詩話・詩辨》）亦「如藍田日暖，良玉生煙，可望而不可置於眉睫之前也」（司空圖《與極浦書》引戴叔倫語）。「淚眼問花花不語，亂紅飛過秋千去。」「寒波澹澹起，白鳥悠悠下。」「細雨魚兒出，微風燕子斜。」[90]這些為歷代詩論家一再品評的詩句就是中國詩歌「意境」的典型形態。按照這樣的思路，詩人應當恰

---

[90]　分別見歐陽修《蝶戀花》「庭院深深」、元好問《潁亭留別》、杜甫《水檻遣心二首》。

到好處地在客觀物象中消解自我，客觀物象也得到了靈巧的調整和排列，以便盡可能地保持其渾融完整的原真狀態，同時，詞語本身又被作了精細的推敲潤飾，以充分調動漢字本身的象形會意功能。所有的這些「詩藝」，都要求詩人具有很高的文化修養、極靈敏的直覺悟性、極純熟的語言文字技巧。於是，在客觀上，中國古典詩歌走上了一條高度「文人化」與「貴族化」的道路。或許文人有文人的品位，貴族有貴族的典雅，但是，不容否認的是，「文人化」與「貴族化」又都非常容易陷入狹窄、枯澀，甚至矯揉造作的境地。例如，晚唐五代詞營造了中國詩歌的完善「意境」，而這一「意境」恰恰又是狹窄的，詩的語言也因刻意雕琢而有造作之嫌。宋詩代表了中國古典詩歌的某些自我否定傾向，但宋詩的「反傳統」也還是在文人圈子裏、貴族境界中進行的，因而依舊難脫「枯澀」的命運。那麼，在狹窄、乾枯的威懾下，中國古典詩歌何以又能綿延發展數千年呢？在數千年漫長的歷史發展當中，中國詩人何以又能一如既往地保持著對「意境」理想的迷戀呢？在理想的晶瑩潤澤與現實的枯萎乾澀之間，起著平衡調劑的是什麼？我認為，這就是以《國風》、《樂府》為原型、又彌漫生長在廣大民間的歌謠藝術。是歌謠這一完全非文人化、非貴族化的純樸自然的詩歌形式，不斷帶給中國詩人新鮮的刺激，促使他們暫時離開固有的軌道，汲取豐富的營養，藉民間藝術的活力稍稍撥正那過分扭曲的「正統」詩路，維持著詩的歷史運動。

　　歌謠本來就是詩的源頭，中國詩歌中的歌謠至少可以追溯到「杭育杭育」派，追溯到傳說中黃帝時代的《彈歌》。

不過，真正具有完整形態並對後代產生實質性影響的還是先秦的《國風》和漢魏的古樂府（我統稱為《樂府》），後者雖在一定的意義上繼承了前者的精華，但在後代詩人心目中還是常常被置於本原性地位，因此，我把《樂府》和《國風》統一起來，看作是中國詩史上歌謠化趨向的原型形態。《國風》保存了最早的也是最完整的周代人民的口頭創作，民間特色十分濃厚，因其屬於「詩教」的重要組成部分，所以在歷代詩人那裏都受到無上的敬仰。《樂府》是漢魏音樂機關特別採集記錄下來的歌謠，規模與《國風》不相上下。它雖然沒有像《國風》那樣取得整體文化上的崇高聲譽，在一個時期之內還曾受到過排斥，但仍然深入人心，回響不絕，甚至也正是因為它沒有「詩教」的典正神聖，而更令後代詩人備感親切，所以不少的詩歌運動都直接以「樂府」為口號，為旗幟，「樂府」成為一種特殊的詩體，歷代詩人都有仿效漢魏樂府而作的詩篇。《國風》和《樂府》既處於中國詩歌發展的初途，因簡單粗糙而顯得樸素自然，又完全沒有文人創作的種種弊陋——老於世故、處心積慮，它洋溢著一份泥土味十足的生命的活力。於是乎，每當中國古典詩歌因「成熟」而失卻前路，因「完美」而心浮氣躁，又因「高貴」而淪入矯情的時候，總是有那麼一些詩人衝出文化的重圍，另闢蹊徑，引民歌民謠的活水澆灌乾涸的詩之田，借《國風》、《樂府》的詩學標準抨擊變了質的文人「正統」。例如白居易就以「風雅」、「比興」為武器反撥齊梁的「嘲風雪弄花草」，倡導所謂的新樂府運動。以後各代詩人也各有樂府體詩作，清末的「詩界革命」提出要「復古人比興之體」，「取

《離騷》、《樂府》之神理」。[91]《國風》、《樂府》在思想和藝術各個側面的特點帶給「正統」的文人化詩歌創作豐富的啟示，並往往推動了一個時代的詩體的演變，五言詩的發展，唐詩的成熟，以及由詩到詞，由詞到曲的轉化，都是如此。

　　歌謠的調節修正不時給中國古典詩歌的發展輸送能量，幫助它在每一回的空虛頹敗之際度過難關，轉入新一輪的歷史。遵循這樣的規律，「五四」時代的新變也是「有章可循」的，朱自清先生曾經指出：「照詩的發展舊路，新詩該出於歌謠」，「但是新詩不取法於歌謠，最主要的原因還是外國的影響」。[92]情形的確如朱自清先生所說，西方詩潮的衝擊和裹挾在很大的程度上取代了歌謠的固有地位，沒有西方詩歌的啟迪，就沒有中國新詩史上一系列波瀾壯闊的運動。不過，我認為，需要進一步補充的是，從中國新詩發展的歷史來看，《國風》、《樂府》所體現的歌謠精神依舊默默地流淌著，並以各種新的方式顯示著自身的價值；因為，中國現代新詩的創立，本質上就是對中國古典詩歌美學理想的懷疑和反叛，也是對那種僵硬、扭曲的「文人化」、「貴族化」品格的反動。用俞平伯在當時的說法就是，詩應當還淳返樸，將詩的本來面目從脂粉堆裏顯露出來，推翻詩的王國，恢復詩的共和國。

---

[91]　黃遵憲：《人境廬詩草‧自序》。
[92]　朱自清：《真詩》，《新詩雜話》第 86、87 頁。

　　反對文學的貴族化、大力倡導「平民文學」是「五四」新文學運動最重要的內涵之一。「貴族文學，藻飾依他，失獨立自尊之氣象也；古典文學，鋪張堆砌，失抒情寫實之旨也；山林文學，深晦艱澀，自以為名山著述，於其群之大多數無所裨益也。」[93]在這一思潮當中，《國風》、《樂府》幾乎是理所當然地登上了詩的大雅之堂，成為一些詩人青睞的對象。新詩第一次歌謠化運動的主將劉半農讚揚說：「《國風》是中國最真的詩」，「以其能為野老征夫遊女怨婦寫照，描摹得十分真切」。[94]周作人亦提出：「我們若是將《詩經》舊說訂正，把《國風》當作一部古代民謠去讀，於現在的歌謠研究或新詩創作上一定很有效用」。[95]「五四」時期的歌謠化趨向明顯繼承了中國古典詩歌的自我修整方式，以復興《國風》、《樂府》的精神反撥傳統的遲滯與愚鈍。沈尹默的處女作《人力車夫》透出古樂府的味道，沈玄廬的「《入獄》、《薦頭店》，運用四言五言，頗類《詩經》；《種田人》、《鄉下人》、《農家》、《夜遊上海有所見》、《工人樂》、《起勁》，有『新樂府』遺風」，[96]劉大白《賣布謠》中的詩篇，很容易讓人「聯想到《詩經》裏的『國風』」，漢魏樂府詩以及白居易倡導的新樂府詩等古代民歌

---

[93]　陳獨秀：《文學革命論》，《中國新文學大系·建設理論集》第 46 頁。

[94]　劉半農：《詩與小說精神上之革新》，原載 1917 年 7 月《新青年》第 3 卷第 5 號。

[95]　周作人：《古文學》，《自己的園地·雨天的書·澤瀉集》第 22 頁，嶽麓書社 1987 年版。

[96]　祝寬：《五四新詩史》第 314、299 頁。

民謠與擬民歌民謠的文人詩來。」[97]劉半農直接從家鄉採集而來的民歌中汲取營養，這一行為本身也深得「采風」之神髓。

那麼，中國新詩歌謠化的第二、第三次浪潮呢？是不是因為有外來文化的引入和時代發展的催迫就脫離了中國詩歌的固有軌道？是不是《國風》、《樂府》所代表的反貴族化、反文人化的調節、修正意義已不復存在了？我認為並非如此。事實上，早在「五四」時代，復興《國風》、《樂府》和輸入外來文化、感受時代氛圍這三者就是聯繫在一起的，且能相互促進，彼此生發，例如劉半農既是「五四」文學革命的一員猛將，「活潑，勇敢，很打了幾次大仗。」[98]同時又積極致力於外國民歌的翻譯介紹工作，僅在《新青年》上發表的譯詩就有 20 來首，其中的《馬賽曲》、《縫衣曲》等都是膾炙人口的名作。中外詩歌文化的這種融合方式貫穿了整個新詩發展史。30 年代的中國詩歌會在它大力宣傳無產階級文學理論的時候，繼續把鬥爭的矛頭指向陳腐的古典詩歌及 20 年代中國新詩發展中流露出來的新的「貴族化」傾向。蒲風、任鈞、穆木天都曾批評或反省過新月派、象徵派、現代派詩歌所繼承的古典傳統的「純詩」主義，認為那屬於「過時的貴族地主官僚階級的悲哀」，表現的是「一種無病呻吟式的世紀末的情緒」。[99]蒲風還讚揚詩人溫流說，

---

[97] 同上。

[98] 魯迅：《且介亭雜文・憶半農君》，《魯迅全集》第 6 卷第 71 頁，人民文學出版社 1981 年版。

[99] 參見蒲風：《五四到現在的中國詩壇鳥瞰》，原載 1934 年 12 月～1935

他「決不是拿高貴的眼光」去憐恤下層百姓，「而是自己本身作為上述諸種人之一份子而自己抒唱出自己的苦痛及前途來的」。[100]王獨清也在 1934 年指出：「我以為近日的詩壇退回到封建時代去。現在我們需要的是大眾的詩歌，是社會的詩歌。因為這類的詩歌才是火，可以摧毀封建的骷髏。」[101]這樣的思想亦見於抗戰詩人。按照當時的理解，「五四」以來受傳統影響較大，追求晉唐「意境」理想的詩歌均屬於小資產階級的個人主義，對抗戰毫無助益。毛澤東的《講話》準確地道出了這一時代「大眾化」運動的實質：要及時地清除「五四」新文化運動的缺點（脫離人民大眾的貴族意識），要反對「言必稱希臘」，中國文學必須回到中國最普通的民間，首先不是「化」大眾，而是努力為大眾所「化」，「提高是應該強調的，但是片面地孤立地強調提高，強調到不適當的程度，那就錯了。」「一切革命的文學家藝術家」只有「把自己當作群眾的忠實的代言人，他們的工作才有意義。」[102]與 30 年代前期的「大眾化」相比，抗戰時期所做的工作更多也更腳踏實地。儘管這一思潮的最高權威毛澤東還是在繼續使用著「舶來」的馬列主義術語，但其真正的內涵卻完全是「中國作風與中國氣派」。正如毛

年 3 月《詩歌季刊》第 1 卷第 1-2 期；任鈞：《關於新詩的路》，《新詩話》，新中國出版社 1946 年版。

[100]　蒲風：《幾個詩人的研究‧溫流的詩》，《現代中國詩壇》。
[101]　《王獨清先生來信》，原載 1931 年 3 月《詩刊》第 2 期。
[102]　毛澤東：《在延安文藝座談會上的講話》，《毛澤東選集》第 3 卷第 816、821 頁。

澤東所說：「我們討論問題，應當從實際出發，不是從定義出發。」[103]

　　必須說明，中國新詩歌謠化的第二、第三次浪潮並不像「五四」初期的第一次浪潮那樣，直接以復興《國風》、《樂府》為口號，引起它們興趣的主要是現代民間流傳的各種歌謠，它們主要不是從古代典籍而是從現實生活中去尋找民間的質樸與清新。那麼，古典傳統與民間藝術究竟有怎樣的關係，當時的人又是如何在創作實踐中處理這一關係的呢？具體而言，以《國風》、《樂府》為原型的古典歌謠是不是從此失卻了它的現實意義呢？我們可以通過 40 年代前後的一場討論來加以觀察。這場討論就是文學史上著名的「民族形式問題的討論」。意見大體上有三類：一是以向林冰為代表，他認為古典傳統（「舊形式」）與民間藝術（「民間形式」）是一致的，又主張「舊瓶裝新酒」，即新文學的創作應全面繼承民族遺產，舊形式也是大眾化的唯一途徑；[104]二是以葛一虹、胡風為代表，他們比較堅決地反對舊形式的運用，認為新文學主要應當從「世界進步文藝」中「移植」，舊形式是適應「一般人民大眾」的「低下」的知識水準，利用舊形式就是「降低水準」；[105]三是以國統區的郭沫若、茅盾等人及解放區作家群為代表，他們一般都持著「矛盾統一」的辯

---

[103] 同上。

[104] 參見向林冰：《「舊瓶裝新酒」釋文》、《再答「舊瓶裝新酒」懷疑論者》，載《通俗讀物論文集》。

[105] 參見葛一虹：《民族形式的中心源泉是在所謂「民間形式」嗎》（1940）；胡風：《論民族形式問題》（1941）。

證觀，就是說對舊形式既要利用又要改造，而利用和改造的價值指向就是當代民間大眾的要求。也就是說，舊形式和民間形式既有區別又有統一。[106]這三類意見差別甚大，但綜合起來看，我認為，它們又在一個重要的環節上顯示了一致性：它們都在不同的程度上承認了古典傳統（「舊形式」）與民間藝術（「民間形式」）之間的緊密聯繫。向林冰在肯定的意義上利用著這種聯繫，葛一虹、胡風在否定的意義上論及了這種聯繫，第三類作家則是在矛盾統一的意義上認可了這種聯繫。從這裏，我們可以看出，民間藝術與古典傳統的內在聯繫既是中國文學發展中的一個客觀事實，又是中國現代作家的一個心理事實，而後者的意義更為深遠。當中國現代詩人在這樣的「心理事實」中開掘現代歌謠的質樸與清新之時，他們就不可能從意識深處對古典傳統加以拒絕，於是，古典歌謠—古典傳統—現代歌謠—現代詩人就構成了一段彼此連接的合乎邏輯的文化鏈條，《國風》、《樂府》作為古典歌謠的原初形態就必然向現代歌謠以及現代詩人滲透。

《國風》、《樂府》式的非貴族化、非文人化取向繼續成為中國歌謠化新詩的自覺追求，而且，我們還可以說，這種追求比歷史上的任何一個時候都更自覺，也更徹底，《國風》、《樂府》作為一種文化精神，它們不僅僅是被繼承，而且顯然是被空前的發揚光大了。更有趣的是，發現、獎掖、

---

[106] 參見郭沫若：《「民族形式」商兌》（1940）；茅盾：《關於民族形式的通信》（1940）等。

培養群眾歌謠能手的運動在三四十年代盛極一時，在解放區
更是蔚為大觀，從黨政領導到高級知識份子到普普通通的工
農兵，從自發的蒐集、整理到有組織的文藝運動，群眾歌謠
被擡高到民族民主鬥爭的偉大事業中來加以認識和倡導，其
實，這不就是《國風》、《樂府》時代的「采詩」麼？所不
同的在於，詩人不僅異常積極地「采詩」，而且還努力把自
我下沈為民間生活的普通一員，力求最大限度地融化「文人」
與「民間」的界限，直到寫詩也就是采詩，「采」與「寫」
並無二致。

　　對於其他的中國現代詩人，雖然他們並沒有完全躋身於
這三次民謠化的浪潮，甚至在某種程度上還站在了這一浪潮
的對立面，繼續推行現代詩的「純粹」化，但是，誰也無法
迴避這樣的事實：中國現代新詩的獨立品格恰恰在於它對中
國古典詩歌傳統的超越和對「意境」理想的解構，這是肩負
於每一位現代詩人身上的客觀歷史使命，我們別無選擇。這
樣，就出現了我們前文已經提及的情況：幾乎所有的現代詩
人都對這一古老而常新的民間藝術懷有不同程度的興趣，甚
至徐志摩、聞一多、朱湘、戴望舒也不例外，因為，「為藝
術而藝術」終究還得生活在現實中，他們不可能對中國詩歌
委靡不振的現實熟視無睹，例如，體式的整一和諧本來是新
月詩歌的流派特徵，但朱湘卻又感到，新詩有必要「在文法
上作到一種變化無常的地步」，[107]因此就得向「比喻自由，

---

[107]　朱湘：《詩的產生》，《文學閒談》附錄，北新書局 1934 年版。

句法錯落」的古代民歌學習。[108]在抗日烽火的映照下，戴望舒也嘗試著創作了四首反戰民謠。[109]

● 中國新詩歌謠化的基本特徵

《國風》、《樂府》式的歌謠化詩歌有些什麼特徵？它對中國現代新詩歌謠化趨向的具體影響又表現在哪些方面？

我認為，可以從五個方面來加以認識。

第一，求「真」成為詩歌創作的基本原則。

在中國古典詩歌系統裏，《國風》、《樂府》顯得最為真誠、坦率，不偽飾，不造作，無論是農家勞作、士卒征戰，還是愛情婚姻，皆「原樣」寫來，絕不遮遮掩掩，吞吞吐吐，欲語還休。民間藝術的作者還沒有徹底浸泡在封建士大夫文化的濃液當中，他們與正統的文化精神、美學趣味保持著一定的距離。當然，在中國詩歌史上源遠流長的一系列藝術理想諸如含蓄蘊藉、物我涵化、天人合一也是一種極有魅力的藝術境界，但不容否認的是，正是在這樣的藝術境界裏，個體的、自我的現實生存真相被淡化了、遮掩了、遺忘了，所有不同遭遇、不同情感、不同命運的詩人都被融解在同樣的靜穆和諧之中，這當然就不能說是藝術的「真」了。

藝術的「真」追求著對自我現實人生的極力「凸出」，而中國古典詩歌的意境傳統則是極力「消退」。故魯迅謂中

---

[108]　朱湘：《古代的民歌》，《中書集》，北新書局 1934 年版。
[109]　參見鄭擇魁、王文彬：《戴望舒在抗戰期間》，《抗戰文藝研究》1986年第 4 期。

國傳統文藝是「瞞和騙」的文藝，劉半農形象地說，這些詩人「明明是貪名愛利的荒傖，卻偏愛做山林村野的詩。明明是自己沒甚本領，卻偏喜大發牢騷，似乎這世界害了他什麼。明明是處於青年有為的地位，卻偏寫些頹唐老境。明明是感情淡薄，卻偏喜做出許多極懇摯的『懷舊』或『送別』詩來。明明是欲障未曾打破，卻偏喜在空闊幽渺之處主論，說上許多可解不解的話兒，弄得詩不像詩，偈不像偈。」[110]

　　正是在與傳統文人化詩歌相對立的意義上，劉半農和其他的中國現代詩人竭力肯定了《國風》、《樂府》式的「真」，並以之作為自身創作的基本原則。劉半農讚揚《國風》是「中國最真的詩」，又總結自己的歌謠創作經驗說：「我們要說誰某的話，就非用誰某的真實的語言與聲調不可；不然，終於是我們的話。」[111]周作人全面研究了民歌民謠之後，提出，它們的真摯與誠信可以作為新詩創作的參考。[112]蒲風積極投身於詩歌「大眾化」運動，向民歌民謠學習，他認為：「沒有真實的生活寫不出真實的詩，我們的優美的國防詩歌，不在空洞的意識觀念上發出的抗敵吶喊中，而在一切真實的抗敵生活及其觀察，體驗，反應上。」[113]田間自我評價說：「沒有誑語／誠實的靈魂／解剖在草紙上……」[114]

---

[110]　劉半農：《詩與小說精神上之革新》，原載 1917 年 7 月《新青年》第 3 卷第 5 號，著重號為原文所有。

[111]　劉半農：《瓦釜集‧代自敘》，《瓦釜集》，北新書局 1926 年版。

[112]　周作人：《歌謠》，《自己的園地‧雨天的書‧澤瀉集》第 36 頁。

[113]　蒲風：《抗戰詩歌講話》，詩歌出版社 1938 年版。

[114]　田間：《我怎樣寫詩的（代序）》。

　　第二，怨憤與反抗是詩歌的主要情緒。

　　真誠、坦白地表現生存實際，當然也包括傳達自己的真實感受。在封建傳統社會的等級秩序裏，無論是普通大眾還是素以「倡優」自喻的知識份子，都不可避免地處於被擠壓、被盤剝、被束縛的地位，因而，怨憤與反抗便成了詩歌極重要的情緒之一。《國風》的《七月》、《伐檀》、《碩鼠》、《式微》、《擊鼓》，漢樂府的《婦病行》、《十五從軍征》就是勞作者浸透著血淚的悲號，而《國風》的《氓》、《谷風》，漢樂府的《白頭吟》、《有所思》則是不幸婦女的一曲怨歌。《國風》、《樂府》這些題材和情感都在現代歌謠化新詩中得到了很好的繼承。劉半農的歌謠化詩歌向來以暴露性、批判性著稱，他自述《瓦釜集》的創作意圖是：「要試驗一下，能不能盡我的力，把數千年來受盡侮辱與蔑視，打在地獄底裏面而沒有呻吟機會的瓦釜的聲音，表現出一部分。」[115]劉大白借農家之口，控訴著地主對農民的剝削：「勤的餓，惰的飽，／世間哪裏有公道！」「怎樣田主兇得狠，／明吞面搶真強盜！」（《田主來》）沈玄廬常對剝削者進行譏諷揶揄：「富翁──富翁──不要哭──／我餵豬羊你吃肉；你吃米飯我吃粥。」（《富翁哭》）抗戰的巨浪更把幾乎所有的詩人都捲入到憤怒、反抗的情緒漩流當中，田間發出號召：「射擊吧，東北的民眾呵。」（《松花江》）他吟誦的「中國牧歌」全部是「燃燒」的、「粗野」的和「憤

---

[115] 劉半農：《瓦釜集‧代自敘》。

怒」的。[116]李季唱著高亢的「信天遊」：「身子勞碌精神好，鬧革命的心勁高又高」，「鬧革命成功我翻了身，不鬧革命我也活不長」（《王貴與李香香》）。袁水拍哼著山歌小調挖苦國民黨的統治：「這個世界倒了顛，／萬元大鈔不值錢，／呼籲和平要流血，／保障人權坐牢監。」（《這個世界倒了顛》）

第三，詩歌注重對具體行為、具體事件的敘述、表現。

這是歌謠化詩歌特有的藝術手法，尤其與純粹文人化的作品判然有別：在具體的事物與抽象的感念之間，它更側重於「具體」；在婉曲的抒情與直接的敘述之間，它更側重於「敘述」。《國風》中許多篇章都是描寫具體事物，凸出生活的一個側面或人物特徵，敘「事」成分較重，如《七月》、《黃鳥》、《陟岵》等。《七月》就描繪了一年勞作的過程，以至方玉潤認為：「《七月》所言皆農桑稼穡之事，非躬親隴畝，久於其道，不能言之親切有味也如是。」（《詩經原始》）班固《漢書》概括樂府民歌的特徵是「感於哀樂，緣事而發」。漢樂府的敘事性較《國風》更為凸出，詩的故事性、戲劇性大大加強了，不少作品都能就某一中心事件集中進行描繪，且出現了有一定性格的人物和比較完整的情節，如《陌上桑》、《東門行》。中國詩歌缺乏原始史詩的傳統，古典敘事詩是由民歌民謠演化發展而來的，正是在漢樂府民歌裏，中國敘事詩走向了基本的成熟，《孔雀東南飛》就是其成熟的重要標誌。這些藝術特點構成了中國現代歌謠化新

---

[116] 田間：《中國牧歌·詩，我的詩呵（跋語）》。

詩的主要趨向。劉半農、劉大白、沈玄廬等人的作品均以所謂的「白描」手法為主，具體地刻畫了下層人民的形象及其生產生活的「實景」，儘管因之缺少了一種「餘香與回味」[117]而被後人批評為「淺」、「露」，但在事實上，這正是歌謠化詩歌的藝術本質。在 30 年代到 40 年代，歌謠化傳統除了繼續影響中國詩歌會、抗戰詩人的藝術表現手段外，還帶來了中國新詩史上一個十分重要的詩學現象：敘事詩特別是長篇敘事詩急遽增多，一時蔚為大觀，讓人目不暇接，如田間的《趕車傳》、李季的《王貴與李香香》、阮章競的《漳河水》、張志民的《死不著》、李冰的《趙巧兒》等等都是名噪一時的佳作。我們還可以把問題擴展開去，看一看中國現代新詩史上的「敘事」現象，如朱湘、臧克家、何其芳這些比較重視「文人色彩」的詩人也在特定的條件下創作過敘事成分明顯的作品，值得一提的是，就在他們創作這些作品的時候，都不約而同地對民歌民謠假以青眼。朱湘主張新詩應向古代的民歌學習，臧克家認為「有很多的土語民謠是可以入詩的」。[118]中國現代敘事詩的傳統淵源不在屈騷，不在「純藝術」的唐詩宋詞，也不在說理的宋詩，它與《國風》、《樂府》的歌謠化藝術更接近一些。

第四，語言樸素、平實，大量採用「本色」口語。

同後來的純文人化詩歌比起來，《國風》、《樂府》的語言特徵是粗、白、俗，以口語為主，發自天籟，一般很少

---

[117] 周作人：《揚鞭集・序》，《語絲》第 82 期。
[118] 臧克家：《論新詩》，原載 1934 年《文學》第 3 卷第 1 號。

選擇那些晶瑩如玉的詞語，也並不作詞句上的刻意雕琢與打磨；它又竭力用本色語言表現事件或行為的本色，胡應麟說得好：「漢樂府歌謠，采摭閭閻，非由潤色。」（《詩藪》）現代歌謠化新詩的作者無疑將這一傳統發揚光大了。在一個時期內，劉半農等人首先投入了對方言土語的發掘運用。他的《擬兒歌》模仿小孩語調，《擬擬曲》、《麵包與鹽》神似北京勞動者口語，《瓦釜集》裏的山歌又是江陰俚語。儘管方言能否入詩在中國現代新詩史上還有不同的議論，但在詩歌創作的口語化、樸素化這一點上卻取得了極廣泛的共識。蒲風的語言標準是「識字的人看得懂，不識字的人也聽得懂。」[119]李季面對「信天遊」「單純而又深刻的詩句驚呆了」。[120]就連臧克家這樣「不完全」的歌謠化詩人也大受感染，他在 1947 年感歎道：「雕琢了 15 年，才悟得了樸素美！」

　　第五，自由寬鬆而又富於強烈節奏感的音樂效果。

　　《國風》、《樂府》對詩歌音樂性的要求顯然沒有後來的近體律詩那樣嚴格，《國風》大都出於天籟，成於自然，那時還沒有形成嚴密的韻律，用韻十分自由寬鬆，可以說幾乎包括了所有的用韻方式：句句用韻，隔句用韻；單句和單句押韻，雙句和雙句押韻；起句入韻，第三句以下才雙句用韻；第一、二、四句用韻，第三句不用韻；有一韻到底，也有中途換韻；既有句尾韻，也有句中韻。漢魏樂府基本上繼承了《國風》的自由用韻方式，也仍然不講平仄。不過，在

119　蒲風：《抗戰詩歌講話》。
120　李季：《我是怎樣學習民歌的》。

自由寬鬆的音樂形式中 ，《國風》和《樂府》又照樣追求
著強烈的節奏感，力圖通過音樂節奏的特殊效果給人以深刻
的印象，撼動讀者的心靈。而構成這一音樂效果的重要手段
之一便是所謂的「複疊」。《國風》作品各「章」（即樂調
上的一個段落）之間字句基本相同，只換少數詞語，反覆歌
詠，頗有「一唱三歎」之感。《樂府》以詞語或句子的重複
為主，如《有所思》「從今以往，勿復相思，相思與君絕！」
《江南》「魚戲蓮葉東，魚戲蓮葉西，魚戲蓮葉南，魚戲蓮
葉北。」這些詩學特徵在現代清晰可見。劉半農認為：「詩
律愈嚴，詩體愈少，則詩的精神所受之束縛愈甚，詩學決無
發達之望。」[121]為了突破傳統的詩律束縛，劉半農主張「破
壞舊韻重造新韻」，「增多詩體」，自造或輸入他種詩體，
於有韻之外，另增無韻體，民間歌謠的自由用韻方式就這樣
引起了詩人的重視。蒲風將民間歌謠的形式總結為十項，其
中的第五、第十項就屬於音樂性方面的：「有自然音韻，有
韻腳」，「疊句──這也是很常見的形式之一，在合唱中很
有一些便利，而且，有時就內容本身來講，也常能因是而加
重力量。」[122]中國現代歌謠化新詩均採用自然化的韻律，除
無韻體詩外，有韻詩的押韻方式也靈活多變，詩中多番自由
換韻，一段之內押韻的次數、方式時有不同，或僅押兩句，
或句句皆押，一首之內，無韻與有韻相容。詞與詞、句與句、

---

[121] 劉半農：《我之文學改良觀》，原載 1917 年 5 月《新青年》第 3 卷第
　　　3 號，著重號為原文所有。
[122] 蒲風：《詩歌大眾化的再認識》，《抗戰詩歌講話》。

段與段之間的相互「重疊」也不時採用，以此作為現代詩歌「加重力量」、「更深刻的感動讀者」的重要手段。比如阮章競的《漳河水》就不時重複著「漳河水，九十九道彎」、「桃花塢，楊柳樹」等，提醒給我們特定的地域概念，強化著讀者的「鄉土印象」。

● 自由、自覺、反傳統與歌謠化

　　中國現代新詩的藝術追求接受了中西多種詩潮的薰陶和影響，這樣的薰陶和影響又各不相同，由此而構成了中國現代新詩的多種形態特徵。僅從傳統詩歌文化出發，我們便可以按其影響的不同而將現代詩歌劃分為屈騷的「自由」形態，魏晉唐詩宋詞的「自覺」形態，宋詩的反傳統趨向，以及本節所述的以《國風》、《樂府》為原型的「歌謠化」趨向。在這豐富而複雜的形態格局裏，歌謠化的中國新詩又居於一個什麼樣的位置呢？這一形態與其他的幾種形態關係如何？

　　首先，不言而喻的是，歌謠化的中國新詩顯然以其特有的民間色彩與其他形態產生了程度不同的差別。「自由」、「自覺」與所謂的「反傳統」就其本質而言皆屬於典型的文人化創作。「自由」之詩唱出了中國現代詩人的不屈與抗爭，詩人或凸出、強化了自己的個人意志、主觀情感，或肩負著恢宏的國家民族責任，流淌著本世紀中國詩人特有的怨憤憂患之情，就如同這一形態的傳統原型屈騷那樣，其中「天將降大任於斯人」式的知識份子心態昭然若揭，知識份子特有的人格尊嚴與道德準則使得這一形態的詩歌不可能是平實

拙樸的，「俗言俚語」並非處處可用。「反傳統」顯示了中國詩人對極盛期中國詩歌理想的某些懷疑和反叛。這一懷疑和反叛主要還是在文人文化的範疇內進行的，比如宋詩和「新樂府」以及其他的民謠也曾發生過千絲萬縷的關係，但這種「關係」並沒有改變它固有的文人式情趣，理性化的思維、生命流程的滄桑體驗也不是單純、樸素的民間藝術所能承載的。中國新詩「反傳統」的最高成就當屬於九葉派詩人，九葉派詩人是繼續在文人文化的範疇內作詩的探索，其理論權威袁可嘉就尖銳地批評了詩人對於民間語言的「迷信」。他說：「民間語言往往有強烈的地方色彩，在地方語言極不統一的我國境內更是如此，因此如果毫無保留地採用各地的民間語言來寫作，我們所得的怕不會是全國性的文學作品而是割據性的地方文學，即使我們以國語為準，在說話的國語與文學的國語之間也必然仍有一大方選擇，洗煉的餘地。」[123]能夠在「說話」與「文學」之間自由「選擇」、「洗煉」的當然只有文化人了。「自覺」形態的新詩代表了中國詩歌文人化的極致，它對詩人人格的封閉和打磨，對詩歌語言的精細提純，以及對詩歌本身的「貴族」地位的維護都一再表現了這些詩人所擁有的學識和修養。這一形態與晉唐詩歌這一古典詩歌的典型範式走得最近，受其影響也最大。於是乎，作為中國詩歌理想模式的反撥，歌謠化新詩最直接最重要的對立面就是「自覺」形態。無論是新月派的徐志摩，還是象徵派的王獨清，現代派的戴望舒、何其芳，顯然都不需要那些不

---

[123] 袁可嘉：《對於詩的迷信》，原載 1947 年《文學雜誌》第 2 卷第 11 期。

夠「含蓄」、缺乏「意境」、沒有包裹的「真」；他們更習
慣營建和陶醉在各種溫軟的美夢當中，反對無所顧忌的暴
露、批判和過多地渲染個人的怨怒；他們更喜歡委婉曲折的
抒情，意在言外的暗示，而忌諱直截了當的敘述；對於語言
的雕琢和打磨則是他們的重要工作。在這些方面，歌謠化新
詩均與「自覺」形態的新詩尖銳對立著，恐怕也還是在這樣
的對立狀態中，歌謠化新詩才獲得了自己的獨立的不可代替
的價值。

　　不過，歌謠化新詩同「自由」形態、「反傳統」趨向又
不可能是水火不容的。因為，它們雖然分別汲取了來自「文
人」與來自「民間」的營養，卻又在背離晉唐詩歌原型這一
點上取得了共識，個性的「自由」區別於「純詩」化的「自
覺」，「反傳統」就是對晉唐模式的革命，「歌謠化」則為
文人的僵化注入了新的生命活力，在現代新詩史上，共同的
背離願望和共同的方向選擇使得這三種詩歌創作形態有可
能在發展過程中互相支持、互相配合，實現對「正統」詩歌
傳統的革新和開拓。在這個意義上，「歌謠化」與「自由」、
「反傳統」倒又不會形成深層的矛盾和衝突，甚至，它們不
時還彼此滲透，取長補短。比如，在國家民族危亡的時刻，
「自由」原型的屈原人格、「反傳統」原型的道統觀念和「歌
謠化」原型的怨憤反抗都緊密地結合在了一起，共同鑄造了
中國現代詩人的憂患意識。初期白話詩人、30 年代的中國
詩歌會詩人和 40 年代以田間為代表的較有知識份子氣質的
抗戰詩人也曾同時受到了「反傳統」原型或「自由」原型的
某些影響。這樣，從現代詩人角度看，我們要機械地劃分他

們所屬的詩歌形態已經不那麼容易了。一位生活在現代環境裏的詩人，本來就是全方位地感受著來自「整個」傳統的豐富信息，傳統的各種原型亦在他們的心底重新進行著組合與裝配。從中國現代新詩自身來說，「形態」的分別具有較大的模糊性、含混性，不少現代新詩都是綜合地表現著傳統詩歌原型的種種特徵。只是，我們今天為了更清晰更準確地分析傳統原型的現代功能，就不得不勉為其難地努力將之劃分開來，區別對待，各有闡揚，以期有細緻的發現。

　　同樣的複雜性甚至還部分地反映在「歌謠化」與「自覺」的關係中。在中國現代新詩的傳統原型那裏，「歌謠化」在校正調節「自覺」形態的乾枯與僵化的同時，顯然從來沒有在根本上顛覆和破壞「文人化」傳統本身，更沒有取「正統」詩歌的美學理想而代之，相反，倒是「文人化」的傳統之人每每都能從民間藝術裏汲取營養，反過來又繼續推動「文人化」創作向著更精致更純熟的方向邁進。詩歌由四言向五言變遷，近代律詩的日趨成熟，以及由詩至詞的轉化，就是這樣，民間歌謠就其本質來說，終不免處於被把玩、被取捨的陪襯地位。出於對中國詩學意境理想的不自覺迷戀，中國現代那些推重《國風》、《樂府》的詩人，似乎並不因《國風》、《樂府》的存在而放棄了對「意境」傳統的響往。較之於傳統詩歌現象，歌謠化趨向可能還是較為穩定較為執著的，對古典「自覺」範式的抨擊是這些詩人不遺餘力的選擇，不過，從總體上看，這種抨擊和批判又並沒有在未來的歷史上刻下深深的印迹。民間歌謠的人生觀、藝術觀顯然沒有得到現代詩人自覺的和完整的總結，上升到一個全新的歷史層面，並

以此造成世紀性的詩學躍遷，文人化的創作從來沒有因民間歌謠的催迫而實現自我否定，螺旋上升，它依然如故，只是暫時藏斂了自身的固執，民間歌謠所能給它的只是一份特殊的清爽和寬慰，緩和了它因僵化而來的枯萎。歷史的硝煙散盡，中國詩人依舊迷醉於晉唐詩歌的渾圓之境，新月派、象徵派和現代派餘音裊裊，綿延不絕，待民間歌謠這一點有限的「新異」感耗散乾淨之後，中國詩人與中國讀者首先尋找和擇選的還是徐志摩、王獨清、戴望舒、何其芳、卞之琳，以及這一詩歌形態的傳統原型。整個 20 世紀的中國新詩史就交織著「歌謠」和「自覺」的複雜更迭與循環。

我們看到，民間歌謠曾經對西方近現代詩歌的發展起了重要的作用。為反對古典主義的清規戒律，19 世紀的西方浪漫主義提出回歸自然、返璞歸真，宗法制農村的淳樸和牧歌引起了浪漫主義詩人極大的興趣。歐洲各國的浪漫主義詩歌運動大都是從蒐集民間歌謠開始的。德國海德堡派的布倫塔諾和阿爾尼姆在 1805 年到 1808 年間出版了民歌集《男童的神奇號》（Des knaben wander horn），這是西方浪漫主義與民間歌謠相結合的標識。海涅、柯勒律治、騷塞、萊蒙托夫、裴多菲、密茨凱維奇等人都曾實踐過「歌謠化」的創作。從總體上看，民間歌謠的平易、坦率及其自由多變的格律形式最終取代了古典主義的典雅和規範，使西方詩歌進入到了一個嶄新的歷史時代。

中西近現代詩歌「民謠化」運動的這種不同的結果源於中西詩歌文化結構的差異。在西方的古典主義時代，文人詩歌與民間歌謠是彼此完全對抗的兩種形態，古典主義的繁榮

是純粹理性統治之結果，相應地民間歌謠則交上了被排擠被冷落的不幸命運，浪漫主義運動調動了民間歌謠的全新的藝術功能，以此驅逐了古典主義。二元結構的二元化發展使西方詩歌的否定性機構十分健全，並獲得了巨大的發展動力。相反，中國詩歌的「文人化」卻沒有徹底排斥歌謠，倒不時地取其精華，為我所用，這是一種一元式的又包含著某些複雜性的詩文化結構，歌謠被允許生存發展，只是，其內在的能量也不斷耗散殆盡，終於不足以改朝換代，引導中國新詩自我否定，曲折前進。

　　中國現代新詩歌謠化趨向的主要意義還在於自我的調節與平衡，它沒有也不可能成為一股空前絕後的潮流，為我們刷新一個世界。

第三章

傳統文化與中國現代新詩的本文結構

　　文學的生命不僅表現為獨特的思想追求，而且還直接凝結在它與眾不同的形式裏，這就形成了所謂的本文結構。詩歌的本文結構可以從多個層面加以剖析——由選詞、造句、聯篇所構成的文法追求，由節奏、押韻、聲調所構成的音韻系統。

一、辨與忘：中國現代新詩的文法追求

> 　　最好的詩，應當要那最好
> 　　的章法，最好的句法……
> 　　　　　　——李廣田《論新詩的內容與形式》

　　對現代新詩文法的考察必然關涉著對現代漢語詞法、句法、章法的考察。在漢文學的思想追求與語言模式的現代嬗變過程中，似以文學思想追求的躍遷更明顯，而語言的深度模式（包括詞法、句法、章法）顯得更穩定一些。於是，中國現代詩人關於「最好的章法，最好的句法」這樣的討論，又多半都是在整個漢語體系之內進行的，並且時常很難作出嚴格的古今劃分，古典詩歌在文法上的一系列成就往往就會給今人直接的啟發。

　　那麼，我們還是先回過頭來，看一看中國古典詩歌的有關情形吧。

● 循環往復的辨與忘

　　考察中國古典詩歌的文法追求，我們看到，存在著這樣兩種方式的詞句結構：其一是致力於語詞含義的明晰性、準確性，句子篇章富有邏輯性、思辨性；其二是有意模糊語詞的內涵與外延，造句自由而隨意，沒有固定的規則，全篇各句之間的關係以「並列」為主，非邏輯，非因果。前者發揮了語言追蹤主觀思維運動、以言盡意的「明辨」功能；後者則分明保持了語詞與主觀思維的距離，陳述無意直奔主題，組詞成句、聯句成篇的語法規則都不重要，謹嚴有序的語言法則仿佛可以變通，甚至「忘卻」。參照一些學者對古典詩學的闡釋，我把這兩種文法追求分別概括為「明辨」和「忘言」[1]，簡稱就是「辨」與「忘」。

　　應當說，語言的「辨」和「忘」對於詩歌創作都是必不可少的，不過，從總體上看，「明辨」和「忘言」在中國古典詩歌史上又屬於兩種循環往復、交替出現的文法追求。大體說來，唐以前的古詩「明辨」，唐詩宋詞「忘言」，宋詩又「明辨」，「自宋以後之詩，不過花開而謝，花謝而復開。」（葉燮《原詩·內篇》）

---

[1]　此處參考了韓經太《中國詩學與傳統文化精神》，四川人民出版社 1990年版。

　　從詩騷到魏晉，中國詩歌的用詞一般都含義清晰、明確、單純，詞類的靈活轉用也相對少見，以至在整體上沒有多少含混模糊之處。如屈騷以異常豐富的、充滿奇情異想的辭藻而著稱，但這些辭藻又都包含著明晰的政治道德意義，在表達「內美」、「修能」的意向上並不會產生多大的歧義。從句子來看，這一時期的詩歌創作名詞、動詞、形容詞、關係連詞等等一應俱全，且基本上都遵循了「主─謂─賓」的規則，顯得完整有序。如《古詩十九首》的「浮雲蔽白日」、「西北有高樓」、「客從遠方來」、「人生天地間，忽如遠行客」等等；從整首詩來看，句子與句子之間以兩種方式構成：一是時間推進，一是因果相生。前者如王粲《七哀詩》其一「西京亂無象，豺虎方遘患。復棄中國去，委身適荊蠻。親戚對我悲，朋友相追攀。出門無所見，白骨蔽平原。路有饑婦人，抱子棄草間，顧聞號泣聲，揮涕獨不還，『未知身死處，何能兩相完？』驅馬棄之去，不忍聽此言。南登霸陵岸，回首望長安。悟彼《下泉》人，喟然傷心肝。」後者如《古詩十九首》之「回車駕言邁」：「回車駕言邁，悠悠涉長道。四顧何茫茫，東風搖百草。所遇無故物，焉得不速老？盛衰各有時，立身苦不早。人生非金石，豈能長壽考？奄忽隨物化，榮名以為寶。」古詩的詞、句、篇的這些特徵在整體上實現了文意的明晰感、順暢感和流動感。

　　自南北朝時代的「山水詩」、「詠物詩」萌芽到唐詩宋詞，趨於成熟的是另外一種新的文法追求。在這裏，詩歌的語詞被賦予了更豐富也更複雜的意蘊，它既屬於文化，又屬於自然，既具有歷史的象徵意義，又還往往保持了第一次感

受自然的新鮮感。在人文傳統與客觀自然的豐富語域裏，語詞失去了固定的一一對應的意義，給人多層面多方向的聯想，如「楊柳」一詞給人以輕盈飄逸的感受，同時又寄寓了男女情愛的文化內涵，如劉禹錫「楊柳青青江水平，聞郎江上唱歌聲」（《竹枝詞》其一），柳永「楊柳岸曉風殘月」（《雨霖鈴》），明媚動人的環境與內心的柔情蜜意相交織，極大地豐富了語詞的審美資訊。類似的語詞不勝枚舉，如淒清的「春草」（與「離別」相聯繫）、纏綿的「杜鵑」（與「思歸」相聯繫）等等。有時詩歌還故意造成語詞意義的分歧，讓人把玩不已，如李白《峨眉山月歌》：「峨眉山月半輪秋，影入平羌江水流。夜發清溪向三峽，思君不見下渝州。」「君」究竟是友人還是前文的「月」，眾說紛紜，莫衷一是。至於語詞的屬性則又靈活多變，漢語的一些基本屬性如動詞不分性、數、格，動詞無人稱時態、體式之別等等，都在唐詩宋詞中盡情展現。名詞、動詞、形容詞又彼此轉用，如「渭城朝雨浥輕塵」係形容詞作動詞（王維《渭城曲》），「東邊日出西邊雨」係名詞作動詞（劉禹錫《竹枝詞》），「西樓望月幾回圓」系形容詞作動詞（韋應物《寄李儋、元錫》）。組詞成句的方式更是自由隨便，古體詩中「主─謂─賓」的秩序已發生了根本性的變化，主謂賓有時就很難分辨清楚，如「人閑桂花落，夜靜春山空」（王維《鳥鳴澗》）。有的句子甚至由一系列的名詞組成，毫無語法性的連接，如「雞聲茅店月，人迹板橋霜」（溫庭筠《商山早行》），句與句之間的時間或因果關係被大大地沖淡了，取而代之的是建立在語詞對應關係之上的和諧。有關詞性上的相同，句子在語

意上的對仗，以及內在結構的一致都決定了這些詩行之間的關係不可能是線性發展的，而是並列的，跳躍的。這些詞、句、篇的文法特徵，實際上是在不同的層次上消解了「語法」的嚴密性、邏輯性，讓詩意飄浮於模糊、朦朧的空間。

接著，宋詩卻在一系列的文法追求方面顯示出了與唐詩宋詞的區別，它把詞、句、篇重新納入到思維運動的波瀾起伏當中，「以文字為詩，以才學為詩，以議論為詩」（嚴羽《滄浪詩話‧詩辨》）實則是賦予詩歌語言鮮明的主觀思辨色彩，「以腐朽為神奇」的創意讓語詞的內涵必然變得清新明確，議論化的陳述也使得語詞的組合方式必須遵從嚴格的語法規則，句與句之間的邏輯推進效果比較明顯，同講究感興、推重含蓄蘊藉之風的唐詩宋詞比較起來，宋詩的語言自然就顯得直露、乾瘦甚至生澀了。如黃庭堅答和蘇軾的一首詩：「我詩如曹鄰，淺陋不成邦，公如大國楚，吞五湖三江。」[2]不過，直露、乾瘦、生澀卻也正是「明辨」的必然結果。

中國古典詩歌「辨」與「忘」的文法追求至此似乎完成了一個歷史的循環，「自宋以來，歷元、明、清，才人輩出，而所作不能出唐宋之範圍，皆可分唐宋之畛域」。[3]「詩分唐宋」從某種意義上看，其實就是詩分「辨」與「忘」，「辨」與「忘」的循環往復，大體上概括了中國古典詩歌的文法追求。

我們注意到，中國現代新詩的文法追求也具有「辨」與「忘」的二重性。

---

[2]　黃庭堅：《子瞻詩句妙一世，乃云效庭堅體，次韻道之》選句。
[3]　錢鍾書：《詩分唐宋》，《談藝錄》第 3 頁，中華書局 1984 年版。

　　初期白話新詩的文法追求側重於「辨」。胡適說，「詩界革命」必須完成三件事，其中的第二條就是「須講求文法」。[4]他如此凸出語言自身的內在規範，當然是「辨」而不是「忘」。胡適特別看重敘述性強、語法規範明確的語言：「詩國革命何自始？要須作詩如作文」。《嘗試集》中許多詩歌都語意清晰，句法層次鮮明，從邏輯上講更像是分行抄的散文：「我大清早起，／站在人家屋角上啞啞的啼。／人家討嫌我，說我不吉利：──／我不能呢呢喃喃討人家的歡喜！」（《老鴉》）類似的文法追求在其他詩人的作品中也比較凸出，如俞平伯《春水船》：「我只管朝前走：／想在心頭；看在眼裏；／細嘗那春天的好滋味。」劉半農《相隔一層紙》：「屋子外躺著一個叫化子，／咬緊了牙齒，對著北風呼『要死』！」康白情《車行郊外》：「好久不相見了，／又長出了稀稀的幾根青草；──／卻還是青的掩不了乾的。」周作人《畫家》：「可惜我並非畫家，／不能將一枝毛筆，／寫出許多情景。──」

　　大約從「五四」後期開始，中國現代新詩逐漸減弱了追蹤複雜思維的努力，模糊的詩意、整體性的朦朧感受逐漸引起了人們的興趣，於是，「忘言」的文法追求開始出現了。在冰心的《繁星》、《春水》，宗白華的《流雲》裏，現代漢語的堅硬結構第一次被軟化。《繁星·一三八》：「夏之夜，／涼風起了！／襟上蘭花氣息，／繞到夢魂深處。」夜、

4　胡適：《嘗試集·自序》，《嘗試集》第 148 頁，人民文學出版社 1984 年版。

風、蘭花、夢魂，這些語詞似乎已經超越了因果邏輯鏈條的束縛，而就是這種超越帶給了它們豐富的審美信息。20年代中期以後的新月派、象徵派詩人則進一步「忘卻」了語法的嚴密性，讓詞義、句子結構、篇章邏輯都處於鬆鬆散散、飄忽不定的狀態。如徐志摩《再別康橋》的名句：「悄悄是別離的笙簫」、「沉默是今晚的康橋」，超常規的詞類活用，是陳述句卻又缺乏清晰的合乎邏輯的語意，純粹暴力式的語言結構，這都表明詩人無意辨析自身思想的繁複性、矛盾性，訴諸讀者的是情感的總體色調。從《再別康橋》全詩來看，悄悄、別離、沉默之類的語詞與依依不捨、流連徘徊的情緒成為了和諧的一體，單個語詞釋放出的信息量就是「詩意」本身，至於按照嚴密的語法規則組詞成句，似乎倒與全詩的朦朧情調不相吻合了。類似的句子又如林徽因《情願》：「但抱緊那傷心的標幟，／去觸遇沒著落的悵惘；／在黃昏，夜半，躡著腳走，／全是空虛，再莫有溫柔」。饒孟侃《惆悵》：「徒然的千呼萬喚，／只空山和你答話。／轉眼又是個黃昏，／惆悵充滿了天涯。」王獨清《但丁墓旁》：「那光陰是一朵迷人的香花，／被我用來獻給了你這美頰；／那光陰是一杯醉人的甘醇，／被我用來供給了你這愛唇……」馮乃超《現在》：「我聽得在微風之中／破琴的古調——琮琮／一條乾涸無水的河床／緊緊抱著沉默的虛空」。這類詩句還表現出了一個相當引人注目的文法特徵：往往是前一個句子與後一個句子各自獨立，即非時間也非因果關係，它們的聯絡完全依賴全詩的整體的「意境」，依賴讀者超越時空的「意

合」，這很容易就讓人想到近體律詩相鄰兩個句子的對照映襯關係。

　　「忘言」在 30 年代的現代派詩歌中達到了爐火純青的程度。戴望舒認為詩是一種吞吞吐吐的東西；卞之琳說他怕公開個人的私情，早期抒情詩裏的「我」也可以和「你」或「他」（「她」）互換；[5]何其芳事實上也略去了語言的「鏈鎖」，「越過了河流並不指點給我們一座橋」。[6]從文法追求的角度來看，這都可以理解為是詩人自覺地顛覆語法規則，追求語詞的含混、句子連接的非邏輯化。正如廢名的比喻，詩就是一盤散沙，粒粒沙子都是珠寶，很難拿一根線穿起來。[7]與新月派、象徵派比較，現代派詩歌顯然更是精益求精地雕琢那些「並列」的詞句。通過對傳統語言的借鑒，通過對詞性的「忘卻」，通過對句子篇章的「省略」和調整，現代派詩歌較多地營造了近似於唐詩宋詞式的「意境」理想。有時，這些詩歌也繼續使用漢語中具有鮮明邏輯性的連詞、副詞，卻又別出心裁，恰到好處地消解了其中的思辨因素，顯出一種超越語言規則之後的圓潤與渾融。如卞之琳《候鳥問題》：「叫紙鷹、紙燕、紙雄雞三隻四隻／飛上天──上天可是迎南來雁？／而且我可是哪些孩子們的玩具？／且上圖書館借一本《候鳥問題》。」

5　　卞之琳：《雕蟲紀曆・自序》，《雕蟲紀曆》第 3 頁。
6　　何其芳：《夢中道路》，《何其芳文集》第 2 卷第 66 頁。
7　　參見馮文炳（廢名）：《已往的詩文學與新詩》，《談新詩》。

　　40 年代的中國新詩又普遍轉向「明辨」，九葉詩人推重的「新詩現代化」特別強調對語言潛能的開掘，強調的「是如何在種種藝術媒劑的先天限制之中，恰當而有效地傳達最大量的經驗活動」。[8] 語言多層次的矛盾衝突，以及在矛盾衝突中的辯證發展、螺旋推進成了一些九葉派詩歌的基本文法特徵；艾青及七月詩派也主張語言的「明快，不含糊其詞」，「以全部力量去完成自己所選擇的主題」，[9] 其他的許多抗戰詩歌，皆詞義明確，詞性單一，句子主謂賓成分清晰，邏輯性鮮明，全詩的流動感、推進感十分明顯。例如蔡其矯《風雪之夜》：「風呀！你是要打倒敵人還是要摧毀田園？／雪呀！你是要孕育豐年還是要帶來災難？／寒冷到了最後，黑夜到了盡頭，／中國呀！你在勝利的面前站立起來！」黃寧嬰《淚的故事》：「我想寫一首詩／總結我近年來流過淚的故事／因為像那樣的日子／很快很快就要永遠地過去。」嚴辰《送別兩章》：「你走了，／帶不去的／是你辛勤開墾的土地，／是你親手製的紡車，／你的許多有意義的時日。」在這方面，九葉詩人穆旦尤為自覺，他認為，「詩要明白無誤地表現較深的思想」，[10] 他筆下這樣的詩句是何等的具有「明辨」的色彩：「雖然現在他們是死了，／雖然他們從沒有活過，

8　參見袁可嘉：《新詩現代化的再分析》，原載 1947 年 5 月 18 日天津《大公報・星期文藝》。

9　艾青：《我對詩的要求》，《艾青談詩》第 38 頁，花城出版社 1982 年版。

10　轉引自郭保衛：《書信今猶在，詩人何處尋》，《一個民族已經起來》第 180 頁。

／卻已留下了不死的記憶，／當我們乞求自己的生活，／在形成我們的一把灰塵裏」（《鼠穴》）。詩人鄭敏認為穆旦詩歌的文法特徵是：扭曲，多節，滿載到幾乎超載。[11]

如此說來，「明辨」與「忘言」的循環往復便是古今中國詩歌共同性的文法追求了。

● 兩種詩法背後的兩種思維

語言是人類認識、讀解世界的符號，人們依賴語言，確定大自然的萬事萬物，借助語言與世界和他人互相溝通，傳播思想，又反過來積累自己的歷史文化成果。相應地，語言也就與人最根本的世界觀、最基本的思維方式聯繫在了一起。從這個角度來說，所謂「文法」便反映了人運用自己的思維，對世界整體結構與運動秩序的理解和模仿。在中國詩歌「明辨」與「忘言」兩種文法追求的背後，顯示出中國詩人的這樣兩重思維：價值判斷與神與物遊。

設想在沒有人出現、也沒有「意義」產生之前，世界本身是渾融完整、「物各自然」的，無所謂層次，無所謂秩序，也無所謂運動和發展，一切盡在「虛境」當中。以後，人從大自然中屹立起來，並日漸以世界的主人自居，這時，人之為人顯然就取決於他征服世界、改造世界以及按照自己的主觀意志不斷重新解釋世界這一系列的文化活動，與這些文化活動聯繫在一起的，便是價值判斷。人尋找和建立著一個又一個價值標準，又用這樣的價值標準來認識世界，判斷人

---

[11]　參見鄭敏：《詩人與矛盾》，《一個民族已經起來》第 33 頁。

生。在價值判斷下，客觀世界顯示了有層次、有順序、有運動與發展的景象。中國人的價值判斷在詩歌作品中催生了「明辨」式的文法追求。

中國古典詩歌「明辨」式的文法追求總是出現在中國詩人極力顯示自身「文化格調」的時代。「文化」以其區別於「自然化」而存在，是人按照自我意識創造世界的結果。所謂「文化格調」就是炫耀自身智慧性的存在，凸出自己不甘屈從於歷史習慣的氣質與個性。

從整體上看，古詩的發生發展表現為一個對民間集體創作不斷革新、不斷超越的過程，在這樣一個過程當中，不斷得到肯定和強化的便是詩的「文化格調」，宋詩則以「革新」為旗幟，竭力表現自身的學養和知識，竭力證明其文化水準是如何地有別於前人。

「五四」和三四十年代，均屬於文化的動蕩期。一方面是新舊文化自身衝突形成的動蕩，另一方面是社會戰亂帶來的民族文化的蛻變。在這兩個時代，「價值重估」都是中國人的必然選擇，誕生在這一歷史背景上的中國新詩必然充滿了以我為主的價值判斷，因而也就出現了明辨式的文法追求。當然，正如我在前一章所闡述的那樣，「五四」新詩和九葉、七月詩派以及其他的抗戰詩歌都在不同的程度上接受了宋詩的影響，於是，歷史的發展和文化的原型又都為中國新詩的文法追求提供了共同的根據。

與之同時，我們又注意到了這樣的事實：我們雖然竭力要從大自然當中掙脫出來，以主人翁的心境去褒貶世界，剔抉世界，但我們畢竟還是屬於自然的一員，屬於大千世界的

一個成分。對於以個體生命形式存在的人而言，宇宙的恢宏闊大總是無邊無際、無始無終的，而人自身終歸是渺小的、短暫的，因而從本質上講，人是無法掌握世界和準確地解釋世界的，在每一番合乎邏輯的解釋之後，我們就會生出新的甚至是更多的困惑來。分明地，那原本還是完整的世界景觀因我們的「指義」而顯出了某些分裂、破敗，我們主體意志所假定的層次、順序似乎並非世界所固有，在我們的判斷和世界的本來面目之間，出現了令人尷尬的錯位。面對這樣的尷尬，中國哲學不似西方哲學那樣的偏執，一味在強化個人獨立的道路上去「重振乾坤」，從一開始，中國哲學就敏銳地感受到了人與世界的複雜關係，並努力探索著調和的路徑，老子「復歸於嬰兒」（《道德經》），莊子極力描繪「未始有物」的「古之人」（《莊子・齊物論》）。童真和古人就是中國哲學所理解的那種人我不分的狀態，混混沌沌，萬物相應，不假思索，不借邏輯。

這種思維方式迥然不同於「價值判斷」。它需要的不是「自作主張」的各種觀念與思想，更不以這些觀念與思想為「標準」來肢解渾圓的萬事萬物，相反，它力圖恢復世界最原始最本真的生存狀態，人的心靈應當順從於客觀世界的脈搏，依附於它而生，為它的性質所同化。人的思維絕非天馬行空，左衝右突，為所欲為，而是隨物宛轉，神與物遊。在詩的美學追求上，它表現為「物態化」的藝術理想；在詩的文法追求上，它表現為「忘言」，即淡化、模糊、「忘卻」語言結構的邏輯性，「把限指、限義、定位、定時的元素消

除或減滅到最低的程度。」[12]也就是盡力消退「文化」的痕迹，以多義的多向聯繫式的語詞並呈類比「未加名義」的物各自然。「道可道，非常道；名可名，非常名。」（《道德經》）大道自然是無言的，但一訴諸文學，卻又不能不是有言的，那麼，怎麼辦呢？有言而又忘言，這就是中國詩人貢獻給世界詩歌史的最獨特的創意。

中國古典詩歌的「忘言」追求產生在傳統詩文化高度成熟的時代，尤以唐詩宋詞為典型。這是一個有趣的現實，一方面是詩歌文化的高度發達與成熟，一方面卻又是消退「文化」的努力。其實這本身是十分正常的。中國詩文化的高度發達和成熟同道釋二家的哲學思想向著詩的滲透息息相關，而道釋二家又都在不同的意義上消解著以人為主體的「文化」，對文化中人的立體性作某種形式的消解是中國傳統文化的一個顯著特色。在這個時候，中國詩歌的「文人化」品格並不意味著對文化的開拓和對文化創造活動的激賞與推動，它的取向可能恰恰相反。於是，倒是在中國詩歌趨向成熟又尚未成熟的時代或者是在盛極而衰的轉折期，「文化追求」的氣質才是比較濃厚的。

中國現代新詩的「忘言」追求得力於兩種力量的推動：其一是現代詩人對魏晉唐詩宋詞的繼承，從冰心開始，經由新月派、象徵派到現代派，這種繼承的要求愈見強烈，並上升為「自覺」的思想意識。在前一章，我曾有過詳細的闡釋，

---

[12] 葉維廉：《語言與真實世界》，《尋求跨中西文化的共同文學規律》第 145 頁。

這裏，所要強調的是，就文法特徵來說，傳統中國哲學的語言觀念又起了直接的作用。比如，判斷式的思維驅使胡適選擇了「明辨」，在他看來，語言完全應該也完全可能聽命於人的主觀意志，「有什麼話，說什麼話；話怎麼說，就怎麼說。」[13]按這一邏輯產生的詩就是好詩。到了冰心那裏，情況就發生了很大的變化，「真理，／在嬰兒的沉默中，／不在聰明人的辯論裏。」（《繁星·四三》）所以說，「詩人呵！／緘默罷；／寫不出來的，／是絕對的美。」（《繁星·六八》）「嬰兒，／是偉大的詩人，／在不完全的言語中，／吐出最完全的詩句。」（《繁星·七四》）的確，從這以後，中國現代詩人都開始構織那些「不完全的言語」，以求「最完全」的宇宙真理，這就是「知者不言，言者不知。」（《道德經》）「素處以默，妙機其微。」（司空圖）「不涉理路，不落言筌。」（嚴羽）其二是漢語深度模式本身的超穩定性。不言而喻，現代白話同古典文言比較，已經發生了較大的變化，如與現代口語更接近，引入外來語，仿效西方語言，增加了一系列的介詞、連詞，以強化語意的邏輯性等，但是，就詩歌語言來說，這種古今差異卻又遠遠沒有進入到實質性的層次，相對而言，文言文的僵硬性更多地表現在古典散文中。對於現代新詩，它所採用的現代漢語在詞法、句法上本來就與古代漢語頗多共性。例如文字的象徵性、意象性，詞語的多義性，詞類的靈活性，組詞成句的隨意性，

---

[13]　胡適：《嘗試集·自序》，《嘗試集》第149頁。

語言簡練，「辭達而已」，少作盤旋曲折的分層追蹤等。漢語超穩定的這種存在方式為今人進行相似的哲學思考提供了最堅實的基礎，現代中國人照樣容易根據漢語本身的象徵會意特徵體悟世界的「原真」狀態，又以「忘言」的策略凸出漢語的意象性、靈活性，最終再構著世界本身的渾融與模糊。

● 在「辨」與「忘」之間

　　綜上所述，我們看到，由於受到了來自古典詩歌傳統、漢語言自身穩定性及與之相關的基本哲學思維的影響，中國現代新詩的文法特徵顯著地表現為「辨」與「忘」這兩重因素的循環往復。不過，現代文化自身的演進趨勢同樣不容忽視。由於現代文化發展的推動，這兩重因素的存在和循環，也出現了一些新的特色，值得我們加以辨析。

　　首先，西方詩歌文化的引入給新詩的明辨式追求注入了前所未有的動力。

　　從中西詩歌文化的比較來看，「明辨」可以說是西方詩歌始終不渝的文法追求。西方語言很早就走上了拼音化的抽象思維之路，這種追求也早在古希臘時代就為柏拉圖、亞里士多德闡述清楚了，其影響直到現代的象徵主義詩歌仍綿延不絕。對照中國古典詩歌的「辨」與「忘」，西方詩歌文化的明辨式追求顯得格外的乾脆和徹底。從歷史事實看，中國古典詩歌「辨」與「忘」的關係倒是彼此過渡的，其間還多

有交織和黏著。在語言自身的發展程式上，漢語保留了初級階段（表意、象形）的主要特徵，[14]因而反邏輯重意合的「忘言」式文法追求實在又是中國語言藝術的最高典範，它牽掣和影響著「明辨」式追求的發展，不僅決定了古體詩向近體詩過渡的必然性，而且也使得宋詩的「反傳統」能量有限。明辨的宋詩同時包容了盛唐以來的「忘言」的某些因素，比如語詞的多重文化內涵（典故），組句成篇的勻齊、和諧感及其相應的「並置」效果等。

　　在漢語詩歌自身的發展史上，中國現代新詩無疑是最具有「明辨」意識的。而且更為重要的是，因為輸入了西方式「明辨」精神的血液，中國新詩的「明辨」式文法追求還獲得了某種程度上的獨立品格，──它一方面努力尋找著屬於自己的更深厚的哲學基礎，另一方面又自覺地反思、批判著中國傳統詩歌的「忘言」。中國現代新詩「明辨」形態中的「忘言」因素已經減少到了漢語文學史上的最少程度，日常口語大規模地湧入詩的境地，它明快、清晰、鮮活，不能不對語詞固有的悠遠的文化內涵形成衝擊；對西方文學邏輯性語言的譯介，也迫使中國詩歌創立了不少新的邏輯性鮮明的辭彙，連詞、介詞的顯著增加使得句子獲得了鮮明的層次感、程序感，加強了語意的線性推進效果。與上述語言自身的變革聯繫在一起的是思維方式的嬗變。在現代中國巨大的

---

[14]　摩爾根《古代社會》認為，文字符號之發展過程可分為五個，「一、手勢或個人符號語言；二、圖畫文字或表意符號；三、象形文字或約定俗成的符號；四、表音的象徵文字或用於簡單記事的音符；五、拼音字母或書寫下來的聲音。」

文化危機與文化衝突當中，中國文化人竭力想擺脫傳統的壓力，尋找新的價值標準、新的理性之光，所以，在整個現代中國，價值觀的討論、價值性的判斷總是如此地深入人心，動人心魄！這種思維方式在現代中國詩人中的影響是超流派的，比如，當中國詩人需要全面、清晰地闡述自己的價值觀，需要進行有層次有邏輯的抗訴、辯駁或直抒胸臆時，那些長短不齊、參差錯落的自由式、推進式句子便應運而生了，它從整體上瓦解了傳統詩歌句式的勻齊性、並置性。為了追蹤主觀意志，有的句子還一再拉長，如車輪般滾滾向前，它信息量大，邏輯嚴密，給人極大的感染力。在中國現代新詩史上，這樣的句子幾乎在各個流派的多個詩人那裏都出現過，如胡適《送叔永回四川》「這回久別再相逢，便又送你歸去，未免太匆匆！／多虧得天意多留你兩日，使我做得詩成相送。」沈尹默《人力車夫》：「出門去，雇人力車。街上行人，往來很多；／車馬紛紛，不知忙些甚麼？」郭沫若《立在地球邊上放號》：「無數的白雲正在空中怒湧，／啊啊！好幅壯麗的北冰洋的情景喲！／無限的太平洋提起他全身的力量來要把地球推倒。」聞一多《李白之死》：「他翻身跳下池去了，便向伊一抱，／伊已不見了，他更驚慌地叫著，／卻不知道自己也叫不出聲了！」戴望舒《斷指》：「他的話是舒緩的，沉著的，像一個歎息，／而他的眼中似乎是含著淚水，雖然微笑是在臉上。」穆旦《玫瑰之歌》：「我長大在古詩詞的山水裏，我們的太陽也是太古老了，／沒有氣流的激變，沒有山海的倒轉，人在單調疲倦中死去。」艾青《大堰河——我的保姆》：「我呆呆的看簷頭的寫著我

不認得的『天倫敘樂』的匾，／我摸著新換上的衣服的絲的和貝殼的鈕釦」。蔡其矯《肉搏》：「第二年，在那流血的地方來了一隻山鷹，／它瞅望著，盤旋著，要棲息在英雄的墳墓上」。

在強勁的明辨精神及其濃郁的文化背景中，忘言式的文法追求也出現了一系列新的特點。

中國古典詩歌的忘言式文法，在語詞、組詞成句、聯句成篇方面均有豐富的表現。每一個細微的語言結構單元都盡力保持多義性、模糊性、並列性，以便與詩歌美學上的含蓄蘊藉、婉曲朦朧相適應。中國現代新詩的忘言式文法追求也試圖在每一個細微的語言單元上都有所作為，但事實上，由於思維形式及語言本身的嬗變，又並非總能成功，現代詩歌的「忘」往往也需要採取另外的補救措施。

從語詞來看，口語、俗語辭彙被廣泛採用，其特有的淺明性較多地代替了傳統語彙固有的多義性、模糊性，一些具有豐富歷史內涵的語詞反倒成了語言支流中的一個個孤島，突兀而起，引人注目，而對語詞多重意蘊的運用也帶上了比較鮮明的刻意性，不如古典詩歌來得自然、貼切，如卞之琳《音塵》：「綠衣人熟稔的按門鈴／就按在住戶的心上：／是游過黃海來的魚？／是飛過西伯利亞來的雁？」不用怎麼解釋，我們也能悟出遊來的魚和飛來的雁是某種「外來信息」的具象，同時，詩人又巧妙地借用了古語「魚雁傳書」的意義，這兩個語詞的內涵由此得以擴展，不過，同古典詩歌比較起來，卞之琳顯然特別地凸出了魚和雁，以期引人注目，給人留下深刻的印象，這樣，人工痕迹就勢不可免了。

　　同樣，白話口語的敘述性和社會交際功能使得組詞成句不得不遵循比較嚴格的語法規範。在現代，完全超越詞性的語詞已不能適應時代發展的要求，「雞聲茅店月，人迹板橋霜」、「枯藤老樹昏鴉」式的語詞排列畢竟難以顯示新詩之「新」來，那麼，中國現代新詩如何實現語詞的自由性呢？我認為，其主要方法是：在主謂賓明確、基本邏輯清楚的格局中，恰到好處地調動個別語詞的自由性，以句中少數詞語的詞性活用或出乎意料的搭配給人以豐富的聯想，並在這一瞬間掙脫了日常語法的鎖鏈。前者如「你的愉快是無攔阻的逍遙」（徐志摩《雲遊》，形容詞作名詞），「歎息似的渺茫」（林徽因《別丟掉》，形容詞作名詞），「你秀媚的眼光燦爛在黑暗裏」（胡也頻《別曼伽》，形容詞作動詞），「五百里的水波澎湃著」（胡也頻《洞庭湖上》，形容詞作動詞），「我的憂愁隨草綠天涯」（卞之琳《雨同我》，形容詞作動詞），「窗子在等待嵌你的憑倚」（卞之琳《無題二》，動詞作名詞），「過了春又到了夏，我在暗暗地憔悴」（何其芳《季候病》，形容詞作動詞），「秋天夢寐在牧羊女的眼裏」（何其芳《秋天（二）》，名詞作動詞）。後者如「我想攀附月色」（徐志摩《山中》），「吹落那一天的日月星辰」（孫大雨《一支蘆笛》），「告訴白子重疊盤盤的山窩」（林徽因《靈感》），「新年等在窗外」（林徽因《憶》），「我凝固著像岸邊一塊石頭」（陳夢家《哀息》），「古鐘飄流入茫茫四海之間」（穆木天《蒼白的鐘聲》），「摘你底淚珠」（馮乃超《月光下》），「淡淡的微風葡匐我髮上」（蓬子《蘋果林下》），「彷徨了安靜的漁舟」（胡

也頻《洞庭湖上》），「你裝飾了別人的夢」（卞之琳《斷章》），「在月夜，我要猜你那兒／準是一個孤獨的火車站」（卞之琳《音塵》），「我喝了一口街上的朦朧」（卞之琳《記錄》），「別人豪歡而我闌珊」（常白《看燈》），「迢遙的，寂寞的嗚咽」（戴望舒《印象》），「穿過白露的空氣，如我歎息的目光」（何其芳《季候病》）。

關於聯句成篇的「忘言」方式，中國現代新詩也有多方向、多層面的創造。

追求句與句之間的並呈效果，這是中國古典詩歌最主要的篇章結構方式，在中國現代新詩裏，這一方式繼續使用。如「我亦想望我的詩句清水似的流，／我亦想望我的心池魚似的悠悠」（徐志摩《呻吟語》），「告訴日子重疊盤盤的山窩；／清泉潺潺流動轉狂放的河；／孤僻林裏閑開著鮮妍花，／細香常伴著圓月靜天裏掛」（林徽因《靈感》），「悲哀衣了霓裳輕輕跳舞在廣闊的廳間／黃昏靜靜度過枝梢葉底悄悄闌入空寂的塵寰」（馮乃超《悲哀》），「隔江泥銜到你梁上，／隔院泉挑到你杯裏，／海外的奢侈品舶來你胸前：／我想要研究交通史。」（卞之琳《隔江淚》）「開落在幽谷裏的花最香。／無人記憶的朝露最有光。／我說你是幸福的，小玲玲，／沒有照過影子的小溪最清亮。」（何其芳《花環》）

不過，特別值得我們注意的是，在中國現代新詩裏，由於前文所述的一系列語詞與句子的多義性、模糊性受到了較大的限制，現代詩歌已不大可能如古典詩歌那樣簡潔省力。也就是說，在一個簡單的句子裏，它還不能完全傳達

出層次、邏輯都相當清晰的語意，於是，現代詩歌一個集中的文意往往需要分配在好幾個分行的句子裏，如「假如我是一朵雪花，／翩翩的在半空裏瀟灑，／我一定認清我的方向——／飛　，飛　，飛　，——／這地面上有我的方向。」（徐志摩《雪花的快樂》）一個「假如」用五個分行的句子來闡述。再如「古鎮上有兩種聲音，／一樣的寂寥：／白天是算命鑼，／夜裏是梆子。」（卞之琳《古鎮的夢》）「我不懂別人為什麼給那些星辰／取一些它們不需要的名稱，／它們閑遊在太空，無牽無掛，／不瞭解我們，也不求聞達。」（戴望舒《贈克木》）這樣，需要我們「意合」的就不完全是相鄰的兩個句子了，意義的並置很可能是前後的兩個句義群（一個句義群由幾個分句組成）或者兩個段落。

　　句義群的並置和段落的並置可以說是中國現代新詩普遍採用的「忘言」方式。

　　現代漢語語意繁複，句式參差錯落，這顯然又為「並置」增加了難度，它再也不能依靠古典詩歌的勻齊、整一及黏對方式來暗示相互的應和關係了。那麼，靠什麼手段來予以補救呢？現代詩人又採取了這樣一種方式，即適當重複句子（或一個句義群，一個段落）當中的某些語詞（以開端的語詞較多），造成一種相近的語言結構模式，以暗示它們之間的內在聯繫。如：

　　句與句的並置：「一縷一縷的心思／織進了纖纖的條條的雨絲／織進了淅淅的朦朧／織進了微動微動微動線線的煙絲」（穆木天《雨絲》）。

　　句義群與句義群的並置：「我昨夜夢入幽谷，／聽子規在百合叢中泣血，／我昨夜夢登高峰，／見一顆光明淚自天墮落。」（徐志摩《哀曼殊斐兒》）

　　段與段的並置：如徐志摩《石虎胡同七號》共四段，每一段開頭都是「我的小園庭，有時……」《「我不知道風是在那一個方向吹」》共六段，每一段共四句，前三句都完全相同：「我不知道風／是在那一個方向吹——／我是在夢中」，戴望舒《不要這樣盈盈地相看》共五段，其中三次重複「不要這樣盈盈地相看／把你傷感的頭兒垂倒」。

　　在整個漢語詩歌的文法史上，「辨」與「忘」的關係都是循環中的螺旋發展。如果說，中國古典詩歌是以「忘」為最高典範，由「忘」來牽掣「辨」的發展，那麼，中國現代新詩則進入到「辨」與「忘」彼此矛盾對立的複雜時代，而且「辨」反過來開始制約著「忘」的發展，這是現代詩歌文法追求的新的特點。

二、協暢與拗峭：中國現代新詩的音韻特色

> 舊詩、詞、曲的音律的美妙
> 處，易為我們領解、採用；
>
> ——朱自清《〈冬夜〉序》

　　音韻是詩內在的生命和外在的標誌。在所有文學品種的本文結構當中，似乎只有詩才如此深入地嵌進了韻律節奏因素，無論遠古還是當今，域內還是域外，格律還是自由，沒有韻律節奏，就無所謂詩了。

同時，音韻又直接地與民族語言本身的屬性緊緊相連，不同的語言，就產生了具有不同韻律節奏特徵的詩歌，不同的民族，自有其不可替代的詩律規則。正如斯太爾夫人所說，學習一種語言的詩律學，比學習任何別的東西都更能深入到該國的精神世界中去，因為它屬於民族性格中最精細、最無以名狀的範疇。[15]

● 協暢與拗峭

詩的音韻問題，大體上包括詩的節奏、押韻和聲調諸方面。

從音韻的角度看中國現代新詩，我們會很自然地把詩劃分為格律體與自由體兩大部分。格律體新詩的傳統從「五四」一直延續到 40 年代，陸志韋、聞一多、孫大雨以及一定時期的林庚、馮至、卞之琳、何其芳在理論研究或創作實踐中都做了大量的工作，取得了引人矚目的實績；其中，最值得大書特書的當然是以聞一多、徐志摩、朱湘等人為代表的新月詩派。格律體詩人對漢語的節奏、押韻及聲調有深刻的體悟，並且自覺地運用到了創作實踐上，格律體新詩致力於節奏的勻齊、有規律的押韻及聲調的和諧。自由體新詩則在節奏、押韻及聲調的處理上表現出了較多的隨意性、自由性，一般說來，節奏、押韻的有規律性和聲調的和諧都不是它必然遵循的準則。從「五四」時代暴躁凌厲的《女神》到超越新月詩派而起的現代派，以及 40 年代絕大多數詩人的創

---

[15]　見飛白：《詩律學》，《詩海》第 1600 頁，灘江出版社 1989 年版。

作，我們可以看到，自由體詩往往都洋溢著一股銳意進取的精神，與時代發展的步伐相一致，扮演著某種時代先鋒的形象，它似乎忽略了具有古典主義色彩的格律化追求。

但是，僅僅從「格律」與「自由」的分野上來討論中國現代新詩的音韻問題，我認為還是很不夠的。一位在漢語文化的哺育下成熟起來的中國詩人，他對漢語言自身音韻規律的體味可以說是與生俱來的，漢語音韻旋律的魅力無疑已經深入其心靈，沉澱為其無意識感受的一部分，這就不是理性層次的「自覺」與否所能概括得了的。在中國現代詩人那裏，對音韻的把握和運用具有較大的複雜性，我們不能說格律體詩人懂得音韻而自由體詩人不懂，或者說格律體詩人對音韻知之甚多而自由體詩人寡見少聞。格律詩派的詩人並不拒絕創作自由體詩，如聞一多《紅燭》集中的許多篇章，朱湘也有《夏天》中的《遲耕》、《春》、《北地早春雨霽》等等；自由詩派的詩人也有推敲韻律的作品，如戴望舒前期與後期的一些作品，甚至還可以在郭沫若這樣「自由」之極的詩人那裏找到《死的誘惑》、《維納斯》、《天上的市街》等等。[16]這裏有一個至關重要的問題，自由體詩是不是就不再需要韻律了，是不是就是完完全全的信筆所之，沒有任何的音韻規則可言？從詩歌史的發展來看，顯然不是這樣的。自由體詩雖沒有固定的格律，但並非不講究節奏、韻律，只是它的

---

[16] 據有的論者考證，郭沫若《死的誘惑》（1918）是「新詩史上最早一首符合現代格律要求的作品。」參見余見《「現代格律詩」（新體格律詩）：回顧，現狀與展望》，《中外詩歌交流與研究》1992 年第 2 期。

韻律各不相同，變化多端罷了。事實上，韻律性恰恰是詩最本質的文體特徵之一，是它區別於散文體文學的重要標識，所以，我們不難發現，對許多現代詩人來說，音韻都是他們創作必須考慮的詩學因素，「格律」與「自由」的分界有它的模糊性。從流派的意義上看，馮至、卞之琳、何其芳、林庚等都應當劃入「自由詩派」，但有趣的是，正是他們在理論或實踐上探索了現代新詩韻律節奏的若干重要事項，艾青、臧克家等三四十年代詩人亦屬「自由派」，但他們的創作也相當重視節奏和押韻，以至有的評論家將之描述為「半自由體」。[17]

　　那麼，究竟該怎樣來認識中國現代新詩的這種既有趨同性又有差異性的音韻追求呢？

　　我認為，既然漢語文化的音韻規律已經廣泛地潛沉到了中國詩人的心裏，成為他們集體無意識的一部分，那麼，他們對詩歌音韻的理解就不可能是一個簡簡單單的留捨問題，他們之間的分歧應當是對詩歌音韻的建設有了各自不同的理解，這些理解顯然又都與漢語音韻本身的特質取著不同層面的聯繫。而在漢語詩歌漫長的發展史上，音韻規律作為集體無意識也自有其漫長的歷史，形成了豐富的文化「傳統」。所以說，中國現代詩人對漢語音韻的覺悟以及基於不同層面上的韻律建設的理想，都勢不可免地與一定的歷史文化「原型」大有關係。

---

[17]　參閱孫玉石：《中國初期象徵派詩歌研究》第 25 頁，北京大學出版社 1983 年版。

　　檢討漢語詩歌的音韻歷史，剖析中國古典詩歌的「音韻意識」，這是從一個更深的層面上認識中國新詩音韻追求的窗口。

　　顯然，韻律節奏之於中國古典詩歌不是一個需要與否的問題，而是如何使用如何建設的問題，這便涉及到了中國古典詩人那獨特的「音韻意識」，涉及到了中國傳統文化的音樂觀念。我認為，最值得我們注意的古典音韻追求有兩個：其一是「協暢」，其二是「拗峭」。

　　「協暢」可以說是中國古典詩歌韻律追求的最高境界，它根源於中國「八音克諧」的音樂理想。《尚書・堯典》云：「詩言志，歌永言，聲依永，律和聲。八音克諧，無相奪倫。」協暢就是在精研中國語言聲律的基礎上，協調語詞的抑揚頓挫，使之配合得當，和樂自得，無拘無礙，悅耳動聽。沈約說：「夫五色相宜，八音協暢，由乎玄黃律呂各適物宜，欲使宮羽相變，低昂舛節。若前有浮聲，則後須切響。一簡之內，音韻盡殊；兩句之中，輕重悉異。妙達此旨，始可言文。」（沈約《宋書・謝靈運傳論》）從總體上看，成熟期以前的中國古典詩歌的發展就表現為一個不斷趨於音律「協暢」的過程。東漢以前的中國詩歌，本身與音樂關係緊密，《詩經》是合樂的詩篇，樂府詩是合樂的歌詩，東漢以後文人創制的五、七言詩，卻脫離了音樂，這便促使詩人從語言本身尋找音樂的和諧，這種探索經由齊梁的奠基，至唐代可謂是登峰造極了，八音協暢的中國古典詩歌至此而被稱之為「律詩」。在語言的聲調、押韻和句子的節奏諸方面，近體律詩作了多方面的研磨、推敲，構成了中國古典詩歌音韻傳統的主要內

涵：詩行中字音的平仄須彼此相間（多是兩兩相連），上下行的平仄相對，兩聯間的平仄相黏，一對一粘，循環往復，造成了一條前後呼應、高低起伏而又工整穩定的旋律；押韻的細則也頗豐富，講究一韻到底，不許通韻，限押平聲韻和偶數句押韻等等，「結果，本文言語網路的關節點上便總是出現含有質地相同的音素的音節，它們可以造成一種富有審美意味的音調效果。」[18]其句子的節奏以音組和音組之間的「頓」為基礎。音組由字組成，形成一字組、兩字組、三字組等，詩歌各句的「頓」數及結構方式都保持一致。五言詩係一個兩字組加一個三字組，為「△△—△△△」（一說「△△—△△—△」），七言詩係兩個兩字組加一個三字組，為「△△—△△—△△△」（一說「△△—△△—△△—△」），又因為漢語是一字一音，所以音頓的整齊，實則就是字數的整齊。繼律詩之後，又有詞、曲的出現。詞、曲雖然突破了各句字數整一的束縛，顯得長短錯落，靈活多變，但因為它本身就是配樂的歌詩，所以在音韻的勻齊暢達方面並不亞於近體律詩，近體律詩的韻律傳統給詞很大的影響，而詞又在此基礎上深入一步，研磨出了一系列更嚴格的規則，以便在參差的句式中保持音韻的和諧。詞、曲基本上接受了近體律詩平仄音兩兩對比的方式，且把平仄分得更精細。詞不僅講平仄，還要講「四聲」，曲把上聲和去聲也加以區分，對末句和韻腳尤其要求嚴格。詞、曲的押韻也由各自的「調性」

---

[18]　康林：《中國古典抒情詩的本文結構方式》，《河北學刊》1990 年第 3 期。

（詞牌、曲牌）所決定，能否換韻，平聲仄聲的韻位，可否通押等等皆據於此；「調性」也大體上決定了內部各句的音組結構、節奏模式，較之律詩自有它的嚴格性。在中國古典詩歌藝術中，音韻規則的嚴格性表明了打磨語音的艱難性，須知，要完全消除語音的千差萬別、矛盾衝突，使之互相配合，沒有間隙，沒有梗阻，溫軟圓滑，一唱三歎，為中國詩歌的「意境」營造迴腸蕩氣的音韻氛圍，這曾經耗費了中國多少代騷人墨客的心血呀！

　　與之同時，正如我在前文所闡述過的那樣，唐詩宋詞式的意境理想並不能完全概括中國詩歌的美學趨向，在「自覺」的藝術道路上，曾響起過「自由」的聲浪、「反傳統」的呼喚以及轉向民間化通俗化的潮流。這樣的潮流反映在詩歌的文法追求上，便是「忘言」中摻入了「明辨」，反映在詩歌的音韻追求上，便是「協暢」中出現了「拗峭」。

　　何謂「拗峭」？顧名思義，就是不順口、違拗。平心而論，無論是客觀世界的演化還是主觀思維的運動，都有其紛繁複雜性，天人合一的意境、圓融無隙的韻律都不過是人某一個方面的「設想」而已，八音克諧的協暢再近似於「天籟」，也是對自由思緒的某種切割，只不過這種切割更不露痕迹罷了。即是說，就詩追蹤自由思緒這一本質來說，韻律在某種程度上偏離圓潤暢達的水準是完全正常的，並且極可能的是，正是這種偏離本身又創造著人們可以接受的新的韻律規則，從而推動詩歌的音韻藝術在自我否定中發展。中國古典詩歌不時以超逸「協暢」這一「常格」的方式，傳達出一些並不和諧、並不「天人合一」的感受，或者革新的信號。峭

者，勁拔有力也。儘管這樣的音韻追求既不連貫，也不徹底，但畢竟出現過，存在過，顯示了中國詩人運用漢語在音韻藝術方面進行多向選擇的可能性。按照律詩的「協暢」標準，唐以前的中國詩史，「拗峭」之聲隨處可聞。沈約辨四聲，析八病，恰恰說明近體律詩成熟以前的中國詩歌多因自由放任而四聲不分，八病流行。重要的是，就在律詩定型以後，不少中國詩人仍然對「拗峭」之韻懷著濃厚的興趣，他們模仿古體詩的格調，與近體詩所要求的格律相違背，創造違反平仄的「拗句」，不拘黏連、對仗，只求其拙，力避其工。唐人李白、杜甫、李商隱、韓愈等都有過「拗律」作品，到宋代，這樣的音韻追求獲得了充分重視，尤以黃庭堅為代表的江西詩派之實踐而名噪一時。自然，有了「拗」，就得通過調整其他的語言來盡力「補救」，不過，在我看來，「拗救」照樣是有意識的「拗」在先，而且也不可能因為有「救」就抹煞了它違背「常格」、刻意求新的初衷。

　　漢語語音特徵的歷史延續性是架設在古今詩歌間的一座橋梁。正是通過這座橋梁，中國古典詩歌的詩律觀念以及在這一觀念背後的哲學思想才滔滔不絕地流向了現代詩壇。「協暢」與「拗峭」可以說是所有中國現代詩歌韻律藝術的深層基因，無論它們屬於何種流派。當然，這兩種藝術趨向對中國新詩發生影響的程度、範圍也還是各有差別的，一般說來，這種差別主要取決於這樣兩方面的事實：其一，同「協暢」與「拗峭」聯繫在一起的兩種哲學思想，即人天和諧與自由精神在中國現代詩壇的地位頗不一致。其二，作為一種韻律藝術的美學概括，「協暢」與「拗峭」又具體地

表現在節奏、押韻、聲調這樣的實際性技巧中，而節奏、押韻、聲調這些技術性因素在現代漢語裏所產生的作用各不相同，接受外來語言方式的滲透也有差異，接受者對它們的需要各有重心。於是乎，從不同的哲學意識出發，我們組合不同的質與量的節奏、押韻、聲調而成為「協暢」或者「拗峭」，便在詩歌史上留下了不同程度與不同範圍的印迹。

- **中國現代新詩的協暢化追求**

　　從中國現代新詩的整體發展來看，協暢的傳統韻律藝術產生著較為深遠寬廣的影響，顯然，傳統的人天和諧意識對中國詩人仍有較大的操縱力，而「協暢」境界對節奏、押韻、聲調的種種要求也獲得了更多的認同。

　　在中國古典詩歌音律「協暢」的追求中，節奏、押韻、聲調幾項因素所起的作用各不相同，其中居於軸心地位的應當是節奏。從《詩經》、《楚辭》到古詩、律詩，詞、字的聲調搭配、句子的押韻方式皆各有變化，但保持節奏（音節）的和諧勻稱這一趨勢卻始終如一。

　　古詩不講平仄，押韻自由，音頓勻齊，四言詩一般是上二下二，五言詩一般是上二下三，七言詩一般是上四下三，近體律詩將音節的整齊確定為嚴格的規則，正是對中國詩歌節奏藝術發展史的總結。詞的句子長短不一，似乎很難實現句與句之間音頓的整齊了，其實不然，一首詞雖然可以囊括從 1 字到 11 字的多種句式，雖然因之而形成的音頓節奏大相徑庭，但是，在詞的典型形態裏（那種上下兩片的對稱結構），又恰恰為音頓的勻稱提供了新的手段。這裏，不是近

體律詩式的每一個句子都具有完全相同的音頓結構，而是下片與上片相對應的兩個句子之間音頓數的一致，這樣，就在表層文字的自由伸縮當中，造成了一種特殊的內在的應和與整一。可以這樣說，經由中國古典詩歌的研磨、涵化和推廣，音節的勻齊感已經深入到了所有漢語言說者的心底，成了他們不自覺的一種語句「期待」，特別是成為了漢語詩人的一份重要的音律美學「需要」。

對於不少中國現代詩人來說，古典詩歌作為「格律」形式的束縛主要是指其呆板的平仄和押韻，而不是它內在的節奏（音節）上的勻齊，節奏的勻齊似乎已經被當作了詩所固有的文體特徵，是無須在中西古今詩學觀念的衝撞下反覆辨認的「自明真理」。最初的白話詩嘗試者胡適抨擊舊體詩的平仄、押韻，倡導「詩體大解放」，但他仍然將音節的優美和諧作為新詩必要的形式特徵，《談新詩》一文曾用專節來討論新詩的音節問題，他說，音節「全靠兩個重要分子：一是語氣的自然節奏，二是每句內部所用字的自然和諧」，「研究內部的詞句應該如何組織安排，方才可以發生和諧的自然音節。」[19]當然，胡適所謂的「音節」還是一個比較籠統的概念，包括了聲調（平仄）、押韻等等，而且對新詩的自然音節如何才能和諧，胡適又語焉不詳，他文中所列舉的詩「節」也並不那麼「和諧」。但這位「首開風氣」的先驅者能夠提出音節的問題，本身卻顯示了一個重要的信息：中國現代詩人並沒有在「反傳統」中排斥節奏和諧的理想。類似

---

[19]　胡適：《談新詩》，《中國新文學大系·建設理論集》第 303、306 頁。

的提出了見識又未作具體探討的人在初期白話詩人中並不鮮
見，俞平伯認為，新詩的「音節務求諧適，做白話詩的人，固
然不必細剖宮商，但對於聲氣音調頓挫之類，還當考求。」[20]朱
執信說「許多做新詩的人，也不懂新詩的音節，是很危險的
事情，將來要弄到詩的破產。」[21]到了陸志韋那裏，可以說
對現代詩的節奏和節奏和諧的意義有了自覺的清醒的認
識，他打破了以平仄當節奏的時見，借用西方詩歌的抑揚規
則，第一次把現代新詩的節奏認定為音的強弱和長短，又滌
清了「口語的天籟」與「節奏」之間的差別（在胡適那裏，
所謂音節的「自然和諧」其實是一種相當含混的提法，體現
了介乎傳統與反傳統的一代人的某種尷尬），鮮明地提出，
「有節奏的天籟才算是詩」。[22]陸志韋從西方詩歌抑揚節奏
中所受到的啟示，其實正與中國古典詩歌音頓節奏的本質相
吻合，而這一本質又常常被初期白話詩人所忽視，以至把字
的聲調（平仄）同句的頓挫（音節）混為一談。沿著陸志韋
方向繼續發展的新月派顯然就更清楚地意識到了節奏和諧
理想之於古典詩歌的關係，聞一多就從不隱諱他的格律主張
與中國律詩的關係，他讚歎說：「律詩乃抒情之工具，宜乎
約辭含意，然後句無餘字，篇無長語，而一唱三歎，自有弦

---

[20]　俞平伯：《白話詩的三大條件》，原載 1919 年 3 月《新青年》第 6
　　　卷第 3 號。
[21]　執信：《詩的音節》，載許德鄰編《分類白話詩選》第 17 頁，人民文
　　　學出版社 1988 年版。
[22]　陸志韋：《我的詩的軀殼》，《渡河》序言。

外之音。」[23]新月詩人格外重視詩的音節，聞一多認為詩的「形式之最要部分為音節」，[24]徐志摩說：「詩的生命是在他的內在的音節」，他提出「徹底的音節化」就是「詩化」，[25]饒孟侃、朱湘等人也有過類似的議論。聞一多在促進新詩音節的完美化方面著力最多，他認為音節完美的中心就是人工的參與、錘鍊和潤飾。「所謂『自然音節』最多不過是散文的音節」，「散文的音節當然沒有詩的音節那樣完美」，他又具體地在技術性的層面上歸納說，音尺的鏗鏘和字數的整齊便是音節和諧化手段（音尺，即音頓），每行詩音尺的總數必須相等，音尺的字數構成必須一致，「整齊的字句是調和的音尺必然產生出來的現象，絕對的調和音節，字句必定整齊。」[26]聞一多所謂的「三美」之音樂美與建築美都與音節的調和聯繫在一起，新月詩人一些膾炙人口的作品都大體上具有這樣的節奏方式，如聞一多的《死水》為每句四頓，每句又都是三個二字組和一個三字組：

　　這是──一溝──絕望的──死水，
　　清風──吹不起──半點──漪淪。

又如朱湘的《葬我》為每句三頓，每句又都是一個三字組和兩個二字組：

---

[23]　聞一多：《律詩底研究》，《聞一多全集》第 10 卷第 144-145 頁。
[24]　聞一多 1926 年 4 月 15 日致梁實秋、熊佛西，《聞一多全集》第 12 卷第 233 頁。
[25]　徐志摩：《詩刊放假》，原載 1926 年 6 月 10 日《晨報副刊‧詩鐫》。
[26]　聞一多：《詩的格律》，原載 1926 年 5 月 13 日《晨報副刊‧詩鐫》。

　　葬我在—荷花—池內，

　　耳邊有—水蚓—拖聲，

再如孫大雨的《一支蘆笛》為每句四頓，每句又都是兩個三
字組和兩個二字組：

　　自從—我有了—這一支—蘆笛，

　　總是—坐守著—黃昏—看天明。

不過，嚴格說起來，要求詩歌每句音頓的總數相等且各音組
的字數構成完全一致，這是一項嚴整到近於苛刻的節奏要
求。較之於古代漢語，現代漢語的語意繁複，二音、三音、
四音詞驟增，既要運用現代語彙表達現代人的複雜情緒，又
要完全遵從古典詩歌的音節規則，這是頗讓人為難的事。徐
志摩就說過：「由於現代漢語中複音節詞增多，往往要好幾
個音才能表示一個意象或概念，這就使得中國現代詩要求每
行音數相等這一點頗為不易。」[27]因而，在徐志摩等人的作
品裏，音節的和諧勻齊又不時建立在另一番參差錯落的格調
中，這可謂是結合現代漢語的獨特性所作的一點靈活的變通
吧，其民族文化的原型似乎可以追溯到詞的音節處理。這樣
的「變通方式」大體上有：1、就音組內部的構成來看，由
於現代漢語詞的變長以及朗誦語流的速度加快，古典詩歌清
一色的一字成組、二字成組顯然就過分的細碎緩慢了（古典
詩的三字組亦完全可以歸併為一字組加二字組），這樣就有
必要擴大音組自身的字數構成，一句之內，很可能以四字、

---

[27]　轉引自潘頌德：《中國現代詩論 40 家》第 129 頁。

五字乃至六字為一音頓，分別形成了四字組、五字組和六字組。如古典詩歌是「風定─雨肥─梅」，「江間─波浪─兼天─湧」，皆為一字組或二字組。現代新詩就可能是「門外─坐著──一個─穿破衣裳的─老年人」，「若火輪─飛旋於─沙丘之上」，三字組較多，也有四字、五字組的。胡適早在1919 年的《談新詩》裏就總結了這一變化，他把我們所謂的音組叫做「節」，說：「白話裏的破音字比文言多得多，並且不止兩個字的聯合，故往往有三個字為一節，或四五個字為一節的。」2、音頓整齊和全詩句子的關係也有「調整」。在保持全詩大多數句子音頓數整齊的前提下，也允許少數句子略有變化。如徐志摩《康橋再會罷》以三頓句為主，但亦夾雜有幾個二頓句「康橋─再會罷」。3、各句音組總數基本相同，每句的音頓構成卻有差別，一字組、二字組、三字組乃至四字組等等皆因地制宜，各取所需，但絲毫也沒有破壞由於音組數目勻齊而產生的整體和諧感。如林徽因《情願》各句皆為三頓，各句音組構成有所不同，以第一段為例：第一句是四字三字二字組各一個，「我情願─化成──一片落葉」，第二句是四字組兩個一字組一個，「讓─風吹雨打─到處飄零」，第三句是四字組兩個一字組一個，「或─流雲一朵，─在澄藍天」，第四句是四字三字二字組各一個，「和大地─再沒有些─牽連」。4、各句音組數、音組構成皆差異較大，但放在各個詩節（段落）來看，相應位置的句子卻又基本上保持了一致性，由此而形成了全詩內部的前後呼應，一唱三歎。如徐志摩《偶然》、《海韻》、《「我不知道風是在那一個方向吹」》，朱湘《採蓮曲》、《招魂辭》、

《滄海》、《夜歌》，孫大雨《海上歌》，林徽因《深夜裏聽到樂聲》、《深笑》等。5、各句音組數、音組構成有差別，段與段之間的對應關係又不明顯，音節的和諧主要依靠各段內部句子間的迎送呼應。這一手法技術性很強，若能嫻熟運用，必將是一篇不可多得的佳作。如徐志摩《再別康橋》，既有三頓句，「油油的─在水底─招搖」，又有二頓句，「軟泥上的─青荇」，但整體上卻是十分勻稱的。為什麼呢？因為在這些頓數有別的段落內，前兩行與後兩行各自形成了一個相對獨立完整的結構，彼此頓數之和又是相等的，而且第一與第三、第二與第四行的頓數及音組結構也大體相同，諸如「軟泥上的─青荇」和「在康橋的─柔波裏」，「向青草更青處─漫溯」和「在星輝斑斕裏─放歌」。新月詩歌這種變通後的音節和諧方式為後來的現代派詩人所注意。在戴望舒、何其芳、卞之琳、林庚、番草的一些作品裏，其影響是顯而易見的，僅以戴望舒的《雨巷》來說，顯然就是將上述若干變通策略作了比較綜合而完美的運用，全詩既有三頓又有二頓，各句音組的內部結構更是千差萬別，它實現音節協暢的方式主要有三：一是儘可能保持段落內部頓數相同，如第二、六段；二是段與段的對應，如第一、七段（首尾段）；三是段落內部句子的應和關係，如第三、四段的首尾行皆三頓，互相照應，中間四行均為二頓，第五段則兩行之間頓數一致，一、二行，五、六行為二頓，三、四行為三頓。在既充分尊重現代語言規律，同時又滿足中國詩學的協暢化理想這一取向上，《雨巷》的確是既集前人之大成，又給予其他的自由體新詩很好的啟示。恐怕正是在這個意義

上，我們才可以說這首詩是真正「替新詩的音節開了一個新紀元」。[28]

　　儘管戴望舒和其他的一些現代派詩人在後來又對音節的和諧失去了興趣，走上了另外的藝術道路，但是，現代派的另外兩位主將何其芳與卞之琳卻依舊在這一取向上默默耕耘，沒有過多的理論宣言，甚至也並不是特別的偏執，但他們一系列的代表作卻繼續為我們顯示了自由體詩歌在節奏上的優美和絃。到了 50 年代，在關於「詩的形式問題」的討論中，何其芳、卞之琳對音節的建設提出了繼往開來似的意見，這些意見正是他們當年藝術實踐的理論總結。何其芳意識到，「構成中國古代的詩的節奏的一個很重要的因素」便是「每句有相等數量的頓」，並結合中國新詩的現狀說：「格律詩和自由詩的主要區別就在於前者的節奏的規律是嚴格的，整齊的，後者的節奏的規律是並不嚴格整齊而比較自由的。但自由詩也仍然應該有比較鮮明的節奏。」[29]何其芳和卞之琳都把頓的整齊作為「現代格律詩」的重要屬性之一，兩人又都一再強調詩歌必須合乎現代口語的規律，由此將頓的勻齊與各行字數的相等區別開來，取前而捨後。卞之琳還特別將音頓分為說話式的二字頓（組）和歌唱式的三字頓（組），強調行與行之間應有參差錯落，二字頓對應三字

---

[28] 葉聖陶語。筆者認為，只有放在中國新詩音節藝術的發展歷程中，我們才可能準確領會此說之內涵，須知，音節的「開紀元」功績，並非屬於戴望舒。

[29] 何其芳：《關於寫詩和讀詩》，《何其芳文集》第 4 卷第 454-455 頁，人民文學出版社 1983 年版。

頓（特別是收尾頓）。較之于新月派詩歌，他們顯然找到了調和現代語彙與傳統藝術理想的更好的方式。

　　恐怕正是有賴於從聞一多、徐志摩到戴望舒、何其芳、卞之琳等人的不懈探索，中國現代新詩才擁有了一份十分寶貴的節奏藝術經驗。隨著詩歌運動的發展，文化的互相交流，所有的這些藝術經驗都自然成了全體中國詩人的共同感念，沈澱為中國現代詩歌文化的無意識。因此，即便是那些相當自由化的詩行，我們也能夠不時品讀出它們在音頓上的和諧性來。

　　例如：

　　　我們要聽—徐徐渡來的—遠寺的—鐘聲　｜
　　　我們要聽—茅屋頂上吐著—一縷一縷的—煙絲　｜　四頓

　　　　　　　　　　　　　　　　　——穆木天《雨後》

　　　烏鴉—來了，　｜
　　　唱—黑色之歌；　｜　二頓

　　　　　　　　　　　　　　　　　——路易士《烏鴉》

　　　從遠古的—墓塋　｜
　　　從黑暗的—年代　｜　二頓
　　　從人類—死亡之流的—那邊　｜
　　　震驚—沈睡的—山脈　｜
　　　若火輪—飛旋於—沙丘之上　｜　三頓
　　　太陽—向我—滾來……　｜

　　　　　　　　　　　　　　　　　——艾青《太陽》

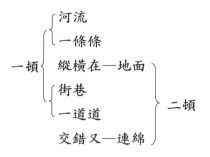

——陳敬容《群象》

除節奏的和諧之外，造成中國現代新詩「協暢」效果的還有傳統的押韻技巧，概括起來，中國古典詩歌的協暢化的押韻可以說是一種「有章可循」的刻意安排，《詩經》及唐以前的古體詩雖也押韻，但並無什麼規則，純然隨意變化，所以即便今人總結出了若干模式，也不能說它是「有章可循」的。協暢化的押韻是從近體律詩開始的，近體律詩要求必須押平聲韻，一般押偶數尾韻，一韻到底，不得中途更換，詞曲貌似靈活的押韻實則卻由它嚴格的調性決定了一切，變化不過是固有規則的一項要求罷了，詞曲屬於中國詩歌協暢化押韻的又一典型形態。

　　雖然關於押韻和新詩形式的關係問題現代詩人尚眾說紛紜，莫衷一是，特別是在竭力突破傳統束縛的「五四」時代，押韻的重要性受到了比較普遍的懷疑，甚至一度被作為必須打破的「枷鎖」；不過，從總體上看，有規則的押韻依然存在於現代人「可有可無」的寬容心境當中，而且在實踐上影響深遠，不時掀起的格律化呼聲顯然更是加強了它的影響力。我曾對幾本有代表性的重要詩歌選集作了一個初步的

統計，以「有章可循」這一押韻方式為標準，在第一部新詩
總集《分類白話詩選》中，符合這一押韻標準、可以大體上
分析出內在規律的詩占 65.5%，在《創造社叢書・詩歌卷》
（黃侯興編）中，大約占 58.8%，在《新月派詩選》（藍棣
之編）中，大約占 85.4%，在《象徵派詩選》（孫玉石編）
中，大約占 37.8%，在《現代派詩選》（藍棣之編）中，大
約占 27.2%，在《九葉集》中，大約占 50%，在《七月詩選》
（周良沛編）中較少，大約接近 10%。自然，這樣的統計是
相當粗略的，忽略了其他流派和流派性模糊的詩人的作品，
不過我以為它至少還是能夠表明兩個重要事實：1、「有章
可循」的押韻影響到了整個的中國現代詩壇。2、其影響的
程度也不小，平均下來將近 50% 了（不同的詩集中重複出現
的詩人詩作只計一次）。

在這樣的押韻追求裏，有一小部分採用了一韻到底的形
式。這些詩數量雖不大（如在《新月派詩選》裏也僅占 10%
左右），但卻格外的引人注目，因為相同質地的語音出現在
語句的間隙處，必然形成一種鏗鏘整齊的藝術效果，按照聞
一多的說法，這無疑是直接接受了近體律詩的影響。在下面
這首詩裏我們便可以看到，雖然拋棄了平聲韻、偶數韻等舊
規（這是現代口語的自然要求），但卻攝取了律詩的神髓：

　　有一句話說出就是禍，
　　有一句話能點得著火。
　　別看五千年沒有說破，
　　你猜得透火山的緘默？

說不定是突然著了魔，

突然青天裏一個霹靂

爆一聲：

「咱們的中國！」

　　　　　　　　　　　——聞一多《一句話》

詞曲式的有規律的換韻給予現代新詩的影響更大。當然，這種「規律」不會再是詞曲的「調性」了，而是根據現代詩的基本語言特徵，創立的一系列新的法則，如全詩皆單行或雙行押韻，每個詩段換韻，並在此基礎上發掘或引入了一些不常見的韻式，如交韻、抱韻、行內韻（腰韻）。交韻即 abab式，抱韻即 abba 式。交韻在我國《詩經》和《花間集》裏曾出現過，《定風波》那樣的詞韻似也含有近乎於抱韻的結構，但從整個古典詩歌史來看，它們都還不能算是我們民族詩歌的「典型」形態，相反，在西方詩歌裏卻大量存在著這兩種韻式。中國現代新詩較廣泛地使用交韻和抱韻，這恐怕首先還是出於對西方詩韻的借鑒吧。自然，在耳熟能詳之後，反回頭來發掘自身並不典型的那些韻式傳統，本身也是一種「創新」，卞之琳就是如此。中國現代新詩的交韻如饒孟侃《叫賣》：「我為了賣這顆靈魂，／當胸插一株草標；／從早起直喊到黃昏，／向街前街後的叫。」陳夢家《鐵馬的歌》：「沒有憂愁，／也沒有歡欣；／我總是古舊，／總是清新。」抱韻如朱湘《曉朝曲》：「宮門前面兩行火把的紅，／衝破了黑暗，映照著宮牆，／金黃的火星騰過華表上，／牆頭瞧得見翠柏與蒼松。」孫大雨《招魂》雖是五行，也

基本上模仿了抱韻的方式：「沒有，沒有去？我見你／在風前水裏／披著淡淡的朝陽，／跨著浮雲的車輛，／倏然的顯現又倏然的隱避。」行內韻通常是指行中頓與行末押韻（腰韻），一般與詩的跨行有關，如林徽因《憶》：「心在轉，你曾說過的／幾句話，白鴿似的盤旋。」鄭敏《詩人和孩童》：「我們只有時常凝視著牆頭／的牽牛好像旅人把滿腔的期望／寄向一片狹窄的綠洲。」

　　中國現代新詩還充分借用西方的十四行韻式來建設符合現代語言習慣的「協暢」。十四行本來是意法交界的普羅旺斯地區的一種民間詩體，經過彼特拉克、但丁、斯賓塞、莎士比亞等人的耕耘，在歐洲抒情詩中占據了最顯赫的位置。它一般分為前八行和後六行兩部分，韻式變化可以說集了西方各種樣式之大成，如標準的彼特拉克體為 abba abba cde cde，標準的莎士比亞體為 abab cdcd efef gg，顯得既靈活自如又在關鍵性的詩行聯結處相互應和，這恰好既適應了現代口語的自由性，又滿足了中國詩人尋求勻齊整一、一唱三歎的傳統心理。所以說，在很大的程度上，十四行體就成了中國現代詩人在接近西方之中重返傳統的橋梁。中國詩人論十四行，總是情不自禁地聯想到中國的古典詩歌傳統，並油然而生親切之感。最早賦予十四行中文譯名（「商勒」）的聞一多說：「故中詩之律體，猶之英詩之『十四行詩』（Sonnet），不短不長實為最佳之詩體。」[30]卞之琳說：「十四行體，在西方今日似還有生命力，我認為最近我國的七言律

30　聞一多：《律詩底研究》，《聞一多全集》第 10 卷第 145 頁。

詩體，其中起、承、轉、合，用得好，也可以運用自如。」[31]唐
湜也說：「十四行就它的整齊的行列，多變的言律與濃郁的
色彩說，有些近於中國的律詩。」[32]正如有的論者所分析的
那樣：「20 年代，同十四行體一起被輸入中國的，有許多
歐洲格律詩體如三疊令、回環調，巴俚曲，圉兜兒等。但這
些詩體大都曇花一現，不能像十四行體那樣形成流脈，貫穿
詩史，我們認為，其原因是十四行體和中國的傳統詩歌在審
美意識、形式規律和節奏特點等方面的『契合』。」[33]需要
補充一句的是，十四行韻式在中國不僅「貫穿詩史」，而且
還廣泛影響到了諸多流派的作品，這裏既有初期白話詩人鄭
伯奇、浦薛鳳，也有成熟期的馮至；既有「格律派」的聞一
多、孫大雨、徐志摩、朱湘，也有「自由派」的李金髮、穆
木天、屠岸；既有自覺繼承傳統詩藝的戴望舒、卞之琳、何
其芳，又有自覺超越傳統的九葉派詩人穆旦、鄭敏、唐祈、
陳敬容、杭約赫。由這一現象我們確乎可以認為，有規律的
押韻還是中國現代詩人的頗有代表性的心理需要，它從另一
個方面表現了音律協暢傳統的現代生命力。

　　對於詩歌用字的平仄傳統，中國現代詩人也曾各持己
見。胡適、俞平伯、卞之琳、馮文炳等人在理論上明確地趨
向於「不當規定平仄四聲」，更多的詩人對此雖然未置一辭，
但看得出來也是不以為然的，馮文炳在談到這類形式問題時

---

[31]　卞之琳：《雕蟲紀歷·自序》，《雕蟲紀歷》第 17 頁。

[32]　唐湜：《幻美之旅·前記》，《幻美之旅》，寧夏人民出版社 1984 年版。

[33]　魯德俊、許霆：《再談十四行體在中國》，《中國現代文學研究叢刊》
　　　1992 年第 2 期。

斷言:「新詩的音樂性從新詩的性質上就是有限制的」,[34]所謂「新詩的性質」恐怕就是指新詩白話口語所決定的言說的自然性,以至四聲意義有所下降這一現實。對此,卞之琳也有過較詳細的分析:「我到現在為止,只是覺得平仄關係在我們口語裏並不如文言裏那麼重要」,[35]「例如《瞬息京華》這個著者自譯的四字文言書名,是順口,順耳的,而改成《京華煙雲》這個四字文言譯書名就不然:這是因為前者是仄仄／平平,而後者是平平／平平。但是倘改成我們的白話,現代口語式,則不僅『京華的瞬息』,而且『京華的煙雲』也就順口,順耳。可見在我們的白話或口語句式裏平仄作用,關係不大了。」[36]但在另外一方面,也有饒孟侃、朱湘、梁宗岱、朱光潛等人的明確主張:新詩不應當拋棄四聲平仄。饒孟侃以朱湘《採蓮曲》為例,提出平仄是漢字的一種特色,漢字的抑揚輕重完全由它所決定,拋棄平仄就等於拋棄節奏和韻腳。[37]朱湘認為「平仄是新詩所有的一種珍貴的遺產」。[38]意見的分歧再一次表現了中國現代詩人在走向現代與繼承傳統之間的二重選擇,不過,正如我在前文所反覆闡述的那樣,在現代中國,這兩種選擇之間的距離絕沒有我們想像的那麼巨大,某些表面結論的差異並不妨礙深層意識上的溝

---

[34]　馮文炳:《談新詩・九〈草兒〉》。

[35]　卞之琳:《哼唱型節奏(吟調)和說話型節奏(誦調)》,《人與詩:憶舊說新》第 139-140 頁。

[36]　卞之琳:《與周策縱談新詩格律信》,《人與詩:憶舊說新》第 163-164 頁。

[37]　參見《新詩的音節》,原載 1926 年 4 月 22 日《晨報副刊・詩鐫》。

[38]　朱湘:《詩的產生》,《文學閒談》附錄。

通，在時代是非問題上的分歧並不影響他們接受那些獲得普遍承認的「不刊之論」，況且理論上的分歧是一回事，實踐上的認同又是另外一回事。比如，拋開他們關於平仄這一敏感的陳舊術語的討論，我們仍然可以找到幾點重要的共同趨向：那些鼓吹繼承傳統者並沒有強調句與句之間嚴格的以至於僵化的平仄黏對關係，顯然在對現代白話口語基本性質的認識上，他們獲得了共識；那些走向現代者，在他們關於現代音律詩論中，也幾乎都認為輕重音相搭配構成了最小的音節（頓），而輕重音的聲調問題其實便對應著古典詩歌的平仄問題，在對漢語基本特質的尊重上，他們獲得了共識——在走向現代與繼承傳統的取向上，中國現代詩人並不乏共同的語言。

　　所以，從實際的創作來看，字音的選擇上注意輕重搭配，以便參差錯落，前後照應，這在中國現代新詩史上還是頗有影響的。如卞之琳的《音塵》中的詩句，我們以「—」表示弱音（平聲），以「｜」表示強音（仄聲）：

綠衣人熟稔的按門鈴
｜———｜—｜——

就按在住戶的心上：
｜｜｜｜｜——｜

是游過黃海來的魚？
｜—｜—｜———

是飛過西伯利亞來的雁？
｜—｜——｜｜——｜

現代口語的自然隨意性無疑已經突破了文言詩的種種「忌
諱」，但現代詩也有它的「宮羽相變」：一句之內，仍然是
強弱相間，顯得高低起伏，輕重悉異，上下兩句的收尾字，
也有意無意地彼此相對，「若前有浮聲，則後須切響」（沈
約），就是馮文炳（廢名）的詩句也自然形成了輕重強弱，
如《寄之琳》中的幾句：

> 我想寫一首詩，
> ｜ ｜ ｜ － ｜ －
> 猶如日，猶如月，
> － ｜ ｜ － ｜ ｜
> 猶如午陰，
> － ｜ ｜ －
> 猶如無邊落木蕭蕭下
> － ｜ － － ｜ ｜ － － ｜
> 我的詩情沒有兩個葉子。
> ｜ － － － － ｜ ｜ ｜ ｜ －

在中國現代新詩發展史上，朗誦詩的興起及其影響是一個重
要的現象，它的出現固然與抗戰前後的社會需要有關，但也
是對中國詩歌協暢傳統的繼承和利用。朗誦詩成功的先決條
件就是能夠最充分地調動觀眾（讀者）的聽覺，與之合拍，
與之共振。這裏包含著現代詩人對中國語言音韻遺產的一系
列卓絕的開掘使用，在節奏方面，在押韻方面，莫不如此，
而我以為，它對字音強弱的搭配也是一個特別值得分析的方
面，如高蘭《自流井的天然瓦斯火》：「在遠古，／在祖國，

／三百丈深的地下，／大自然的監牢，／我們已深藏了若干
年月！」

● **中國現代新詩的拗峭特徵**

　　同樣，中國現代新詩從思想到形式反撥古典詩歌而自創
一格這一歷史事實本身就表現出了鮮明的、自由的「拗峭」
精神，沒有自由，就不足以與現代社會蓬勃發展、銳意進取
的文化背景相適應，沒有拗峭，也不足以與現代口語之自然
流洩形態相吻合，也就不能從極盛期中國古典詩歌莊正典雅
的壓力下解放出來，獲得自己獨立發展的空間。由此，中國
古典詩韻傳統中那常常被掩蓋著、排擠著的「拗峭」追求便
也史無前例地得到了強化。

　　就詩的音節節奏來看，「協暢」要求的是音頓數的相對
整齊，句子內部音節結構的錯落往往又在相鄰詩句裏尋求著
有規律的對照性安排，以求整體上的和諧，而「拗峭」則突
破了這一份勻齊，句子或長或短，音頓數目和音節結構自然
就有所不同了，在中國古典詩歌史上，這樣的詩句雖然沒有
自成一派，形成獨立的美學陣營，但也時有閃爍，給今人以
寶貴的啟示。如在四言二頓的《詩經》作品裏就穿插有二言、
三言、五言、七言、八言，伸縮自如，並無規律。《楚辭》
更以其詩句變化的自由性著稱，即便到了唐宋，在各類「擬
古」模式中，也還在繼續創造這樣的詩句「噫吁嚱！危乎高
哉！蜀道之難，難於上青天！」（李白《蜀道難》）「君不
能狸膏金距學鬥雞，坐令鼻息吹虹霓。」（李白《答王十二
寒夜獨酌有懷》）「胡人以鞍馬為家，射獵為俗。」（歐陽

修《明妃曲》）「君不見咫尺長門閉阿嬌，人生失意無南北！」
（王安石《明妃曲》）在中國現代新詩裏，有意識突破音頓
限制的詩句隨處可見，倡導過音節和諧的胡適並不諱和諧之
「真諦」，他的《鴿子》、《黃克強先生哀辭》當中，二字、
三字、四字、五字頓雜亂無章，李金髮詩歌中有很大一部分
都是很少顧及音節勻齊的，即便是精研音韻的新月派也有過
類似《一條金色的光痕》（徐志摩）、《再看見你》、《當
初》（陳夢家）、《我愛赤道》（方瑋德）等這些並不考慮
音節規範的作品。在三四十年代的各派自由體詩歌裏，音節
的自由變化更是不勝枚舉。

　　在這裏，我還要特別提出中國現代新詩中出現的一類特
殊的音節現象，即一個詩句包含的字數很多，音頓很多，「撐
滿」甚至超過了人們從傳統審美心理出發產生的「需要期
限」。中國傳統審美心理對音頓數目的「承受」量是多大呢？
朱湘認為詩行不宜超過 11 字，[39]即一般為四音頓。朱自清根
據卞之琳的經驗，認為新詩最適當的長度為十個字左右，最
多五個音節。[40]卞之琳則在後來說：「在我國漢語新詩格律
裏，每行不超過四音組或四頓，比較自然。」[41]綜合起來看，
我們可以說，中國新詩一般每行在 10 個字左右、以 4 音頓
以下為好，最多也不得超過 11 字 5 音頓。但是，在具體的
實踐中，中國現代詩歌時常「滿載」或突破這個界限，「滿

---

[39]　朱湘致趙景深，《朱湘書信集》第 52 頁，天津人生與文學社 1936 年版。
[40]　朱自清：《詩的形式》，《新詩雜話》第 104 頁。
[41]　卞之琳：《讀胡喬木〈詩六首〉隨想》，《人與詩：憶舊說新》第 125 頁。

載」到 5 音頓的詩句數量並不少，而 5 音頓以上的句子也不難找到（這裏，我暫時還沒有考慮句中多次以標點分斷以至被一些詩家稱為「散文詩」的情況，如徐志摩《毒藥》、《白旗》、《嬰兒》等）。如郭沫若「有幾個─小巧的─紙鳶─正在空中─飛放」（《心燈》，14 字 5 頓），「無限的─太平洋─提起他─全身的─力量來─要把─地球推倒」（《立在地球邊上放號》，21 字 7 頓）。李金髮「蕭殺之─冷冬─正為我們─準備─更為─燦爛的─來春」（《失望之氣》，18 字 7 頓），「越顯出─人間世的─無味─及徬徨終夜─流落者─之哭聲」（《西湖邊》，20 字 6 頓）。穆木天「我們─一直走到─我們的─心波─寂蟄在─朦朧的─懷裏」（《雨後》，18 字 7 頓），「我願─靜靜的─聽著─刷在金沙的岸上──聲一聲的─輕輕的─打浪」（《我願》，24 字 7 頓）。艾青「在你─補好了─兒子們的，─為山腰的─荊棘扯破的─衣服之後」（《大堰河──我的保姆》，22 字 6 頓）。郭小川「我的─同志的─眼睛─都閃著─深沉的─驕傲」（《草鞋》，15 字 6 頓）。穆旦「我要─趕到車站─搭──一九四〇年的車─開向─最熾熱的─熔爐裏」（《玫瑰之歌》，23 字 7 頓）。從文法上講，長句子往往顯示了中國詩人明辨式的句法追求，從音韻上講，則屬於一種有意識製造的拗峭節奏，這可以說是中國現代新詩對拗峭傳統的新發展──當一長串的連續不斷的令人疲憊緊張的詩句湧現在你的面前，「八音克諧」的輕鬆圓潤之境就很難產生了。

就詩的押韻方式來看，「協暢」要求的是有章可循，而「拗峭」則是隨意寫來，無拘無束。在中國現代新詩裏，這

也有兩種方式：其一，無韻。仍以前文所述的幾本詩集為例，無韻詩在創造、象徵、現代、九葉、七月裏均有使用，約占創造社詩歌的 40%，象徵派詩歌的 62%，現代派詩歌的 70%，七月派詩歌的 80%，在初期白話新詩（1919 年以前）大約有 30%，在新月派詩歌裏大約有 12%。通過這幾個粗略的統計資料，我們大體上可以知道，無韻詩在中國現代詩歌史上也得到了比較廣泛的使用，尤其是在自由體的詩歌創作中。其二，無規則的用韻。與有規律的換韻不同，無規則的用韻完全信筆所之，時押時不押，可有也可無，韻腳的產生純屬自然行為，絕非刻意安排：或合韻的字零星寥落，如現代派詩人玲君《到果樹園的路途》全詩共六節，只有第一節的「上」、「老」，第六節的「裏」、「氣」彼此合韻，其他各節各句皆自由產生。象徵派詩人蓬子《秋歌》全詩共四節 16 句，只有第二節的「泣」，第三節的「寺」、「址」、「憶」合韻；或合韻字雖然較多，但也出現得毫無規律，如穆旦《控訴》第一部分八節，每節四句，第一節三、四句「容」、「中」押，第二節二、四句「裏」、「氣」押，第三節無韻，第四節一、二句「窗」、「程」押，第五節三、四句「爭」、「城」押，第六節三、四句「助」、「木」押，第七節一、三句「度」、「苦」押，第八節一、二、四句「前」、「天」、「店」押。從具體的藝術手法來說，這兩類情況都不見於中國古典詩歌，屬於中國現代新詩根據現代的特殊的語言環境所作出的新的創造，但在違背「協暢」化的押韻「常格」這一取向上，倒也合乎「拗峭」之要求。

　　此外，成熟期的中國古典詩韻傳統還注意到，用相同的字作句尾，並不利於全詩在音韻上的和諧，真正的和諧必然來自於不同字音（聲母不同）的相互配合，因此，力避收尾字的重復亦是「協暢」藝術的一大原則。但是，在成熟期之前的中國古典「自由」詩中卻還是能找到相同的收尾字的，比如《詩經》中的不少作品就是如此，字乃至句基本相同。——在簡單質樸的重複中反覆歌詠，這恰恰是早期中國詩歌的重要特色。同成熟期的「協暢」相比較，這何嘗又不是一種「拗峭」呢？中國現代新詩史存在著不少的尾字重複現象，有的是實詞重複，如康白情《江南》「赤的是楓葉，／黃的是茨葉，／白成一片的是落葉。」有的是虛詞重複，如傅斯年《陰曆九月十五夜登東昌城》：「月光光的，／夜寂寂的，／天曠曠的」，有的是其中某些句尾的重複，如胡適《應該》、戴望舒《我底記憶》、胡風《給怯懦者們》，有的則是所有句尾皆重複，如沈尹默《月夜》、劉半農《車毯》、郭沫若《晨安》、杜運燮《雷》。某種程度上，我可以說這是對那幾乎被淹沒掉了的古老傳統的某種強化。

　　就字的平仄來說，「協暢」要求詩用字的聲調高低起伏，輕重搭配；「拗峭」則不受此局限，信馬由繮。當然，這裏有一個特殊的情況，即按日常的口語習慣論，語句的高低起伏也是一個比較自然的現象，中國現代新詩對字音輕重的協暢化調整，本來就已經較多地揚棄了傳統平仄規範的某些僵化內涵（如強調嚴格的對仗，力避「孤平」之類），也就是說，僅就平仄來看，現代式的「協暢」已經顯得較為寬容，與作為詩本身所要求的情緒的旋律感相比，特殊性大大減

少，反過來這實際上也就縮小了「拗峭」反撥的可能。所以說，在中國現代新詩史上，絕對反對輕重音協調的拗峭方式並不太多，至少整首詩都不顧輕重的例子是幾乎找不到的，違反輕重律的現象只出現在少數詩行裏，如詩的收尾音，很可能不注意輕重搭配：「一切的一，常在歡唱。／一的一切，常在歡唱。／是你在歡唱？是我在歡唱？／是他在歡唱？是火在歡唱？／歡唱在歡唱！／歡唱在歡唱！／只有歡唱！／只有歡唱！／歡唱！／歡唱！／歡唱！」（《郭沫若《鳳凰涅　》》「你沒有學會放開喉嚨歌唱：／『起來！饑寒交迫的奴隸！……』／你不習慣於高聲地喊：／『我們』，鋼鐵波爾什維克！……」（公木《哈嘍，鬍子！》）「在寒冷的臘月的夜裏，風掃著北方的平原，／北方的田野是枯乾的，大麥和穀子已經推進了村莊，／歲月盡竭了，牲口憩息了，村外的小河凍結了，／在古老的路上，在田野的縱橫裏閃著一盞燈光」（穆旦《在寒冷的臘月的夜裏》）。郭詩、公詩皆以仄聲（去聲）收尾，穆詩皆以平聲（或輕聲）收尾，當然這是比較極端化的摘句，因為這種收尾方式並不見於全詩，不過，僅這幾行詩對「協暢」的顛覆還是給人留下了深刻的印象。郭詩、公詩正是在不顧輕重的收束中洋溢著一股軒昂向上的激情，而穆詩那一片平緩沈寂的尾音也傳達出了舊時代的沈悶和遲滯。在表現詩人某種非和諧的情緒或感受的時刻，不顧輕重強弱的拗峭別有意味。

　　除了以上這些反撥性的違拗之外，中國現代新詩的「拗峭」之於「協暢」還有沒有什麼聯繫呢？當然是有的，我認為，這種彼此的聯繫主要有兩個方面：

　　首先，拗峭性的追求和協暢性的追求往往相互推動，不斷發展，沒有對拗峭傳統的強化，沒有對古典詩歌一系列僵化的音韻規範的否定，就不可能推動人們去熟悉、去研究、去完成現代的語言，並在此基礎上探討符合口語習慣的新的協暢形態。實踐證明，中國現代新詩的音律協暢追求產生於「五四」革命（拗峭）之後；反過來，協暢化的努力總是一個時代語言成熟的標誌，它總能使「革命」的成果得到最充分的運用，在革命之後的破敗裏，營建出一片令人心醉神迷的景致來，也是它在完善自身的同時自我消耗，並為新一輪的違拗積聚能量。中國現代詩韻的發展史就是一部拗峭與協暢永無休止的更替史，對個人詩風的變遷如此，對整個思潮運動也是如此。

　　在這一互為助力的客觀運動背後，便是拗峭與協暢的某些內在的同一性。拗峭與協暢並不是完全對立的，作為詩，必然要求一定的旋律感，旋律就帶來語音在對立層面上的某些和諧性，所以說，任何拗峭當中都包含著某些協暢性因素，只不過，它是力求將外在的語音上的勻齊減少，並包裹在情緒本身的起伏狀態當中，當思想和情緒本身的衝擊力、爆破性要求衝破「和諧」時，它毫不猶豫地將不均衡的語音形態本身當作旋律的魅力，而不是處處削除鋒芒，以求整齊。同時，協暢無疑也具有鮮明的時代性，它必須建立在時代語言的堅實基礎上，而現代語言之於傳統語言本身也是一種變異，一種違拗，所以說，協暢當中也包含著某些拗峭性因素。拗峭與協暢的這種同一性使其它們對中國現代詩韻所產生的影響往往是整體的，連帶性的，於是，在現代格律詩

人筆下也有過純粹不拘格律的自由詩，或者在某一方向上接受了協暢傳統的影響，又在另一方向上體現了拗峭的追求。中國現代的自由體詩人並非對音韻避而遠之，他們也常常致力於某一方向上的協暢化的推敲，這在前文所舉的實例中可以看到。凡此種種，都造成了中國現代新詩在音韻特徵上的複雜性，當然，也帶來了我們在研究上的困難。

第四章

文化傳統中的個體

文化傳統具有二重性。

一方面，文化傳統的存在是超個體的，它以一種集體無意識的形式沉澱在我們思想的深層，常常不以我們現實意義的喜怒哀樂為轉移。

另一方面，文化傳統又是具體的、現實的，因為世界總是由具體的現實的人所組成，離開了個體的人，就無所謂社會，文化傳統終將由個體來承擔、顯示和傳遞。對於鮮活的個體，文化傳統又不可能成為一個高高在上、為所欲為的精神主宰，個體永遠是而且只能是在他固有的潛能和生存根基上表現著文化傳統的一部分，同時也就必然意味著將會捨棄另一部分，個體的變易和靈動又將調整傳統的某些結構，或者增添一些什麼。

文學創作的基礎是個性，詩則是個性中的個性。中國古典詩歌傳統作為集體無意識是超個體的，這不言而喻，但它的顯現卻又必然通過個體化的現代詩人來進行，這也是歷史的事實。超個體與個體化的二重組合就是中國詩歌傳統之於現代的複雜授受關係。於是，僅僅在「類」的層面上解剖中國現代詩人和傳統的聯繫就還是很不夠的了，我們有必要再

進一層，把問題引向個體的生存感念，看一看在這個基礎上，文化傳統究竟是如何產生影響，個體又是怎樣來接納、利用和轉換這個影響的，個體的現代體驗如何具體地與古老的傳統相交會。或許，這是關於傳統與新詩的更細緻的闡發吧。

我們選擇了九位個體。這種選擇並不完全是對他們在中國新詩史上的實際地位的說明（那還需要引入更多的價值衡定標準），也不想以此來抹煞其他詩人與中國詩歌傳統的密切聯繫，而是因為，這些詩人既出現在我們已經論及的幾個重要的時期，同時在各自的詩歌追求中，又體現出了前文所不能完全概括的個體性特徵，仔細解剖他們，有助於問題的展開。

一、胡適：兩種詩歌文化的慢流

> 文章革命何疑！且準備搴旗作健兒。
>
> ——胡適《沁園春·誓詩》

把胡適簡單地認定為「反動文人」的時代顯然已經過去了。於是，我們的印象似乎被變動的歷史引向了一個新的方向：胡適，這位學貫中西的詩人第一次自覺地敞開胸懷，引進了西方詩歌的文化巨流，從而實現著從語言方式和思想追求的一系列「詩國革命」；他對西方詩歌的譯介、模仿和對中國文學自身活力的開掘仿佛都是高度的理性思索的結果，是他周密審慎的選擇。無疑，這樣的理解清清楚楚地把胡適與「詩界革命」的前輩劃分開來。的確，黃遵憲、梁啟超等人的「改良」何嘗有過如此的清醒呢，何嘗如此地珍視西方詩歌自身的獨立價值從而進行「前空千古，下開百世」

的文化移植呢？但是，就是在竭力確立胡適超越於晚清詩人的歷史地位之時，我們是不是也不知不覺地誇大了他進行新詩嘗試的自覺性？胡適早期的詩歌嘗試作為一個整體來看是複雜的，就是在《嘗試集》當中，舊體詩或近乎於舊體詩的作品也仍然占了絕大多數，[1]這不容忽視；作為過渡時期的「中間物」，[2]胡適與傳統的聯繫同樣是清晰明顯的，這也不容忽視。事實上，胡適並不可能也的確沒有站在世紀的廢墟上，無所顧忌地招來異域的詩歌文化，完成史無前例的嶄新創造。胡適介入中國現代新詩顯然屬於一種過渡中的摸索，這種摸索是曲折的、艱難的，其歷史進步的意義只能在這種「過渡」、「探索」中去尋找。

● **在偶發與明確之間**

　　對胡適投身「五四」文學革命的過程以及《嘗試集》文本作一全面的審視，我們便會得到這樣的結論：胡適介入中國現代新詩絕非深思熟慮、清醒而明確的選擇，其行動帶有一定的偶然性，其藝術本文則包含著較多的冗雜性。

　　從上海梅溪學堂抄閱《革命軍》，澄衷學堂捧讀《天演論》一直到紐約哥倫比亞大學拜師杜威，胡適的民主政治知識與現代哲學知識逐漸增加，不過，所有這些西方先進的文

---

[1]　除《去國集》、《嘗試集》中的舊詩外，胡適早期舊詩尚有 90 餘首（參見《胡適文存》）。

[2]　用「中間物」角度解讀胡適的詩理始於董炳月同志。我認為這是一個極其重要的視角（參見董文《中間物：胡適新詩理論的歷史特徵》，《中國現代文學研究叢刊》1990 年第 2 期）。

化觀念並沒有被迅速地聚合起來，作為撐破傳統束縛的銳利的武器，語言文學的革命也沒有一開始就成為胡適文化追求的重要組成部分。這與魯迅呼喚「精神界之戰士」，把摩羅詩力作為文化追求之核心頗有不同。甚至，他還為某青年徹底改革中國文字的偏激之論大動肝火，有了一番同樣激烈的批判；在這個時候，他也沒有表現出對一位同輩的語言文化改革者的寬容與理解。[3]接著，他倒是以一種超越於幼稚青年的、博古通今的學者姿態投入到漢語文化的研究當中，其初衷無疑包含了撥正偏頗、維護漢語研究之嚴正傳統這一意願，至於他最後發現了文言白話之差別，文字死活之要旨，則又似乎有些始料不及了。從維護傳統、杜絕怪論到最終解構傳統，為後來的文學革命奠定基礎，事情的轉變很有些戲劇性、偶發性，超出了胡適本人的理性設計。

　　直接促使胡適提出其詩歌革命主張的也是他偶然寫就的《送梅覲莊往哈佛大學》。詩中夾雜著的外文名詞招來了朋友的非議，胡適很不服氣，義正辭嚴地為自己辯護：「詩國革命何自始？要須作詩如作文」（《戲和叔永再贈詩，卻寄綺城諸友》）。於是，一場沒有準備的小範圍的學術爭論就緣著這略帶意氣成分的「革命宣言」展開了。不妨再讀一讀那首爭鳴詩的句子：「但祝天生幾牛敦，還乞千百客兒文，輔以無數愛迭孫，便教國庫富且殷，更無誰某婦無褌，乃練熊羆百萬軍。誰其帥之拿破侖，恢我土宇固我藩，百年奇辱一朝翻。」顯然，這樣的古典愛國主義並沒有超過晚清詩歌

---

[3]　參閱朱文華：《胡適評傳》第 68 頁，重慶出版社 1988 年版。

的水準，如黃遵憲《馮將軍歌》、《度遼將軍歌》，梁啟超《愛國歌四章》、《讀陸放翁集》等。詩中直接使用外文音譯的手法也讓人想起「綱倫慘以喀私德，法門盛於巴力門」一類的東西。我認為，這清楚地表明，胡適「詩國革命」的起點並不算高，此刻，他也沒有多少超越晚清、「深化改革」的系統思想，因之而生的學術風波與其說是朋友們對胡適特異行為的批評，還不如說是對晚清「以文為詩」餘風的不滿。其中包含著的乃是正統的中國詩學與非正統的新變由來已久的分歧（唐宋之爭），──如果以為梅、任之言是專就胡適而發，那顯然是莫大的誤會！

　　晚清「詩界革命」的終點也就是胡適在朦朧中為自己選擇的起點，至於從這個起點出發，該走向何方他自己一時也感到有些茫然，目的並不那麼明確。所以他的詩路選擇也繼續帶有一定的偶然性，留下了在各個方面艱苦摸索的印迹。《去國集》及其他早期舊體詩作（共約 113 首）包括了古風、近體律詩及詞、曲等各種體裁；白話的《嘗試集》同樣是駁雜的，有近似於五言詩的如《江上》，有近似於七言詩的如《中秋》，有新填的詞如《沁園春》、《百字令》，當然也有比較純粹的自由體詩如《夢與詩》、《老鴉》、《藝術》等等。在這裏，胡適本人對《嘗試集》那種三番五次的增刪變化也很值得我們注意。從 1920 年 3 月初版到 1922 年 10 月第四版，每一次都有刪有增，有的全詩刪去，有的改動部分句子或詞語，不僅自己動手，也請他人幫忙，並儘可能地接受他人的意見，任叔永、陳莎菲、魯迅、周作人、俞平伯、康白情、蔣百里等人都刪改過胡適的詩作，到第四版時，經

過變動的作品已經超過了初版原有作品的 70%,由此可見作者詩歌審美標準的不穩定性。在最初的一段時間裏,他分明沒有找到一個比較穩定的「新詩標準」,還處於不斷摸索不斷調整的過程當中,這才產生了放棄個人引以為榮的獨創性,轉而廣泛吸取他人建議這樣一個有趣的現象。可以說,如此大規模的由多人參與的刪詩活動在中國現代新詩史上是非常罕見的,它恰恰說明了胡適作為草創期、過渡期白話詩人的某種倉卒。

　　總而言之,胡適介入中國現代新詩的首創活動包含著較多的「偶發」因素,詩歌主張的形成、詩歌實踐的趨向都並非出自他全面的策劃與思考,他甚至缺乏更多的更從容的準備,就被一系列始料不及的事件推到了歷史的前臺。當然,被推到歷史的這個位置又未必就不是一種幸運,因為,胡適真切地體驗到了來自周遭的文化衝突,他不得不據理力爭,不得不證明自身在詩歌中的存在。他也第一次認真地清理著自己原本是沒有多少系統性、銳利感的語言文學思想,並在一個抗拒他人傳統習慣的取向上不斷調整和完善自己,這便有了追求上的明確性。胡適詩歌革命與文學革命的明確性來自他先前朦朧狀態的偶發性,而且正如《嘗試集》所顯示的那樣,在他明確的探索之中,仍然滲透了不少的迷茫與困惑。方向感的某種模糊,行動上的某些猶疑,這又說明其意識的明確度還不夠。偶發與明確的互相交叉,這就是摸索,這就是歷史的過渡。

　　胡適詩歌革命的追求,介乎於偶發性與明確性之間。

● **兩種詩歌文化：活的與死的**

　　介乎於偶發性與明確性之間的胡適形成了他基本的詩歌文化觀念，同後來者高度的清醒與自覺比較，胡適的這一觀念是相當獨特的。

　　在「五四」以後一代又一代執著的新詩創造者那裏，中國現代詩歌的生成包含著十分豐富而具有時代感的資訊。此時此刻，中國現代社會與現代文化的發展已經把它的核心問題明確地推到了人們面前，這就是中國傳統文化與西方文化的關係。人們感到，中國傳統文化活力喪失，這是導致近現代以來中國社會衰敗委頓的根本原因；與之同時，西方世界的強悍又時時提醒我們，西方文化具有長盛不衰的生命力。於是，對中國現代化問題的探討也就自然集中到對中國傳統文化與西方文化的比析推敲之中。人們反思中國傳統文化自身的種種弊陋，又以西方文化為參照，探尋中國文化未來的發展方向。中西文化的討論是自近代以來最精彩熱烈又持續不斷的歷史事件，在逐漸穿越了物質與制度這樣的文化層面之後，討論在「五四」以後深入到了精神的層面，文學自然也就充任了在精神領域進行中西討論的主要角色。「五四」以降的現代詩人和詩論家，他們的詩歌觀念都直接地與中西詩歌相生相剋的事實熔鑄在一起，新月派詩歌「要做中西藝術結婚後產生的寧馨兒」，[4]現代派詩歌是自覺地把西方象徵主義的「純詩」主張與中國傳統詩歌的「意境」理想相結

---

[4]　聞一多：《〈女神〉之地方色彩》，原載 1923 年 6 月《創造周報》第 5 號。

合，九葉派詩歌所追求的「新詩現代化」其實也是在一個新的層面上重新組合「西洋化」與舊傳統，就是延安地區倡導「中國作風和中國氣派」的詩人們也仍然認為「歐化」與「民族化」應當在某種意義上相互結合，「歐化與民族化並不是兩個絕不相容的概念」（周揚語）。當然，反對「歐化」者（如蕭三）看到的是西方詩歌文化與中國本土相衝突的一面，但這樣的觀念也仍然是以承認中西詩歌文化在現代中國彼此影響這一基本事實為前提的。「五四」以後的中國現代詩歌發展就這樣不斷地傳達著中與西兩大詩歌文化的精神交會、精神碰撞。

　　從近代到現代，從「五四」前到「五四」，胡適所具有的「歷史過渡」性使得他在當時還不可能完全自覺完全清醒地意識到中西文化在精神層面交會、碰撞的事實，他理解中的詩歌運動主要還是中國詩歌系統內部的一種自我演化，這種自我演化在歷史上就曾經發生過多次，詩體也獲得了多次的解放、進化。騷賦文學脫去了《三百篇》「風謠體」的簡單組織，「這是一次解放」；「漢以後的五七言古詩刪除沒有意思的煞尾字，變成貫串篇章」，「這是二次解放」；詞創造出「比較自然的參差句法」，「這是三次解放」；由詞、曲到新詩，「這是第四次的詩體大解放」。「這種解放，初看去似乎很激烈，其實只是《三百篇》以來的自然趨勢。」「新體詩是中國詩自然趨勢所必至的」。[5]那麼，在中國詩歌的這種自我進化過程當中，具有生命力的因素是什麼，趨

5　胡適：《談新詩》，《中國新文學大系·建設理論集》第 295-299 頁。

於沒落的因素又是什麼呢？胡適在他一系列的文章中都反覆使用了一對概念：活的文學與死的文學。在胡適看來，是活的文學精神（及其活的詩歌精神）推動著歷史的發展。活與死就是胡適從中國文學系統內部開掘出來的兩種對立的詩歌文化形態。

　　1915 年胡適為康奈爾大學留美中國學生會寫作的年會論文《如何可使吾國文言易於教授》可以說是胡適文學革命觀念的最早的奠基，就是在這篇論文中，胡適提出了「活」與「死」的概念。他說，古文是半死的文字，白話是活的文字；文言是死的語言，白話才是活的語言。由此，活與死便作為一種基本的文化價值尺度進入到胡適的思想系統內。語言文字有死活之分，文學也有死活之分。他評論同學任叔永的四言詩《泛湖即事》說：「詩中所用『言』字『載』字，皆係死字」，「載笑載言」「為三千年前之死句」，[6]又在答梅光迪的打油詩中寫道：「文字沒有古今，卻有死活可道。」[7]從這樣的感性體驗當中，胡適提煉著自己的理性認識。他反思中國文學的發展史，認為，一部文學史就是「活文學」隨時起來替代「死文學」的歷史；活與死的矛盾對立是文學系統內部自我發展的動力；今天，「文學革命的目的是要替中國創造一種『國語的文學』──活的文學。」[8]

---

[6]　胡適 1916 年 7 月致任叔永，《胡適來往書信選》，中華書局 1979 年版。
[7]　《答梅覲莊》，收入《藏暉室札記》，亞東圖書館 1939 年初版。
[8]　胡適：《談新詩》，《中國新文學大系・建設理論集》第 294 頁。

　　從邏輯上講，死與活並不一定屬於中國文學系統內部的概念，它們都不過是對存在的一種描述罷了。但是，從胡適的論述方式及主要的用例範疇來看，卻無疑是針對中國語言與中國文學自身的種種特徵而言，具有鮮明的民族性。

　　胡適首先從中國語言入手，闡述了死與活的具體差別，他提出，死與活的不同也就是文言與白話的不同。死的詩歌，其語言與日常口語彼此隔膜，它已經在書面化的死胡同中失卻了生機；活的詩歌，其語言根植於日常口語。以此為標準，胡適考察了中國古典詩歌史，他說：「自從三百篇到於今，中國的文學凡是有一些價值有一些兒生命的，都是白話的，或是近於白話的。其餘的都是沒有生氣的骨董，都是博物院中的陳列品！」《木蘭辭》、《孔雀東南飛》、《石壕吏》、《兵車行》之類屬於白話的活文學，[9]而那些傷春悲秋式的典型「意境」恰恰便是「陳言爛語」的死文學。很明顯，胡適竭力把詩的語言從脫離日常口語的書面化的雕琢中解放出來，這無疑是與中國古典詩歌的成熟化道路背道而馳的。我們知道，從《詩經》、屈騷、古詩直到近體詩在唐代的高度成熟，其顯著之標誌就是語言的書面化，言與文的分離。這樣，胡適就注定了不可能從正統的成熟狀態的中國古典詩歌中尋找到活的樣板，正如他反覆列舉的詩篇所顯示的那樣，活的詩歌實際上存在於歷史的兩個階段，極盛期以前和極盛期以後，前者如《國風》、古樂府及一些古體詩，

9　胡適：《建設的文學革命論》，《中國新文學大系・建設理論集》第129頁。

後者如宋詩（杜甫作品的理性精神也是在宋詩時代才發揚光大的）。也是在對這些「前正統」或「正統後」古典詩歌的開掘當中，胡適又進一步總結出了它們在文法上的重要特徵：以文為詩。即突破雕琢語詞、「文勝於質」的「純詩」化，轉而追求一種邏輯性強的敘述性、散文性語句。他說：「我認定了中國詩史上的趨勢，由唐詩變到宋詩，無甚玄妙，只是作詩更近於作文！」[10]可以說，詩句的敘述性、散文化就是胡適所認定的活文學的又一個重要標誌，是它賦予了「活」具體的內涵，至於其他的理論概括如「不拘格律，不拘平仄，不拘長短」，[11]「言之有物」等等不過都是這一散文化要求的技術性細節罷了。由此看來，詩句的口語性和敘述性就是胡適從中國自身的「白話文學史」中開掘出來的活的文學精神，是他用以反撥另一部分僵死傳統的藝術手段。

　　胡適的詩歌革命觀念是從中國詩歌傳統內部來區別死與活，最終拋棄文言的「死」詩，創造白話的「活」詩，這當然不是說他當時的詩歌觀念就沒有接受外來的影響，就沒有受到外國詩歌的啟示。眾所周知，在綺色佳留學之時，胡適「頗讀了一些西方文學書籍，無形之中，總受了不少的影響」，[12]甚至早在中國公學讀書的時候，就已經著手翻譯西方詩歌作品了。赴美留學後更是譯述不輟，至於以意象派為代表的美國新詩運動所給予他的刺激和啟示也獲得了評論

---

[10] 胡適：《逼上梁山》，《中國新文學大系‧建設理論集》第 8 頁。
[11] 胡適：《談新詩》，《中國新文學大系‧建設理論集》第 299 頁。
[12] 胡適：《嘗試集‧自序（初版）》，《嘗試集》第 135 頁。

界的公認。[13]但是，我們同樣也不能忽略這樣的事實：胡適在「五四」前夕接觸譯述的外國文學外國詩歌作品頗為駁雜繁亂。僅以《嘗試集》、《去國集》所收譯詩來看，就既有浪漫主義的作品如拜倫《哀希臘歌》，也有反浪漫主義的意象派作品如蒂絲黛兒（Sara Tesdale）的《關不住了！》；既有西方詩歌，也有轉譯的東方詩歌如中世紀波斯詩人莪默・伽亞謨（Omar Khay yam）的《希望》；既有公認的名家之作，也有二流作家的產品如蘇格蘭女詩人安妮・林賽（Anne Lindsay）的《老洛伯》。從這些來源繁雜的異域作品裏，我們很難看到西方詩潮的流向和西方詩歌文化的本來面目。顯而易見的是，胡適接近和譯介西方詩歌的目的並不在完整地認識西方詩歌自身，不在摸清西方詩歌的脈絡走向，以便為中國新詩的發展提供成功的先導，以便中國新詩能夠追蹤世界先進潮流，與西方齊頭並進，——如此執著而自覺的中西文化意識屬於「五四」以後，卻並不屬於尚在摸索當中、過渡當中的胡適。胡適接近和譯介西方詩歌主要是對一個東西感興趣：自然口語化。例如他稱《老洛伯》是：「全篇作村婦口氣，語語率真，此當日之白話詩也。」[14]胡適是在為他的「活文學」尋找證明之時，以其目之所及，擇取翻譯了幾首外國詩歌。於是，外國詩歌並不以其自身的思潮、流派特徵而熠熠生輝，引人注目，而是權作了胡適詩歌觀念的一點

---

[13]　評論界公認胡適的「八事」受到了龐德《幾個不》（A Few Don'ts）的影響，據查，胡適也曾在 1916 年 12 月 26 日的留學日記中抄錄過羅威爾的《意象派宣言》。

[14]　胡適：《老洛伯序》，《嘗試集》第 33 頁。

旁證和說明。胡適並沒有因為譯介外國詩歌而建立起中西兩
大詩歌文化對立統一的觀念，他的基本詩歌觀念仍然在於
「死」與「活」的分別，他需要的是在歷史事實的鼓勵下掙
脫「死」的束縛，尋找「活」的空間。譯詩如此，對異域理
論的接受也是如此。胡適其實根本無意探討意象派理論的來
龍去脈、歷史蘊涵，他看重的是這些宣言中對平易口語的倡
導，不特意象派，只要符合他創立「活文學」的要求，他就
加以介紹。又如，在反撥日趨僵化的傳統「純詩」主義的過
程中，他提出了以文為詩，追求詩的散文化這一改進語言的
設想，於是，西方詩人華茲華斯、濟慈、白朗寧等人的散
文化、說理之作又受到了他的特別推薦。[15]華茲華斯、濟慈
與白朗寧與意象派都是風馬牛不相及的，完全各自從屬於
一個詩學體系。關於西方文學與中國文學革命的關係，胡
適曾與友人梅光迪有過一番辯論，梅光迪認為胡適是剽竊
歐美「不值錢之新潮流以哄國人也」，胡適反駁說：「……
我主張的文學革命，只是就中國今日文學的現狀立論；和
歐美的文學新潮流並沒有關係；有時借鏡於西洋文學史，
也不過舉出三四百年前歐洲各國產生『國語的文學』的歷
史，因為中國今日國語文學的需要很像歐洲當日的情形，
我們研究他們的成績，也許使我們減少一點守舊性，增添
一點勇氣。」[16]

---

[15]　胡適分別譯之為華茨活、貴推、白朗吟（見《嘗試集》初版自序）。
[16]　胡適：《嘗試集‧自序（初版）》，《嘗試集》第 144 頁，著重號為
　　　引者所加。現在看來，此言不虛。

● 從死的詩到活的詩

胡適存在於歷史的過渡時期，他的詩歌革命介於偶發性與明確性之間，他的基本詩歌觀念立足於中國詩歌自身的傳統，是對傳統本身的剔抉和分別，外來的文化主要是給予這一剔抉行為以勇氣、以鼓勵，於是，我們真真切切地感受到了他與晚清「詩界革命」一代人的相似性。黃遵憲「我手寫我口」、「復古人比興之體」、「取《離騷》、樂府之神理」，這與胡適的活文學之說是相通的，胡適詩歌革命的根須扎在了晚清，這應當是沒有什麼疑問的。那麼，這是不是就是說，胡適的詩歌革命就根本沒有超過晚清的水準，或者說只是晚清詩界革命的不同的表述呢？我認為又並非如此。作為歷史的過渡，胡適詩歌文化觀念的一端連接著晚清，另一端則指向了未來，當他把詩文化形態判定為一死一活之時，就已經暗暗地拉開了與「以舊風格含新意境」的距離。雖然初衷都是在傳統詩歌文化內部作某種調整，但晚清「以舊風格含新意境」之說顯然過分優柔寡斷，畏畏縮縮，它顯然還在怯生生地乞求正統觀念的寬容和保護，所以說終究缺乏掙脫羈絆、銳意進取的活力。胡適對死文學的宣判和對活文學的召喚則顯得較為果斷，洋溢著一股激動人心的創造勇氣。胡適也包裹在巨大的中國詩歌傳統當中，但他又似乎是以自己全副的力量，背負著這個傳統向現代邁出了重要的一步，前所未有的一步。

死的判決已經讓胡適掙破了中國傳統中最令人窒息的藩籬，活的呼聲又為我們展示了一個嶄新的境界，一個業經

改造之後的鮮活的歷史背景。而胡適的可貴又在於，他不僅僅是在詩學理論上分離了死與活，而且還通過自己腳踏實地的「實驗」，努力把中國新詩由死的窘地推向活的世界。《去國集》、《嘗試集》就生動地表現了「五四」詩歌是如何從死到活、由舊至新的，胡適為中國詩歌史留下了許許多多寶貴的經驗。

前文已經談到，《去國集》、《嘗試集》及同時期的其他詩作表明，胡適的詩學標準還具有較大的駁雜性，他還在多種詩體、多種詩境裏輾轉徬徨，還需要借他人的評判視角來加以救正，以至刪增不斷。不過，我們也不要忘了，就是在 1920 年 9 月《嘗試集》再版之時，胡適又曾自我總結說：「我自己只承認《老鴉》，《老洛伯》，《你莫忘記》，《關不住了》，《希望》，《應該》，《一顆星兒》，《威權》，《樂觀》，《上山》，《周歲》，《一顆遭劫的星》，《許怡蓀》，《一笑》，——這 14 篇是『白話新詩』。其餘的，也還有幾首可讀的詩，兩三首可讀的詞，但不是真正白話的新詩。」[17]平心而論，這樣的認識還是比較中肯的，它說明作者此時此刻的新詩觀又趨於明確了。以此來反觀胡適創作的整體面貌及其發展過程，我認為我們又會看得更深入更細緻一些，就是說除了那樣的迷茫與猶疑，胡適也有過清醒的一面，在方向感不甚明瞭的多種途徑的「嘗試」過程中，詩人創造的自覺性日漸增加，並且終於向著屬於現代的方向前進了。儘管這些前進程度不等，成敗參半，常常還淹沒在了

---

[17] 胡適：《嘗試集‧再版自序》，《嘗試集》第 193 頁。

另外一些令人沮喪的平庸中，但畢竟是歷史的進步，一種在過渡當中的進步。今天，我們把這些細碎的進步性因素集攏在一起，便益發可以清楚地見出它們在整體上是超越傳統、指向未來的。胡適詩作裏死與活的關係，當作如是觀。

　　具體說來，這種駁雜裏的清醒、偶發基礎上的自覺，以及產生於死文學背景上的活的過渡都統統表現在以下幾個方面。

　　舊詩的違格如果我們把成熟期中國詩歌的種種形式規範稱為「正格」，那麼胡適理解中的「活文學」卻恰恰是不合「格」的，或者是成熟期之前的自由的「粗樸」，或者是成熟期之後的自覺的拗體。胡適以這些不合正規的非正統遺產為師進行創作，必然就在多方面「違格」，違格的舊詩是胡適創作的起點。曾有學者作了一個統計，在他 92 首早期舊詩裏，不受近體詩拘束的古風占 52 首，近體詩作僅 30 首，收入《去國集》的 21 首裏，古風就占了 13 首，而近體詩僅 1 首。[18]而在我看來，若以嚴格的格律準則為尺度，那麼《嘗試集》中的舊體詩則沒有一首是真正的近體詩。胡適有意識地違反常格，這是他反撥中國詩歌正統形態，拒絕進入死文學窠臼的一種方式。

　　舊詩的再構違格的舊詩畢竟還是舊詩，它們背離了傳統的一部分（主要是指用字的平仄），但也認同了另一部分，甚至這些「違格」的藝術本身就是傳統所允許的。胡適違格的舊詩如《中秋》、《江上》在整體意境上並沒有多少超越

---

[18]　康林：《〈嘗試集〉的藝術史價值》，《文學評論》1990 年第 4 期。

於傳統的新意;「再構」則不同,它力圖在一個更基本的層次上改變詩的規則,讓詩包含更多的新的追求,如《蝴蝶》有七行採取三音頓:「也—無心—上天」,破壞了與其他二音頓詩行所形成的勻齊:「兩個—黃蝴蝶」,「雙雙—飛上天」,「天上—太孤單」。如果說其他音頓勻齊的詩行給人一種傳統式的和諧美,那麼這一突兀的詩行則產生出一種動的線性的推進效果。又如《病中得冬秀書》其一:「病中得他書,不滿八行紙,全無要緊話,頗使我歡喜。」儘可能採用現代口語,以近似於「打油」的方式取得了舊詩所難以獲得的諧趣效果。有時詩人也有意識地反反覆複使用幾個大致相同的語詞,使詩意格外鮮明、凸出,傳統所謂的含蓄蘊藉不復存在了,如其三:「豈不愛自由?此意無人曉:情願不自由,也是自由了。」又如《小詩》:「也想不相思,可免相思苦。幾次細思量,情願相思苦!」後來的新詩發展表明,凸出思想的清晰度是走過傳統那種空虛之含蓄的有效手段,當含蓄曖昧成為一種千篇一律的境界,詩思的鋒芒和稜角就日漸鈍化了,這就是藝術精神的「死」;打破迷蒙的含蓄,就是解放詩思,就是藝術精神的復活。

新詩與舊詩的摻雜「再構」的舊詩還是較多地依託於傳統詩歌框架,「摻雜」則更進了一步。在胡適筆下,新舊摻雜有兩種方式:一是舊詩的美學追求以新的自由式的詩行表達。如《鴿子》:「雲淡天高,好一片晚秋天氣!/有一群鴿子,在空中遊戲。/看他們三三兩兩,/回環來往,/夷猶如意,——/忽地裏,翻身映日,白羽襯青天,/十分鮮麗!」這一幅晚秋素描,從直觀性意象的攝取,到抒情主人

公的隱匿，都主要還是屬於古典詩歌的美學追求，但詩行的
安排卻是自由的，儘管深究下去也許還是有詞曲的音節節
奏，[19]但至少從視角效果來看已經是相當自由隨意了，這無
疑會給未來新詩的鮮活靈動的詩行建設以較大的啟示。摻雜
之二就是舊詩勻齊的詩行與新詩的自由詩行並用。如《三溪
路上大雪裏一個紅葉》，前六行近似於五言詩：「雪色滿空
山，擡頭忽見你！我不知何故，心裏很歡喜；踏雪摘下來，
夾在小書裏」，接著兩行是自由參差的：「還想做首詩，寫
我歡喜的道理。」最後兩行卻又是七言詩的形式：「不料此
理很難寫，抽出筆來還擱起。」

　　新詩的全新的嘗試這一部分詩在胡適全部的詩歌創作
中僅占很小的部分，但卻從不同的方面給我們預示了未來新
詩的嶄新面貌，它們是任何古典詩歌都不能替代的真正的
「新詩」，正是它們的存在才提供了中國詩歌浮出「死水」，
邁上「活路」的比較成功的典範。如《老鴉》以擬人化的方
式象徵了一種獨立不倚的人生態度，《一顆遭劫的星》用黑
雲與星的關係影射北京《國民公報》被封事件，它們都描寫
了自然的事物，但卻不再有物我交融，不再把主觀的情感稀
釋、淡化；相反，主觀的意念十分凸出，自然事物完全成為
詩人操縱、遣使的物件，這裏不再是傳統的「自然人化」，
而是現代的「人化自然」。《上山》完全是表現個人的意識
力，《一念》則追蹤了自我那轉瞬即逝、天馬行空般的思維，

19　胡適曾說：「我最初愛用詞曲的音節，例如《鴿子》一首，竟完全是
　　詞。」（《嘗試集・再版自序》），《嘗試集》第 187 頁。

讓人想到後來郭沫若的《天狗》。這些詩的興奮點、選材點都是中國古典詩歌所沒有的。胡適甚至還在個人與國家的對立狀態中充分肯定了個人的價值，發出了在古人看來是大逆不道的議論：「你莫忘記：／你老子臨死時只指望快快亡國：／亡給『哥薩克』，亡給『普魯士』，──／都可以，──」（《你莫忘記》）「起一個新革命，／造一個好政府：／那才是雙十節的紀念了！」（《雙十節的鬼歌》）另外一些詩歌表現人的情感世界，但並不假借客觀物象，也不取整體呈現、不加分辨的傳統套路，而是儘可能清晰地有層次地描述主觀心靈的波瀾起伏，為新詩嘗試著全新的藝術追求，如《「應該」》、《藝術》、《醉與愛》。胡適在《談新詩》一文中曾特別分析了這一藝術追求：「那樣細密的觀察，那樣曲折的理想，決不是那舊式的詩體詞調所能達得出的。」他又以《「應該」》為例說：「這首詩的意思神情都是舊體詩所達不出的。別的不消說，單說『他也許愛我，──也許還愛我』這十個字的幾層意思，可是舊體詩能表得出的嗎？」胡適新詩創作在以上幾個方面的嘗試後來都在其他詩人那裏得到了廣泛的繼承和發展，為中國新詩獨立品格的塑造起了相當重要的作用。

　　從舊詩的違格、舊詩的再構、新舊詩的摻雜直到全新的新詩嘗試，這是一個漸進的過程，其間多有反覆、猶疑、徬徨，死的文化與活的文化在漸進中進行著艱難的對話，活的文化不斷擴展自己的勢力，死的文化繼續產生影響。胡適的嘗試是審慎的、平靜的、小心翼翼的。這樣，在一個較長的過程中，活與死這兩大詩歌文化實際上是在慢慢地調整著彼

此的比重、分量，「活性」的成分慢慢增加，而「死性」的成分慢慢減少，但終於沒有激烈的衝突、對抗。如果要描繪得形象生動一些，那麼就仿佛是一清一濁的兩條河流默默地交滙了，沒有驚濤拍岸，沒有飛流直下，它們在較長的時間裏一同流淌著，流淌著，從涇渭分明、你纏我繞、渾然一體到遠方的清澈，一切的變化都在悄悄地進行，這就是所謂的「慢流」，胡適詩歌觀念與詩歌創作的發生發展，就清楚地呈現了兩種詩歌文化的慢流。

在這條詩歌發展長河的前方，終於出現了一片澄清而寬闊的水域，充滿生命力的活的文化代替了枯萎的死的文化。當然，在這一質的轉換過程中，西方詩歌文化的介入產生了重要的作用。具體到詩歌實踐來說，《關不住了》等譯詩在思想和形式上都為胡適創作的成熟提供了榜樣。不過，即使是這樣，西方詩歌也仍然沒有以一個具有獨立歷史意義的形象為胡適所激賞，胡適所意識到的還不是中國詩歌文化與西方詩歌文化的更恢宏更有深遠影響的矛盾對立，他分明還是把來自西方詩歌的某些啟示納入到新鮮的活文學的範疇內來加以領會。也就是說，中西詩歌文化在胡適無意識世界裏剛剛接觸的時刻仍然是一種兩兩融會、慢流向前的景象。

當然，中西詩歌文化畢竟是彼此異質的兩大系統，從根本上講，它們不可能如胡適理解的死與活一樣緩緩交流、平靜過渡，最具有實質意義的碰撞、衝突終將發生；只是，還沒有等西方詩歌文化的諸種品格在胡適的思想中成長壯大起來，這位首開風氣的嘗試者就已經停止了「嘗試」。

就這樣，胡適完成了中國新詩發生期最重要的過渡，但作為詩的存在，他卻永遠地留在了兩種文化慢流前行的過渡之中。

二、郭沫若：中國詩文化的自由形態與自覺形態

> 我們要把固有的創造精神恢復，
>
> 我們要研究古代的精華，吸收古
>
> 人的遺產，以期繼往而開來。
>
> ——郭沫若《文藝論集・一個宣言》

從出現在「五四」詩壇的那一天起，郭沫若就與眾不同地公開宣布「要研究古代的精華，吸收古人的遺產」，將「開來」與「繼往」緊密地結合起來。[20]他歷數泰戈爾、惠特曼、歌德等等外來的影響，也照樣一再重複著屈原、陶淵明、王維、李白、孟浩然等中國古典詩人的「啟蒙」意義，直到解放以後，詩人還堅持說「新詩在受了外來的影響的同時，並沒有因此而拋棄了中國詩歌的傳統。」[21]因此，中國傳統文化作為「原型」的意義在郭沫若那裏特別地引人注目，它顯然已經從無意識提煉為意識，從不自覺上升為自覺了。

● 詩的自由與自覺

從郭沫若的自述來看，投合他的情感，給他深遠影響的中國古典詩人實在不少，不過，認真清理起來，又似乎分為

---

[20]　郭沫若：《文藝論集・一個宣言》，《沫若文集》第 10 卷第 101 頁。

[21]　郭沫若：《雄雞集・談詩歌問題》，《沫若文集》第 17 卷第 266 頁。

兩大類：一是以屈原為代表的先秦詩歌，二是以陶淵明、王
維等人為代表的晉唐詩歌。他說：「屈原是我最喜歡的一位
作家，小時候就愛讀他的作品。」[22]還在舊體詩中滿懷感情
地吟歎：「屈子是吾師，惜哉憔悴死！」[23]在多次的童年記
述中，詩人又談到了晉唐詩歌給他「莫大的興會」，[24]其中，
又以陶淵明、王維為代表。比如在 1936 年關於《女神》、
《星空》的創作談裏，郭沫若便說：「至於舊詩，我喜歡陶
淵明、王維，他倆的詩有深度的透明，其感觸如玉。李白寫
的詩，可以說只有平面的透明，而陶王卻有立體的透明。」[25]以
屈原為典型的詩歌形態和以陶淵明、王維為典型的詩歌形態
就是郭沫若詩歌藝術的「原型」。

　　值得注意的是，這兩大原型形態實際上代表著中國古典
詩歌史上的兩個重要的發展階段：原始階段與成熟階段，或
者說是「自由」的階段與「自覺」的階段。

　　屈原及其創作的楚辭是中國古典詩歌的「自由」形態，
其基本特徵是：1、自我與個性得到了較多的尊重。如《離
騷》滿篇流溢著詩人那恢宏壯麗的個人抱負，那「鷙鳥不群」
的錚錚傲骨。開篇 8 句（今人斷句），出現「我」（朕、吾、

[22]　郭沫若：《屈原·序》，開明書店 1935 年版。

[23]　郭沫若：《今昔蒲劍·題畫記》，《郭沫若全集》第 19 卷第 229 頁，
　　　人民文學出版社 1984 年版。

[24]　參閱郭沫若：《少年時代·我的童年》（《沫若文集》第 6 卷第 35
　　　頁）、《我的作詩的經過》（《沫若文集》第 11 卷第 147 頁）、《沸
　　　羹集·序我的詩》（《沫若文集》第 13 卷第 117 頁）等。

[25]　郭沫若：《郭沫若詩作談·關於〈女神〉、〈星空〉》，原載 1936
　　　年 8 月《現世界》創刊號。

余等）就達 6 處之多，這在後世是難以想象的。2、人不僅在客觀世界中取得了相對的獨立性，還可以反過來調理、選擇客觀世界（自然與社會）。《離騷》的痛苦包含著他在選擇生存環境時的兩難；而詩人也儘可以「乘騏驥以馳騁兮」（《離騷》），「登九天兮撫彗星」（《少司令》），逐龍喚鳳，驅日趕月，擁有無上的權威。3、詩歌以意象的玄奇絢麗取勝，「弘博麗雅」（班固語），「奧雅宏深」（汪瑗語）。4、全詩富於曲折、變化，顯示出一種開闔倏忽的動態美。

　　陶淵明、王維所代表的晉唐詩歌屬於中國古典詩歌的「自覺」形態。中國詩歌在這一時期由「自由」走向成熟，恰恰是中國傳統文化「大一統」、「超穩定」的產物。「大一統」、「超穩定」為中國文人提供了較先秦時代相對「坦蕩」的出路，但卻剝奪了那「縱橫」馳騁的自由選擇，中國文人被確定為一個嚴密系統中的有限的、微弱的個體，從屬於「自我」的本性就這樣日漸消融，或散失在了「社會」當中，或淡化在了「自然」當中，儒釋道的成熟和它們之間的融洽共同影響著中國詩歌「自覺」形態的基本特徵：1、自我的消解、個性的淡化。2、人接受著客觀世界的調理，追求「天人合一」。3、詩歌追求圓融渾成的「意境」，「隱秀」是其新的美學取向。4、詩歌的典型氣質是「恬淡無為」，顯示出一種「寧靜致遠」的靜態美。當然，不是所有的晉唐詩歌都是這樣的沖淡平和，「以境取勝」，但是，陶、王的詩歌傾向卻代表了中國詩文化在「自覺」時期最獨特、影響最深遠的抉擇，尤其符合郭沫若當時的理解。

　　不言而喻，從思想到藝術，自由的詩和自覺的詩所給予郭沫若的「原型」啟示都是各不相同的。那麼，郭沫若又是如何看待這樣的差別呢？屈原所代表的「先秦自由」向來為詩人所推崇，而陶、王的「晉唐自覺」也同樣契合著他的需要。詩人曾經比較了屈原與陶淵明這一對「極端對立的典型」，並且說：「我自己對於這兩位詩人究竟偏於哪一位呢？也實在難說。照近來自己的述作上說來，自然是關於屈原的多」「然而……凡是對於老、莊思想多少受過些感染的人，我相信對於陶淵明與其詩，都是會起愛好的念頭的。」「那種沖淡的詩，實在是詩的一種主要的風格。」[26]在另外一個場合，他又表示：「我自己本來是喜歡沖淡的人，譬如陶詩頗合我的口味，而在唐詩中我喜歡王維的絕詩，這些都應該是屬於沖淡的一類。」[27]可見，郭沫若對這樣的差別不以為然，他在「五四」時代的文化寬容精神也包括了對「差別」本身的寬容。

　　「自由」與「自覺」作為原型的意義就這樣被確定了下來，並在詩人主體意識的深處發揮著決定性的作用。

● 自由與自覺的循環：郭沫若的詩歌之路

　　中國古典詩文化的自由形態與自覺形態是郭沫若用以迎納、解釋、接受西方詩潮的基礎，正如莊子、王陽明是他認同西方「泛神論」的基礎一樣。中國古典詩文化的原型形態

---

[26]　郭沫若：《今昔集·題畫記》，《沫若文集》第 12 卷第 235 頁。
[27]　郭沫若：《我的作詩經過》，《沫若文集》第 11 卷第 147 頁。

為時代精神所啟動，在西方詩潮的衝擊下生成了它的現代模式，這些現代模式往往包含著較多的現代性和西方化傾向，但追根究柢，仍然扭結在中國傳統文化精神當中。是中國古典詩文化決定了郭沫若向西方世界選取什麼和怎樣選取。

「創造十年」結束後，郭沫若有過一段著名的自述：

> 我的短短的做詩的經過，本有三四段的變化。第一段是太戈爾式，第一段時期在「五四」以前，做的詩是崇尚清淡、簡短，所留下的成績極少。第二段是惠特曼式，這一段時期正在「五四」的高潮中，做的詩是崇尚豪放、粗暴，要算是我最可紀念的一段時期。第三段便是歌德式了，不知怎的把第二期的熱情失掉了，而成為韻文的遊戲者。[28]

儘管他的自我闡釋借用了西方詩人的形象，幾個階段的劃分也顯得比較複雜，但是，一旦我們結合詩人的其他一些重要的自述加以分析，特別是深入到他的詩歌藝術世界之中，問題就比較清楚，比較「單純」了。導致郭沫若詩歌如此三番五次的轉折變化，其重要的原因是可以在中國古典詩歌的「原型」那裏尋找的，是自由形態與自覺形態的互相消長推動著詩人內在的精神需要發生著波動性的變化，而變化也不是漫無邊際、難以捉摸的，或者是「自由」精神的增加，或者就是「自覺」意識的上升，是自由與自覺的循環前進。

---

[28]　郭沫若：《創造十年》，《沫若文集》第 7 卷第 67 頁。

　　在《我的作詩經過》一文中，郭沫若將泰戈爾式的沖淡與陶、王等人的沖淡聯繫在一起，這說明，在他剛剛踏上詩歌創作道路之時，中國古典詩歌的「自覺」形態起著主要作用，這或許是每一個中國現代詩人都難以避免的詩歌啟蒙時期吧，晉唐詩歌畢竟是中國現代詩人蒙學教育的最主要的內容。在郭沫若特有的「創造性誤解」中，印度現代詩人泰戈爾創作的「沖淡」喚起了他「似曾相識」的親近感，鼓勵著他進行「中西結合」的選擇。

　　「五四」時代，隨著個性解放呼聲的高漲，文學革命的蓬勃展開，惠特曼詩歌的傳播，郭沫若那固有的「自由」基因又生長了起來。此時此刻，他所理解的「精赤裸裸的人性」、「同環境搏鬥的」「動態的文化精神」以及「自我擴充」、「藐視一切權威的反抗精神」[29]都是先秦文化的「固有」表現，而屈原及其楚辭便是先秦文化的詩歌表述。所以說，郭沫若眼中的屈原多少都有點自我投射的影子：

> 屈原所創造出來的騷體和之乎也者的文言文，就是春秋戰國時代的白話文，在二千年前的那個時代，也是有過一次五四運動的，屈原是五四運動的健將。[30]

《女神》就是郭沫若創造出來的「自由形態」的騷體。在《女神》之中，郭沫若塑造了一個個打倒偶像、崇尚創造、意志

---

[29] 參見郭沫若著名論文《我們的新文學運動》、《王陽明禮贊》、《論中德文化書》等。
[30] 郭沫若：《詩歌底創作》，原載 1944 年《文學》第 2 卷。

自由的「我」，他假借《湘累》裏屈原的口說：「我效法造化底精神，我自由創造，自由地表現我自己。」《女神》極力標舉「自我」的地位，而客觀世界則是「我」創造、吞噬和鞭策的物件，也是「我」的精神的外化。《湘累》有云：「我創造尊嚴的山嶽、宏偉的海洋，我創造日月星辰，我馳騁風雲雷雨，我萃之雖僅限於我一身，放之則可氾濫乎宇宙。」「我有血總要流，有火總要噴，不論在任何方面，我都想馳騁！」《天狗》「我把月來吞了，／我把日來吞了，／我把一切的星球來吞了，／我把全宇宙來吞了。」《日出》中的太陽成了奔騰生命的象徵：「哦哦，摩托車前的明燈！／你二十世紀底亞坡羅！／你也改乘了摩托車嗎？」與屈騷相類似，《女神》色彩絢麗，意象繁密，充滿了波瀾起伏的動態美，──包括奔突不息的形體運動和急劇變遷的思想運動。如《立在地球邊上放號》：「無限的太平洋提起他全身的力量來要把地球推倒。／啊啊！我眼前來了的滾滾的洪濤喲！／啊啊！不斷的毀壞，不斷的創造，不斷的努力喲！」這是形體的運動；又如《鳳凰涅槃》：「宇宙呀，宇宙，／你為什麼存在？／你自從哪兒來？／你坐在哪兒在？／你是個有限大的空球？／你是個無限大的整塊？／你若是有限大的空球……」這是思想的運動。

1921、1922 年兩年中，郭沫若多次回國，耳聞目睹的事實都徹底摧毀了他復興先秦文化精神的幻想，「哀哭我們墮落了的子孫，／哀哭我們墮落了的文化，／哀哭我們滔滔的青年」（《星空》）。為了舒散這些「深沈的苦悶」，詩人轉向了《星空》時期，也就是他所自稱的「歌德式」的創

作。不過，所謂「熱情失掉了，而成為韻文的遊戲者」卻並
不是睿智而執著的歌德的本來面目，就其實，倒更像是中國
詩歌「自覺」原型的第二次復活。如《雨後》：

> 雨後的宇宙，
> 好像淚洗過的良心，
> 寂然幽靜。
>
> 海上泛著銀波，
> 天空還暈著煙雲，
> 松原的青森！
>
> 平平的岸上，
> 漁舟一列地駢陳，
> 無人蹤印。
>
> 有兩三燈光，
> 在遠遠的島上閃明──
> 初出的明星？

這很容易就讓人想起了王維的《山居秋暝》：「空山新雨後，
天氣晚來秋。明月松間照，清泉石上流。竹喧歸浣女，蓮動
下漁舟。隨意春芳歇，王孫自可留。」

　　「自由」是中國詩人在社會動蕩期個性展示的需要，
「自覺」則是在社會穩定期聊以自慰的產物。有趣的是，
這一歷史規律也在郭沫若身上反映了出來。留學海外的詩
人，熱情勃發，思維活躍，他很容易地舉起了「自由」的
旗幟；而一當他不得不面對中國社會穩固沉寂的現實時，

「自由」就成了毫無意義的空想，於是，「自覺」的原型便悄悄地襲上心來。

但歷史又給郭沫若提供了一次「自由」的機會。1923年以後，隨著社會革命的發展，特別是郭沫若對馬克思主義思想的接觸、認識，他那抑制著的、沉睡著的鬥爭欲、反抗欲獲得了較先前更為強大的支撐，於是《前茅》、《恢復》問世了。「前茅」就是革命的、反抗的「前茅」，而「恢復」則是象徵著詩人從「深沉的苦悶」中「復活」了堅強的意志，「要以徹底的態度撒尿」，「要以意志的力量拉屎」（《恢復》）。過去一般認為，《前茅》、《恢復》時期的郭沫若是對「從前深帶個人主義色彩的想念」之反動，而詩人自己也明確地表示：「我從前是尊重個性、景仰自由的人，但是最近一兩年間與水平線下的悲慘社會略略有所接觸，覺得在大多數人完全不自主地失掉了自由，失掉了個性的時代，有少數的人要來主張個性，主張自由，未免出於僭妄。」[31]其實，只要認真分析一下這一時期的詩歌，我們就不難透過那些「粗暴的喊叫」，見到詩人那怦怦跳動著的渴望自由、渴望自我展示的心，——當他以所有受壓迫者的代言人自居，大聲疾呼，狂放不羈時，《女神》式的品格、《女神》式的詩學追求便清晰地呈現了出來：

---

[31] 郭沫若：《文藝論集・序》，《沫若文集》第 10 卷第 3 頁。

革命家的榜樣就在這粗俗的話中，

我要保持態度的徹底，意志的通紅，

我的頭顱就算被人鋸下又有甚麼？

世間上絕沒有兩面可套弦的彎弓。

　　　　　　　　　　——《恢復》

那麼，繼中國古典詩歌「自由」原型的第二次復活之後，「自覺」原型是不是也再一次地被啟動了呢？從表面上看，包括抗戰時期的《蜩螗集》、《戰聲集》以及解放以後的《新華頌》、《潮集》、《駱駝集》、《東風集》等都洋溢著革命的激情，似與陶、王的「沖淡恬靜」相去甚遠，但是，考慮到詩人在這一時期，特別是解放以後的特殊地位，我們則可以肯定地認為，郭沫若已經沒有可能再狂放不羈、「粗暴的喊叫」了，從理論上講，他無疑將進入到「自覺」的形態。於是，我們不得不特別注意這樣的事實：在這一時期，郭沫若詩歌創作最重要的現象便是大量的舊體詩詞的出現，而我們知道，中國古典詩歌正是在晉唐時代確立了自己的典型形式，「自覺」原型的第三次復活似乎首先就表現在詩歌藝術的形式之中；此外，我們還注意到，在郭沫若的舊體詩詞中，亦不時流出這樣的句子：

山頂日當午，流溪一望中。時和風習習，氣暖水溶溶。鳥道盤松嶺，膠輪輾玉虹。太空無片滓，四壁聳青峰。（《遠眺》）

北海曾來此，岩前有舊題。洞天天外秀，福地地中奇。膏炬延遊艇，葵羹解渴絲。留連不忍去，無怪日遲遲。（《遊端州七星岩·遊碧霞洞》）

芙蓉花正好，秋水滿湖紅。雙艇觀魚躍，三杯待蟹烹。
鶯歸餘柳浪，雁過醒松風。樵舍句山在，伊人不可逢。
（《訪句山樵舍》）

居高官，忙政務，自然已不再是「沖淡」的時候了，但偶得
閒暇，忘情於山水之間，那意識深處的傳統文化原型便還會
浮現出來。

總而言之，在郭沫若的詩歌藝術生涯中，中國詩文化的
「自由」形態與「自覺」形態始終生生不息，循環往復，發
揮著至關緊要的作用。《星空》題序中郭沫若曾引用康德的
名言說：「有兩樣東西，我思索的回數愈多，時間愈久，他
們充溢我以愈見刻刻常新，刻刻常增的驚異與嚴肅之感，那
便是我頭上的星空和心中的道德律。」結合郭沫若的創作實
踐來看，他顯然是不無中國特色地把「星空」詮釋為身外的
客觀世界，而把自我的自由意志、生存原則詮釋為「心中的
道德律」，前者誘惑詩人進入「自覺」，而後者則激發著人
的「自由」。於是，中國詩歌原型的「自由」與「自覺」就
的確是「刻刻常新」，「刻刻常增」「驚異與嚴肅之感」的。

● 自由與自覺的消長：郭沫若精神結構之一瞥

在我們運用「自由」與「自覺」的原型意義，對郭沫若
詩歌創作道路作了一個簡略回顧之後，我認為有兩點必須特
別指出：

1、所謂「自由」與「自覺」的循環生長只是我們對問
   題的比較粗糙的梗概性說明，實際上，除了這樣有
   規律的演變之外，這兩大原型形態的關係還要複雜

得多，比如，在同一創作時期，「自由」與「自覺」
也可能同時顯示自己的力量，以至對郭沫若的詩歌
創作造成一言難盡的影響。

2、有趣的還在於，儘管郭沫若經歷了這樣曲折的詩風
變化，儘管他也看到了「自由」原型與「自覺」原
型給予自身的影響，但是顯而易見，詩人並沒有清
醒地意識到這兩大詩歌形態在他詩歌藝術中的特殊
地位──它們的循環生長以及相互間的分歧、矛盾。

綜合這兩個方面，我們可以得出一個什麼樣的結論呢？
我認為，這已經清楚地表明，在郭沫若的精神結構中，「自
由」與「自覺」又隱隱地呈現為一種彼此消長、相生相剋的
關係，生中有剋，剋中有生。

首先我們看「生中有剋」。

「自由」與「自覺」共生於郭沫若詩歌發展的同一個時
期，但是，由於它們在思想意義、藝術境界上的分歧、矛盾，
郭沫若的詩歌因此而出現了若干詩學追求中的迷茫與瞀
亂，這就是所謂的「剋」。特別是當這兩種原型都竭力在同
一首詩中顯示自己的意義時，其內在的裂痕就勢不可免地裸
露了出來。總的說來，「自由」喚起詩人的自我意識，要求
對自我的「凸現」，而「自覺」則極力消融自我意識，要求
對自我實行「忘卻」；「自由」讓主體的形象與思想在詩中
縱橫，而「自覺」則一再陶醉在「天人合一」的境界之中。
「突現」與「忘卻」、「縱橫」與「陶醉」作為兩種分離的
詩歌藝術傾向竟也不時雜糅在一起，構成了郭沫若詩歌特有
的「駁雜」特色。

　　如《鳳凰涅槃》，西方的「菲尼克司」（Phoenix）「集
香木自焚」，顯然是自由意志的表現，詩中也「凸現」了
它的意志和思想，讓它在咒天詛地中馳騁自己的感情，但
是，當它「從死灰中更生」時，竟展示了這樣的「自由」
景象：

> 一切的一，和諧。
> 一的一切，和諧。
> 和諧便是你，和諧便是我。
> 和諧便是他，和諧便是火。
> 火便是你。
> 火便是我。
> 火便是他。
> 火便是火。
> ……

不分你我他，不分自我與世界，所有的山川草木、飛禽走獸
和人類都籠罩在一片「和諧」之中，這恰恰是中國詩文化「自
覺」原型的精神。在中國文化中，如此凸出「一」的哲學意
義，也正是晉唐時代儒道釋日漸「三教合一」的特徵，只有
在這個時候，老子的「道生一」，「聖人抱一為天下式」（《老
子》），孔子的「吾道一以貫之」（《論語・里仁》），佛
學的「空」才被中國文人如此運轉自如的把玩著。「自覺」
最終掩蓋了「自由」。

　　又如《西湖紀遊・雨中望湖》：

雨聲這麼大了，
湖水卻染成一片粉紅。
四圍昏蒙的天
也都帶著醉容。

浴沐著的西子喲，
裸體的美喲！
我的身中……
這麼不可言說的寒噤！
哦，來了幾位寫生的姑娘，
可是，unschoeh。

unschoeh 意即不美麗，不漂亮。顯然，郭沫若本來處於「自失」狀態，「忘卻」了自我，沉醉於四湖迷蒙的雨景當中。但是，其心未「死」，意識還在隱隱的蠕動，所以當異性一映入到他的眼簾，自我的欲望和思想就迸射了出來。「自由」完成了對「自覺」的排擠。

類似的例子還有《梅花樹下的醉歌》、《晚步》、《雪朝》等等。

不過，我們也沒有必要格外誇大「自由」與「自覺」的矛盾對立關係，因為，它們雖有種種的分歧，但畢竟又同屬於中國古典詩文化範疇內的兩種原型，有對立的一面，更有統一的一面；「自覺」形態與「自由」形態再不同，也還是它輾轉變遷的產物。以屈騷為代表的中國先秦詩歌再個性自由、自我凸出，也終究不能與西方詩歌，尤其是 19 世紀的

浪漫主義詩歌相提並論，先秦文化的「自由」和晉唐文化的「自覺」都有各自特殊的「中國特色」。

先秦文化的「自由」並沒有取得西方式的絕對的、本體性的意義，它是相對的，又與個人的一系列特定的修養相聯繫。這些修養大體上包括了諸如宗法倫理、內聖外王的道德化人格、先賢遺訓以及雛形的「修齊治平」等等內容，在屈騷中，這些內涵是非常明顯的。事實上，這已經就孕育了消解自我、天人合一的可能性（「天」有多重含義，可以是自然，也可以是天理、國家民族之大義等等），為「自覺」時期中國詩文化的本質追求奠定了基礎。相應地，晉唐文化的「自覺」又沒有完全取消先秦式的「自由」，談到個人的修養，包括陶淵明這樣的詩人都無一例外地看重人倫道德，崇尚先賢風範，晉唐詩人依然「自由」地表述著自我的思想情感，只不過，他們是將更多的「自我之外」的精神因素（自然生命或者民族責任）內化為個人的思想情感，是「自覺」中的「自由」。

自由原型和自覺原型在深層結構上的這種一致性自然就被郭沫若領悟和接受著，並由此形成了郭沫若詩學追求「多中見一」、「雜中有純」的特色，這也就是我們所謂的「剝中有生」。「剝中有生」是我們窺視郭沫若詩歌深層精神的一把鑰匙。

自《女神》以降，郭沫若的「自由」追求深受著屈騷精神的影響：「自由」不是純個體意義的，當然更不是絕對的，它總是以民族的救亡圖存為指歸，「不願久偷生，但願轟烈死。願將一己命，救彼蒼生起！」（《棠棣之花》）自我也

並不是無所顧忌地追逐個人的利益和幸福，他常常以「濟世者」自居，又站在「濟世者」的道德立場上去觀察世界和他人，這樣，「匪徒」就成了獻身社會的仁人志士（《匪徒頌》），而勞動人民也成了憐惜、同情的對象（《輟了課的第一點鐘裏》、《地球，我的母親》、《雷峰塔下・其一》），郭沫若從來不開掘自我的內在精神狀態，從來不對人的精神自由作出更複雜更細緻也更恢宏的認識，也較少表現自我與自由在現存世界面臨的種種苦況與艱難，而這些又都是真正的現代「自由」所必須解決的問題。郭沫若更習慣於在中國原型形態的定義上來呈現「自由」，來「呼應」西方浪漫主義詩歌。這就帶來了一個結果，即當詩人要如西方詩人似的竭力凸出「自我」、揮灑「自由」時，他便顯得有些中氣不足，內在的空虛暴露了出來。《天狗》可能是郭沫若最狂放自由的作品，但是，在我看來，從吞噬宇宙到吞噬自我，「天狗」的精神恰恰是混亂的，迷茫的，缺乏真正的震撼人心的力度。有時候，詩人為了表現自身的「創造力量」，無休止地將中外文化的精華羅列起來，堆積起來：「我喚起周代的雅伯，／我喚起楚國的騷豪，／我喚起唐世的詩宗，／我喚起元室的詞曹，／作《吠陀》的印度古詩人喲！／作《神曲》的但丁喲！／作《失樂園》的米爾頓喲！／作《浮士德》悲劇的歌德喲！」（《創造者》）但一個創造者究竟當有什麼樣的氣魄呢？我們所見有限。到了《前茅》、《恢復》時期，這種自由與抗爭的空洞性就更加明顯了。有時候，連詩人自己也深有體會：「我是詩，這便是我的宣言，／我的階級是屬於無產；／不過我覺得還軟弱了一點，／我應該要經過爆

裂一番。／／這怕是我才恢復不久，／我的氣魄總沒有以前雄厚。／我希望我總有一天，／我要如暴風一樣怒吼。」（《詩的宣言》）

自我意識的收縮，自由精神的空疏，這也決定了郭沫若對待客觀世界的態度。我們看到，儘管詩人面對高山大海時常升騰起對生命的讚頌，時常喚起一種激動人心的崇高體驗，但是，他卻始終把自己放在了這麼一個「被感染」、「被召喚」的位置，西方浪漫主義詩歌中人與自然相搏鬥、相撞擊的景觀並沒有得到更多的表現。從這個邏輯出發，當詩人的「自我」和「自由」在實踐中被進一步的刪削、稀釋之後，客觀世界便理所當然地顯出一些威嚴恐怖的氣象，給詩人以壓迫、以震懾：「啊，我怕見那黑沉沉的山影，／那好像童話中的巨人！／那是不可抵抗的……」（《燈臺》）詩人在客觀世界的風暴中沉浮，久而久之，他終於疲倦了，衰弱了：「一路滔滔不盡的濁潮／把我沖盪到海裏來了。」「滔滔的濁浪／早已染透了我的深心。／我要幾時候／才能恢復得我的清明喲？」（《黃海中的哀歌》）

當人在客觀世界面前感歎自身力量的弱小，而又並沒有獲得更強勁更堅韌的支持時，「天人合一」的理想便誕生了。在對民族大義的鏗鏘激動中，在「澄淡精緻」的大自然中，司空圖：《與李生論詩書》。郭沫若曾說，司空圖的《詩品》是他「平生愛讀書中之一。」我們那疲弱的心靈才找到了最踏實更妥帖的依託。於是，中國詩歌便轉向了「自覺」形態。「自由」到「自覺」就這樣實現了它的內在的過渡，「自由」與「自覺」的循環便是以此為基點、為軸心的。

　　在《星空‧孤竹君之二子》的「幕前序話」裏，郭沫若闡發了他關於傳統文化的基本觀念，「天地間沒有絕對的新，也沒有絕對的舊。一切新舊今古等等文字，只是相對的，假定的，不能作為價值批判的標準。我要借古人的骸骨來，另行吹噓些生命進去……」在詩歌創作中，他假借了中國傳統詩文化的「自由」原型與「自覺」原型，試圖吹進現代生命的色彩；當然，郭沫若又還未曾料到，「古人」並沒有僵死，更不都是「骸骨」，它也可能對今天的新生命產生出鞭辟入裏的影響。

三、聞一多：傳統心理結構的自我拆解

> 長城啊！讓我把你也來撞倒，
>
> 你我都是贅疣，有些什麼難捨？
>
> 　　　　　　　　——聞一多《長城下之哀歌》

● 「東方老憨」

　　整個中國現代詩歌的發生發展，都可以說是對中國傳統詩歌文化的一種調整，人們逐漸掙脫傳統審美境界與語言模式的束縛，尋找著具有現代意義的詩歌樣式。不過，在如何理解中國傳統，又如何進行現代意義的調整這一過程當中，不同的詩人卻有著完全不同的選擇。正是來自於個體的在選擇上的千差萬別決定了中國現代新詩的千姿百態——它的特徵與取向，成功與失敗。

　　當胡適等初期白話詩人倡導「詩體大解放」之時，不管他們用以反撥傳統流弊的工具是西方詩學還是中國傳統詩學的另一部分，其態度的積極、果敢都是無可懷疑的，當泰戈爾、惠特曼、歌德先後出現在郭沫若的眼前，不管郭沫若是不是因此就懷疑過陶淵明、王維、李白，他的興奮和轉向都是毫不猶豫的。但是，稍稍晚於這一代中國詩人出現在新詩史上的聞一多卻十分特別，日漸濃厚的新文化氛圍分明並沒有讓他情緒昂揚，高視闊步；相反，他似乎比前一輩更加拘謹、小心，甚至嚴肅、守舊。這一現象在中國新詩的發展歷程上是十分有趣的，就是在新月派內部，也頗為獨特。

　　生活中的聞一多素以沉穩質樸、嚴於律己而著稱。在清華學校，他修身持心，一日三省，儼然傳統儒生，[32]《清華周刊》上發表的一系列時評都表明了他與「西化」派的格格不入，「恢復倫理」是他自覺的追求；留學美國以後，最讓他牽腸掛肚的是大洋彼岸的祖國、家鄉、親人，以及那位遵照父母之命迎娶進門的妻子，芝加哥傑克遜公園的秋色總是與北京城的金黃疊印在一起，他勤奮攻讀，拒絕了一位青年人理所當然的娛樂享受；從 1925 年到 1926 年，作為大學教授，他克己奉公，獎掖後學，德高望重，作為學者，他嚴謹求實，一絲不苟，作為民主戰士，他把自己的生命奉獻給了國家民族的前途，在事實上實踐著傳統儒家「克己復禮為仁」、「扶危定傾，身任天下」的道德理想。

---

[32] 關於這方面的情況，可參閱聞一多在清華學校所寫的《儀老日記》（1919），載《聞一多研究四十年》，清華大學出版社 1988 年版。

　　更重要的是，古典主義氣質濃郁的聞一多在他的學術研究、詩歌創作及整體的文化追求上保持了格外鮮明的中國特徵，他自覺地把這些創造活動與維護中國傳統文化的歷史使命聯繫起來。無論是在「美國化清華」還是在純樸的「二月廬」，他主要的學習計畫都是圍繞中國傳統文化而制定的；在美國，他大力提倡「中華文化的國家主義」，力圖抵禦來自異域文化的「征服」。他最早發表的作品《二月廬漫紀》就是學習傳統文化的心得，在以後的二十餘年的歲月中，他又把主要的精力投入到祖國文化遺產的研究整理之中。聞一多在清華同學中的詩名最早是來自於他的舊體詩創作，當白話新詩創作風靡一時的時候，他態度審慎，並沒有聞風而動，從《〈冬夜〉評論》到《〈女神〉之地方色彩》，聞一多抨擊了「五四」詩壇上的「歐化的狂癖」。平心而論，《女神》中並不乏對中國古典美的追求，但在聞一多看來也還是缺乏「地方色彩」，有「過於歐化的毛病」。[33]對於中國早期新詩的激進思潮，聞一多潑出了第一盆冷水，他率先地毫不含糊地宣布：「我要時時刻刻想著我是個中國人，我要做新詩，但是中國的新詩。」[34]聞一多曾先後陶醉在濟慈、哈代、豪斯曼、丁尼生、布朗寧等西方詩人的藝術境界裏，但所有的這些外來文化又都以他對中國古典詩歌「似曾相識」的懷戀為基礎，復活傳統詩學就是「中西藝術結婚後產生的

---

[33]　聞一多：《〈女神〉之地方色彩》，原載 1923 年 6 月《創造周報》第 5 號。

[34]　同上。

寧馨兒」。在聞一多的詩歌創作裏，中國古典詩歌的意象、情感連綿不斷，尤其是那已經為一些現代詩人所淡忘了的執著而強烈的民族主義意識，以至朱自清先生稱讚他差不多是抗戰以前「唯一有意大聲歌詠愛國的詩人」。[35]聞一多格律化理論的傳統淵源也是昭然若揭的，他認為，中國的律詩是「最合藝術原理的抒情詩文」，又說「均齊是中國的哲學、倫理、藝術底天然的色彩，而律詩則為這個原質底結晶」。[36]「三美」當中，音樂美來自他對中國語言節奏的體會，建築美來自於律詩「節的勻稱和句的均齊」，[37]而所謂的繪畫美其實也不是人們常說的「詩中有畫」，而是對中國文字象形特質、視角效果的運用。[38]

　　應當說，整個中國現代新詩史從來也沒有割斷與歷史傳統的血緣聯繫，中國現代詩人當中，從人生態度、學術思想到創作實踐，我們都不難發現傳統文化的深刻印迹，這些印迹在積極建設新詩的人身上存在，在一度挑剔、反對新詩建設的人身上也存在。郭沫若把斯賓諾莎、泰戈爾的「泛神論」認作中國傳統美學的「天人合一」，把「五四」的文學革命視為屈原精神的發揚，徐志摩抒寫「性靈」，象徵派詩人討論「我們主張的民族彩色」，[39]現代派詩人「無所顧慮的有

[35]　朱自清：《愛國詩》，《新詩雜話》第51頁。
[36]　聞一多：《律詩底研究》，《聞一多全集》第10卷第158、159、161頁。
[37]　聞一多：《詩的格律》，原載1926年5月13日《晨報副刊·詩鐫》第7號。
[38]　參見藍棣之：《「新月派」詩歌考釋兩則》，載《正統的與異端的》第333頁。
[39]　參見穆木天：《譚詩——寄沫若的一封信》，原載1926年3月《創造

意接通我國詩的長期傳統」，[40]而在「五四」時代，新詩的反對者如黃侃、胡先驌、吳宓、梅光迪、章炳麟等顯然就更是傳統詩歌文化的捍衛者了。那麼，聞一多的民族意識又有怎樣獨立的特質呢？

我認為，這一獨立的特質就在於，聞一多竭力維護傳統文化的行為是與他內在的情感需要與感受方式聯繫在一起的，這樣的需要較他人更執著更專注，這樣的感受也更豐富更真純。「他從小個性強，有主見，感情很豐富；他認準了要堅持什麼就從不退讓。」[41]對於自身的這一精神特徵，聞一多曾用「東方老憨」四個字作了精闢的概括。1922 年，他情緒激動地說：「美國化呀！夠了！夠了！物質文明！我怕你了，厭你了，請你離開我罷！東方文明啊！支那底國魂啊！『盍歸乎來！』讓我還是做我東方的『老憨』吧！理想的生活啊！」[42]東方老憨，唯其因為他有超於常人的執著專一和真純才能叫做「憨」！

中國傳統文化與中國傳統詩歌文化都有一個顯著的特徵，這就是它們都把自己的理想境界建立在一個遠離現實的地方。儒家的「聖人」、道家的「真人」、佛家的「涅槃」與詩歌「天人合一」的意境都不是我們現實生命的真實狀態，於是，在活生生的生存需要面前，在這些生存的背景又

月刊》第 1 卷第 1 期。

[40] 卞之琳：《戴望舒詩集·序》，《人與詩：憶舊說新》第 64 頁。

[41] 劉烜：《聞一多評傳》第 6 頁，北京大學出版社 1983 年版。

[42] 聞一多：《美國化的清華》，原載 1922 年 5 月 22 日《清華周刊》第 247 期。

不斷發生著運動、變化的情況下，中國傳統文化與傳統詩歌文化還要力圖維護自身的權威性就只可能作兩種選擇：一是閉目塞聽，將自我與真實的生存狀態和變化著的時代隔離開來，拒絕感受，拒絕因新的感受而激起的情感要求，「拒絕」導致了他們的腐朽，這是真正的「腐儒」。「五四」時代，那些新詩的反對者們就屬於這種選擇，例如胡先　就根本無法從沈尹默的《月夜》中感受出詩意來。[43]但是仔細探究起來，這樣的腐言朽語倒也不可能造成對歷史運動的太大的威脅，因為它們本身就把自己封鎖在了一個逐漸消逝的「過去」。在中國歷史上，最有典型意義的應當是第二種選擇，這種選擇並不那麼迂腐地糾纏住傳統的理想本身，而是竭力把握時代變遷的信息，力圖把傳統的理想建構在變遷著的社會之上，這就要求一代又一代的文化傳人不斷調整傳統，同時也不斷調整時代，他們會恰到好處地剔除時代精神中那些最鋒芒畢露的、最有顛覆潛能的因素，從而實現傳統與現代的和平對接，這樣的選擇既是完美地保存了傳統，同時也使主體顯得瀟灑靈活，遊刃有餘，中國文化傳統與中國詩歌文化傳統真正的保存方式應當在這裏。郭沫若、徐志摩、象徵派與現代派詩人們都主要選擇了第二種方式，他們是傳統詩文化的繼承者，但與之同時，我們卻總是看到他們順應時代潮流，迅速接受現代信息的一面，與新的時代一起降臨的西方詩歌文化同他們「先賦」的古典詩歌文化彼此補充說明，互相照應，在融會西方詩歌的過程當中，他們順利地實踐著

---

[43] 胡先驌：《中國文學改良論》，《中國新文學大系・文學論爭集》。

中國傳統的美學理想，這樣，他們實在是用不著對傳統理想如此的專注和癡迷了！

　　聞一多也盼望著「中西藝術結婚」（甚至還可以說就是中西詩學融會最早的倡導者之一），他盼望著自己所喜愛的西方詩歌與中國古典詩歌交相輝映；但我認為，這種「和平共處」的狀態主要還是一種想像，因為在聞一多的更多的言論當中，我們得到的卻是幾多的感慨和歎息。聞一多缺乏郭沫若那樣的靈活，也遠沒有徐志摩從容、灑脫，當然更沒有象徵派、現代派一代青年人的「無所顧慮」，他顯然把自己的情感深深地沉浸在了傳統詩歌文化的理想當中，所以才反反覆覆地津津樂道「律詩」的種種韻致，他也把自己的藝術感受持久地專注於對古典詩歌的品味、鑒賞之上，流連忘返，依依不捨。相對於中國詩人維護傳統的典型方式而言，這的確格外的「特別」，格外的「憨」了！當然，聞一多的「憨」也與「腐儒」們守舊的「迂」有本質的區別，其區別就在於聞一多內心還湧動著真摯的情感，同時保持了敏銳的感受能力，而腐朽的文化保守主義者們卻完全喪失了這樣的精神狀態，他們維護的僅僅是作為「文物」的詩歌，而自身卻既沒有接受新詩的能力，也沒有創造舊詩的藝術水準！

　　情感的真摯性、執著性，感覺的豐富性、純淨性，這就是聞一多的詩人天賦，而在很長的一段時間裏，這樣的感情與感受卻又與中國古典詩歌傳統緊緊地纏絞在一起，從而形成了詩人獨一無二的「憨」。聞一多精神追求的「憨」深深地影響著他的《紅燭》與《死水》，影響著他的整個詩歌道路甚至人生道路。

● 兩種詩歌觀念的並存

　　真摯、執著而純淨的「老憨」特徵也形成了聞一多思想意識的複雜性。

　　情感的真摯性、執著性與感覺的豐富性、純淨性必然在實踐中把人引入到一個真實的現實世界，從而與那些脫離實際人生的理想形態疏離開來。任何真正的主情主義與感覺主義在其終極的指向上都是實實在在的現實。當聞一多把自己真摯的情感、純淨的感覺同中國古典詩歌超脫於人生獨立於時代的美學境界相聯繫之時，這本身就帶來了其思想體系的不穩定性和複雜性。詩人的初衷是維護現代詩歌的「地方色彩」，維護傳統詩歌文化，而他的情感和感覺又讓他投入到一個更有時代氣息和現實意義的地方。或許在「時代精神」與「地方色彩」，在傳統文化與現實存在之間本不該有如此距離，但是在千年之末誕生的中國新詩卻的的確確被拋入了一道不易彌合的縫隙當中。真誠的體驗必然意味著對「縫隙」本身的體驗。當聞一多分別以「時代精神」與「地方色彩」為題褒貶郭沫若詩作的時候，我們已經清清楚楚地看到了這道縫隙在聞一多思想體系中的存在。

　　一方面是對時代精神的忠實的感受，另一方面則是對地方色彩與民族傳統的苦戀，由此形成了兩種取向的情感力量，兩種特色的感覺方式。當它們同時存在於詩人的內心世界，而它們之間的矛盾對立又還沒有大到彼此分離、互相瓦解時，實際上倒是以一種特殊的方式極大地擴展了詩人的感覺空間，豐富了他的情感需要。從 1920 年到 1922 年，聞一

多一面接受現代教育，一面暢遊在中國傳統文化浩瀚的海洋中；一面聽從濟慈、丁尼生的召喚，一面又頻頻回首李太白、李商隱，當時的聞一多還沒有完全自覺地意識到古今中外這些文化因素之間的矛盾、衝突，因而便誕生了內涵豐厚的《真我集》、《紅燭》及其他的早期詩作。

　　我認為，這種內涵上的豐富性可從兩個相互聯繫的方面加以說明：

　　首先可以說是傳統詩歌的感興融合著現代社會的感受，從而增加了詩的情感內涵。在聞一多整個的早期創作裏，這類作品占有的比例最大，如《雨夜》、《雪》、《二月廬》、《花兒開過了》、《春之首章》、《春之末章》、《黃鳥》、《孤雁》、《秋之末日》、《稚松》、《率真》、《朝陽》、《忠告》、《傷心》、《李白之死》、《憶菊》、《紅燭》等。這些詩歌的絕大多數都是在自然環境中產生的種種感觸，或即景抒懷或託物言志，唯《李白之死》是對人文傳統的「重讀」，但李白作為傳統的符號仍然可以說是廣義的「物」。這都是中國古典詩歌的典型母題。聞一多對中國古典詩歌真誠的熱愛使得他對傳統詩意、詩情、詩境十分熟悉，以至於自覺不自覺地就已經與這些歷史的美境「物我合一」了。當晶瑩的詩性、濃郁的物象湧現在詩人的眼前時，他就會獲得傳統式的「感興」。前面我曾分析過「興」對中國新詩創作的特殊的「生成」意義，可以說聞一多即景抒懷的大量詩篇都是這樣「生成」的。有時候詩人要表達的是內在的某一情緒，他也會依託外物，假借詩的「起興」模式，如為了表達去國離鄉的感念，聞一多幻化成「孤雁」（《孤

雁》），為了排遣自身的寂寞，尋找美的鏡象，他又請來了李白（《李白之死》）。但是，聞一多畢竟是一位敏於感受的優秀的藝術家，他畢竟時時置身於同樣「典型」的現代生活環境當中，現代生活對於人、對於世界的種種新的「塑造」將是任何人都無法拒絕的。他獨自一人離家北上求學，這就意味著為他所熟悉的親善與和諧已經結束，他將較多地依靠自身的力量面對人生。無論是在清華還是在美國，在彼此隔膜、各奔前程的生存競爭之中，自我個性無疑是格外重要的，意志力無疑是特別必需的；同樣，無論是在清華還是在美國，浠水農村那純淨無瑕的自然環境都不復存在了，大都市喧囂忙碌的生存節奏已經破壞了人與自然的渾融關係，人從自然背景中分離了出來，隔著距離打量著這片迷濛山水，而距離則產生了新的感受。凡此種種，都給聞一多的「觀察」帶來了超越於舊傳統的新的視角、新的基點，於是，雖然還是「即景抒情」、「託物言志」，但人的精神、意志卻比較多地滲透於其中，不再是人的「物化」而往往成了物的「人化」。例如詩人不時對自然界中的事物發表評論，總結人生的哲理：鶯兒的婉轉和烏鴉的惡叫都是天性使然，鸚哥卻「忘了自己的歌兒學人語」，終究成了「鳥族底不肖之子」，「率真」是多麼重要啊（《率真》）！雨夜的猙獰讓人心驚膽戰，直想逃入夢鄉，但清醒的理性卻又提醒詩人要直面人生：「哦！原來真的已被我厭惡了，／假的就沒他自身的尊嚴嗎？」（《雨夜》）自然事物也成了人的精神、人的情趣的外化，黃鳥是美麗的生命，向天宇「癲狂地射放」（《黃鳥》），稚松「扭著頸子望著你」（《稚松》），孤雁腳上「帶著了

一封書信」，肩負莊嚴的使命飛向「腥臊的屠場」（《孤雁》），
蜜蜂「像個沿門托缽的病僧」（《廢園》），「勤苦的太陽
像一家底主人翁」（《朝日》），「奢豪的秋」就是「自然
底浪子哦！」（《秋之末日》）詩人的主體形象開始上升，
開始凸出，他們不再僅僅滿足於物我感應，不再以「物我共
振」為詩情發生的唯一渠道，主體豐富的心靈世界本身就是
詩的源泉。「琴弦雖不鳴了，音樂依然在。」「我也不曾因
你的花兒暫謝，／就敢失望，想另種一朵來代他！」（《花
兒開過了》）詩人眼前的世界不再只有天人合一，不再只有
恬淡虛無，這裏也出現了鬥爭，自然界各個生命現象之間的
鬥爭，人與自然的鬥爭，「高視闊步的風霜蹂躪世界」，「森
林裏抖顫的眾生」奮勇戰鬥，大雪也「總埋不住那屋頂上的
青煙縷」，「啊！縷縷蜿蜒的青煙啊！／仿佛是詩人向上的
靈魂，／穿透自身的軀殼，直向天堂邁往。」（《雪》）詩
的美學境界就這樣拓展了。

其次，在並不刻意顛覆古典詩學模式，造成「陌生化」
效果的前提下，聞一多也表述了一些只有在現代條件下才可
能產生的新的生存感受。例如詩人體會著人在睡與醒兩種狀
態下的不同形象，睡者如月兒般天真、純淨，而醒客則讓他
人感到「可怕」（《睡者》）；《時間底教訓》、《鐘聲》
等詩篇，又抒寫了時間與生命的關係；《幻中之邂逅》、《貢
臣》、《國手》則表現一種特殊的愛情：夢幻中的精神戀愛，
但也執著，真誠；《志願》傳達了在一個狂亂無序的世界上
所應有的真摯與理想，這是「一個不羈的青年底意志」。這
些情感與感受都比較抽象，也並不一定要借助於大自然的意

象，顯然主要是來自於詩人的主觀意識世界，不過它們又都有一個共同的特徵：或者篇幅不長，或者就是受到古典式的即興抒懷的影響，屬於詩人某一局部性的感念，所以說並沒有形成自己磅礴的氣勢，取代中國古典詩歌的抒情模式。

當然，聞一多的現代感受仍然產生過長構（如《劍匣》、《西岸》），仍然有反即興的深思熟慮之作（如《藝術底忠臣》、《紅荷之魂》），但是這些刻畫個人藝術理想、人格理想或者文化探索歷程的詩篇同時又彌漫著一股濃濃的古韻，這又是為什麼呢？原來，在這些詩歌本文裏，浮動著豐富的古典詩歌的意象或語言，太乙、香爐、篆煙、古瑟、蘆花、鴛鴦、聖朝、君臣、寶鼎、高賢、雛鳳、如來、王老峰、騷客——聞一多既想表達新的感受，又想營造古典主義的語境，傳統藝術的魅力仍然是誘人的。

總而言之，當青年聞一多剛剛踏上獨立謀生的道路時，現代社會的新的人生感受便紛至沓來了。詩人是真誠而敏銳的，可以說，他的早期創作（《真我集》、《紅燭》等）沒有一首不包含著「現代信息」，沒有一首是純粹中國傳統美學的產物。但是，直到留學美國的很長一段時間裏，聞一多仍然對中國傳統詩歌文化懷著極大的好感，仍然是自覺地把自己浸泡在古典文化的美學意境當中，這就是說，他還不可能迅速承認古今文化形態的尖銳矛盾與衝突。因此他的創作顯示給讀者的，是古今中西詩歌文化相並存的景象。與以上所分析的兩個方面的表現相聯繫，我認為這諸種文化能夠「並存」恰恰是因為詩人對這幾類文化的認識尚不深入：當中國古典詩文化在現實的存在還沒有充分顯示其危機的時候，詩

人對他的懷念就還是平靜的；同樣，當真正的生存難題還沒有
出現的時候，詩人的任何現代體驗都只能是淺層次的，──兩
方面的事實在聞一多的情感世界裏各自尋找到了一塊不大不
小的空間，「不大不小」在通常的情況下避免了彼此的衝撞。

● 衝突：從情感到藝術

　　隨著人生經驗的豐富，聞一多所同時感受的兩種文化形
態出現了尖銳的矛盾對立。一方面，學成歸國給他造成了巨
大的感受落差，古老的中國以及同它聯繫在一起的中國傳統
文化絕非如他想像的那樣繽紛燦爛，在現實社會，它危機重
重，已經喪失了歷史典籍所顯示的那種生命力；另一方面，
隨著學生時代的結束，聞一多真正地步入了中國實實在在的
人生，步入了那與沉積的文化相一致的苦澀沉悶的社會生
活，命運的折磨這才算是真正地展開了。前一個方面促使詩
人對我們的古老文化痛惜不已，這一段難以割捨的真摯的感
情終於聚集起來，在心底熊熊燃燒著；後一個方面則促使詩
人對現實生命的感受達到了相當的深度。年輕的與古老的兩種
文化都在詩人的情感世界裏運轉著，發展著，它們各自所占有
的詩思的空間再也無法平行共存了，矛盾、對立勢所難免。聞
一多格外尊重詩的感覺、詩的情感，他無意進行任何形式的調
和，無意削弱其中的任何一部分情感，這便誕生了《死水》這
一部中國現代新詩史上以「自相矛盾」取勝的奇特的傑作。
　　聞一多深厚的民族意識和他深刻的現實感覺緊緊地纏
絞在一起，矛盾與對抗把詩人的情感鍛鍊得格外的峻急而凌
厲。《死水》、《發現》、《一句話》這樣的名篇固然表現

了詩人的愛國主義、民族主義精神，但我們更應當看到，這絕不是我們所熟悉的那種愛國主義、民族主義，它沒有「人生自古誰無死，留取丹心照汗青」式的慷慨（文天祥《過零丁洋》），沒有郭沫若《爐中煤》的俏皮，沒有後來抗戰詩歌那樣的英勇，甚至也沒有詩人前期創作如《我是一個流囚》、《憶菊》那樣的單純，一種嚴重的受挫感是聞一多愛國主義情感的實質——愛國主義的實質是因愛國的受挫，這是怎樣獨特的體驗呢！深刻的現實體驗讓詩人清醒地意識到，在這個腐朽的現實社會中，在中華民族「不肖子孫」的把持下，真正的愛國主義是多麼的不容易，多麼的軟弱無力，多麼的虛幻啊！他深味著社會的與文化的腐朽，因這樣的腐朽而寢食不安，寢食不安卻又無可奈何！這就是聞一多在「死水」包圍之中「自我矛盾」的種種情感吧！於是他在「發現」中失望，壓抑自我又終於忍無可忍，迸出石破天驚的「一句話」，終於又悲憤至極，禁不住發出了對「死水」的詛咒，「索性讓『醜惡』早些『惡貫滿盈』」。[44]

對於聞一多這麼一位真誠而執著的愛國知識份子而言，保衛和發揚民族文化這一目的可以說占據著其精神追求的主要部分，這一目標在現實社會的受挫必將對詩人的整個精神世界產生巨大的影響，由此便決定了《死水》在思想藝術特徵上與《紅燭》等前期創作的差別。

我認為，在思想內涵上，《死水》最值得注意的特徵便是它的「矛盾」性。這一矛盾又大體表現在兩個方面：首先

---

[44] 朱自清：《聞一多全集·序》，《聞一多全集》第 12 卷第 443 頁。

是詩的選題與情感基調的反差。是愛情詩卻沒有必要的熱烈
與溫馨，倒是涼似古井，寒氣逼人，如《你指著太陽起誓》、
《狼狽》、《大鼓師》；是悼亡詩卻又竭力克制個人的情感
衝動，擺出一副鐵石心腸，如《也許》、《忘掉她》。其次
是在一首詩的內部所呈現的矛盾，或者出其不意地「突變」，
如《洗衣歌》是含詬忍辱的行動與不甘受辱的意志之矛盾，
《你莫怨我》是言辭上的灑脫與情感上的偏執之矛盾，《春
光》是自然的和諧與社會的不和諧之矛盾，《你看》是掙脫
鄉愁的努力和掙而不脫的事實之矛盾，《心跳》是寧靜的家
庭與不寧靜的思想之矛盾，《什麼夢》是生存與死亡兩種選
擇的矛盾，《祈禱》是對中國魂的固戀與懷疑之間的矛盾，
《罪過》是生命的不幸與旁觀者的麻木之矛盾，《天安門》
是革命者的犧牲與愚弱大眾的冷漠之矛盾。其中，《口供》
一詩是聞一多矛盾性人格的真切呈現，「白石的堅貞」、英
雄、高山與國旗的崇拜者，這是為我們所熟悉、為世人所仰
慕的「道德君子」，「蒼蠅似的思想」卻又是人之為人所與
生俱來的陰暗的一面，飽經滄桑的聞一多在洞察世事的同時
對自我也有了更加深入的認識。在他看來，人本來就是偉大
與渺小、美麗與猥瑣的奇妙結合，光明與黑暗永遠是不可或
缺的。在這裏我們也可以清楚地看到這位「東方老憨」性格
穩定的和變化的方面：他能夠如此真誠、如此坦率，道他人
未敢道之言，的確還有幾分「憨直」之氣，但與之同時，他
卻又不願以忠厚樸實的「老憨」自居了，這顯然又是認識的
進步。「東方老憨」性格變與不變的兩方面衝撞不已，構成
了聞一多自我人格的矛盾性，而人格的矛盾性又形成著詩人

感情與感受的多重特徵，他再難以中國傳統詩人的「統一性」來駕馭自己的創作了。

　　情感與感受的多重特徵又形成了聞一多詩歌在思想內涵與形式選擇上的「互斥」效果。眾所周知，作家對形式的選擇永遠都屬於一種「搏鬥中的接近」，作為習慣，作為先在的規範，語言形式似乎天生就與個體性的人存在距離，尤其在最需要利用語言潛能的詩歌創作裏更是明顯。不過，一般說來，經過了詩人選擇過程中的「搏鬥」，詩歌文本最終還是出現了一幅思想與形式相對協調的「圓融」景象。但是，與我所看到的「一般說來」不同，聞一多似乎沒有最終實現這樣的圓融，《死水》文本裏，他所選擇的語言形式仍然與思想內涵保持著緊張的關係，仿佛搏鬥尚未結束。無疑，聞一多的精神矛盾是他自由意志的表現，我們很難再從他的作品中找出「天人合一」的美學理想。他想象飛躍，跨越時空，但是，他所選擇的語言形式卻又是嚴格的古典主義樣式，勻齊的音頓，勻齊的句子，勻齊的段落乃至勻齊的字數，刻板的語言造成了對自由思想的極大的壓力，而活躍的思想、變幻的意象又竭力撞開封閉的形式外殼，這就是思想內涵與形式選擇上的「互斥」效果。比如《一個觀念》，「雋永的神祕」、「美麗的謊」、「親密的意義」是閃爍著的抽象的意念，「金光」、「火」、「呼聲」、「浪花」、「節奏」則是互不相干的物象，它們都沉浮在詩人思維運動的潮流之中，它們之間的差異顯示了詩人精神世界的複雜性，是多種情感與感受交替作用的產物，最終詩人也沒有進入一種穩定的、單純的「意境」。「五千多年的記憶」在感受中呈現為

「橫蠻」與「美麗」兩種形象，這表明聞一多的愛與怨、追求與反抗並沒有得到一個妥帖的調配；以上「反意境」的自由運動的思緒卻又被桎梏在一種非常嚴謹的形式中，各句基本上都由四音頓組成，各句字數大體相等（10 或 11 個字），兩句一換韻，頗為整齊，詩人的自由思緒在忍耐中衝擊著形式，忍耐與衝擊就是聞一多思想與藝術的「互斥」。沈從文說《死水》的「作者在詩上那種冷靜的注意，使詩中情感也消滅到組織中。」[45]這是說「忍耐」；臧克家讀了《一句話》之後認為：「我們讀了這 16 句，覺得比讀 10 個 16 句還有力量，此之謂力的內在。」[46]

當然，這樣的「互斥」也讓聞一多的創作陷入了一種困境，他的自由思想與古典形式之間是這樣的難以契合，於是他「苦吟」，他反反覆覆地修改，而最終也未必就滿意了。他說「我只覺得自己是座沒有爆發的火山，火燒得我痛，卻始終沒有能力（就是技巧）炸開那禁錮我的地殼……」[47]有時，他自己也感到工整的語言與「整個詩的調子不協調了」。[48]

在中國現代新詩史上，聞一多詩歌中的這種「互斥」現象是十分獨特的。《女神》包括了雄渾與沖淡兩種風格，雄渾磅礴之氣大體上使用著一種絕對自由化的語言，如《晨

[45] 沈從文：《論聞一多的〈死水〉》，原載 1930 年 4 月 10 日《新月》第 3 卷第 2 期。

[46] 臧克家：《聞一多先生詩創作的藝術特色》，原載《詩刊》1929 年 4 月號。這是說「衝擊」。

[47] 聞一多：《致臧克家》，《聞一多全集》第 12 卷第 381 頁。

[48] 聞一多與聞家駟說《洗衣歌》時就講過類似的話，參見孫玉石《中國現代詩歌藝術》第 93 頁。

安》，沖淡恬靜的意境又盤繞在一些大體上和諧、有章可循的詩行裏，如《晚步》，郭沫若的多重心態都順利地找到了語言的依託；徐志摩的詩歌從本質上講也是現代自由個性與古典美學精神的結合，但他卻能恰到好處地把古典美學的勻齊消融在現代語言的自由感上，勻齊滲入骨髓，正如鹽融於水，我們反而沒有感到什麼外在的壓力了。雖然郭沫若與徐志摩也差別很大，但在「傳統─現代」這一複雜的心態調整過程中，他們都在不同的方向上削弱了諸種文化追求的鋒芒，成功地實踐著現代文化對古典文化的消化、吸收，從而最終維護了感情與感受的統一性，也維護了思想追求與藝術選擇的統一性；在聞一多所偏愛的幾位青年詩人如臧克家、田間、艾青、穆旦等那裏，現代自由精神又基本上完成了對古典情趣的改造，在一個新的超越性的層次上，他們已經尋找到了與自身精神追求相適應的現代的散文式詩行，「互斥」不復存在。在歷史發展的長河中，唯有聞一多被死死地嵌入了文化的夾縫，於是他注定要摸索、掙扎。

　　這又回到了我們前文所述的「東方老憨」精神。從聞一多認同這一中國性格的那一刻開始，他就不知不覺地與傳統的典型形態拉開了距離，過分的誠實，誠實到不放過自己的每一點感受，這確實是在進行一種危險的自我顛覆活動。顛覆讓自我的文化追求矛盾重重，讓中國傳統的詩歌文化支離破碎。就這樣，聞一多沿著自己的體驗和感受，走過「紅燭」，走進「死水」，一步步地拆解了他自己所確立起來的傳統心理結構。

　　自然，在歷史的背景上，聞一多的整個拆解過程是饒有意味的，帶給後人無盡的啟示，但對於聞一多本人而言它卻

未免有些殘酷。他承受的心理壓力和分裂是許多詩人（如他
的同仁徐志摩）所從來不曾有過的。作為現實的人，特別是
作為一位傑出的詩人，他也很難長久地生活在思想與藝術的
「互斥」之中，「我只要一個明白的字，舍利子似的閃著／
寶光；我要的是整個的，正面的美。」（《奇蹟》）如此暢
達自由的抒情達志終於沒有完成，新的「奇蹟」遲遲沒有降
臨，於是，我們的詩人結束了他痛苦的詩歌創作活動。從某
種意義上看，聞一多詩歌實踐的中止是中國傳統文化心理在
自我拆解之後一時難以重構的結果，中止本身就是中國傳統
詩歌文化在現代社會難以順利調整的象徵。

四、徐志摩：古典理想的現代重構

> 在康橋的柔波裏，我甘做一條水草！
>
> ——徐志摩《再別康橋》

　　中國現代新詩批評的權威人士朱自清曾認為：「現代中
國詩人須首推徐志摩和郭沫若」。[49]但是，對於這位「首推」
的詩人，我們卻一度爭議不休，莫衷一是。特別是，在徐志
摩那似乎是駁雜的「思想庫」中，究竟什麼樣的追求占據著
最根本性的地位，究竟是怎樣的因素構成了「徐志摩詩學」
的獨特性，是民主個人主義，還是英國式的小布爾喬亞精
神，或者就是所謂的「單純的信仰」，是「愛，自由，美」？

---

[49]　轉引自陳從周：《徐志摩年譜・序》，陳從周 1949 年自編自印，上海
書店 1981 年複印再版。

顯然，這些不同的認識都揭示出了徐志摩思想藝術追求的若
干重要內涵；但遺憾之處也存在，我們還沒有找到既有統攝
性又更具有徐志摩個人特質的思想元素，我們還沒有細緻地
說明，作為一種普遍性的文化思潮或思想趨向，徐志摩所具
有的民主個人主義、小布爾喬亞意趣與「愛，自由，美」又
有些什麼個體意義。

　　我認為，在徐志摩所有的思想藝術追求當中，最值得我
們深究的是他與自然的關係，是他對自然的親近與投入，對
自然的接受和體驗。大自然的單純、和諧深深地內化成了
詩人精神世界的一部分，內在地決定著徐志摩詩歌創作的
藝術選擇；也是在與大自然的親和當中，徐志摩自覺不自
覺地實現了與中國傳統詩歌文化精神的默契，從而把現實
與歷史，把個人詩興與文化傳統融合在了一起，完成了中
國古典詩學理想的現代「重構」；無論是與自然的親和還
是與傳統的默契，在徐志摩那裏都顯出一種渾然天成、圓
潤無際的景象。在竭力以反叛傳統、創立自身品格的中國
現代新詩史上，如此愜意的精神契合，如此精巧的文化重
構還是第一次出現。

● 自然之子

　　大自然參與了徐志摩的人生。童年時代他就「愛在天穹
野地自由自在的玩耍，愛在燦爛天光裏望著雲癡癡地生出一
個又一個的幻想。」[50]登高望遠，幻想「滿天飛」，這一童

---

[50]　凡尼、曉春：《徐志摩：人和詩》第 7 頁，灕江出版社 1992 年版。

年的願望流轉在詩人一生的追求當中。徐志摩是這樣久久地
如癡如醉地徜徉在大自然的懷抱裏，康橋「草深人遠」、「一
流冷澗」的景致讓他著迷，翡冷翠澄藍的天空、溫馴的微風
讓他充滿了遐想，印度的深秋讓他感到春意融融，他的足迹
與神迹融進了天目山、西子湖、北戴河等等名山大川。他喜
歡把課堂搬到綠樹成陰、鳥語花香的大自然，他遐想著唐代
的「月色」、「陽光」、「啼猿」、「濤響」（《留別日本》），
他一再呼籲人們「回向自然的單純」，「回到自然的胎宮裏
去重新吸收一番滋養」。[51]特別值得我們注意的是，在徐志
摩人生道路上的幾次危機性時刻，都是大自然撫平了他心靈
的創傷。康河的柔波洗滌了林徽因婉拒所帶來的惆悵，翡冷
翠的幽靜化解了陸小曼痛苦不堪的遠影，順乎邏輯，大自然
也成了引發徐志摩感興的最主要的場所，據我對《徐志摩詩
全編》（浙江文藝出版社）的粗略統計，直接以自然風物為
題材的就已經接近了一半，而其他的抒情達志也經常與大自
然中的事物聯繫在一起。

　　在這樣的意義上，我把單純、天真、隨和的徐志摩稱之
為「自然之子」。

　　這樣的稱謂便於我們更深入地理解詩人的人生、藝術追
求，便於我們更清晰地把徐志摩與 20 年代的其他中國詩人
區別開來。

　　不錯，幾乎所有的中國現代詩人都有過與自然相親近的
經歷。例如，徐志摩之前的郭沫若就是一位流連山水之人，

---

[51]　徐志摩：《青年運動》，原載 1925 年 3 月 13 日《晨報副刊》。

對自然的感興也占了《女神》一多半的篇幅。[52]徐志摩的新
月派同仁聞一多認為藝術是「摹仿那些天然的美術品」,「世
界本是一間天然的美術館」。[53]但是,比較來看,還是以徐
志摩的這種情感最渾然天成,在中國現代詩人當中也圓熟得
最早。從郭沫若的人生歷程來看,他對社會本身的興趣絕不
亞於他對自然的依戀,他一生的起伏曲折都與他社會意識的
變遷緊密相連。徐志摩與郭沫若在性格上都活潑好動,但一
旦進入到社會領域,徐志摩就顯然要遲鈍、笨拙得多。[54]郭
沫若的活潑好動貫穿了一切領域,他對社會性事務的熱心甚
至更引人注目,連《女神》中對自然的感興也滲透了他所理
解的社會改造思想。如果說徐志摩是「自然之子」,那麼郭
沫若則更像是一位「社會之子」。聞一多在讚賞自然之美的
同時卻又不無矛盾地認為:「自然界當然不是絕對沒有美的。
自然界裏面也可以發現出美來,不過那是偶然的事。」[55]「選
擇是創造藝術底程式中最緊要的一層手續,自然的不都是美
的」。[56]與這樣有意識的「選擇」相聯繫的是聞一多執著的
文化意識。與徐志摩無所顧忌地依戀自然不同,也與郭沫若

---

[52] 據我統計,直接以自然風物為題材的詩篇約占《女神》全部作品的
67.9%。

[53] 聞一多:《建設的美術》,原載 1919 年 11 月《清華學報》第 5 卷第
1 期。

[54] 例如他在人際關係處理中一再表現出來的天真、幼稚,在社會政治評
論中的草率、膚淺。

[55] 聞一多:《詩的格律》,原載 1926 年 5 月《晨報副刊·詩鐫》第 9 號。

[56] 聞一多:《〈女神〉之地方色彩》,原載 1923 年 6 月《創造周報》第
5 號。

濃厚的社會熱情不同，聞一多更傾向於在文化的層面上來思考世界、探索人生。聞一多一開始就把自己自覺地放在中西兩大文化比較、衝突的位置上，他的懷舊、思鄉，他的現代格律詩的實驗，他的古籍研究，都從屬於弘揚民族文化這一崇高的信念。於是，自然風物本身也烙上了鮮明的文化印迹，他眼中的「孤雁」其實並不是大自然的飛禽，而是東方文明之子的象徵：「淡山明水的畫屏」抹上了一些「壓不平的古愁」。[57]徐志摩則忘情地投入到大自然的「淡山明水」之中，他常常忘卻了身外的社會，也無意感受種種文化的衝突與重壓，他在學生時代就不是那麼的勤奮刻苦，「對學問並沒有真熱心」，[58]對林林總總的文化籍典也沒有聞一多那樣的興趣；聞一多朝思暮想的「故鄉」是中國文化聖地，徐志摩念念不忘的「故鄉」是風光旖旎的康橋；聞一多是天生的「文化之子」，而徐志摩則是天生的「自然之子」。

● 自然之魂

　　對自然的親近、歸依是徐志摩思想與藝術追求的基礎，他的其他精神趨向如民主個人主義、英國式的小布爾喬亞思想以及「單純的信仰」、「愛，自由，美」等等都在這一基礎上統一了起來。

---

[57]　分別參見聞一多詩《孤雁》、《二月廬》。
[58]　徐志摩：《自剖》，原載 1926 年 4 月 3 日《晨報副刊》。

　　徐志摩宣稱：「我是一個不可教訓的個人主義者」，[59]他的的確確是站在民主個人主義的立場上來理解人，理解人的個性、自我、情感、人格的尊嚴乃至社會革命。但是，值得我們注意的是，徐志摩所一再詠歎的個性、自我、情感、人格都絕不帶有任何的極端主義傾向，倒是常常與「和諧」相聯繫，又與「現代文明」的狂放恣肆相對立，這就不是真正的西方意義的民主個人主義了，與「五四」時代郭沫若天狗式的個性奔突也判然有別。這樣的「和諧」顯然就來自大自然的啟示。例如他在《泰戈爾來華》一文中說：「我們所以加倍歡迎的泰戈爾來華，因為他那高超和諧的人格」，「可以開發我們原來淤塞的心靈泉源」，「可以糾正現代狂放恣縱的反常行為」。[60]這樣高超的和諧更多地出現在自然環境當中，「只許你，體魄與性靈，與自然同在一個脈搏裏跳動，同在一個音波裏起伏，同在一個神奇的宇宙裏自得。」[61]徐志摩強調在大自然的懷抱裏應當「獨處」，或許這就是他的「個人主義」的真實內涵吧：並非是現實生命與眾不同的獨立，而是在無干擾的條件下以個人的感官去細細品味自然那和諧的韻致，「只有你單身奔赴大自然的懷抱時，像一個裸體的小孩撲入他母親的懷抱時，你才知道靈魂的愉快是怎樣的，單是活著的快樂是怎樣的，單就呼吸單就走道單就張眼看聳耳聽的幸福是怎樣的。」[62]

---

[59]　徐志摩：《列寧忌日──談革命》，原載 1926 年 1 月 21 日《晨報副刊》。

[60]　原載 1923 年 9 月《小說月報》第 14 卷第 9 期，著重號為引者所加。

[61]　徐志摩：《翡冷翠山居閒話》，原載 1925 年 8 月 25 日《晨報副刊‧文學旬刊》。

[62]　同上。

　　徐志摩所追求的「美」也不是生命搏擊下的燦爛輝煌，不是力量的美，雄健的美，悲劇的美。在絕大多數情況下，徐志摩是很難如郭沫若那樣「立在地球邊上放號」，也不可能從聞一多的「死水」裏開墾出美來，他所謂的美應當是渾融圓潤、和諧寧靜的自然之美：「對岸草場上，不論早晚，永遠有十數匹黃牛與白馬，脛蹄沒在恣蔓的草叢中，從容的在咬嚼，星星的黃花在風中動蕩，應和著它們尾鬃的掃拂」。[63]他還用同樣的美學標準去欣賞人，在英國女作家曼殊斐兒面前，他感到：「仿佛你對著自然界的傑作，不論是秋月洗淨的湖山，霞彩紛披的夕照，南洋裏瑩澈的星空……你只覺得他們整體的美，純粹的美，完全的美，不能分析的美，可感不可說的美」。[64]

　　徐志摩為之奮鬥的「自由」有過多重含意，「生活的自由」、「靈魂的自由」、「思想的自由」等等，他還為捍衛自己的「自由」而大談其政治理想，大作其思想批判的文章，不過，僅就他的人生實踐尤其是藝術實踐來看，「自由」卻並不是向世界挑戰，通常還是徜徉山水，自得其樂，不受他人干擾的一種「逍遙」狀態。

　　「愛」被徐志摩視作生命的中心，儘管人們總是把它與西方文化的「博愛」精神相比附，但綜觀徐志摩的言論與吟詠，我們可以知道，徐志摩並沒有那樣的聖潔，他的愛是凡

---

[63]　徐志摩：《我所知道的康橋》，原載 1926 年 1 月 16 日、25 日《晨報副刊》。

[64]　徐志摩：《曼殊斐爾》，原載 1923 年 5 月《小說月報》第 14 卷第 5 號。

人之愛，是立足於實地的男女之間的至情至愛，是人與人之間的樸素的世俗的情懷。宗教式的博愛把我們的心靈帶離人間，帶離大自然，直奔天堂，凡人之愛卻是人與人之間的親和，它與美麗的大自然相映成趣，徐志摩感受中的愛的激情就經常與他對大自然的激情相互說明。

　　把個人的獨立作為自得其樂的心境，把美認定為和諧寧靜，在逍遙之遊中品味「自由」，在與自然的交感中讀解愛情，這樣的思想追求無疑具有明顯的中國特徵。老莊思想的核心便是以個體的形式去體驗高邁的「道」，而這一「個體」又須「心齋」，亦即碾滅自我意識，消解主體精神，莊子的自由就是「逍遙」，就是「終日見形而神氣無變，俯仰萬機而淡然自若」（郭象《莊子·大宗師注》），美之「化境」就是「清空一氣，攬之不碎，揮之不開」（賀貽孫《詩筏》）。而「愛」則是天地之間的生存快樂之一，與「天」、與自然之精神並無根本的對立：「人所惡，天亦惡之也。人所愛，天亦重愛之也。」（《太平經合校》）徐志摩的愛，還包含著一種「博大的憐憫」，[65]包含著他對窮人施與的「同情」，而恰恰是在這種居高臨下的「憐憫」與「同情」之中，我們嗅出了一股濃烈的傳統氣息，儒家的「惻隱」、墨家的「兼愛」與釋道的「慈仁」。蒲風曾認為徐志摩有的是「貴族地主般的仁慈」，[66]用語雖然刻薄，但卻部分地道出了實質。

---

[65] 陳夢家：《紀念志摩》，原載《新月》月刊第 4 卷第 5 期。
[66] 蒲風：《五四到現在的中國詩壇鳥瞰》，原載 1934 年 12 月-1935 年 3 月《詩歌季刊》第 1 卷第 1-2 期。

　　值得我們玩味的在於，徐志摩思想追求的中國特徵主要
還不是出於對傳統文化的自覺承襲，儘管「他從小被泡在詩
書禮教當中」，[67]但我們看到的事實卻是，他總是在逃避著
這種強制性的教育。徐志摩走進中國古典詩人的人生境界，
主要還是他自身性格、氣質自然發展的結果，是他作為「自
然之子」的角色排斥了自身投入社會的可能性，也排斥了從
文化高度自我反省的可能性，於是徐志摩就成了一位完全浸
泡在大自然「意境」中的「純粹」的詩人。在世界文化的長
廊裏，顯然也只有中國文化對大自然的「意境」，對人與自
然的融合關係作了最精彩、最深入的探索，當徐志摩需要借
助某種文化觀念來說明、闡發個人的感受時，中國文化的「自
然觀」幾乎就成了徐志摩這位「自然之子」的唯一的選擇，
他的才情、追求也就自然而然地與中國古典詩人契合了。

　　正因為徐志摩走進傳統是性之使然，非教育灌輸的結
果，所以他很少意識到宣傳、鼓吹傳統文化的必要性，相反，
倒是一而再、再而三地遊弋於西方文化，特別是英國文化的
海洋中，以至博得了「英國式的小布爾喬亞」之名。在西方
現代諸國當中，深受清教道德影響的英國民族顯得較為溫
和、克制，提倡社會在漸進中求發展，「英國人是『自由』
的，但不是激烈的；是保守的，但不是頑固的。」[68]在徐志
摩眼中，羅素就是這一英國精神的象徵，因為羅素認為人類

---

[67]　卞之琳：《徐志摩詩重讀志感》，《人與詩：憶舊說新》第 21 頁。
[68]　徐志摩：《政治生活與王家三阿嫂》，原載 1925 年 1 月 4 日、5 日、
　　　6 日《京報副刊》。

救度的方法「決計是平和的，不是暴烈的；暴烈只能產生暴烈。」[69]就詩歌文化來看，19 世紀的英國詩歌既格外凸出了大自然的形象（如湖畔派），又講究「以理節情」（如維多利亞時代的詩歌創作），——顯然，這些特徵都與「自然之子」徐志摩的人生、藝術理想不謀而合了。徐志摩的確希望成為「英國式的小布爾喬亞」，因為英國精神給他「重返自然」的選擇以有力的支持。不過，東方才子徐志摩怎麼也成不了英國紳士，他顯然沒有具備英國人的堅忍，沒有獲得宗教的體驗，在他的眼中，達廷頓農村「烏托邦」的魅力不是它改天換地的創意，而是「詩化人生」的夢幻。徐志摩滿眼皆是英國文明的意象，跳動著的卻是一顆東方才子的心，是歸依自然，尋找和諧的意願讓他部分地接受了英國精神的影響，但「英國式的小布爾喬亞」又不是他真實的靈魂，詩人徐志摩的靈魂屬於大自然，屬於中國文化觀照下的大自然。

● 自然之境

作為一位現代詩人，徐志摩在歸依大自然的流程中順水行舟地進入了傳統中國的人生境界，他是「中國化」的自然之子，具有中國式的自然之魂，當他以詩的藝術來表達自己的人生感受時，實際上也就是完成了古典理想的現代重構。這一「重構」融入了詩人的真摯坦白，他的靈與肉，在中國現代新詩史上也最完整最精緻，裂隙最小，因此有著特別的意義。

---

[69] 徐志摩：《羅素又來說話了》，原載 1923 年 12 月《東方雜誌》第 20 卷第 23 期。

　　中國古典人生理想與藝術理想的最高境界就是物態化狀態的「和」：與天相和，與地相和，與德相和，這種「和」經常都來自於對大自然的細微體驗，人們揣摩大自然的韻律，調整自身的生命步伐，內外貫通，物我合一。從人的角度觀察，即是主體放棄對客觀世界的干擾、介入，保存世界的單純、完整與自律狀態，主體意識應當「物態化」。中國古典詩歌就是「物態化」的藝術表達。對此，徐志摩很有悟性，在詩、散文及其他言論當中，他多次讚歎大自然的基本精神是「凡物各盡其性」，[70]讚歎大自然給人的「性靈的迷醉」，[71]徐志摩感到，「自然的單純」是一種境界，是一種超脫現實人生的境界，在大自然的明淨之中，他體驗到了「造化」的永恒與神祕，於是決心拋開一切個人的情感與想像，「不問我的希望，我的惆悵」，只求「變一顆埃塵，一顆無形的埃塵，／追隨著造化的車輪，進行，進行，……」（《多謝天！我的心又一度的跳盪》）徐志摩的詩歌創作可以說是生命物態化的成功嘗試。評論界有的同志把徐詩的發展分作《志摩的詩》和《翡冷翠的一夜》、《猛虎集》、《雲遊》前後兩期，[72]有的同志又分作《志摩的詩》──《翡冷翠的一夜》──《猛虎集》、《雲遊》三個時期，以期說明徐志

---

[70]　徐志摩：《「話」》，收入《落葉》，北新書局 1926 年版。

[71]　徐志摩：《翡冷翠山居閒話》，原載 1925 年 8 月 25 日《晨報副刊‧文學旬刊》。

[72]　《志摩的詩》大多寫於 1922 年至 1924 年，初版於 1925 年；《翡冷翠的一夜》大多寫於 1925 年、1926 年，1927 年初版；《猛虎集》、《雲遊》大多寫於 1927 年以後，前者初版於 1931 年，後者初版於 1932 年。

摩詩風的變化發展，或者說前期有熱情，有「火氣」，後期柔麗而清爽，或者說我們的詩人經歷了「希望—迷茫—絕望」三個階段。在我看來，僅就「生命物態化」這一角度分析，徐志摩的追求又是統一的、貫穿始終的。《志摩的詩》中就已經表達了他放棄現實人生，融入大自然懷抱的意願，比如稱「未來與過去只是渺茫的幻想，／更不向人間訪問幸福的進門」（《多謝天！我的心又一度的跳盪》），又說：「我欲把惱人的年歲，／我欲把惱人的情愛，／託付與無涯的空靈——消泯」（《鄉村裏的音籟》）。從這樣的基礎出發，走向物是人非的感歎：「是誰負責這離奇的人生？」走向歌唱「解化」的偉大，直至「翩翩的在空際雲遊」都是理所當然的。[73]

當然，《志摩的詩》的確升騰著較多的「熱氣」、「生活氣」，仿佛是物化之中的現實生命，而以後的作品則滲透著較多的「冷氣」、「空靈氣」，仿佛是物化之後的現實生命，但是較之於絕大多數的中國現代詩人，徐志摩的詩歌追求無疑還是最有統一性的，前後變化最小。究其原因，除了與他自身生命的短暫有關外，似乎主要還是因為他是最深刻、最完整地領悟了中國詩歌物化傳統的真髓，而此前此後的其他中國詩人，儘管也曾不同程度地陶醉於古典文化的理想境界，但在他們身上，其他文化形態的影響也蔓延開了，這便產生了某些「不純性」，產生了多重詩歌觀念之間的衝

---

[73] 分別見《在哀克刹脫教堂前》（《翡冷翠的一夜》）、《秋月》（《猛虎集》）、《雲遊》（《雲遊》）。

突，而衝突則造成了他們在詩學取向上的較大的不穩定性。例如郭沫若一度激賞陶淵明、王維的詩歌，創作出了一些「沖淡」的作品，如《女神》中的《晚步》、《夜步十里松原》等，但郭沫若對西方浪漫主義詩學及成熟前的中國詩學（如屈騷）同樣滿懷興趣，矛盾衝突的種子就此埋了下來，在《晚步》、在《夜步十里松原》裏我們都可以感覺出其意境中浮動著「硬塊」，這是一種不太圓熟的「沖淡」，不太精緻的「物化」。再如聞一多始終處於對中國古典詩學的親近與拒棄的矛盾境地，在他的詩歌作品中，很少出現對生命物化境界的忘我的沉迷，他的投入與他的懷疑幾乎同時展開。此後，在現代派詩人戴望舒、何其芳、卞之琳那裏，雖然古典詩學的理想被再一次地發揚光大，他們在某些方面探索之深入甚至也還超過了徐志摩，但從整體上看，卻還是詩分「前後」，不夠穩定，不夠「純粹」。中國古典理想重構於現代的最完整的典型還得算是徐志摩的作品。[74]

徐志摩詩歌以生命的物化為理想境界，這在作品的運思上又具體呈現為兩個顯著的特徵。

首先是善於擷取具體的典型的物象以代替直接的抒情達志。不能說徐志摩就完全排斥了直抒胸臆，但他寫得最成功的，經常為人們所提及的那些詩篇卻多是以主觀具體的物象為主，如《石虎胡同七號》、《沙揚娜拉·十八》、《雪花的快樂》、《落葉小唱》、《無題》（「朝山人」）、《山

---

[74] 藍棣之先生有一個觀點很精彩，「如果徐志摩不死，新月派將自己演變到現代派」，參見《正統的與異端的》第 24 頁。

中》等等。「徐志摩在構思中注意尋找最有表現力的一個場景，甚至一個細節作為落筆點，以『一斑』反映出他對生活的獨特體會，而不做一般化的平鋪直敘。」[75]這就是中國古典詩學的「託物言志」傳統，它的意義在於，把放任不羈的情緒、飄忽不定的感受附著在有形有色的自然物象上，於是，抽象的內涵被賦予了生動的形式，奔流不息的個人觀念獲得了某種約束與化解。在現代，徐志摩是成功地實現了個人觀念物象化的第一位大家。從初期白話新詩、郭沫若到徐志摩以前，反抗舊傳統的思潮占據著詩壇的主導地位，這一思潮所強調的恰恰是個人的觀念與意志，無論是胡適還是郭沫若，直抒胸臆都是他們的主要選擇，也是他們成功的選擇；聞一多的詩歌大多是以物起興的，但在自足的物象與強大的自我意志之間，聞一多似乎更看重後者，於是，他筆下的物象常常又經過了主體的改造和調整，徐志摩所推崇的「凡物各盡其性」很少在聞一多作品裏看到——個人意志不僅沒有在自足的物象中被約束被消解，反倒沖刷、肢解著物象本身的渾融與完整，這便已經是在很大的程度上改變了中國詩學「託物言志」的傳統。準確地講，聞一多已不是在「託物言志」了，而更趨向於在「造物」、在「移物」當中「言志」。聞一多「言志」的顯著特徵是求變化，重過程，如借「紅燭」傳達心聲，但這一心聲卻不能用一句「蠟炬成灰淚始乾」概括清楚，一首《紅燭》，時而認同於「紅燭」，時而又滿懷疑慮，情緒時揚時抑，真是「一誤再誤，／矛盾！

75　呂家鄉：《詩潮·詩人·詩藝》第 112 頁，江蘇文藝出版社 1991 年版。

衝突！」徐志摩「言志」的顯著特徵是求統一，重靜境，有的選取了一個「定格」的鏡頭：「最是那一低頭的溫柔，／像一朵水蓮花不勝涼風的嬌羞」（《沙揚娜拉·十八》），有的雖意象眾多，跨越時空，但注意調配，也妥帖地安置在了一個圓融的靜態環境當中，如《山中》的庭院、松影、月色、清風、寧靜的我和你。

　　自然，現代生活畢竟是急劇變遷的，徐志摩無法拒絕情緒的流動發展，他所接受的 19 世紀英國浪漫主義詩歌也以追蹤個人情感以至直截了當的抒懷而著稱，這都使得我們的詩人不可能永遠沉醉在藏匿自我、隨物宛轉的古典氛圍之中，那麼，在現代生活的條件下，在西方浪漫詩學的影響中，徐志摩又該如何處理「情」與「物」、自我與大自然的關係呢？他「再構」古典理想之時又是怎樣融化這些個人意念的呢？我認為，徐志摩的許多創作都採取了這樣一種方式，即把自我的感念與自然的物象穿插、焊接在一起，相互纏繞，相互闡釋，相互映襯。個人的感念獲得了某些自由性、流動性，但這些自由的、流動的感念又最終繞在了自成一統的抽象上，自由中有約束，變化中有穩定，於是，一種既照顧現代人複雜感受又符合傳統美學理想的詩歌樣式就造成了。例如，為了表現心中轉瞬即逝的「希望」，詩人把這一抽象的且變幻不定的過程與天空的雷雨景象相焊接，一會兒雨收雷住，彩虹燦爛，一會兒又是一片暗淡，雷聲隆隆，「希望，不曾站穩，又毀了」（《消息》），就這樣，「希望」本來具有的抽象性、玄學味蕩然無存了，換上一副具體可感的面貌，我們的思路不會因「希望」而

凌空飛去，無邊無際，我們最關心的還是此情此景下的「希望」意味著什麼。類似的詩句在徐志摩的作品中比比皆是，諸如「清風吹斷春朝夢」（《清風吹斷春朝夢》），「希望，我撫摩著／你慘變的創傷，／在這冷默的冬夜／誰與我商量埋葬？」（《希望的埋葬》）「我送你一個雷峰塔影，／滿天稠密的黑雲與白雲；／我送你一個雷峰塔頂，／明月瀉影在眠熟的波心。」（《月下雷峰影片》）「我亦想望我的詩句清水似的流，／我亦想望我的心池魚似的悠悠」（《呻吟語》），這樣的運思方式顯然給後來的中國現代派詩人以莫大的啟發。

　　物化的和諧的生命必然需要一種和諧、勻齊的語言模式，這種和諧和勻勻齊又主要通過詩歌本身的建築美（詩行排列）與音樂美（韻律設置）來體現。我們知道，徐志摩所在的新月派素來堅持「三美」，「三美」正是他們區別於初期白話詩人與郭沫若的顯著標誌。不過，在新月派內部，積極主張「三美」的還得算聞一多，徐志摩倒不是一位「三美」主張的嚴格遵循者。那麼，這是不是說，徐志摩詩歌的建行和旋律就是隨心所欲、信筆所之的呢？絕不能這麼說。比較聞一多與徐志摩我們可以知道，聞一多的「嚴格」已經近乎於迂執和呆板，《死水》中那些劃一的詩行、勻齊的音律恰恰與其自由的現代意志構成了深刻的矛盾，矛盾帶來了《死水》與眾不同的奇麗，但也預示著那樣的語言模式實在是現代詩歌的束縛！徐志摩的獨特性在於，他以自己天賦的感覺能力，十分妥當地調整了自由與勻齊之間的微妙關係（就像他調整自由意識與大自然的關係一樣），他基本上拋棄了種

種外在的整齊，而在一種不太整齊的參差錯落中構織著內在的和諧。在《詩刊放假》一文中，徐志摩就提出，講究格律可能引起形式主義偏向，「這是我們應分時刻引以為戒的」，又說，「詩的靈魂是音樂的，所以詩最重音節。這個並不是要我們去講平仄，押韻腳，我們步履的移動，實在也是一種音節啊。」[76]「行數的長短，字句的整齊或不整齊的決定，全得憑你體會到得音節的波動性」。[77]

　　徐志摩詩歌建行自由，但這種「自由」又絕不同於《女神》，不是《女神》式的無規則無約束的自由。徐詩的建行都是有規律可循的，有的詩各行的字數雖然不等，但也相差不大，求得一種視覺上的大致整齊，如《石虎胡同七號》每行字數大體上都保持在 15～17 字之間，《月下雷峰影片》大體保持在 9～12 字之間，《在那山道旁》大體保持在 11～13 字之間；有的詩每行字數相差較大，但卻符合一張一弛的原則，長短搭配，在整體上反倒是整齊了，如《蓋上幾張油紙》：「虎虎的，虎虎的，風響／在樹林間；／有一個婦人，有一個婦人，／獨自在哽咽。」在許多情況下，詩行的長短，又與全詩的音頓設置結合起來，相鄰兩行之間或者詩段內部的參差錯落維持著全詩的分行規律與音頓劃分規律，如《偶然》：

---

[76]　徐志摩：《詩人與詩》，原載 1923 年 6 月《新民意報‧朝霞》第 6 冊。

[77]　徐志摩：《詩刊放假》，原載 1926 年 6 月 10 日《晨報副刊‧詩鐫》第 11 號。

我是—天空裏的—一片雲，

偶爾投影在—你的—波心——

你不必—訝異，

更無須—歡喜——

在轉瞬間—消滅了—蹤影。

你我相逢在—黑夜的—海上，

你有你的，—我有我的，—方向；

你記得—也好，

最好你—忘掉，

在這交會時—互放的—光亮！

詩分兩段，各行字數相差很大（5～10），各行音頓數也不盡相等，但顯然又是有章可循的，在兩段相對應的詩行裏，音頓數目卻是相同的，字數也大體相同，這就是所謂的內在的和諧，一種包容了局部自由的整體意義上的勻齊感。徐志摩大多數的詩歌在建行和音頓安排上都有他內在的原則（只不過，這些原則並不固定，需就詩論詩罷了），這一合規律的安排加上行末押韻，的確為讀者營造了一個沒有束縛、沒有壓迫的和諧的語言世界，這也仿佛就是徐志摩所沉醉的那個既自由又規則的大自然。

　　傳統詩歌理想在現代社會的精緻的再構必然要求它包容一定數量的現代資訊，因為成功的再構只能交由現代的詩人與現代的讀者來進行，過分迂執地強調古典詩歌似的整齊反倒不利於傳統理想的實現。所以說，聞一多的迂執在事實上是拉開了與傳統的距離，最終走向對傳統的拆解，而徐志

摩的變通卻是真正進入了傳統文化的境界，完成了對傳統理
想的一次相當成功的再現。

五、戴望舒：中國靈魂的世紀病

> 我是青春和衰老的集合體，
> 我有健康的身體和病的心。
>
> ——戴望舒《我的素描》

　　在中國現代新詩史上，戴望舒的形象包含著一系列有待
清理的異樣因素：一方面，他以《詩論零札》建構了現代派
詩歌的藝術綱領，以自己的創作實踐著「散文入詩」的新路，
從而突破了新月派唯格律是從的僵硬模式，他盡力譯介法國
象徵派詩歌，給中國新詩藝術的發展以極大的啟示，他又倡
導詩歌的「現代性」，反對用白話抒寫古意，[78]從而推進了
中國新詩的現代化步伐；另一方面，在公眾的心目當中，戴
望舒又總是與「雨巷詩人」相聯繫，而《雨巷》帶給人們的
其實還是格律，只不過是一種變通了的格律罷了。他對林庚
等人的「古意」大加挑剔，而自己的不少作品卻照樣的古色
古香，如《自家傷感》、《秋夜思》、《寂寞》之類。

　　那麼，所有這些中西古今的詩歌文化究竟有著怎樣的關
係，戴望舒又是如何在「異樣」的組合中實踐象徵主義理想
的呢？這是我們今天應當回答的問題。

---

[78]　參見戴望舒：《談林庚的詩見和「四行詩」》，原載 1936 年《新詩》
　　第 1 卷第 2 期。

● 愛與隱私：一個抽樣分析

作為詩人的戴望舒究竟最關心什麼，是什麼東西在時時刻刻地掀動著他的情懷？這是進入戴望舒詩歌世界首先必須解決的。

我們看到了戴望舒之於政治革命的緊密聯繫，看到了大革命的失敗在一位關心政治的青年身上所投下的濃重的陰影，也看到了他為一般人所不曾有過的獄中體驗，他的誓言和膽識，這些觀察和結論無疑都是十分有價值的。不過，我們似乎也相對地忽視了這樣一個事實：除了《災難的歲月》裏的四五首詩外，他基本上就沒有直接表現過政治了，他的視野基本上還是局限在個人生活的範疇以內，其中經常出現的主題是愛，頻頻浮動的意象是女性。

我對浙江文藝出版社新版的《戴望舒詩全編》作過一個統計，在他全部的 93 首詩歌創作中，直接表現和間接暗示情愛體驗的作品（如《我的戀人》、《不寐》）占了全部創作的將近一半，其他略略超過一半的詩歌似乎內涵要寬廣些（如懷鄉、思友、自我素描等），但同樣也常常包含著愛情或與女性有關的成分，如《我底記憶》、《單戀者》、《我的素描》都浮現著女性的意象，《二月》風景畫的中心是談情說愛，《秋天》說，「我」最「清楚」的是「獨身漢的心」。總之，戴望舒對男女之情特別敏感，愛在他的人生體驗裏占了相當大的比重。

我認為，強調愛情之於戴望舒詩歌創作的重要性並不會降低這位詩人在詩歌史上的地位，也不會抹煞他本來就有的

種種政治意識，相反，倒有助於我們深入到詩人的情感世界，體會他把握世界的基本方式，因為，戴望舒的其他的感受通常都是與他的愛情體驗結合在一起的，而且很可能就是從個人的愛情出發，融會其他的社會性體驗，代表作《雨巷》就是這樣。

愛情對於一位青春期的詩人而言，本身也是特有分量的；況且，戴望舒的現實人生又有它與眾不同的沉重性：幼年的疾病將生理的缺陷烙在了他的臉上，更烙在了他的心上，烙在了他以後的人生道路上。朋輩中人的譏刺讓他時時自卑，也時時自強，籠罩在自卑氛圍中的自強本身就是病態的，這樣的病態也滲透到了他的愛情需要當中，他似乎比一般人更渴望著愛，對愛的要求也特別到近於偏執，於是反倒招來了更多的失敗，這都為我們的詩人堆積了太多的情感，他需要在詩中釋放！

愛情成為人生體驗的主要內容之一，這本身也是戴望舒詩歌「現代性」的表現。因為，只有在現代社會的條件下，在個人獲得了相對自由的環境中，愛情才可能衝破種種的綱常倫理，集中地反覆地掀起人的情感波瀾。戴望舒的愛情是現代人的生存情緒，這就是他在《詩論零札》中所說的「新的詩應該有新的情緒」，從而與林庚等人的「古風」判然有別了。也是在這一取向之上，魏爾倫、果爾蒙等人的法國象徵主義愛情詩給了他莫大的興會，現代意義的中西文化就此融會貫通了。

值得注意的是，愛情主題在戴望舒筆下呈現著一種特殊的形態。

我們看到，戴望舒表現著愛情，但同時卻又有意無意地掩飾著愛情的絢麗奪目，他很少放開嗓音，唱一曲或喜或悲的愛之歌，「隱私性」就是戴望舒愛情的顯著特徵。詩人把愛情當作人生隱祕內涵的一部分，他不想毫無顧忌地暴露它，而是在表現中有遮擋，釋放裏有收束，隱祕的愛情就成了欲言又止，就成了吞吞吐吐。有時，詩人筆下的現實與夢幻界線模糊，讓人很難分辨，例如《不寐》：「在沉靜底音波中，／每個愛嬌的影子／在眩暈的腦裏／作瞬間的散步」。有時，女性的形象在他的心頭一閃即逝，再也無從捕捉，例如在螢火飄忽的野外，詩人忽然迸出一個念頭：「像一雙小手纖纖，／當往日我在晝眠，／把一條薄被／在我身上輕披。」（《致螢火》）有時，詩人根本就迴避著愛的真相：「說是寂寞的秋的悒鬱，／說是遼遠的海的懷念。／假如有人問我煩憂的原故，／我不敢說出你的名字。」（《煩憂》）一位頗有眼光的評論家曾經指出，「從《雨巷》起，戴望舒的愛情描寫大都是（不是全部）戀愛情緒與政治情緒的契合，單純的愛情詩很少。」[79]我想進一步指出的是，以政治情緒來滲透戀愛情緒是否也屬於詩人對愛情的某種理解呢？借助社會意識的干擾不也是維護個人隱私的表現嗎？

---

[79] 呂家鄉：《戴望舒：別開生面的政治抒情詩人》，《詩潮·詩人·詩藝》第 170 頁。

　　人們根據杜衡在《望舒草‧序》裏的說法，曾把戴望舒詩歌朦朧的成分認定為「潛意識」，[80]以此證明戴望舒與法國象徵主義詩歌的承繼關係。對此我不能同意。這當然不是否認戴望舒詩歌所受的法國影響，而是感覺到在這個地方，戴望舒倒更顯示了他作為中國詩人的特殊性。戴望舒的「潛意識」並非社會文化之「顯意識」的對立物，相反，如前所述，他的戀愛與政治、個人與社會倒還可能是相互融合的；潛意識也不純是性欲本能，戴望舒和他的朋友們都對「赤裸裸的本能底流露」不以為然，[81]他所理解的潛意識其實就是愛，而愛情本身卻是一種社會性的情感，是現實的需要、人倫的紐帶。戴望舒所謂的「潛」並不是因為它本身是摸不著看不到的，而是表明了詩人自身的一種態度，表明了詩人刻意掩飾的企圖，「潛」就是遮遮掩掩，吞吞吐吐，朦朧含混，就是戴望舒對個人隱私的維護。

　　法國象徵主義詩歌也充滿了愛情詠歎，波德萊爾、魏爾倫、果爾蒙、保爾‧福爾、耶麥等都有過愛的傑作，在戴望舒所譯的法國詩歌當中，愛情篇章就占了很大的比例。不過，解讀法國象徵主義的愛情詩歌，我們可以清清楚楚地感受到，他們所謂的潛意識是真正的「潛意識」，是人的本能衝動（如波德萊爾的一些詩歌），本能往往被這些法國詩人當作了人自身生命的底蘊，他們體驗生命，首先就要回到本

---

[80]　杜衡說：「一個人在夢裏洩漏自己底潛意識，在詩作裏洩漏隱 的靈魂，然而也是像夢一般地朦朧的。」

[81]　參見杜衡：《望舒草‧序》，《戴望舒詩全編》第 50 頁，浙江文藝出版社 1989 年版。

我，去感受人的本能衝動；他們的「愛」大大地超出了現實人倫的範疇而聯繫著人的本體，愛情往往就是一次恢宏的神祕的生命探險，而晦澀、朦朧不過是「潛意識」自身的存在方式。潛意識受到了社會理性的壓迫、干擾，人們是很難準確捕捉的。例如果爾蒙的《死葉》：

> 當腳步踩躪著它們時，它們像靈魂一樣地啼哭，
> 它們做出振翼聲和婦人衣裳的綷縩聲。

> 西茉納，你愛死葉上的步履聲嗎？

> 來啊：我們一朝將成為可憐的死葉，
> 來啊：夜已降下，而風已將我們帶去了。

> 西茉納，你愛死葉上的步履聲嗎？

愛情就這樣與生死複雜地混合起來，給人一種無頭無緒的朦朧體驗。戴望舒的愛情詩從來沒有過如此幽邃的探討，在不少的時候，他的思路都讓我們聯想到中國晚唐詩人溫庭筠、李商隱。

　　過多地沉浸於兒女情長、紅香翠軟，這在中國古典詩歌傳統來說是大可指摘的。溫庭筠、李商隱都以寫愛情和女性而著稱，從正統的詩教來看，這難免就有點淒豔委靡了。但現代條件下的藝術自由卻為戴望舒無所顧忌的吸收創造了條件，於是，溫庭筠、李商隱式的「相思」就在戴望舒那裏繼續進行。「隔座送鈎春酒暖，分曹射復蠟燈紅」（李商隱《無題》），「春夜暮，思無窮，舊歡如夢中」（溫庭筠《更漏子》），這樣的有距離有節制的愛情不也就是戴望舒的特

色嗎？有意思的是，溫庭筠的一些詞和李商隱的不少詩就帶有不同程度的朦朧晦澀特徵，這當然也不是溫、李揭示了人的本能、潛意識，而是因為他們自身生活的某些內容頗具隱私性，以致不想袒露無遺罷了。

看來，愛的隱私性本來倒是中國詩歌的傳統呢。

戴望舒詩歌的生存感受是多種多樣的，並不限於愛情，不過，在我看來，在愛情這一主題上，戴望舒詩歌的現代性和傳統性都表現得格外的充分，因而也就最有代表性，最值得抽樣分析。戴望舒的愛情經歷是現代的，「外來」的，但他所賦予愛情的特殊形態卻是古典的，傳統的，戴望舒愛情的兩重性生動地表現了他生命意識的兩重性。

生命意識的兩重性又決定了詩歌情調的兩重性。

● 感傷的與憂患的

我認為，戴望舒詩歌的情感基調是痛苦。

清冷的天，清冷的雨，飄零的落葉鋪在幽靜的路上，一位憔悴、衰老的詩人孤獨地走著，目光茫然。這就是戴望舒全部詩歌的基本情調，儘管其中也出現過《村姑》的清新，《二月》的輕快，《三頂禮》的幽默，《獄中題壁》的悲壯，但是，從整體上觀察戴望舒的詩歌，自早年的《凝淚出門》到 1947 年的《無題》，貫穿始終的意象還是頹唐、煩惱、疲憊、苦淚之類。

以痛苦作為詩歌的情感基調這正是戴望舒有別於前輩詩人的現代性趨向。郭沫若在情緒的潮汐中沉浮，亢奮是他創作的基調；聞一多在歷史與現實的錯位裏掙扎，矛盾是他

的基調；徐志摩在大自然的懷抱裏逍遙，恬適是他的基調。從某種意義上講，痛苦來自於詩人深刻的現實體驗，屬於「現代」的產物。

戴望舒與法國象徵主義詩歌在事實上的最大的相似性其實就是情調的相似性。以痛苦的而不是以樂觀的調子抒情這是法國象徵主義詩歌與浪漫主義詩歌的巨大差別。如果說，浪漫主義詩歌洋溢著「世紀初」的熱力和希望，那麼象徵主義詩歌則迴盪著「世紀末」的哀痛和苦悶。戴望舒的《凝淚出門》描畫了一腔的愁苦：「昏昏的燈，／溟溟的雨，／沉沉的未曉天；／淒涼的情緒；／將我底愁懷占住。」這不正像他所翻譯的魏爾倫的《淚珠飄落縈心曲》嗎：「淚珠飄落縈心曲，／迷茫如雨蒙華屋；／何事又離愁，／凝思悠復悠。」顯然，法國象徵主義詩人的「世紀病」傳染給了中國的戴望舒。久久地沉浸於世紀的病痛與愁苦裏而不知自拔，這是戴望舒之有別於前輩詩人的重要特色，與同輩詩人如卞之琳、何其芳比較起來也顯得很特別。在所有接受法國象徵主義的中國現代派詩人當中，戴望舒沿著「痛苦」之路走得最遠，即使是到了人們常說的詩風開闊、向上的抗戰時期，其痛苦的底蘊也仍然保持著——除了《獄中題壁》、《我用殘損的手掌》、《心願》這樣痛苦與激情兼而有之的作品外，在《等待》、《過舊居》、《贈內》、《蕭紅墓畔口占》等篇章裏，我們所看到的還是那個寂寞、愁苦、以「過客」自居的戴望舒。

那麼，戴望舒是不是就完全認同了法國象徵主義詩歌的「痛苦」呢？我認為並非如此。就如同他對愛情主題的表現

一樣，框架往往是嶄新的，現代的，外來的，但細節的開掘卻是完全屬於他個人，屬於他內心深處的民族文化情趣。他往往在主題的層面上指摘他人的「復古」，而自己在細部卻陶醉於古典文化而渾然不覺。

戴望舒詩歌的痛苦有一個十分凸出的特點，那就是他的痛苦始終是一種盤旋於感受狀態的細碎的憂傷，用我們所熟悉的術語來講就是所謂的「感傷」。戴望舒以他的眼淚和霜鬢，營造了一種感傷主義的情調。

痛苦本身只是一個抽象籠統的名詞，其中的實質性內涵可能大有區別。法國象徵主義所渲染的似乎主要不是這樣細碎的感傷，而是一種幽邃的「憂患」感。

戴望舒的感傷根植於個人生活的碰觸，寒風中的雀聲提示他的「孤岑」（《寒風中聞雀聲》），戀人的冷遇讓「自家傷感」（《自家傷感》），海上的微風令遊子泛起陣陣鄉愁（《遊子謠》），在二月的春光裏，歎息那令人惋惜的舊情（《二月》）。法國象徵主義詩歌的所有情感和思想本身就具有一種「穿透」現實的力量，波德萊爾說通過詩歌「靈魂窺見了墳墓後面的光輝」，[82]蘭波認為詩人即通靈人，馬拉美的名言是，詩所創造的不是真實的花，而是「任何花束中都不存在的花」，他要在消除我們周圍具體生活的所有「回聲」的情況下，去創造所謂的純粹的本質。[83]法國象徵主義詩歌的憂患根植於個體

---

[82]　參見查爾斯·查德威克：《象徵主義》第 4 頁，昆侖出版社 1989 年版。
[83]　波德萊爾：《再論埃德加·愛倫·坡》，收入《波德萊爾美學論文選》第 206 頁。

對生命的體驗，它並不在意日常生活的患得患失。波德萊爾的「煩悶」是：「我是一片月亮所憎厭的基地，／那裏，有如憾恨，爬著長長的蟲，／老是向我最親密的死者猛攻。」（《煩悶一》）果爾蒙從轉動的磨盤體味著人生的「苦役」：「它們走去，它們啼哭，它們旋轉，它們呼鳴／自從一直從前起，自從世界的創始起：／人們怕著，輪子過去，輪子轉著／好像在做一個永恒的苦役。」（《磨坊》）[84]

戴望舒的感傷往往是哀婉的，柔弱的，烙上了鮮明的女性色彩和老齡化痕迹。他常常在女性的形象中去尋找共鳴，以女性的身分帶著女性的氣質發言，如哀歎「妾薄命」（《妾薄命》），「我就要像流水地嗚咽」（《山行》），「我慘白的臉，我哭紅的眼睛！」《回了心兒吧》）「小病的身子在淺春的風裏是軟弱的」（《小病》）；他又常常感到疲倦、衰老，「就像一隻黑色的衰老的瘦貓」（《十四行》），「是一個年輕了的老人」（《過時》），「是青春和衰老的集合體」（《我的素描》）。法國象徵主義詩人的憂患則是沉重、悲壯的，衰敗的外表下常常跳動著一顆不屈的雄心，「詩人恰似天雲之間的王君，／它出入風波間又笑傲弓弩手」，黃昏的憂鬱是這番情景：「憂鬱的圓舞曲和懶散的昏眩！／天悲哀而美麗，像一個大祭壇。」[85]

戴望舒的感傷主要在人的感受層面上盤旋，而法國象徵主義詩人的憂患則一直伸向思辨的領域，從而與人的哲學意

---

[84] 這兩首詩都採用了戴望舒本人的譯文。
[85] 分別見波德萊爾《信天翁》、《黃昏的和諧》（戴望舒譯）。

識、宗教體驗溝通了；戴望舒為感傷而感傷，他顯然無意對諸種痛苦本身進行咀嚼、思考，把現實的痛苦上升到超驗層次進行探索則是不少法國象徵主義詩人的特點。對於那些飛翔在「超驗」領域而顯得過分幽邃神祕的作品，戴望舒是不感興趣的。在法國象徵主義詩人當中，他對魏爾倫、果爾蒙的興趣最大，也是因為這兩位詩人相對「現實」一點，注意在感覺中營造氣氛，特別是魏爾倫，「他的詩作中大體上缺乏象徵主義的超驗內容」，其創作的「態度也基本上仍是屬於情感方面的」，按照嚴格的象徵主義標準分析，魏爾倫的一些作品就更帶有浪漫主義的特徵，流於感傷主義的「陳詞濫調」。[86]相反，像蘭波、馬拉美這樣的「超驗」之人就從未進入過戴望舒的情感世界，從未成為戴望舒譯介的物件。在這方面，戴望舒的朋友杜衡在《望舒草·序》裏有過一個生動的闡發：「我個人也可以算是象徵派底愛好者，可是我非常不喜歡這一派裏幾位帶神祕意味的作家，不喜歡叫人不得不說一聲『看不懂』的作品。」在某種意義上，我們也可以把它視作是戴望舒的感受。

　　拉開了與法國象徵主義的距離，我們發現，在現實生活中感受細碎的憂愁和哀傷，這恰恰又是中國晚唐五代詩詞的歷史特徵。與盛唐時代比較，溫庭筠、李商隱的詩歌較少直抒胸臆，有若干的「客觀」之態，從而獨樹一幟，但這並不能掩蓋其感傷的基調，無論是李商隱還是溫庭筠，他們都不曾把這些細微的痛苦與對人類生命狀態的思索聯繫起來，情

---

[86]　查爾斯·查德威克：《象徵主義》第 23 頁。

調的女性化、老齡化更是其顯著的特徵。溫庭筠的詞以表現女性情態為主，李商隱借「名姬」、「賢妃」抒懷，自我都女性化了：「梳洗罷，獨倚望江樓。過盡千帆皆不是，斜暉脈脈水悠悠。腸斷白蘋洲。」（溫庭筠《夢江南·其二》）柔弱的靈魂哪裏經得起人生的風霜雨雪呢？30 多歲的李商隱就「曉鏡但愁雲鬢改」了（《無題》），又道「夕陽無限好，只是近黃昏。」（《登樂遊原》）

　　從某種意義上講，感傷已經成了中國詩人個性氣質的一部分，在生活的挫折面前，他們很容易沉入這種細膩的愁怨而不大可能選擇形而上的思考。20 年代初期的「湖畔」詩人是感傷的，李金髮也是感傷的，新月派揭起了反對「浪漫感傷」之旗幟，但事實上，包括徐志摩在內的不少新月派詩人也仍然不時流露出感傷的調子。法國象徵主義詩歌的憂患本來是對感傷情調的揚棄，但到了中國詩人戴望舒這裏就非常「中國化」了，感傷完成了對憂患的置換。

　　是不是可以這樣概括，人生的痛苦體驗這是法國象徵主義詩歌的基本情調，是它們所染的「世紀之病」，而這種情調和疾病在逐漸東移的過程中卻與中國文化自身的性格氣質產生了某些矛盾、錯位，於是，戴望舒最終是以中國的方式理解和表現了外來的影響與時代的要求，他感染的是中國式的世紀病。

　　中西詩歌文化在矛盾中求取著統一。

● 純詩的與散文的

　　中西詩歌文化有矛盾，也有統一，這也構成了戴望舒詩歌藝術探索的基本特質。

　　戴望舒於 1932 年 11 月在《現代》2 卷 1 期上發表的《詩論零札》充分表明了他對詩歌藝術的高度重視。他的 17 條「詩論」主要都是關於詩藝的探討，正如人們所注意到的，這些意見基本上都是針對新月派的格律化主張而發的。新月派以「格律」為中心，主張建築美與音樂美，戴望舒則以「情緒」為中心，認為「音韻和整齊的字句會妨礙詩情，或使詩情成為畸形的。」新月派鼓吹繪畫美，戴望舒卻說「詩不能借重繪畫的長處。」在中國現代新詩史上，新月派的形式主張代表了一種現代的古典主義趨向，體現了中國傳統詩歌的形式理想，「三美」本來就是聞一多對中國律詩精細體悟的結果。從這個背景來看，戴望舒的「反動」便是反古典主義的，代表了中國新詩的現代化趨向，他一再闡述的建立在自由情緒基礎上的散文化形式更符合現代人的生存節奏和思想狀態。

　　但是，就是在反對音樂化的主張中，戴望舒自己卻陷入了一個困難的境地，因為，給予他現代化追求莫大支持的法國象徵主義詩歌（特別是前期象徵主義詩歌）恰恰是倡導音樂化的，音樂性是象徵主義最重要的形式特徵。象徵主義的先驅美國的愛倫坡早就說過：「可能在音樂中，靈魂最接近於達到神聖的美的創造。」瓦萊里說，「波特萊爾的詩的垂久和至今不衰的勢力，是從他的音響之充實和奇特的清晰而來的。」[87]瓦萊里又譯作瓦雷里。馬拉美稱「我寫的是音樂」，魏爾倫更是把音樂放到了「先於一切」的地位。戴望舒拒

---

[87]　瓦萊里：《波特萊爾的位置》，《戴望舒詩全編》第 177 頁。

絕了法國象徵主義的追求，這就注定了他的反傳統選擇將是孤獨的，沒有更多的任何的榜樣可以借鑒，全然聽憑他自己拓荒般的摸索。

值得解決的問題至少有兩個：1、如果「情緒抑揚頓挫」在形式上不轉化為一種特定的音樂化的節奏，又該怎樣來加以表現呢？2、突破格律是不是就根本不需要音樂性？音樂與詩究竟有沒有必然的聯繫？

從戴望舒全部的詩路歷程來看，我認為他自己並沒有解決好這些問題。意識層面的拒絕是一回事，創作實踐的履行又是一回事，於是，在前後幾個時期，他的藝術追求也游離不定起來。早年「雨巷」階段的戴望舒顯然對音樂美頗有興趣，葉聖陶稱讚《雨巷》「替新詩的音節開了一個新紀元」，這並不意味著此時此刻戴望舒真正地反叛了新月派，倒是將新月派所主張的和諧、均齊與現代語言的自由性有機地融合了起來，既保存了現代語言的自由伸縮特徵，又絕不散漫、破碎。新月派詩人徐志摩的不少創作就在進行著這樣的探索，只不過《雨巷》顯得更精巧、完美罷了；從《我底記憶》開始直到 1934 年這段時間裏，他似乎腳踏實地地寫作著無韻的自由體，但這並不意味著他從此可以拋開音樂節奏了。《望舒草》刪掉了《雨巷》、《古神祠前》，但他的抑揚頓挫卻還不時借助於字音的力量，並非完全依靠情緒本身的起伏，《印象》、《到我這裏來》、《尋夢者》不就使用了尾韻了嗎？其他的作品不也基本上注意了一行之內、兩行之間的輕重音搭配嗎？至少，比起郭沫若的《女神》來，戴望舒的詩歌音韻要勻稱得多，難怪有人挑剔地說：「所謂音樂性，

可以泛指語言為了配合詩或詩情的起伏而形成的一種節
奏，不一定專指鏗鏘而工整的韻律」，「即使戴望舒自己講
了這一番詩話之後，不也仍然在寫脫胎於新月體的格律
嗎？」[88]1934 年以後，在創作《災難的歲月》的主要作品之
時，戴望舒更是大量借助於音律了。於是在 1944 年發表的
另一篇《詩論零札》裏，詩人對早年的觀念作了必要的修正：
他繼續反對「韻律齊整論」，但又聲稱「並不是反對這些詞
藻、音韻本身。只當它們對於『詩』並非必需，或妨礙『詩』
的時候，才應該驅除它們。」

　　戴望舒關於新詩音樂性的探尋實際上是他所要進行的
「純詩」建設的一部分。「純詩」是法國象徵主義的藝術理
想，在後期象徵主義詩人瓦萊里那裏曾得到過明確的闡述。
這一理想經過 20 年代中國象徵派詩人穆木天、王獨清等人
的介紹和實踐又進入了 30 年代的現代派，其原初的含義
是：1、音樂性；2、以象徵、暗示代替直接的抒情和陳述。
戴望舒在意識層面上較多地拋棄了「音樂性」，他所謂的純
詩並不包括「音樂性」：「自由詩是不乞援於一般意義的音
樂的純詩」。[89]把散文化的句式與純詩相聯繫這是戴望舒有
別於法國象徵主義的獨見，同時，對於第二層含義詩人又領
悟得頗為透徹，《詩論零札》第 16 條中說：「情緒不是用
攝影機攝出來，它應當用巧妙的筆觸描出來。這種筆觸又須

88　余光中：《評戴望舒的詩》，《名作欣賞》1992 年第 3 期。
89　戴望舒：《談林庚的詩見和「四行詩」》，原載 1936 年 11 月《新詩》
　　第 2 期。

是活的，千變萬化的。」用「攝影機攝出來」的情緒當然就是直接的抒情，從實際的創作分析，所謂「巧妙的筆觸」也就是象徵與暗示。例如他把「孤岑」化為客觀的象徵性意象：「枯枝在寒風裏悲歎，／死葉在大道上萎殘；／雀兒在高唱薤露歌，／一半是自傷自感。」（《寒風中聞雀聲》）把濃濃的鄉思呈現為：「故鄉蘆花開的時候，／旅人的鞋跟染著征泥，／黏住了鞋跟，粘住了心的征泥，／幾時經可愛的手拂拭？」（《旅思》）把愛國之情寄託在這樣的詩句裏：「我用殘損的手掌／摸索這廣大的土地：／這一角已變成灰燼，／那一角只是血和泥」（《我用殘損的手掌》）。

眾所周知，用象徵、暗示代替直接的抒情與陳述，這正是中國古典詩歌在漫長的歷史發展中總結出來的藝術手段，特別是溫庭筠、李商隱的詩詞創作更是使這一藝術日臻完善了。法國象徵主義在世紀之交所推崇所進行的藝術探索是與中國古典詩歌的傳統暗合了，東西方詩歌藝術所謂的「純粹」交融在了一起，這是不是就是戴望舒所謂的「永遠不會變價值的『詩之精髓』」呢？在接受西方先進詩藝的同時，他找到了古典傳統的「精髓」，於是，中西兩大文化的「異樣」因素便再一次地統一了起來。

總之，戴望舒的「純詩」藝術繼續顯示了諸種文化的矛盾與統一，反對古典主義的「格律」，以散文入詩，這是他獨立的見解，堅持這一見解的時候，他不無矛盾與困難，而倡導客觀抒情則又屬於融合古今、貫通中西的「統一」之舉。饒有意味的在於，反叛傳統藝術規則的創見總讓他迷惑，而對中西藝術規則的繼承和容納則讓他走向了成功。

六、何其芳：歐風美雨中的佳人芳草

> 我將忘記快來的是冰與雪的冬天，
> 永遠不信你甜蜜的聲音是欺騙。
>
> ——何其芳《羅衫》

　　限於本書的選題，我們只考察何其芳前期詩歌。

　　所謂何其芳前期詩歌，指的是詩人 1949 年以前的創作，包括《預言》（1931～1937）、《夜歌》（1938～1944）及其他一些作品。這些作品代表了何其芳獨特的詩歌觀念，確立了詩人在中國現代詩歌史上的基本地位，所以歷來都是我們研究的重點。在這些研究中，我們已經取得了不少的「共識」，比如在思想情調上，這些詩歌大體都表現了詩人的寂寞與憂傷，[90]在詩學選擇上，又廣涉中西多種詩歌藝術，走著中西詩學相融合的道路。

　　但是，我又認為，在迄今為止的研究中，這些「共識」仍然缺乏更深入更細緻的挖掘：寂寞憂傷與中西詩藝的融合都可以說是 30 年代現代派詩歌的普遍特徵，是何其芳同輩詩友的共同選擇，戴望舒如此，卞之琳如此，其他不少詩人亦如此。那麼，在這樣一個背景上，「何其芳特徵」又是什麼呢？

● 自慰自賞與佳人芳草

　　何其芳詩歌的獨立特色決定於詩人與眾不同的世界觀、人生觀及個性氣質。這一「與眾不同」就在於，他擁有

---

[90]　何其芳後來認為，他的《夜歌》依然樂而淫，哀而傷，空想，脆弱。

頗為柔韌的心理能力，能夠在種種的孤獨寂寞當中保持最持久的心理平衡，並從平衡中尋找樂趣，編織自我的夢幻。他向來都沒有被孤寂搾乾情感，沒有在生活的擠壓下悲觀絕望，也無意對人生的苦難作出嚴肅的戳擊，在任何時候，他都包裹著一份溫柔、濕潤的情感，他不相信人生真的會如此黑暗，也不相信世上會喪失真情，他在不斷地尋找，不斷地以淡淡的微笑迎接一切。我將這樣的心理稱為自慰與自賞。

自慰幫助他度過了「營養不足」、發育不健全的童年和「陰暗」、「湫隘」、「荒涼」的少年。[91]從很小的時候起，他就用「孤獨和書籍」來保護自己，他陶醉在安徒生童話《小美人魚》的淒美境界，流連忘返；大學時代，又厭惡那些「囂張的情感和事物」，「製造了一個美麗的、安靜的、充滿著寂寞的歡欣的小天地，用一些柔和的詩和散文」，[92]成天夢著一些美麗的溫柔的東西，「是個朦朧的理想主義者」，[93]「把自己緊閉在黑色的門裏，聽著自己的那些獨語，讚美著」，[94]文化活動每每成了他自我寬慰、自我欣賞的最佳選擇。這種性格，在《夜歌》時期的延安也仍然保持著，老朋友們的回憶為我們生動地勾勒出了一個溫和、天真、自得其樂的何其芳。「有時候，就連較為合格的訴苦也會往往叫你感到，他

91　何其芳：《街》，《何其芳文集》第 2 卷第 78 頁。
92　何其芳：《一個平常的故事》，《何其芳文集》第 2 卷第 215、216 頁。
93　見周揚：《何其芳文集·序》，《何其芳文集》第 1 卷。
94　艾青：《夢、幻想與現實》，原載 1939 年 6 月《文藝陣地》第 3 卷第 4 期。

之訴苦，只因為他太愉快了，需要換換口味。並且，並非偶然，長時期來他仿佛都是這樣。」[95]

　　相比之下，戴望舒顯得有些心事重重，格外重視「自己底潛意識」，還不時流露出頹唐、悲觀的調子，「美麗」非他所長；卞之琳又顯得格外冷靜、矜持，不願為自己的玄虛的想像灌注更多的溫情，「美麗」非他所需。

　　自慰與自賞決定了何其芳的心理選擇偏向於中國古典的「佳人芳草」。流連於個人精神的小天地裏，又無意沉入到過深的玄思中，那麼，人與人之間的相互理解、安慰就必不可少了，就一位青春期的男性作家而言，最溫馨最熨帖的慰藉自然就是女性。何其芳幻想著「一角輕揚的裙衣」（《季候病》），陶醉於「心上踏起甜蜜的淒動」（《腳步》），他「刻骨的相思」，他幾乎就要忘記了「冰與雪的冬天」。女性，作為社會的非權力性角色，作為社會強權與秩序的犧牲品，作為在很多情況下都不得不借助個人精神的幻想聊以生存的弱小者，她的遭遇都與孤寂索寞的詩人疊印在了一起，於是乎，似真似幻的「佳人」益發顯得親切，益發撩人心魄，也自有一種讓人心馳神蕩的默契。「芳草」可以說是詩人的某種自喻，他自覺不自覺地「塑造」著一位高潔、清純、真摯、明淨的自我形象，他有著一雙溫存的手，歌聲「沉鬱又高揚」，他飛翔在布滿白霧的空氣裏，有著「透明的憂愁」，他守著高樓的寒夜，蕭蕭白楊陪伴著無言的等待，他

---

[95]　沙汀：《何其芳選集·題記》，《何其芳選集》第 1 卷第 4 頁，四川人民出版社 1979 年版。

自覺是「青條上的未開的花」，唱著「二十年華」的悲悲喜喜。[96]在很大程度上「芳草」就是詩人自我沉醉的夢境，是他自我確定，自我塑造，從而度過漫漫人生的美麗的選擇。

在中國封建政治嚴密的秩序當中，中國古代知識份子「幫忙」的疲憊，「幫閒」的無聊，以及「倡優」的自悟，都不斷迫使他們從社會權力的中心塌落下來，在孤獨中品味人生，沒有自慰自賞，他們何以能夠不精神分裂、痛不欲生呢？沒有佳人的溫暖，芳草的馨香，他們又將去何處傾訴自己的寂寞，靠什麼遺世獨立，出淤泥而不染呢？中國古典詩歌的「佳人芳草」傳統濫觴於屈騷，以後始終綿延不絕，至晚唐兩宋則蔚為大觀，特別又以溫庭筠、李商隱為代表。如果說屈騷式的「佳人芳草」還迴蕩著一股濃郁的憤懣不平之氣，發出了反社會的吶喊，那麼溫、李式的「佳人芳草」則消除了那些沉痛的基調，滲透了更多的溫情，更多的柔情蜜意，也顯得格外的玲瓏剔透，香豔美麗。

何其芳的「佳人芳草」顯然是溫庭筠、李商隱式的，他不是那種氣吞山河、叱咤風雲的英雄，也無意跋涉奔突，上下求索，他的個性、他的氣質都讓他認同了溫、李一類的溫和與美麗。還在念私塾的時候，何其芳就「自己讀完過大型六家選本《唐宋詩醇》。他能熟背許多古詩詞，多半是唐詩」，尤其是溫、李為代表的晚唐五代詩詞。[97]這些啟蒙教育的成分雖然是偶然的，但卻包含著文化的必然規律，是詩人自身

---

[96]　分別見《預言》、《季候病》、《腳步》、《慨歎》等。
[97]　方敬、何頻伽：《何其芳散記》第 27 頁，四川教育出版社 1990 年版。

的個性和氣質為教育創造了可能性，充分保證了教育的有效性，鞏固和深化了教育的效果。

● 中西文化與現代選擇

自然，在現代文化的氛圍裏，我們的詩人再難用唐風宋韻的曲調彈唱古老的幽情了，童年時代綻開的那一顆詩心終將在現代文化的語境中尋找新的表達。

這似乎就決定了何其芳獨特的「中西滙融」的詩歌道路。

直到 15 歲以前，何其芳詩學修養都是純粹古典的，甚至「還不知道五四運動；還不知道新文化，新文學，連白話文也還被視為異端。」[98]1927 年，詩人祝世德任教萬縣中學，第一次給他帶來了新文學的風采。祝世德自己的詩作深受新月派的影響，由此把詩人帶入了新月詩歌的境界當中。1929 年至 1930 年，在上海中國公學念預科時，他又再一次地沉浸在新月派的藝術氛圍裏。「校長是新月派的主帥，教授當中當然就不乏新月人物。《新月》雜誌在學校流行，愛好新詩的青年學生讀徐志摩、聞一多的詩幾乎成風。新詩迷住了其芳，他對新詩入了迷。」「一時他最愛讀的是聞一多和徐志摩的詩，他們的幾個詩集常不離手。其中的好詩他能背誦……」[99]在中國現代詩歌史上，新月派詩歌正是架在古代與現代、東方與西方之間的一座橋梁，它將法國巴那斯派的克制、理性，以及「為藝術而藝術」的赤誠同中國「哀而不

---

[98] 方敬、何頻伽：《何其芳散記》第 22、32 頁。
[99] 同上。

傷」傳統匯合了起來，給那些既學習西方詩歌，又眷戀傳統藝術的現代中國人莫大的親切感。新月派的選擇給了何其芳最初的，並且在我看來也是最重要的啟示，從此他找到了一種符合自己的天性與朦朧中的藝術趨向的現代詩歌樣式。

沿著新月派詩歌的外來藝術脈絡，何其芳進一步踏進了「為藝術而藝術」的天地：法國的巴那斯派（何其芳譯為「班納斯」）、濟慈等人的英國浪漫派以及丁尼生、羅賽蒂為代表的維多利亞詩歌。這些林林總總的西方詩潮有一個共同的特徵，就是對藝術本身的近於癡迷的赤誠，甚至在人生與藝術的唯一選擇之中，他們很可能犧牲人生而服從藝術，因為這些詩人眼中的現實人生危機四伏，污濁不堪，人與人之間互相疏離，「人萬世過著孤獨的生活」，我們懷著的是「一種酷似絕望的盼望」，[100]藝術成了人自我設計的象牙塔，它晶瑩、明淨，是我們聊以自慰和暫且偷生的庇護所，既然現實不值得我們為之獻身，為之進行卓絕的奮鬥，那麼，「為藝術而藝術」吧！「不管那風狂雨暴，敲打我緊閉的窗戶，我製作琺瑯和玉雕。」[101]「要在這種生活批判的詩裏找到慰藉和支持」。阿諾德語，轉引自飛白《詩海》。可以想像，西方詩歌這種背棄現實，專注於個人藝術幻想的趨向很自然地引起了何其芳「似曾相識」的感覺，於是，深受中國古典詩歌理想薰陶又渴望著為這一理想尋找現代話語的何其芳也來不及仔細辨析中西不同文化背景中詩學選擇的本質差異了。

---

[100] 阿諾德：《再致瑪格麗特》。
[101] 戈蒂耶：《琺瑯與雕玉·自序》，見飛白《詩海》。

　　何其芳繼續沿著現代藝術的發展軌迹向前推進，並經由戴望舒詩歌的影響而與法國象徵主義一見如故了。「他曾對班納斯派精雕細琢的藝術形式有過好感。而最使他入迷的卻是象徵派詩人斯台凡・瑪拉美、保爾・魏爾倫、亞瑟・韓波等。後期象徵派詩人保爾・瓦雷里他早就喜歡了。」[102]不過，何其芳接受象徵主義並不意味著對「為藝術而藝術」精神的拋棄（這一點與象徵主義本身是不同的），嚴格說來，倒是為先前所有的人生—藝術追求找到了一個最現代也最純熟的詩歌模式。因為西方的象徵主義與中國晚唐五代詩詞有更大的相似性，所以「其芳已受過晚唐五代的冶豔精緻的詩詞的薰染，現在法國象徵派的詩同樣使他沉醉。一個是中國古代的，一個是外國現代的，兩者在他心裏交融。」[103]西方象徵主義詩歌促使了何其芳創作的全面成熟，《預言》就是這一交融的藝術總結。

　　一般認為，《夜歌》顯示了何其芳對《預言》的突破，詩人在創作內容的現實性、思想追求的社會性、情調的明快性、語言的樸素性等等方面都與《預言》大異其趣。但是，這是不是說詩人完全否定了先前的「佳人芳草」心態，尋找到了全新的藝術模式呢？我個人認為，《夜歌》與《預言》固然有所不同，但卻並不存在著什麼天壤之別。《夜歌》並沒有完全改變詩人自慰自賞的個性氣質，從某種意義上看，不過是對「佳人芳草」心理選擇的轉化性發展。《夜歌》時

---

[102]　方敬、何頻伽：《何其芳散記》第 36 頁。
[103]　同上。

期的何其芳，分明已經把延安地區蓬蓬勃勃的新生活當作自己夢寐以求的靈魂的棲息所，把火熱的勞動鬥爭當作理想的生命形態，他筆下的「文化像翅膀一樣在每個身上」，「然後我們再走呵，走向更美滿的黃金世界……」（《新中國的夢想》）他熱情描繪中國革命領袖：「他把中國人民的夢想／提高到最美滿，／他又以革命的按部就班／使最險惡的路途變成平坦。」（同上）他又幻想列寧「坐在清晨的窗子前」「給一個在鄉下工作的同志寫信」，並且說「他感到寂寞。他疲倦了。我不能不安慰他。／因為心境並不是小事情呀。」恍惚之中，詩人自己似乎就「收到了他寫的那封信」（《夜歌（二）》）。不難看出，此時此刻的何其芳仍然沉浸在他的生活蜜夢當中，仍然努力為自己的「寂寞」、「疲倦」求取精神的慰藉和寄託，所有這些熱氣騰騰的新生活，這些燦爛鮮明的人生理想都被詩人納入到個人寂寞與孤獨的解脫之路上來加以解釋。在《夜歌》裏，社會生活的風采總是與個體的脆弱、不穩定聯繫起來，詩人竭力用社會生活的新理想、新境界消解個人的感傷。我們是不是可以說，這些用來自我鼓勵的理想形態也屬於「佳人」、「芳草」原型的遙遠而曲折的投影呢？不妨順便一提的是，在中國古典詩歌的長河裏，在「佳人」、「芳草」最早的原型屈騷那裏，「佳人」、「芳草」恰恰就具有濃厚的政治寓意。

● **何其芳特徵**

那麼，「何其芳特徵」又是什麼呢？

我認為，起碼表現在這樣幾個方面。

　　首先是心靈深處幼稚與成熟的奇妙結合。在《預言》裏，何其芳詩情的青年特徵最是明顯。歡樂如「白鴿的羽翅」、「鸚鵡的紅嘴」那樣明媚、鮮亮，憂傷亦如「純潔的珍珠」，[104]快樂和憂傷均來源於青春期的特殊生活體驗，大多缺乏深廣的宏觀感、宇宙感。但有趣的是，這些幼小而稚嫩的情感又具有一定的「成熟」的外殼，他對生命的流逝有早熟性的洞察：「南方的少女，我替你憂愁。／憂愁著你的驕矜，你的青春」（《再贈》），也流露出對歷史的滄桑的體驗：「望不見落日裏黃河的船帆，／望不見海上的三神山……」（《古城》）他似乎也特別中意於象徵成熟的「秋天」：「放下飽食過稻香的鐮刀，／用背簍來裝竹籬間肥碩的瓜果。／秋天棲息在農家裏。」（《秋天》）在《夜歌》裏，何其芳的稚嫩表現為他天真的脆弱，而成熟則屬於他所捍衛的那些茁壯的社會政治理想。

　　或許我們可以把中青年文化在詩歌中的結合看作是 30年代中國現代派詩歌的共同趨向。戴望舒有名句：「我是青春和衰老的集合體／我有健康的身體和病的心。」（《我的素描》）評論界認為，這樣的詩句「對現代派詩人是典型的」。[105]而實際上，不同的詩人在如何調整青年和中年、幼稚與成熟的比例時卻差別甚大。戴望舒包容了世紀末的疲憊的冷靜與青春期的騷動不安，「因為當一個少女開始愛我的時候，／我先就要慄然地惶恐。」（《我的素描》）

---

[104] 分別見何其芳《歡樂》、《圓月夜》。
[105] 藍棣之：《現代派詩選·前言》，《現代派詩選》，人民文學出版社 1986 年版。

這似乎更像是青年文化與老年文化相結合的產兒，並且不無矛盾和衝突；在卞之琳詩歌裏，成熟的、中年的成分常常壓倒了稚嫩的青年的成分。他的愛情也充滿了玄學味、思辨性：「我在簪花中恍然／世界是空的，／因為是有用的，／因為它容了你的款步。」（《無題五》）能將幼稚與成熟、青年文化與中年文化在心靈深處運轉自如，最自然最妥帖最優雅最不露痕迹地融合起來的，只有何其芳，他善於利用「自慰自賞」的心理力量，盡可能地消除那些矛盾的不和諧的因素，讓年輕的偏執的心自由徜徉在成熟的超然的空氣裏：

> 誰的流盼的黑睛像牧女的鈴聲
> 呼喚著馴服的羊群，我可憐的心？
> 不，我是夢著，憶著，懷想著秋天！
> 九月的晴空是多麼高，多麼圓！
> 我的靈魂將多麼輕輕地舉起，飛翔，
> 穿過白露的空氣，如我歎息的目光！
>
> ——《季候病》

何其芳對自慰與自賞、佳人與芳草、幼稚與成熟、情緒與理念的精細調配又決定了前期詩歌那渾融圓潤、晶瑩如玉的特殊意境。詩人特別強調詩歌的整體效果，強調具象化情感之間的銜接與契合，以突出整體氛圍的統一感，所謂「反覆迴旋，一唱三歎的抒情氣氛」。[106]駱寒超先生將之歸納為「一

---

[106] 何其芳：《關於寫詩和讀詩》，《何其芳文集》第 4 卷。

種靜態的調子」。這是相當精闢的。[107]他慣於把抽象的愛情
融化在這樣一個具象的完整的空間裏:「晨光在帶露的石榴
花上開放。／正午的日影是遲遲的腳步／在垂楊和菩提樹間
遊戲。／當南風從睡蓮的湖水／把夜吹來,原野上／更流溢
著鬱熱的香氣,／因為常青藤遍地牽延著,／而菟絲子從草
根纏上樹尖。／南方的愛情是沉沉地睡著的,／它醒來的撲
翅聲也催人入睡。」(《愛情》)最渾融的天際、最純粹無
滓的境界只能存在於杳無人迹的「純自然」當中,人類活動
本身就是對「圓潤」空間的意志化的干擾和破壞,所以說,
當詩人執迷於他所營造的藝術氛圍時,便理所當然地帶上某
些「離塵棄世」的幻想色彩,真所謂是「開落在幽谷裏的花
最香。／無人記憶的朝露最有光。」「沒有照過影子的小溪
最清亮。」(《花環》)

　　《夜歌》裏,主體的「我」比較活躍,敘述性的詩句大
大增加,而情感的具象策略相對減少,晶瑩潤澤的意境也不
再多見。但是較之同一時代的延安地區的群眾詩歌創作,何
其芳作品顯然又有濃重的文人風範,仍然不時流露出對「氣
氛」、「情調」的興趣,仍然不忘把人的活動浸潤在大自然
的清秀與和諧當中。

　　　世界上仍然到處有著青春,

　　　到處有著剛開放的心靈。

　　　年輕的同志們,我們一起到野外去吧,

---

[107]　駱寒超:《論何其芳早期詩作的抒情個性》,《何其芳佚詩三十首》,
　　　重慶出版社 1985 年版。

在那柔和的藍色的天空之下，

我想對你們談說種種純潔的事情。

　　　　　——《我想談說種種純潔的事情》

同派同輩詩友之中，戴望舒、卞之琳也都重視「意境」的建設，不過，戴望舒低吟淺唱，情調沉鬱，屬於另外一種類型，並非晶瑩如玉、一塵不染的唯美之鄉，他的情緒也多有轉折起伏動蕩，許多作品都不是「靜態的調子」，如《斷指》、《到我這裏來》。卞之琳跳動的玄想也時時躍出「意境」的統一場，理念運動著，劃過思想的天空，將一個個的「硬塊」留在了作品之中，如《隔江淚》（無題四）：「隔江泥銜到你梁上，／隔院泉挑到你杯裏，／海外的奢侈品舶來你胸前：／我想要研究交通史。」

　　從自慰自賞到佳人芳草，從青年的稚嫩到中年的成熟，從意象的晶瑩到意境的渾成，不難想像，這特別需要一番精細的語言推敲和打磨，詩人須具有高超的提煉能力，及時篩選、抉擇出那些最具有詩性的語言，又恰到好處地安置它，調整它，方能成為所有多重思想意蘊的最佳黏合劑，由此形成了何其芳前期詩歌的苦心雕琢、鏤金錯彩的語言風格。因為刻意求工，《預言》中的許多詩顯得細膩而濃豔，如「美麗的夭亡」、「甜蜜的淒慟」、「歡樂如我的憂鬱」之類的表現繁複理意的詩句屢見不鮮，「這裏的每一行，仿佛清朝帽上亮晶晶的一顆大寶石。」[108]何其芳也自述

---

[108] 劉西渭：《讀〈畫夢尋〉》，《文學月刊》第 1 卷第 4 期。

說：「我喜歡那種錘鍊，那種色彩的配合」，[109]「《預言》中的那些詩，語言上都是相當雕琢的」。[110]《夜歌》風格有變，趨向樸素自然，但變中有不變，詩人追求語言富麗綿密的潛意識又在另外一種句式中表現了出來：「我為少男少女們歌唱。／我歌唱早晨，／我歌唱希望，／我歌唱屬於未來的事物，／我歌唱正在生長的力量。」（《我為少男少女們歌唱》）「去參加歌詠隊，去演戲，／去建設鐵路，去作飛行師，／去坐在實驗室裏，去寫詩，／去高山上滑雪，去駕一隻船顛簸在波濤上，／去北極探險，去熱帶蒐集植物，／去帶一個帳篷在星光下露宿。」（《生活是多麼廣闊》）

中國 30 年代現代派詩歌都或多或少地追求著語言的雕琢效果，不過，仔細比較起來，彼此都各有側重。以戴望舒為代表的主情詩著意於「語言」的流動和轉換，在這方面把玩推敲，狠下工夫，於是有云：「你去攀九年的冰山吧，／你去航九年的旱海吧，／然後你逢到那金色的貝。」（《尋夢者》）以卞之琳為代表的主知詩又重在「語象」的奇妙對照與配合方面，求語出驚人，方才堆砌了這樣的典故：「綠衣人熟稔的按門鈴／就按在住戶的心上：／是游過黃海來的魚？／是飛過西伯利亞來的雁？」（《音塵》）何其芳則更注意詞語的色彩和情調，竭力調製出一幅明媚、豔麗、

---

[109] 何其芳：《夢中道路》，《何其芳文集》第 2 卷第 66 頁。
[110] 何其芳：《寫詩的經過》，《一個平常的故事》第 101 頁，百花文藝出版社 1982 年版。

情調濃郁的圖畫來：「南方的喬木都落下如掌的紅葉，／一徑馬蹄踏破深山的寂默，／或者一灣小溪流著透明的憂愁」（《季候病》）。這種差別在詩人各自的詩風有所轉變之後，倒看得更加的清楚了。戴望舒 1945 年的《偶成》云：「如果生命的春天重到，／古舊的凝冰都嘩嘩地解凍，／那時我會再看見燦爛的微笑，／再聽見明朗的呼喚——這些迢遙的夢。」還是語意的奔流。卞之琳 1938 年《修築公路和鐵路的工人》「你們辛苦了，血液才暢通，／新中國在那裏躍躍欲動。／一千列火車，一萬輛汽車／一齊望出你們的手指縫。」依舊是語象拼接的機智與巧妙。大概只有何其芳才繼續借助於「賦」的語言功能，營造他所迷醉的色彩和情調。

　　以上三個方面集中體現了何其芳前期詩歌的思想與藝術上的獨特追求，可以稱之為是「何其芳特徵」。結合全文，我們可以說，所謂「何其芳特徵」歸根到柢，也就是詩人自慰自賞、佳人芳草「人生—藝術」理想的創作顯示，也是詩人多重詩學修養的相生相融，不過，其中居於基礎性地位的還是何其芳深厚的古典詩文化觀念，是從自慰自賞引申出來的佳人芳草意識，何其芳是在這樣的原初心理上選擇組合著外來的「為藝術而藝術」。他厭而不棄，有迴避卻沒有悲劇性，所有的詩情都盡力浸泡在溫和的、美麗的溶液中，他為現實的人生真摯地即興抒懷，一唱三歎。

七、卞之琳：樓下的風景

> 你站在橋上看風景，
> 看風景人在樓上看你。
>
> ——卞之琳：《斷章》

戴望舒、何其芳、卞之琳是中國現代派新詩最主要的代表。
如果說中國現代派最顯著的特徵是將西方的象徵主義詩藝
與中國固有的詩歌傳統互相印證，嘗試「中西融合」，那麼，
不同的詩人出自不同的性格氣質，所進行的融合嘗試又是各
不相同的。通常認為，戴望舒、何其芳屬於融合中的「主情
派」，而卞之琳則屬於融合中的「主知派」。這種差別究竟
是如何產生的？是什麼樣的性格氣質促使卞之琳走向了「主
知」的選擇呢？卞之琳「主知」的實質又是什麼？這都是我
們既感興趣又還沒有細緻分析過的問題。

● 「冷血動物」的認同

　　「冷血動物」是卞之琳對自己創作態度的一種概括，他
說：「我寫詩，而且一直是寫的抒情詩，也總在不能自已的
時候，卻總傾向於克制，仿佛故意要做『冷血動物』。」[111]
我認為，詩人在這裏所總結的並不僅僅是他的創作態度，實
際上，他已經有意無意地道出了自己基本的個性氣質。卞之
琳從來都不是那種四處張揚、自我表現的人，「總怕出頭露

---

[111] 卞之琳：《雕蟲紀曆·自序》，《雕蟲紀曆》第 1、3 頁。

面，安於在人群裏沒沒無聞，更怕公開我的私人感情」。[112]
從 1931 年的「九一八」到 1938 年的延安之行，他在每一個
可能投入歷史巨流的時刻都保持了特有的冷靜，「人家越是
要用炮火欺壓過來，我越是想轉過人家後邊去看看。」[113]在
延安，「在大庭廣眾裏見到過許多革命前輩、英雄人物」，
這也沒有讓他迅速地投入到新的生活中去，以至到了 1948
年中國歷史發生巨大變動的年代，他還在「英國僻處牛津以西
幾十公里的科茨渥爾德中世紀山村的迷霧裏獨自埋頭」。[114]詩
人解釋說，這是「由於方向不明，小處敏感，大處茫然，面
對歷史事件、時代風雲，我總不知要表達或如何表達自己的
悲喜反應」。[115]對照戴望舒、何其芳，卞之琳性格的這一特
徵就更是明顯了。抗戰以前的戴望舒儘管也想維護個人生活
中的隱祕性，但並不拒絕表達自己對社會生活的喜怒哀樂，
抗戰以前的何其芳善於用夢和幻想把自己包裹起來，但夢和
幻想也是詩人濃麗的情感的外化。當抗戰的大潮湧來時，他
們都比卞之琳更熱情、更主動，也都積極轉到了一種新的生
活方式當中。

　　藝術實際上就是藝術家從自身的個性氣質出發對人和世
界的一種觀照方式。藝術家認同什麼樣的藝術思潮歸根到柢是
由他最基本的個性品格所決定的。從表面上看，卞之琳和戴望
舒、何其芳一起都趨向於將西方的象徵主義詩藝與中國固有的

---

[112] 同上。
[113] 卞之琳：《雕蟲紀曆·自序》，《雕蟲紀曆》第 5、8、9、3 頁。
[114] 同上。
[115] 同註 113。

詩歌傳統互相印證、中西融合，西方象徵主義詩人如波德萊爾、魏爾倫、瓦雷裏等，中國晚唐五代詩人如溫庭筠、李商隱等都是他認同的對象；但仔細分析起來，冷靜、矜持的卞之琳卻是與戴望舒、何其芳頗有差別的，波德萊爾、魏爾倫式的憂傷雖然也進入過他初期的創作，但從整體上看，促使詩人藝術成熟的還是以葉芝、里爾克、瓦雷里、艾略特為代表的後期象徵主義。對中國古典詩歌，他也有自己獨特的理解。

　　同以波德萊爾為先驅，以魏爾倫、馬拉美、韓波為代表的前期象徵主義比較，以葉芝、里爾克、瓦雷里、艾略特為代表的後期象徵主義最顯著的特徵就是對人生世事持一種冷眼旁觀的姿態。如果說前期象徵主義更喜歡自我表現（這與浪漫主義不無共通之處），那麼後期象徵主義卻更喜歡自我消失，喜歡「非個人化」；如果說前期象徵主義更喜歡抒發自我的情感，那麼後期象徵主義卻更主張「放逐情感」，追求客觀的理性的觀照。從選擇詩歌藝術的那一天起，卞之琳的天性就不允許他過分地自我炫耀、自我抒懷，像他最早描寫北平街頭灰色景物的一些詩作，雖然受波德萊爾的影響，抒發過一些命運的慨歎，但是比起戴望舒類似的作品（如《生涯》、《流浪的夜歌》）來說，卞之琳簡直連自我的形象都不願出現，他總是以摹寫他人來代替描畫自身，又都是儘可能的冷淡、平靜，還不時開點玩笑，這就注定了真正使他「一見如故」的還是「20 年代西方『現代主義』文學」。[116]這裏所說的「現代主義」文學其實就是後期象徵主義，在卞之

---

[116] 卞之琳：《雕蟲紀曆·自序》，《雕蟲紀曆》第 3、16 頁。

琳的詩歌文本中，能尋找到的西方詩歌的印迹尤以後期象徵
主義為多。如評論界已經注意到，《還鄉》「電桿木量日子」
化自於艾略特《普魯費洛克的情歌》中的名句「我用咖啡匙
量去了一生」；《歸》「伸向黃昏去的路像一段灰心」化自
於艾略特的這樣幾句詩：「街連著街，像一場冗長的辯論／
帶著陰險的意圖／要把你引向一個重大的問題」（同前）；
《長途》「幾絲持續的蟬聲」讓人「在不覺中想起瓦雷里《海
濱墓園》寫到蟬聲的名句」，[117]寫《魚化石》時，詩人「想
起愛呂亞的『她有我的手掌的形狀，她有我的眸子的顏
色』」。[118]相比之下，戴望舒、何其芳雖然也接觸了一些後
期象徵主義詩歌，但還基本上是站在前期象徵主義「自我表
現」的立場上來加以理解、加以接受的，所以他們在事實上
就只是部分地接受了後期象徵主義，且加以了較多的改造，
例如在戴望舒眼中，保爾·福爾「為法國象徵派中的最淳樸、
最光輝、最富於詩情的詩人」，果爾蒙的詩又表現了自我「心
靈的微妙」。[119]

　　我也注意到，卞之琳對晚唐五代的中國詩歌一往情深，
對南宋詞人姜白石頗感親近，對正始詩人嵇康「手撫五弦，
目送歸遊」的境界也讚歎不已，說：「手揮目送，該是藝術
到化境時候的一種最神、最逸的風姿。」[120]這些跨時代的詩
歌現象同樣有著一個共同的特徵，那就是，它們一般都對人

---

[117] 同上。

[118] 卞之琳：《十年詩草》，香港明日社 1942 年版。

[119] 見《戴望舒譯詩集》，湖南人民出版社 1983 年版。

[120] 卞之琳：《滄桑集·驚弦記：論樂》，江蘇人民出版社 1982 年版。

生的感受作「冷處理」，以淡然的態度面對自身的現實境遇，它們很少直接地描寫個人的情感動向，個人的情感總是遠距離地轉移到「第三者」處。嵇康的四言詩雖蒙「直露」之名，但多是理性批評的直露，並非情意綿綿，他的創作預示了東晉偏離個人情感、奢言老莊玄理的「玄言時代」的即將來臨；李商隱詩有「深情綿邈」之稱，但他的情卻又往往隱藏在若干抽象的客體背後，給人曲折幽邃的感覺（尤其是晚年的詩作），何其芳看中了李商隱的深情，而卞之琳則看中了他的「隱藏」，謂之「含蓄」；以溫庭筠詞為代表的《花間集》，「多為冷靜之客觀」「而無熱烈之感情及明顯之個性」；[121] 姜白石的詞作帶著他早年所襲江西詩派的理性思維，王國維《人間詞話》有云「白石有格而無情」。

就是在對具體生活情態、具體人生感念的某種「超脫」性的觀照中，卞之琳既認同了西方的後期象徵主義，又認同了從嵇康的「玄言」到姜夔的「無情」，中西兩大詩歌文化在這一特定的心態上交融了。「一個手叉在背後的閒人」捏著核桃在散步；遙遠的大山裏，和尚撞過了白天的喪鐘；「她」在海邊的崖石上坐著，看潮起潮落；在賣酸梅湯的攤旁，在老王的茶館門口，在「路過居」，三三兩兩的人有一搭沒一搭地聊著，卞之琳都默不作聲地觀察著，有時候，「我」也像「廣告紙貼在車站旁」，幻想「撈到了一只圓寶盒」，「想獨上高樓讀一遍《羅馬衰亡史》」，但透過這個「我」，讀者也只是看到了一個冷冷淡淡的卞之琳，卻不知道詩人內心

---

[121] 葉嘉瑩：《迦陵論詞叢稿》第 18、19 頁，上海古籍出版社 1980 年版。

情感的起伏。於是關於卞之琳，我們總是在爭論、猜測，連李健吾、朱自清這樣的行家也只能瞎子摸象似的解詩，聞一多則根本沒有讀「懂」《無題》。[122]《斷章》、《舊元夜遐思》、《白螺殼》究竟又表現了什麼？[123]卞之琳還以這樣的自述繼續阻撓著我們的思索：「這時期（指 1930 年～1937 年。——引者注）的極大多數詩裏的『我』也可以和『你』或『他』（『她』）互換」。[124]這樣長時期的爭議不休讓我們想起了艾略特的《荒原》、《四個四重奏》，也想起了李商隱的《錦瑟》，真正是「在我自己的白話新體詩裏所表現的想法和寫法上，古今中外頗有不少相通的地方。」[125]

　　如果要作出一個形象的比喻，我可以說卞之琳簡直就像是「站在樓上看風景」，「樓下」的風景中有別人，或許也有他自己的幻影，但他卻始終待在「樓上」，「樓上」與「樓下」的距離有助於他冷卻自己的熱情。

● 冷峭的與平靜的

　　卞之琳從他固有的克制與冷靜出發，融會中西詩歌文化，但這並不就意味著中國古典的詩歌傳統與西方現代的詩歌趨向可以毫無矛盾地水乳交融了。應當看到，中國古典詩歌與西方現代詩歌畢竟是在兩種完全不同的哲學背景上發生發展的，不管西方現代詩歌如何接受了中國傳統的啟發，

---

[122] 聞一多曾讚揚卞之琳不寫情詩，其實《無題》就是情詩。
[123] 歷來評論界對這幾首詩也是爭論不休的。
[124] 卞之琳：《雕蟲紀曆·自序》，《雕蟲紀曆》第 3、15 頁。
[125] 同上。

它都還是在西方文化這棵大樹上結出的果實。中西兩大詩歌文化的實質內涵是有差別的，對卞之琳的影響也各有深淺。

凸現個人的意志是西方詩歌固有的傳統。後期象徵主義強調自我的消逝，追求「非個人化」似乎是對這一傳統的否定；但是，誰也無法否認這樣的事實：提出這種「否定」的恰恰是一些竭力尋找自我的現代詩人，「否定」本身就是他們區別於浪漫主義與前期象徵主義的「個性」之所在！艾略特說：「詩不是放縱感情，而是逃避感情，不是表現個性，而是逃避個性。自然，只有有個性和感情的人才會知道要逃避這種東西是什麼意義。」[126]從實質上講，後期象徵主義「消滅自我」和「非個人化」都是詩人從自身的理解出發，對世界、未來、人類真理的一種痛苦的嚴肅的追問方式，因為在他們看來，現實的自我（及其情感）已經被現象界玷污了，我非我，人非人，詩人只有在「消滅」的過程中，重新獲得他們！艾略特說，詩人「就得隨時不斷的放棄當前的自己，歸附更有價值的東西。一個藝術家的前進是不斷的犧牲自己，不斷的消滅自己的個性。」[127]里爾克甚至認為：「與世隔絕，轉入內心世界」而創作的詩才是「你的生命之聲」。[128]對於自我具體的生活感受和現實情感，後期象徵主義詩人的確是冷漠乃至拒棄的，但從一個更深的意義上看，對瑣碎事實的冷漠和拒棄實際上又是為了他們能夠對人類本體進行恢

---

[126] 艾略特：《傳統與個人才能》，《西方現代詩論》第 80、76 頁。
[127] 同上。
[128] 裏爾克：《致一位青年詩人的信》，《西方現代詩論》第 232 頁。

宏、莊嚴的思考，因而「冷」實在就是一種極有哲學品格的「冷峭」。它「冷」而犀利，揭示出了人類生存的許多真相，諸如世界的「荒原」狀態，人性自身的精神的「墓園」，以及我們是怎樣地渴望駛向「拜占庭」。

「冷峭」讓人們清醒地意識到了許許多多的被前人所掩蓋了的哲學課題：死與生，靈與肉，時間和空間等等。

後期象徵主義引導卞之琳步入了現代哲學的殿堂。在卞之琳的詩歌裏，出現了一系列睿智的思想，他注意把對現實的觀察上升到一個新的哲學高度。如他從小孩子扔石頭追思下去：「說不定有人，／小孩兒，曾把你／（也不愛也不憎）／好玩的撿起，／像一塊小石頭，／向塵世一投。」（《投》）他因愛的失望而悟出了「空」：「我在簪花中恍然／世界是空的」（《無題五》），他的許多詩境本身就來自於他理性意識的組合，如《斷章》、《舊元夜遐思》、《圓寶盒》、《對照》、《航海》、《距離的組織》等。在中國現代新詩史上，卞之琳是一位真正具有自覺的哲學意識的詩人。西方後期象徵主義對這種「哲學意識」的影響是顯而易見的：《投》討論命運觀，《斷章》展示主客關係，《水成岩》描述時間的體驗，這都屬於後期象徵主義詩歌的話題。後期象徵主義的「冷峭」使得卞之琳相對地與一些同輩詩人如戴望舒、何其芳等拉開了距離，指向著未來新詩的某些趨向，因而便繼續對 40 年代的中國現代主義詩歌產生著影響。

但是，我認為絕不能過分誇大後期象徵主義的「冷峭」對於卞之琳的意義。因為，一個同樣明顯的事實是，卞之琳觸及了一些西方現代哲學的話題，但又無意在這些方面進行

更尖銳更執著的追究，他的智慧之光時時迸現，又時時一閃即逝，如《投》；他喜歡捕捉一些富有哲學意味的現象，但並不打算就此追根究柢，如《斷章》；他又往往能夠把思索的嚴峻化解在一片模模糊糊的恬淡中，《無題五》的「色空」觀這樣演示著：「我在簪花中恍然／世界是空的，／因為是有用的，／因為它容了你的款步。」恬淡之境似乎暗示我們，卞之琳冷靜的「底蘊」實在缺乏那種沉重而銳利的東西，與西方後期象徵主義的「冷峭」大有差別，他的冷靜重在「靜」，講得準確一點，似乎應當叫做「平靜」。平靜就是面對世界風雲、個人悲歡，既不投入，又不離棄，淡然處之，似有似無，若即若離，間或有心緒的顫動也都能及時撫平，「還從靜中來，欲向靜中消。」（韋應物語）「平靜」的心態更容易讓我們想起中國古典詩歌，想起從嵇康「手揮目送」的脫俗，溫庭筠「梧桐夜雨」的寧靜，李商隱「暖玉生煙」的逸遠到姜白石「垂燈春淺」的清幽，中國古典詩人超脫於人情世故的選擇大體都是如此。

　　中西詩歌文化的一個重要差別或許就在這裏。西方後期象徵主義詩歌的「冷峭」仍然是詩人個人生存意志的頑強表現，它在一個層面上改變了西方詩歌「濫情主義」的傳統，卻又在另一個更深的層面上發展著西方式的「意志化」追求，而「意志化」又正是西方詩歌的一個根本性的「傳統」，這一傳統在古希臘時代的「理念」中誕生，經由中世紀神學的逆向強化，在文藝復興、啟蒙運動的「理性」中得以鞏固，它已經深深地嵌入了西方詩人的精神結構，成為一個難以改變的事實；中國古典詩歌的「平靜」則從一個側面反映了中

國詩人的生命選擇，他們從紛擾的社會現實中退後一步，轉而在大自然的和諧中尋求心靈的安謐和恬適。無論是「託物言志」，還是徹底的「物化」，也不管是性靈的自然流露還是刻意的自我掩飾，總之「平靜」的實質就是對個人生存意志的稀釋，是對內在生命衝動的緩解。在沒有任何先驗的「理念」能夠居於絕對領袖地位的時候，在上帝權威不曾出現的文化氛圍裏，「平靜」式的理智就成了中國古典詩人的精神特徵的典型。

中國現代文化的發展並沒有從根本上顛覆我們中國文化固有的哲學背景，中國古典詩歌的這種「平靜」也通過各種啟蒙教育繼續對中國現代詩人產生精神上的輻射。而重要的是，在詩人卞之琳的意識層面裏，也從來就不是把中西兩種詩歌文化的「冷靜」都處於同等重要的位置，他明確地指出，30 年代的現代派詩歌是「傾向於把側重西方詩風的吸取倒過來為側重中國舊詩風的繼承。」[129]

是不是可以這樣認為，後期象徵主義詩歌的「冷峭」曾經給了卞之琳較大的啟發，引導他走向了藝術的成熟，但是，在精神結構的深層，他還是更趨向於中國古典詩歌的「平靜」。

冷靜、客觀的心態決定著詩歌創作的理性精神，卞之琳的「平靜」決定了他必然走向「主知」，而這一「主知」卻又具有鮮明的民族特色，與西方後期象徵主義詩歌的哲學化趨向是有區別的。

---

[129] 卞之琳：《戴望舒詩集·序》，《人與詩：憶舊說新》第 63 頁。

　　後期象徵主義詩歌「哲學化」的魅力來自於它思考的深入透闢、思想的錯綜複雜。葉芝認為：「只有理智能決定讀者該在什麼地方對一系列象徵進行深思。如果這些象徵只是感情上的，那麼他只能從世事的巧合和必然性之中對它們仰首呆看。但如果這些象徵同時也是理智的，那麼他自己也就成為純理智的一部分」。[130]卞之琳詩歌「主知」的魅力則來自於它觀念的奇妙，它並不過分展開自身的哲學觀念，而只是把這種觀念放在讀者面前，讓人賞鑒，讓人讚歎。後期象徵主義詩歌以理性本身取勝，卞之琳詩歌則以理性的趣味性取勝，這也正符合中國詩論的要求：「詩有別趣，非關理也。」（嚴羽）

　　卞之琳寫時間的運動，寫時空的相對性，他的思想是睿智的，但思想本身又主要浸泡在若干生活的情趣之中，他很少被「思想」牽引而去。《白螺殼》「無中生有」的意蘊與某種舊情的懷想互相滲透：「空靈的白螺殼，你／孔眼裏不留纖塵，／漏到了我的手裏／卻有一千種感情」；《音塵》的歷史意識只是「思友」的點綴：「如果那是金黃的一點，／如果我的坐椅是泰山頂，／在月夜，我要猜你那兒／準是一個孤獨的火車站。／然而我正對一本歷史書。／西望夕陽裏的咸陽古道，／我等到了一匹快馬的蹄聲。」他「想獨上高樓讀一遍《羅馬衰亡史》」，但終於還是在友人帶來的「雪意」中清醒，返回了現實（《距離的組織》）。卞之琳在注釋中闡述這一首《距離的組織》說：「這裏涉及存在與覺識

──────────
[130] 葉芝：《詩歌的象徵主義》，見《西方現代詩論》第 228 頁。

的關係。但整首詩並非講哲理，也不是表達什麼玄祕思想，而是沿襲我國詩詞的傳統，表現一種心情或意境」。

　　任何超越於生活情趣的思想都必將指向一個更完善的未來，因而它也就必然表現出對現實人生的一種懷疑、哀痛甚至否定。西方的後期象徵主義詩歌就是這樣。里爾克從秋日的繁盛裏洞見了「最後的果實」：「誰這時孤獨就永遠孤獨」（《秋日》），艾略特感到：「四月是最殘忍的月份」（《荒原》），卞之琳既無意把理念從生活的蜜汁裏抽象出來，那麼他也就不可能陷入苦難的大澤。批評家劉西渭認為《斷章》裏含著莫大的悲哀，卞之琳卻予以否認。還是現代派同仁廢名的體會更準確一些，他讀了卞之琳幾首冷靜的「主知」詩以後，感歎道：「他只是天真罷了，『多思』，罷了」，並非「不食人間煙火」！[131]有時候，詩人甚至根本就不想追問什麼，他更願意接受古典詩人「詩化人生」的逍遙：「讓時間作水吧，睡榻作舟，／仰臥艙中隨白雲變幻，／不知兩岸桃花已遠。」（《圓寶盒》注）

　　從總體上看，平平靜靜的卞之琳是無意成為什麼「詩哲」的，站在樓上看風景，淡淡地看，似看非看，似思非思，他「設想自己是一個哲學家」，但又是一個「懶躺在泉水裏」，「睡了一覺」的哲學家（《對照》）。

　　在詩的精神的內層，卞之琳具有更多的民族文化特徵。

---

[131] 馮文炳（廢名）：《談新詩·〈十年詩草〉》，著重號為引者所加。

● 詩藝的文化特徵

　　中西詩歌文化的多層面融合在卞之琳詩歌的藝術形式中同樣存在。

　　一般認為，卞之琳詩歌在藝術上的主要貢獻有三：注意刻畫典型的戲劇化手法；新奇而有變化的語言；謹嚴而符合現代語言習慣的格律。我認為，正是在這三個方面，我們可以看到中西文化的多重印迹。

　　戲劇的手法與新奇的語言都可以說是後期象徵主義的藝術特徵。艾略特提出「哪一種偉人的詩不是戲劇性的？」他特別注意以戲劇性手法來表達自己的體驗，或者是戲劇性的人物對話，或者是消失了敘述者的戲劇性的場景，戲劇化手法有效地避免了詩人瑣碎情感的干擾，讓讀者更真切地「進入」到世界和人類生存本質的真實狀態。向指稱性的語言發起反叛，創造語詞的多義性、晦澀性和出人意料的「陌生化」效果，這又是現代詩人的自覺追求。卞之琳「常傾向於寫戲劇性處境、作戲劇性獨白或對話、甚至進行小說化」創作。[132]《酸梅湯》、《苦雨》、《春城》都全部或部分地使用了獨白與對白，在《寒夜》、《一個閒人》、《一個和尚》、《長途》、《一塊破船片》、《路過居》、《古鎮的夢》、《斷章》、《寂寞》等作品中幾乎就沒有「我」作為敘述者的介入，而在《音塵》、《距離的組織》、《舊元夜遐思》、《尺八》、《白螺殼》等作品裏，儘管有敘述者「我」

---

[132] 卞之琳：《完成與開端：紀念詩人聞一多八十生辰》，《人與詩：憶舊說新》第 10 頁。

的存在，但在整體上又仍然保持了客觀的自足的戲劇性場景；同時，卞詩又素有晦澀之名，語詞間、句子間的空白頗大，跳躍性強。前文已經談到，詩評家李健吾、朱自清、聞一多尚不能完全破譯這些語詞的「祕密」，何況他人！然而，晦澀難懂的又何止是《斷章》、《距離的組織》、《無題》組詩呢？《舊元夜遐想》不也朦朧，《音塵》、《白螺殼》不也曖昧？還有《圓寶盒》、《魚化石》、《淘氣》……卞詩戲劇化手法及語言的跳脫顯然從後期象徵主義那裏得益不小。

　　卞之琳又總是把這些外來的詩藝與中國自身的傳統互相比附、說明。比如他把戲劇化手法與中國的「意境」打通：「我寫抒情詩，像我國多數舊詩一樣，著重『意境』，就常通過西方的『戲劇性處境』而作『戲劇性臺詞』。」[133]又說語言跳脫而造成的「含蓄」也是中西詩藝「相通」、「合拍」的地方，[134]的確，中國古典詩歌的理想境界就是「物各自然」，它反對主體對客體的干擾，保持情狀的某種客觀性，「中國詩強化了物象的演出，任其共存於萬象、湧現自萬象的存在和活動來解釋它們自己，任其空間的延展及張力來反映情境和狀態，不使其服役於一既定的人為的概念。」[135]這不就是戲劇化麼？中國古典詩歌又一向強調對語言「指稱」性的消解，維護其原真狀態的立體性、多義性，是為「含蓄」，本世紀西方現代詩歌的語言操作

---

[133]　卞之琳：《雕蟲紀曆·自序》，《雕蟲紀曆》第 15 頁。
[134]　同上。
[135]　葉維廉：《語法與表現：中國古典詩與英美現代詩美學的彙通》，《尋求跨中西文化的共同文學規律》第 65-66 頁。

本身就受到了中國古典詩歌的影響。但是，我認為，所有的這些相似性都還不能證明中西詩歌藝術是真正地走到了一起。事實上，在這些「貌合」的外表下蘊藏著深刻的「神離」：西方後期象徵主義的戲劇化手法主要是為了喚起讀者的「親歷感」，讓所有的讀者都走進詩所營造的生存氛圍之中，共同思索世界和人類的命運；暫時消除敘述者的聲音是為了避免詩人個人的褊狹造成的干擾，但需要消除的也只是個人的褊狹，而非人之為人的偉大的意志；相反，戲劇化的手法正是為了調動許許多多接受者自身的意志力。所以說，戲劇化手段所謂的「客觀」僅僅也是手段，其終極指向恰恰還是作為人的主觀性、意志性。中國古典詩歌的「意境」卻不僅僅是為了喚起讀者的「親歷感」，「意境」本身就是中國哲學與中國文化的理想狀態。消除所有的意志化痕迹，讓主觀狀態的人返回到客觀，並成為客觀環境的有機組成部分，這就是「意境」。「意境」絕非什麼手段，它本身就是目的！如果說戲劇化情景中流淌著的還是人心目中的世界，是充滿了破碎、災難與危機的物象，那麼，意境中棲息著的卻像是原真狀態的世界，人與世界生存於和諧、圓融之中。同樣，西方後期象徵主義反叛語言的「指稱」也並非是要消滅語言中的人工因素，而不過是反傳統的一種方式，它們滌除了舊的「指稱」，卻又賦予了新的「指稱」，語言還是在不斷追蹤著人自身的思想。當詩人的思想過分超前，為傳統的語法規則所束縛時，詩人便毫不猶豫地打破這些規則，使傳統意義的「語言的碎片」適應新的思想。艾略特等人的追求就

正是如此。所以說後期象徵主義語言的新奇、跳脫而形成的「晦澀」實質上就是詩人的思維運動超出了世人的接受、理解能力，是思想的超前效應。中國古典詩歌則試圖不斷消除語言的人工痕迹，徹底突破語法的限制，至少也要把限指、限義、定位、定時的元素減滅到最低的程度；但這不是為了適應某種新奇的、超前的思想，而是返回到沒有人為思想躁動的「通明」狀態，「指義前」的狀態。這樣的處理既超越了我們的理性意識，又並不讓我們感到彆扭、古怪，它新鮮而自然，因為從本質上講，它適應了我們最本真的生命狀態。

　　我始終感到，將卞之琳詩歌的戲劇效果稱為「手段」並不合適。在一些作品裏，卞之琳的戲劇效果都特別注意烘托那種渾融、完整的景象，暗示著他對生命狀態的傳統式認識，更像是中國的「意境」。曠野、蟬聲、西去的太陽、低垂的楊柳、白熱的長途組成了挑夫的世界（《長途》），潮汐、破船片、石崖、夕陽、白帆就是「她」的空間（《一塊破船片》），破殿、香煙、木魚、模模糊糊的山水、昏昏沉沉的鐘聲，這是和尚「蒼白的深夢」（《一個和尚》）。另外的一些作品如《距離的組織》、《尺八》、《圓寶盒》等意象繁複，但也不是恣意縱橫，它們都由某種淡淡的情緒統一著，具有共同的指向。在《距離的組織》是飄忽的人生慨歎，在《尺八》是依稀的歷史感受，在《圓寶盒》是愛的幻覺，而且這些戲劇場景又都注意內部的呼應、連貫、配合，完全不像後期象徵主義詩歌那樣的破碎，其思維還是中國式的，「中國式的思維可以說是一種圓式思維，思想發散出去，

還要收攏回來，落到原來的起點上。」[136]卞之琳說：「我認為『圓』是最完整的形象，最基本的形象。」[137]

　　卞之琳詩歌語言的跳脫固然也給我們的理解帶來過某些困難，但是，應當看到，這並不是詩人要刻意拉開與我們的思想差距，而有他更多的現實性考慮，一方面是他羞於暴露個人的某些隱秘性情感（這與戴望舒有共同處），另一方面則是借語言跳脫的自由感建立人與世界跨時空的有機聯繫。從本質上講，這樣的跨時空聯繫並沒有撐破我們對漢語變異的容忍限度，它陌生、新奇但並不怪異，讀後往往讓人歡服而不是心緒繁亂。他的語詞的「跳脫」主要是對詞性的活用和對語詞使用習慣的改變，如「我喝了一口街上的朦朧」（《記錄》），「友人帶來了雪意和五點鐘」（《距離的組織》），他的句子跨時空「跳轉」的根據其實就是中國傳統的時空觀、矛盾觀，如《無題五》：「我在散步中感謝／襟眼是有用的，／因為是空的，／因為可以簪一朵小花。」他作註解釋這一跳轉說，「古人有云：『無之以為用。』」。《慰勞信集》以後，卞之琳的創作進入了一個新的時期，有了新的風貌，但在語言的機智性「跳脫」方面卻一如既往，如《一處煤窯的工人》：「每天騰出了三小時聽講學讀，／打從文字的窗子裏眺望新天下」，《地方武裝的新戰士》：「當心手榴彈滿肚的憤火／按捺不住，吞沒了你自己。」《一切勞苦者》的句子跳轉：「一

---

[136] 白雲濤、劉嘯：《中國古典詩歌的文化精神》，《文藝研究》1987 年第 1 期。

[137] 卞之琳：《滄桑集·驚弦記：論樂》。

隻手至少有一個機會／推進一個剌人的小輪齒。／等前頭出現了新的里程碑，／世界就標出了另外一小時。」

　　眾所周知，卞之琳曾長期致力於對中國現代新詩格律形式的探索，他嘗試過二行、三行、四行、五行、六行、八行、十行、十四行等多種樣式，有正體也有變體，其中用心最勤的是西方的十四行詩體。以十四行為代表的格律詩在西方詩歌史上一直都綿綿不絕，其影響一直延續到本世紀的後期象徵主義，馬拉美、瓦雷里、葉芝、里爾克、艾略特等人都創作過格律詩，這對卞之琳的格律化探索無疑是一種鼓勵。他自己說，一些詩的格律樣式就是直接套用西方的詩體，如《一個和尚》之於「法國 19 世紀末期二三流象徵派十四行詩體」，「《白螺殼》就套用了瓦雷里用過的一種韻腳排列上最較複雜的詩體」，《空軍戰士》套用了瓦雷里「曾寫過的一首變體短行十四行體詩」[138]（應為《風靈》——筆者注）。除詩體的擴展外，他還仔細推敲了格律的節奏問題（「頓」），介紹了除一韻到底之外的多種押韻方法，換韻、陰韻、交韻、抱韻以及詩的跨行。從卞之琳有關格律問題的大量闡述來看，他努力的目的就是為了尋找一種更符合現代語言習慣的樣式，探索在現代漢語條件下，詩歌如何才能既協暢又自然。他討論的前提常常是「我國今日之白話新詩」如何，「在中文裏寫十四行體」如何，這都表明了卞之琳對漢語言深刻的感受力和接受西方文化的自信，這種符合時代發展要求的開闊襟懷也是卞之琳超越於前輩詩人聞一多的地方。僅從格律

---

[138] 卞之琳：《雕蟲紀曆·序》，《雕蟲紀曆》第 16、17 頁。

的具體實踐來看，聞一多的建築美、音樂美都顯得呆板、機械、保守，而卞之琳則要靈活、自由和開放得多。

不過，我們也應該注意到這個事實，卞之琳關於詩體、節奏、押韻及跨行的種種靈活和開放都不是他無所顧忌的創造，同其他的思想藝術追求一樣，這也體現了詩人對中國古典詩歌傳統的自覺繼承。卞之琳認為西方的十四行「最近於我國的七言律詩體，其中起、承、轉、合用得好，也還可以運用自如。」[139]受之啟發，他曾想用白話創造新的八行體的七言律詩，他又證明說，換韻、陰韻、抱韻、交韻乃至跨行都是中國「古已有之」的東西，只要不再強調平仄，不再強求字的勻齊，整齊的音頓同樣能達到類似於中國古典詩詞的旋律效果。[140]於是，我們仿佛又重睹了徐志摩詩歌的格律化風采，將格律化的勻齊與現代漢語的自由靈活相調和，這正是徐詩的魅力所在，馮文炳曾說卞之琳是「完全發展了徐志摩的文體」。[141]我認為這話有它的深意。至少客觀地講，「發展」並不等於徹底的否定，而是否定中有肯定，甚至是延伸、強化。徐志摩所代表的新月派詩歌是新詩與舊詩間的一座橋樑（石靈語），那麼卞之琳呢，他不更是如此麼？他接受了以後期象徵主義為主的西方詩歌文化的影響，但又總是把這些影響放在中國古典傳統的認知模式中加以碾磨、消化、吸收，以求得中西詩歌文化的多層面融會。

---

[139] 卞之琳：《雕蟲紀曆·自序》，《雕蟲紀曆》第 17 頁。

[140] 同上。

[141] 馮文炳（廢名）：《談新詩·〈十年詩草〉》。

八、梁宗岱：意志化之路上的詩歌與詩論

● 從「意志化」開始

今天我們討論梁宗岱的詩歌與詩學貢獻，大都離不開「中西交融」的基本判斷，這固然符合了梁宗岱本人的藝術履歷與詩學趣味，但問題在於，當對初期白話新詩的不滿已經成為了 20 年代以後中國詩壇的一種主流話語，「中西交融」也就已經成為了包括新月派、象徵派、現代派等諸多詩人的「共同目標」，在這種意義下，作為個體的梁宗岱還有什麼樣的特色呢？這是我們今天研討梁宗岱先生的成就所必須回答的問題。

我想從梁宗岱 20 年代前期的詩歌談起，下面的這首詩就出自於他的詩集《晚禱》：

> 當夜神嚴靜無聲的降臨，
> 把甘美的睡眠
> 賜給一切眾生的時候，
> 天，披著件光燦銀爍的雲衣，
> 把那珍珠一般的仙露
> 悄悄地向大地遍灑了。
> 於是靜慧的地母
> 在昭蘇的朝旭裏
> 開出許多嬌麗芬芳的花兒
> 朵朵的向著天空致謝。
>
> ──《夜露》

這是 1923 年的夜晚，中國詩人梁宗岱寫下了這首靜謐安詳的「夜之頌」，之所以可以稱之為「夜之頌」而非傳統的「靜夜思」，就在於詩人在這裏為我們展現的已經不是傳統詩歌物我融洽，渾成一體的夜景，不是自然之夜的纖細的律動印證和引發了詩人內心的思緒，「夜靜群動息，蟋蟀聲悠悠。庭槐北風響，日夕方高秋。」[142]「風景日夕佳，與君賦新詩。澹然望遠空，如意方支頤。」[143]「山月臨窗近，天河入戶低。芳春平仲綠，清夜子規啼。浮客空留聽，褒城聞曙雞。」[144]在中國古人那裏，夜色、夜聲與詩人的心靈浮動都控制在了一個基本感覺的自然延伸的範圍之內，所謂即景生情、託物言志的詩思，「景」與「情」，「物」與「志」在彼此的和諧中保持了某種「同構」關係。梁宗岱的「頌」勾勒的則是一個安詳和諧而又分離的世界：安詳和諧的是它的氣質與氛圍，分離則是它的存在方式——天上是「夜神」的恩典，是環繞著神恩的非凡的壯麗，地上是承受著神恩的萬千生命，它們仰視蒼穹，默默地虔敬地「向著天空致謝」。在這樣一個由「神恩」引領的世界秩序裏，人的自我精神也不是蜷曲在大自然聲色的本原形式裏，不是在本然形態的渾融和諧裏追尋自我情緒的浮動，人類向「神」感恩致謝的「頌」歌就是對神所創造的「分離」世界的體認：我們都有必要不斷脫離凡俗的人間，向著永恆的壯麗的蒼穹禮贊和飛升，祈禱、

---

[142] 王維：《秋夜獨坐懷內弟崔興宗》。
[143] 王維：《贈裴十迪》。
[144] 陳子昂：《夜宿七盤嶺》。

禮贊都是自我精神超越的高尚形式。祈禱被稱之為「宗教的
靈魂和本質」,「最具有自發性和最屬個人的宗教表達」,
「人在祈禱中向上帝舒展開自己的肢體。他想超越自身,不
想再孤獨,不想再讓自己與自己獨處。」[145]「沉思的人已在
祈禱中與他的信仰融合為一了,因此才能夠在其中見出上帝
的天啟,或者達到福象(beatific vision),這和我們剛才講
的精神昇華的最高境界是處於同等水平的。」[146]梁宗岱的晚
禱與夜頌與同一時期的許多中國象徵派詩歌是有區別的,例
如穆木天的《薄暮的鄉村》:

> ……
>
> 村後的沙灘
>
> 時時送來一聲的大槳
>
> 密密的柳蔭中的徑裏
>
> 斷續著晚行人的歌唱
>
> 水溝的潺潺　寂響……
>
> 旋搖在鉛空與淡淡的平原之間
>
> 悠悠的故鄉
>
> 雲紗的蒼茫

是眼前「薄暮」中的景觀牽動了詩人的意緒與緬想,顯然,
穆木天的「薄暮世界」是一個渾然完整的世界,詩人的自我
與思緒也都飄動在這個世界的物象之中,沒有「上」與「下」

---

145 奧特:《祈禱是獨白和對話》,《二十世紀西方宗教哲學文選》(上),
　　606頁,上海三聯書店1991年。
146 孫津:《基督教與美學》196頁,重慶出版社1990年。

的分別，沒有從凡俗到聖境的飛升，從本質上講，它更近於中國古典詩歌的「即景抒懷」模式。

我曾將中國古典詩歌的精神追求概括為「物態化」，以此而與西方詩歌的「意志化」傳統區別開來。物態化的詩歌藝術並不追求個人情緒的激蕩奔湧，也無意沉醉於主觀思辨的玄奧之鄉，它的理想世界是物我平等、物物和諧、物各自然。「體物寫志」、「以物觀物」被視作是中國古典詩歌抒情藝術的至境。在中國現代新詩發展史上，隨著人們對初期白話新詩的粗糙之弊批評漸增，轉而從中國古典詩歌的千年傳統中尋覓藝術的滋養就成了一個誘人的選擇，於是，從20年代初期開始，在新月派、象徵派詩人的筆下，就再次浮現起了白話形式的「物態化」詩歌境界。

梁宗岱的晚禱與夜頌之所以為我們創造了一個「非物態化」的詩境，就在於他少年時代求學於教會學校的知識與精神背景提供了另外一種同樣誘人的心靈選擇：不是在與自然的融洽而是在與自然「之上」的神的對話中尋覓生命的意義，在由祈禱與天啟所引領的神性秩序裏，神的意志貫穿了整個宇宙，不是自然本身而是神的意志在引導我們的生命完成最根本的超越，在這種精神資源中，「物」只是「意志」的體現，而「意志」本身才是生命的根本，我們通過景仰和領受神的「意志」的方式提升著自我的「意志」。基督教文化就是通過這一過程繼續強化了西方藝術自古希臘以來的「意志化」傳統。梁宗岱沐浴於「晚禱」境界的體驗給了他一個走出「物態化」傳統的機會，每當夜幕降臨，詩人不是如古代士子一般在自然的寧靜中品位人間溫良與感傷，他是

在凡間的黑夜之外冥想著另外的「光明」，那就是造物主意志的「光明」。「我只含淚地期待著——／祈望有幽微的片紅／給春暮闌珊的東風／不經意地吹到我底面前。」（《晚禱》（二））「讓心靈恬謐的微跳／深深的頌贊／造物主溫嚴的慈愛。」（《晚禱》（一））而充滿了造物主意志的夜空竟是如此的壯麗：「深沉幽邃的星空下，／無限的音波／正齊奏他們的無聲的音樂。／聽呵！默默無言的聽呵！／遠遠萬千光明的使者」（《星空》）詩人不僅頌揚著意志的超越，也開始在「物質」的世界中發現自我意志的映射：「金絲鳥」與「黑蝴蝶」也如人類一般循聲尋覓生命的伴侶（《失望》），夜梟的嗚嗚幻化為「人生詛咒的聲音」（《夜梟》），「晨雀」吟唱「聖嚴的頌歌」（《晨雀》），不管這些詩歌本身還有多少的稚拙與簡單，我們都不得不承認，它們的確是在中國古典詩歌的慣常模式之外，開闢了另一重新的境界。

　　如果對讀後來進入梁宗岱視野的西方詩歌，我們便不難發現那種「意志化」的物我關係與意象處理方式，在魏爾倫那裏，就是這樣讀解自然的存在與意義：

　　　天空，它橫在屋頂上，

　　　　　多靜，多青！

　　　一棵樹，在那屋頂上

　　　　　欣欣向榮。

　　　一座鐘，向晴碧的天

　　　　　悠悠地響，

一隻鳥，在綠的樹尖
　　幽幽地唱。
上帝呵！這才是生命，
　　清靜，單純。
一片和平的聲浪，隱隱
　　起自誠心。

　　　　　　　　——魏爾倫：《獄中》[147]

這是一個不斷「向上」的感受，大地之上是房屋，房屋有屋
頂，屋頂之上有「一棵樹」，樹上有「一隻鳥」，在這一切
之上更有安靜的青天，更有上帝。這就是人類精神超越的典
型形式，是高遠的生命意志鼓勵詩人鄙棄牢獄般的現實，不
斷地掙扎向上。我們往往認定西方詩歌自象徵主義開始已經
自覺不自覺地接近了中國古典詩歌的物我理想，其實，這裏
的區別仍然是顯著的：不是將世界讀解為一處自然渾成的整
體，而是努力在其中分辨出意義不同的境界，從中尋找出我
們精神昇華的路徑，這樣的意志化詩思在西方象徵主義詩歌
那裏是十分凸出的。瓦雷里是與梁宗岱關係密切的詩人，他
眼中的「大地」也充滿了意志與心靈的動能：「這片充滿無
形烈火的聖潔含蓄的大地／是獻給光明的贈禮，／我喜歡這
裏，它由高擎火把的翠柏蔭庇，／樹影幢幢，金光閃閃，片
石林立」（《海濱墓園》[148]

---

[147] 見《梁宗岱譯詩集》53 頁，湖南人民出版社 1983 年。
[148] 葛雷、梁棟譯：《瓦雷里詩歌全集》140 頁，中國文學出版社 1996 年。

可以說，梁宗岱少年時代所獲得的宗教精神資源是他接近西方意志化「詩思」的一個重要原因，而意志化的詩歌選擇則是他走出中國傳統詩歌模式的主要表現。

● 來自「物態化」的誤讀

然而，梁宗岱是否就能沿著這一意志化的道路上一直走下去呢？我提醒大家注意他的詩學代表作《詩與真》及《詩與真二集》。在既往的研究中，我們都比較充分地發掘了這一詩學論著的重要價值，諸如他所揭示的「象徵」、「純詩」、「契合」等重要的詩學概念，諸如它對中外詩學精髓的深入把握與獨到融會等等，然而，除此之外，我們是不是也可以沿著詩人早年已經形成的獨特詩歌選擇——意志化方向繼續追問，看一看他究竟是強化還是改變了這一先前的立場，他此時此刻的詩學姿態究竟與他的詩歌創作存在一個怎樣的關係？

我以為，梁宗岱此時的詩論與他作為詩人的身份有著重要的關係，其主要表現就在於，他基本不是以一個從事於詩學大廈建構的學者而是以執著於藝術創作的詩人的姿態展開理論的。梁宗岱自我定義為新詩的「實驗者」、「探索者」，他格外關心的的確是中國詩壇的現狀與未來，同為北京大學教授，同為飲譽詩壇的詩論家，梁宗岱特地對比過自己與「畏友」朱光潛，他說：「光潛底對象是理論，是學問。因為理論的證實而研究文藝品；我的對象是創作，

是文藝品，為要印證我對創作與文藝品的理解而間或涉及理論。」[149]

　　但是，與《晚禱》少年時代的單純的詩人身份畢竟不同，此刻的梁宗岱已經浸瑞於中外詩學的豐富營養之中，作為大學教授的實際角色，作為學貫中西的一代學人，他都必然展現出他對於中外詩學傳統的熟稔與興趣，作為 30 年代中國詩學探索的重要一員，他的首要任務不是聽任自己的性靈的自由飛揚，而是必須回答當前詩學發展中的重要問題，於是，「象徵」、「純詩」、「契合」等影響中國詩學發展重要的概念都成了梁宗岱闡釋的主要的內容。關於梁宗岱在這些概念闡釋上的詩學成就，近年來人們已多有總結，我們這裏就不再重複了。很明顯，他關於「象徵」的論述比周作人的直覺性言論更周全更詳盡，也比朱光潛的結論更符合詩歌思維的整體性特徵，他關於「純詩」的解說也比穆木天「純粹的詩歌」理想更具體也更有明確的實踐意義，他關於「契合」的闡述也深入了中國式象徵主義詩歌的詩思本質，而這一點也未嘗被其他中國詩論家所明確論及。在所有這些詩學概念的發掘方面，梁宗岱都充分展示了他作為一位新詩實踐者的豐富藝術經驗。

　　最值得注意的還在於，就是在這些詩學闡述中，梁宗岱開始對中外詩歌的融會之處有了更多的認可與肯定，這與他早年直取「意志化」的詩思有了實際的差異。梁宗岱所闡述

---

[149]　梁宗岱：《論崇高》題記，《詩與真·詩與真二集》116 頁，外國文學出版社 1984 年。

的三大詩學概念雖是所謂的「中西交融」，但都主要符合了
中國古典詩歌的「物態化」追求。與周作人等人一樣，他繼
續借用「興」來描述「象徵」的底奧，又輔以「即景生情，
因情生景」以至物我兩忘、心凝形釋等中國化的說明，由此
而沖淡了西方象徵主義的主觀意志色彩；在瓦雷里那裏，「純
詩」　是「絕對的詩」、「理想的詩」，它與現實絕緣，是
「與現實秩序毫無關係的世界的秩序和關係體系」，從根本
上講，這就是「一個難以企及的目標」，[150]梁宗岱雖然也認
為「純詩」是「現世未有或已有而未達到完美的東西」「比
現世更純粹更不朽的宇宙」，[151]但他顯然比瓦雷里更現實更
樂觀，其理由也在中國古典傳統：「我國舊詩詞中純詩並不
少」，其舉例如陳子昂《登幽州台歌》，姜白石《暗香》、
《疏影》等，[152]在這裏，物態化詩歌傳統與意志化的差異又
一次被按下不表；至於「契合」，在梁宗岱看來，就是一個
詩人（或讀者）在創作（或欣賞）時心凝形釋、物我兩忘，
世界的顏色、芳香、聲音與人的官能合奏「同一的情調」，
詩人「與萬化冥合」，[153]詩人在三大詩論中竭力標舉的「宇
宙意識」中，我們看到的已不是他早年詩歌中那種生命鬱
勃、自我超越的壯麗圖景：

---

[150]　《瓦雷里詩歌全集》304-306 頁。
[151]　梁宗岱：《詩‧詩人‧詩評家》，《詩與真‧詩與真二集》204 頁，
　　　外國文學出版社，1984 年。
[152]　梁宗岱：《談詩》，《詩與真‧詩與真二集》95 頁。
[153]　梁宗岱：《象徵主義》，《詩與真‧詩與真二集》76 頁。

從那刻起，世界和我們中間的帷幕永遠揭開了。如歸故鄉一樣，我們恢復了宇宙底普遍完整的景象，或者可以說，回到宇宙底親切的跟前或懷裏，並且不僅是醉與夢中的閃電似的邂逅，而是隨時隨地意識地體驗到的現實了。

當我們放棄了理性與意志底權威，把我們完全委託給失望底本性，讓我們底想像灌入物體，讓宇宙大氣透過我們心靈，因而構成一個深切的同情交流，物我之間同跳著一個脈搏，同擊著一個節奏的時候，站在我們面前的已經不是一粒細沙，一朵野花或一片碎瓦，而是一顆自由活潑的靈魂與我們底靈魂偶然的相遇：兩個相同的命運，在那一剎那間，互相點頭，默契和微笑。[154]

在這樣的宇宙意識裏，世界不再是由神所操縱，不再分裂為光明的彼岸和晦暗的此岸，宇宙是「普遍完整」的，而我們與宇宙也是平等親切的，所謂宇宙的「意識」當然就與任何超驗的精神無干，而個人的「意志」也必須被擯棄，剩下的就只是物我之間的那一份和諧與默契，所謂「眾鳥高飛盡，孤雲獨去閑。相看兩不厭，只有敬亭山。」[155]「明月松間照，清泉石上流。」「隨意春芳歇，王孫自可留。」[156]物態化境界的中國古典詩歌就是這種宇宙意識的生動體現。

---

[154] 梁宗岱：《象徵主義》，《詩與真·詩與真二集》78頁、81頁。
[155] 李白：《獨坐敬亭山》。
[156] 王維：《山居秋暝》。

　　梁宗岱如此重視中西詩歌精神的溝通，一方面與他所熟悉的法國文學界的期許有直接關係，瓦雷里就是這樣讚賞梁宗岱和他所翻譯的中國詩歌的：「梁君幾乎才認識我們底文學便體會到那使這文學和現存藝術中最精雅最古老的藝術相銜接的特點」[157]此外，梁宗岱所崇拜的另一位法國文學大家羅曼・羅蘭也在通信中感歎陶淵明與拉丁詩歌的「血統關係」，甚至說「這已經不是第一次了：我發覺中國的心靈和法國兩派心靈中之一（那拉丁法國的）許多酷肖之點。這簡直使我不能不相信或種人類學上的元素底神祕的血統關係。——亞洲沒有一個別的民族和我們底民族顯出這樣的姻戚關係的。」[158]眾所周知，中國現代新詩與整個中國現代文學一樣，是在強勢狀態的西方文化不斷湧入的巨大壓力之下發生發展的，這既帶來了中國文學自身發展的豐富資訊資源，也造成了某種巨大的心靈焦慮，詩人聞一多曾經十分形象地道出了這一焦慮和當時人們解決焦慮的策略：「自從與外人接觸，在物質生活方面，發現事事不如人，這種發現所給予民族精神生活的擔負，實在太重了。」「一想到至少在這些方面（指中國古代的哲學思想與文學藝術——引者注）我們不弱於人，於是便有了安慰。」[159]來自西方世界的讚賞無疑將對中國詩人發生難以估量的鼓勵的「導向」作用。在

---

[157] 保羅・梵樂希：《法譯「陶潛詩選」序》，《詩與真・詩與真二集》188 頁。

[158] 梁宗岱：《憶羅曼羅蘭》，《詩與真・詩與真二集》214 頁。

[159] 聞一多：《復古的空氣》，《聞一多全集》2 卷 351 頁，湖北人民出版社 1993 年。

30 年代的中國，在執著於中國新詩藝術探求的詩人那裏，也已經及時地「接收」了類似的域外資訊，並以此為契機，「傾向於把側重西方詩風的吸取倒過來為側重中國舊詩風的繼承。」[160]可以說這又成為梁宗岱借了「中西交融」理想最終返回中國古典詩歌立場的一個重要原因。今天，我們可以看到的是，無論是來自法國文學界的讚賞還是來自國內詩歌界的帶動都清晰地表現出了一種「文化誤讀」的本質，波德賴爾的是在「契合」中發現「墳墓後面的光輝」，馬拉美營造的是「由看不可觸摸的石頭建成的宮殿」，對於瓦雷里來說，純詩並非現實感覺的產物，它就是「一種幻覺」，「與夢境很相似」[161]如此鮮明的超驗主義特徵是很難與中國傳統詩思相「交融」的，如果說瓦雷里、羅曼・羅蘭的誤讀是以西方民族不言自明的「意志化」思維覆蓋、裹挾了遙遠的中國詩學趣味，那麼梁宗岱等中國現代詩人則是用我們根深蒂固的「物態化」思維挑選和改動了西方的象徵主義追求，與此同時甚至也暗移了西方的誤讀內容——將西方「意志化」思維的覆蓋、裹挾返轉成為「物態化」思維的自我鞏固。

　　這一誤讀方式及其誤讀過程都不得不引起我們相當的重視。

---

[160] 卞之琳：《戴望舒詩集・序》，《人與詩：憶舊說新》63 頁，三聯書店 1984 年。
[161] 瓦雷里：《純詩》，《現代西方文論選》27 頁，上海譯文出版社 1983 年。

● 中西的交融與交錯

　　當然，梁宗岱的複雜性和認識價值還不僅在於此。事實上，作為一位有著獨特藝術感受能力、又有過早年「異樣」的藝術實踐的詩人，他絕不可能漠視和忽略掉新的藝術品格，他不可能從根本上否認西方詩歌的異樣的經驗，特別是它的新的運行發展現實。

　　於是，我們不難發現，就在梁宗岱看起來圓滿自如、中西交融的詩學闡釋裏，常常都隱含了不少理論細節上的矛盾。這是一位有過「異樣」藝術經驗的詩人在滙入集體性的思維模式之時的必然，而矛盾恰恰是他某種真實藝術體驗的產物，例如，在論及一系列中國古典詩歌的藝術理想之時，其藝術感受的細節不時屢雜進了某些「異樣」的成分來。他以「物我兩忘」的莊禪境界解釋了「契合」，但進一步的描述卻又是這樣的：「這顏色，芳香和聲音底密切的契合將帶我們從那近於醉與夢的神遊物表底境界而達到一個更大的光明───一個歡樂與智慧做成的光明。」[162]這裏的「醉與夢」屬於瓦雷里的用辭，其中已經不自覺地屢雜了西方象徵主義的超驗意識，而「歡樂與智慧做成的光明」則更是西方意志化傳統的自我超越與自我昇華。在這一瞬間，詩人梁宗岱似乎又回到了早年《晚禱》的精神體驗。

　　同樣，就是他在引述具有「宇宙意識」的中國古典詩歌如王維、陳子昂的作品之時，也會情不自禁地感歎道：「不

---

[162] 梁宗岱：《象徵主義》，《詩與真·詩與真二集》77 頁。

過這還是中國的舊詩，太傳統了！我們且談談你們底典型，
西洋詩罷。」[163]於是，「中西交融」的例證便轉向了西方，
在這裏，隱隱浮動的還是詩人對於異域藝術方式的獨特興
趣。我以為，正是從這一獨特的感知需要出發，梁宗岱也同
時道出了西方詩歌的許多民族特性，例如他深刻地指出，瓦
雷里詩歌的獨特之處在於提出了一系列「永久的哲理，永久
的玄學問題：我是誰？世界是什麼？我和世界底關係如何？
它底價值何在？在世界還是在我，柔脆而易朽的旁觀者
呢？」[164]

　　梁宗岱將他的詩論定名為「詩與真」，按照他的說法，
這一命名是受了歌德自傳 Dichtung und Wahrheit 的啟發，
「詩」指的是幻想，而「真」指的是事實，幻想與事實就是
一個人「將畢生追求的對象底兩面」。[165]考慮到梁宗岱早年
《晚禱》中的聖境禮贊，以及後來詩論中也不時流露出來的
對於「光明」境界的嚮往，我甚至懷疑，在少年時代就深受
基督洗禮的梁宗岱的心目中，是不是也一直暗含著對於「真」
的另一重超驗的理解？在基督教的觀念中，上帝就是真理本
身，就是至高無上的真理。「我是道路、真理、生命」，這
是全部基督教信仰的基石。《約翰福音》有云：「我的使命
是我真理作證，我為此而生，為此而來到這個世界上。」「按
照真理辦事的人走向光明，使人們清楚地看見他的行為遵照

---

[163] 梁宗岱：《論詩》，《詩與真·詩與真二集》33 頁。
[164] 梁宗岱：《保羅梵樂希先生》，《詩與真·詩與真二集》22 頁。
[165] 梁宗岱：《詩與真·序》，《詩與真·詩與真二集》5 頁。

上帝的旨意。」當然不是說基督教觀念就支配了梁宗岱的思維，但有過類似的人生履歷也似乎意味著，「真」至少並不就是簡單的「現實」，而是與某種心靈的超越性經驗相聯繫的東西。

我以為，梁宗岱可能存在的對「真」、對「事實」的這樣的理解也充分表現在他關於詩歌與「生活」關係的深刻論述中。

梁宗岱，畢竟是一個有過深刻藝術創作經驗的詩人，雖然他「中西交融」的理想更多地受制於自新月派到現代派的中國詩人的集體誤讀，但他關於詩歌現實經驗的論說卻直接與對徐志摩《詩刊》的批評有關，「《詩刊》作者心靈生活太不豐富」，他是如此鄭重其事提出：「我以為中國今日的詩人，如要有重大的貢獻，一方面要注重藝術底修養，一方面還要熱熱烈烈地生活，到民間，到自然去，到你自己底靈魂裏去，或者，如果你自己覺得有三頭六臂，七手八腳，那麼，就一齊去，隨你底便！總要熱熱烈烈地活著。」[166]有人認為這反映了梁宗岱詩歌觀念中的「現實主義」因素，其實，用過去的現實主義來「修正」所謂象徵主義的「唯心」之弊，這在很大的程度上恐怕都是一相情願的，我們必須從詩人實際的藝術經驗、從他對於詩歌藝術發展的感知出發尋求解釋。從前期象徵主義到後期象徵主義，直到梁宗岱所關注里爾克「詩是經驗」的實踐，西方現代詩歌的發展已經逐漸將內在體驗與外在經驗的雙重意義凸現了出來，到後來葉芝、

---

[166] 梁宗岱：《論詩》，《詩與真·詩與真二集》29 頁。

艾略特的詩歌追求，更是證明了在同時深入外在世界的同時展示心靈活動的價值，並且在根本的意義上看，這一符合西方詩歌潮流的選擇也更加利於解決中國現代新詩在 30 年代以後的出現的問題：在藝術自覺的道路上，人們一味返回到由古典意境所造就的空虛的詩情之中，最終不得不陷入到「詩情乾枯」的窠臼，在這個意義上，只有真正地投入人生，用現實人生的血肉來啟動內在的靈性，中國新詩才可能有光明的未來。這裏所謂的「現實」當然不是那種排斥心靈價值的「主義」，而是詩人自我經驗的一部分。用梁宗岱的話來說，就是詩人應當成為「兩重觀察者」：「他底視線一方面要內傾，一方面又要外向。」「二者不獨相成，並且相生：洞觀心體後，萬象自然都展示一副充滿意義的面孔；對外界的認識愈準確，愈真切，心靈也愈開朗，愈活躍，愈豐富，愈自由。」[167]

　　梁宗岱對於現實生活「經驗」與心靈世界的這種互動性理解接通了前往 40 年代中國新詩的可能，在梁宗岱與馮至以及 40 年代的「新詩現代化」追求之間，也就有了某種十分值得注意的貫通關係。我以為，從某種意義上說，梁宗岱這一論述之於中國現代新詩史的價值決不亞於他的「三大詩論」，其開創價值甚至有過之而無不及。正在這裏，我們又看到了一個充滿生命活力、充滿現實「質感」的梁宗岱，他並不是以學貫中西而著稱，也不是以再一次的重溫中國古典詩歌的藝術境界而名世，他就是一個直面

---

[167] 梁宗岱：《談詩》，《詩與真·詩與真二集》91 頁。

中國新詩當下事實的藝術家，一個昭示了當前創造障礙的極具現代意識的詩人。

九、穆旦：「反傳統」與中國新詩的「新傳統」

　　進入 90 年代以後，隨著西方一系列「反現代化」思想的引入，中國學術界對「現代化」與「現代性」的質疑、重估之聲日漸高漲，中國現代作家所具有的「現代特徵」（即「現代性」）連同我們對它的闡釋一起都似乎變得有點尷尬了。正是在這個時候，一部分學者的質疑和另外一部分學者的勉力回應重新喚起了人們對於「現代」、「現代性」以及「現代化」的思考。而且看來這種思考將不得不經常地觸及到中國新詩史，觸及到開啟中國文學「現代性」追求的「五四」白話新詩，觸及到中國新詩全面成熟的 40 年代。其中，穆旦詩歌也被引入這種「現代性」質疑似乎是一件十分有趣的事：一方面，眾所周知的事實是，作為 40 年代「新詩現代化」最積極的實踐者，穆旦所體現出來的對「現代性」的追求和對傳統詩歌的背棄都十分的醒目，但另一方面，也是這位穆旦，在某些「現代性」質疑者那裏，卻也照樣成了現代詩的成功的典範！[168]

　　我們也不難發現，在某些質疑者對穆旦的肯定當中，包含了這樣一種頗具普遍性的思路，即以穆旦為成功典範的中

---

[168]　參見鄭敏：《世紀末的回顧：漢語言變革與中國新詩創作》，《文學評論》1993 年 3 期。

國現代主義詩歌，與直奔西方「現代性」的「五四」白話新詩大相徑庭。胡適、劉半農們似乎是偏執地追求著明白易懂，因求「白」而放棄了詩歌自身的藝術，而穆旦卻在「奇異的複雜」裏展現了現代詩的藝術魅力，以穆旦為代表的中國現代主義詩歌是對「五四」新詩的「反動」。這種思路固然是甄別了穆旦詩歌與「五四」新詩的藝術差別，但卻完全忽略了穆旦詩歌與「五四」新詩在「現代性」追求上所具有的一致性，而且真正將批評的矛頭直指胡適的是 20 年代的象徵派和 30 年代的現代派，他們的「反動」與穆旦的詩歌選擇恐怕也不能劃等號。這裏，實際上折射了一種詩學理解上的矛盾叢生的現實。我感到，今天是到了該認真討論穆旦詩歌以及中國新詩的「現代特徵」的時候了，我們應當弄清穆旦現代詩藝究竟有何特色，它與文學的「現代化」及「現代性」追求究竟關係如何。

　　如果說「五四」新詩因過於明白淺易而背棄了詩歌藝術自身，自象徵派、現代派至九葉派的中國新詩又是在朦朧、含蓄、晦澀當中探入了藝術的內核；如果說正是晦澀而不是淺易最終構成了從李金髮到穆旦的中國現代主義詩歌的顯著特徵，那麼，這也並不等於說從象徵派、現代派到九葉派都具有完全相通的「成熟之路」，也絕不意味著從李金髮到穆旦，所有的現代詩藝的「晦澀」都是一回事，事實上，正是在如何超越詩的淺易走向豐富的「晦澀」的時候，穆旦顯示了他與眾不同的思路。那麼，就先讓我們將目光主要對準超越胡適，自覺建構「現代特徵」的現代主義詩歌，而且首先就從目前議論得最多的作為現代詩藝成熟的標誌──晦澀談起。

● 晦澀與現代詩藝

　　我想我們首先得去除某些流行的成見，賦予「晦澀」這個術語以比較豐富的涵義，並承認它的確是現代詩歌發展中一種自覺的藝術追求。因為，較之於浪漫主義詩歌那種訴諸於感官的明白曉暢，自象徵主義以降的西方現代主義詩歌顯然更屬於一種契入心靈深處的暗示和隱語。「暗示」將我們精神從平庸的現實中挑離出來，引向更悠遠更永恆的存在，比如，「超驗象徵主義者的詩歌意象常常是晦澀含混的。這是一種故意的模糊，以便使讀者的眼睛能遠離現實集中在本體更念（essentialIdea，這是個象徵主義者們非常偏愛的柏拉圖的術語）之上。」[169]「隱語」又充分調動了語言自身的潛在功能，在各種奇妙的組合裏傳達各種難以言喻的意義，以至有人斷定「詩人要表達的真理只能用詭論語言。」[170]從西方現代詩歌發展的事實來看，朦朧、晦澀、含混這樣一些概念都具有相近的意義，都指向著一種相同的詩學選擇——對豐富的潛在意蘊的開掘和對語言自身力量的凸現。正如威廉・燕蔔蓀所說：「『含混』本身可以意味著你的意思不肯定，意味著有意說好幾種意義，意味著可能指二者之一或二者皆指，意味著一項陳述有多種意義。如果你願意的話，能夠把這種種意義分別開來是有用的，但是你在某一點上將它

---

[169] 查理斯・查德威克：《象徵主義》，見柳楊編評《花非花——象徵主義詩學》5頁，旅遊教育出版社1991年版。

[170] 克林斯・布魯克斯：《詭論語言》，《二十世紀文學評論》上冊 498頁，上海譯文出版社1987年版。

們分開所能解決的問題並不見得會比所能引起的問題更
多，因此，我常常利用含混的含混性……」[171]中國現代主義
詩歌在反撥初期白話新詩那種簡陋的「明白」之時，顯然從
西方現代的「晦澀」詩藝裏獲益匪淺。人們早就注意到了穆
木天、王獨清、戴望舒、何其芳對法國象徵主義詩人如魏爾
倫、蘭波、果爾蒙、瓦雷里等的接受，注意到了卞之琳對葉
芝、艾略特的接受，當然也注意到了當年威廉・燕卜蓀就在
西南聯大講授著他的「晦澀」論，而穆旦成了這一詩歌觀念
的最切近的接受者。至於像穆木天、杜衡等在評論中大談「潛
在意識」，又似乎更是指涉了這一詩歌觀念的深厚的現代心
理學背景。儘管如此，當我們對讀穆旦與李金髮、穆木天、
戴望舒、卞之琳等人的創作時，卻仍然能夠相當強烈地感到
它們各自所達到的「晦澀」境界是大相徑庭的，而且這種差
別也不能僅僅歸結於詩人藝術個性的豐富多彩，因為其中不
少的「晦澀」境界分明具有十分相近的選擇，仿佛又受之於
某種共同的詩學觀念。相比之下，倒是穆旦的詩歌境界最為
特別。這裏，我們可以作一番比照性的闡釋。

　　李金髮詩歌最早給了中國讀者古怪晦澀之感。對此，朱
自清先生描述道：「他的詩沒有尋常的章法，一部分一部分
可以懂，合起來卻沒有意思。」「這就是法國象徵詩人的手
法；李氏是第一個人介紹它到中國詩裏。」[172]就揭示李金髮

---

[171] 威廉・燕卜蓀：《論含混》，《西方現代詩論》296 頁，花城出版社
1988 年版。

[172] 朱自清：《中國新文學大系・詩集》導言，上海良友圖書印刷公司 1935
年版。

與法國象徵主義的聯繫來說，朱自清的這一描述無疑是經典性的。不過仔細閱讀李金髮作品，我們卻可感到，其實它的古怪與晦澀倒好像是另外一種情形，即合起來意思並不難把握——可以說這樣的詩句就可以概括李金髮詩歌的一大半內涵了：「我覺得孤寂的只是我，／歡樂如同空氣般普遍在人間！」（《幻想》）相反，真正難以理解的要麼是他詩行內部的某些意象的組合，要麼是他部分詞語的取意，前者如「一領裂裳不能禦南俄之冷氣／與深喇叭之戰慄」。（《給蜂鳴》）枯寂荒涼的心境不難體味，但這「深喇叭」究竟為何物呢？讀者恐怕百思不得其解。這意象給讀者的只是一種無意義的梗阻。後者如「深谷之回聲，武士之流血，／應在時間大道上之／淡白的光」（同上），「這不多得的晚景，／更使她們愈加·停·滯」（《景》）這「應」和「停滯」都屬於那種乏深意的似是而非之辭，此外也還包括一些隨意性很強的語詞壓縮：「生羽麼 ，太多事了啊」（《題自寫像》）；一些彆扭的文言用語：「華其渙矣，／奈被時間指揮著」（《松下》），作為對這種古怪與晦澀的印證，人們也提供了不少關於李金髮中文、法文水平有限的資料。這便迫使我們不得不面對這樣一個問題，晦澀的美學追求會不會成為將所有的詩歌晦澀都引向「優秀」的辯護詞？須知，一位現代主義詩人「故意的模糊」是一回事兒，而另一位詩人因遣詞造句能力的缺乏導致辭不達意又是一回事兒，但兩種情況又都可能會產生相近的「含混」和晦澀。

當然，李金髮也有著「故意的模糊」，特別是在他描述異國他鄉的愛情心理之時。不過在這些時候，「模糊」並沒

有如法國象徵主義那樣出了意義的豐富性，而只是讓他的詩意變成了一種吞吞吐吐的似曖昧實明確的抒情：「你『眼角留情』／像屠夫的宰殺之預示；／唇兒麼？何消說！／我寧相信你的臂兒。」（《溫柔》）與其說這背後是一種現代主義的「晦澀」精神，還不如說是中國詩歌傳統中「致情貴隱」的含蓄、頓挫之法，「頓挫者，橫斷不即下，欲說又不直說，所謂『盤馬彎弓惜不發』。」[173]雖然西方現代主義的晦澀從中國古典詩歌的這一傳統中獲益不少，但細細辨析，其實兩者仍有微妙的差別，西方現代主義的晦澀是利用暗示和隱語擴充詩歌的內涵，這裏體現的主要不是「曲折」、「頓挫」而是「多義」和「豐富」；而中國古典詩歌的含蓄則主要是對意義的某種遮蓋和裝飾，力求「意不淺露」，但追根究柢，其意義還是相對明確的，故又有云：「詩貴有不盡意，然亦須達意，意達與題清切而不模糊。」[174]

　　對晦澀與含蓄的這種辨析又很自然地讓我們想起了戴望舒，想起了中國象徵派的其他幾位詩人以及現代派的何其芳、卞之琳等人，可以看到，他們所有的這些並不相同的「晦澀」詩歌都不約而同地深得了「含蓄」之三昧。

　　戴望舒抗戰以前的許多抒情詩篇如《不寐》、《煩憂》、《妾薄命》、《山行》、《回了心兒吧》等也同樣是吞吞吐吐、欲語還休的，這裏不是什麼「奇異的複雜」，而是詩人刻意的自然掩飾，而《雨巷》似的朦朧裏也並沒有包涵多少

---

[173] （清）方東樹：《昭昧詹言》。
[174] （清）方薰：《山靜居詩話》。

錯雜的意義，它更像是對一種情調的烘托，而進入人們感覺的這種情調其實還是相當明確的。杜衡在《〈望舒草〉序》中的那句名言也頗有點耐人尋味：「一個人在夢裏洩漏自己底潛意識，而在詩作裏洩漏隱秘的靈魂，然而也是像夢一般地朦朧的。」這固然是對現代精神分析學說的一種運用，但「洩漏隱秘」一語又實在太讓人想起中國古典詩歌的「頓挫」了，所以接下去杜衡便說：「從這種情境，我們體味到詩是一種吞吞吐吐的東西，術語地來說它底動機是在於表現自己與隱藏自己之間。」穆木天、王獨清的詩歌絕沒有李金髮式的古怪和彆扭，他們所追求的頗有音樂感和色彩感的「純粹詩歌」來自善為妙曲的魏爾倫以及「通靈人」蘭波，但好像正因為如此，他們的詩歌境界其實又離中國古典傳統近了許多。很明顯，魏爾倫和蘭波的朦朧在於他們能夠透過看似平淡的描述暗示出一種靈魂深處的顫動，而穆木天、王獨清正是在擇取了那些象徵主義的描述話語後，捨棄了通向彼岸的津梁，「水聲歌唱在山間／水聲歌唱在石隙／水聲歌唱在墨柳的蔭裏／水聲歌唱在流藻的梢上」[175]這一份「若講出若講不出的情腸」分明更接近中國意境的含蓄。類似的色彩和情調我們同樣能夠在何其芳的《預言》中讀到。

卞之琳的詩歌最為撲朔迷離，在這裏 20 世紀西方現代主義詩風的痕跡是顯而易見的。他的一系列的名篇《斷章》、《距離的組織》、《圓寶盒》、《魚化石》、《白螺殼》等都似乎暗藏了玄機奧秘，等待人們去破解。特別是像《距離

---

[175] 穆木天：《水聲》。

的組織》這樣佈滿新舊典故的作品更令人想起了艾略特。但事實上，卞之琳並無意將詩意弄得錯綜複雜，無意以錯綜複雜來誘發我們深入的思考。與艾略特詩歌幽邃的玄學思辨不同，卞之琳更看重一種「點到即止」的哲學的趣味，他不是要展開什麼複雜的思想而是要在無數的趣味的世界流連把玩，自得其樂。當好幾位詩學大家面對他的玄妙而一籌莫展之時，卞之琳卻微微一笑：「這裏涉及存在與覺識的關係。但整首詩並非講哲理，也不是表達什麼玄祕思想而是沿襲我國詩詞的傳統，表現一種心情或意境。」[176]只不過這心情這意境他不願和盤托出罷了。卞之琳說他「安於在人群裏默默無聞，更怕公開我的私人感情」，[177]這似乎又讓我們聽到了杜衡關於戴望舒詩歌的評論，想起了從李金髮到戴望舒的吞吞吐吐，也想起了從穆木天、王獨清到何其芳的情調和意境。於是我們知道，在中國現代主義詩歌「晦澀」的西方外殼底下其實都包含著中國式的含蓄的內核。

　　然而穆旦卻分明抵達了西方現代主義詩歌的理想深處，在他的詩歌裏，我們很難找到穆木天、王獨清、何其芳筆下的迷離的情調和意境。「野獸」淒厲的號叫，撕碎夜的寧靜，生命的空虛與充實互相糾結，掙扎折騰，歷史的軌道上犬牙交錯，希望和絕望此伏彼起，無數的矛盾的力扭轉在穆旦詩歌當中。這裏不存在吞吞吐吐，不存在對個人私情的

---

[176]　卞之琳：《距離的組織》注釋，見《雕蟲紀曆》，人民文學出版社 1984 年增訂版。
[177]　卞之林：《雕蟲紀曆·自序》。

掩飾，因為穆旦正是要在「抉心自食」中超越苦難，卞之琳式的趣味化哲思似乎已不能滿足他的需要，他所追求的正是思想的運動本身，並且他自身的血和肉，他的全部生命的感受都是與這滾動的思想熔為一體，隨它翻轉，隨它衝盪，隨它撕裂或爆炸。面對《詩八首》，面對《從空虛到充實》，面對《控訴》……我們的確也感到深奧難解，但這恰恰是種種豐富（豐富到龐雜）的思想複合運動的結果。閱讀穆旦的詩歌你將體會到，一般用來描繪種種詩歌內涵和情境的種種概括性語言在這裏都派不上用場，它起碼具有這樣幾種複雜的意義結構方式。其一是對某一種生存體驗的叩問與思考，但卻沒有明確無誤的思想取向，而是不斷穿插著自我生存的種種「碎片」，不斷呈示自身精神世界的起伏動盪，歷史幽靈的徘徊與現實生命的律動互相糾纏，紛繁的思緒、豐富的體驗對應著現代生存的萬千氣象。如《從空虛到充實》、《童年》、《玫瑰之歌》、《詩八首》；其二是對某一種人生經歷的復述，但卻不是客觀的寫實；而是包含了詩人諸多超乎常人的想像和感悟。如《還原作用》、《鼠穴》、《控訴》、《出發》、《幻想底乘客》、《活下去》、《線上》、《被圍者》；其三是有意識並呈多種意義形態，使其互相映襯互相對照，引發著人們對人生和世界的多方向的猜想。如《五月》；其四是突出某一思想傾向的同時又暗示著詩人更隱祕更深沉的懷疑與困惑。如《旗》。諸如此類的複雜的意義組合，的確如鄭敏先生所分析的那樣，構成了一個巨大的磁場，「它充分地表達了他在生命中感受到的磁力的撕裂」，而且這種由「磁力的撕裂」所構成的「晦澀」又可能是深得

了西方現代主義的神髓:「一般說來,自從 20 世紀以來詩人開始對思維的複雜化,情感的線團化,有更多的敏感和自覺,詩表現的結構感也因此更豐富了,現代主義比起古典主義、浪漫主義更有意識地尋求複雜的多層的結構。」[178]

意義的擴展,豐富乃至錯雜,從中國詩歌發展的高度來看,這又似乎並不屬於現代主義「晦澀」詩藝的專利,它本身就是中國新詩突破舊詩固有的單純的含蓄品格的一個重要走向(只不過現代主義的「晦澀」是將它格外凸出罷了),也正是在這個取向上,穆旦的選擇不僅不與胡適等白話詩人相對立,而且還有一種深層次的溝通。當年的胡適便是將「高深的理想,複雜的感情」作為白話新詩的一大追求,他的《應該》就努力建構著舊詩所難以表達的多層含義。[179]或許我們今天已不滿意於《應該》水準,但卻不能否認胡適《應該》、《一念》,沈尹默《月夜》、《赤裸裸》,負雪《雨》,黃勝白《贈別魏時珍》等作品的確是中國古典詩學的「含蓄」傳統所不能概括的。就現代主義追求而言,穆旦當然是屬於李金髮—穆木天—戴望舒這一線索之上的,但卻有著與其他的現代主義詩人所不相同的現代觀念,穆旦的詩藝是初期白話詩理想的成功的實踐。在對現代詩歌「意義」的探索和建設上,穆旦無疑更接近胡適而不是李金髮、穆木天,他所體現出來的詩歌的現代特徵也實在更容易讓人想到「現代性」

---

[178] 鄭敏:《詩人與矛盾》,《一個民族已經起來》31 頁、39 頁,江蘇人民出版社 1987 年版。

[179] 胡適:《談新詩》,《中國新文學大系・建設理論集》。

這個概念，而據說這種對西方式的「現代性」的追求正是「首開風氣」的胡適們的缺陷。但問題是穆旦恰恰在「現代性」的追求中取得了巨大的成功。人們經常談論穆旦所代表的新詩現代化是對戴望舒、卞之琳、馮至詩風的進一步發揚，但事實上，是戴望舒、卞之琳及馮至的部分詩作更為「中國化」，而穆旦卻在無所顧忌地「西化」。

● 白話、口語和散文化

　　讓人們議論紛紛的還包括白話、口語及散文化的問題。

　　在對初期白話新詩的批評當中，白話被認為是追躡西方「現代性」的表徵，口語被指摘為割裂了詩歌與文言書面語言的必要聯繫，據稱書面語保留了更多的精神內涵與隱性資訊。按照這種說法，穆旦的價值正在於他「完全擺脫了口語的要求」。至於散文化，當然與「詩之為詩」的「純詩」理想相去甚遠。這都是有道理的，但還是在一些關鍵性的環節上缺乏說明，比如穆旦本人就十分讚賞艾青所主張的詩歌「散文美」及語言的樸素，[180]而且，對初期白話新詩的粗淺白話提出了批評，倡導「純詩」的中國象徵派、現代派詩人，不也同樣受到了西方象徵主義詩學的牽引，不也同樣表現出了另外一種「他者化」的命運麼？

　　於是我們不得不正視詩歌史事實的這種複雜性：穆旦和被目為認同於西方式「現代性」的初期白話詩人具有相近的語言取向，而似乎是「撥亂反正」的中國象徵派，現代派卻

---

[180] 參見杜運燮：《穆旦著譯背後》，《一個民族已經起來》115 頁。

依然沒有掙脫西方式「現代性」的潮流！那麼，究竟應當如
何來甄別這些不同的詩人和詩派？駁雜的事實啟發我們，問
題的關鍵很可能根本就不在什麼西方式的「現代性」那裏，
也不僅令在於對「純詩」理想的建構上，歸根結柢，這是中
國現代詩人如何審視自身的文學傳統，努力發揮自己創造能
力的問題。

　　在文學創作當中，口語和書面語具有不同的意義。書面
語是語言長期發展的結果，沉澱了比較豐厚的人文內涵，但
也可能因此陷入到機械、僵化的狀態；口語則靈活跳動，洋
溢著勃勃的生機，不過並不便於凝聚比較隱晦的內涵。以文
字為媒介的文人文學創作其實都運用著書面語，但這種文學
書面語欲保持長久的生命力卻必須不時從口語中汲取營
養。中世紀的西方文學曾有過拉丁文「統一」全歐洲、言文
分裂的時候，但自文藝復興起，它們便走上了復興民族語
言、言文一致的道路。在這以後，書面化的文學語言也還不
時向口語學習，浪漫主義詩歌運動就是如此。散文化的問題
往往也是應口語學習而生的，強調詩的散文化也就是用口語
的自然秩序來瓦解書面語的僵硬和造作。在華茲華斯那裏，
口語和散文化就是連袂而來的，接下去，象徵主義尤其是前
期象徵主義的「純詩」追求又再次借重了非口語散文化的語
言的力量，但後期象徵主義的一些詩人和 20 世紀的現代派
詩人又強調了口語和散文化的重要性。20 世紀的選擇當然
是更高了一個層次。縱觀整個西方詩歌的語言選擇史，我們
看到的正是西方詩人審時度勢，適時調動口語或書面語的內
在潛力，完成創造性貢獻的艱苦努力。

　　反觀中國詩歌，幾千年的詩史已經形成了言文分裂的格律化傳統，這使詩的語言已經在偏執的書面化發展中喪失了最基本的生命力，相反，倒是小說戲曲中所採用的「鄙俗」的白話還讓人感到親切。白話，這是一種包容了較多口語元素的方面語。初期白話詩人以白話的力量來反撥古典詩詞的僵化，選擇「以文為詩」的散文化方向來解構古典詩歌的格律傳統，從本質上講，這並不是什麼認同於西方式「現代性」的問題，而是出於對中國文學發展境遇，出於對中國詩歌創造方向的真切把握。我們沒有任何證據能夠說明胡適等初期白話詩人沒有自己的詩歌語言感受能力，儘管這能力可能還不如我們所期望的那麼高。如果說西方文化作為「他者」影響過胡適們，那麼這種「他者」的影響卻是及時的和恰到好處的。在人類各民族文化和文學的交流發展過程中，恐怕都難以避免這種來自「他者」的啟示，不僅難以避免，而且還可以說是不必避免！胡適們為中國新詩語言所選擇的「現代性」方向，其實是屬於現代中國文學自身的「現代性」方向，或者也可以說在胡適們這裏，是「西化」推動了中國新詩自我的「現代化」。

　　但從 20 年代的象徵派到 30 年代的現代派，我們卻看到了另外一種語言選擇，從表面上看，這也是一種追躡西方詩歌發展的「西化」形式，但卻具有完全不同的詩學意義。

　　胡適之後，已經「白話化」的中國新詩語言顯然是一步一步地走向了成熟。但人們很快就發覺這種書面語所包涵的「文化資訊」不如文言文。較之於文言文，白話的乾枯淺露反倒給詩人的創作增加了難度，正如俞平伯所說：「我總時

時感到用現今白話做詩的苦痛」，「白話詩的難處，正在他的自由上面。他是赤裸裸的，沒有固定的形式的，前邊沒有模範的，但是又不能胡謅的：如果當真隨意亂來，還成個什麼東西呢！」[181]俞平伯實際上道出了當時的中國詩人所具有的普遍心理：包涵了大量口語的白話文固然缺少「文化資訊」，但仍然以「固定的形式」來掂量它，這是不是仍然體現了人們對於古典詩歌那些玲瓏剔透的「雅言」的眷戀呢？值得注意的是，決意創立「純詩」的象徵派、現代派就是在這樣一種心理氛圍內成長起來的。「純詩」雖是西方象徵主義的詩歌理想，但在我們這裏，卻主要滲透著人們對中國古典詩歌「雅言」傳統的美好記憶。觀察從象徵派到現代派的「純詩」創作，我們便可知道，他們的許多具體措施都來自於中國古典詩歌的語言模式，他們是努力用白話「再塑」近似於中國傳統的「雅言」：飽含中國傳統文化資訊的一些書面語彙被有意識「徵用」，如楊柳、紅葉、白蓮、燕羽、秋思、鄉愁、落花、晨鐘、暮鼓、古月、殘燭、琴瑟、羅衫等等；中國古典詩歌中那種典型的超邏輯的句法結構形式和篇章結構形式也得到了有意識的摹擬和仿造，這是為了同古典詩歌一樣略去語言的「連鎖」，「越過河流並不指點給我們一座橋。」[182]或者就如廢名的比喻，詩就是一盤散沙，粒粒沙子都是珠寶，很難拿一根線穿起來。[183]

---

[181]　何其芳：《夢中道路》，《何其芳文集》2卷，人民文學出版社1983年版。

[182]　同上。

[183]　馮文炳（廢名）：《談新詩》，人民文學出版社1984年版。

　　西方的象徵主義詩歌導引了中國象徵派、現代派詩人的「純詩」理想，但卻是一種矛盾重重的「導引」。西方象徵主義詩歌的語象的選擇，詩句的設置上與中國古詩不無「暗合」，但它們對語句音樂性的近似於神秘主義的理解卻是中國詩人所很難真正領悟的。於是中國詩人是在一邊重述著西方象徵主義的音樂追求，一邊又在實踐中悄悄轉換為中國式的「雅言」理想，[184]這便造成了一種理論與實踐的自我分裂現實，而分裂本身卻似乎證明瞭這些中國詩人缺少如胡適那樣的對中國詩歌語言困境的切膚之感，他們主要是在西方詩歌的新動向中被喚醒了沉睡的傳統的記憶，是割捨不掉的傳統語言理想在掙扎中復活了。這種復活顯然並不出於對中國詩歌語言自身的深遠思考——中國的古典詩歌語言輝煌傳統的映照同時也構成一種巨大的惰性力量，匆忙地中斷口語的沖刷，又匆忙地奔向傳統書面語（雅言）的陣營，這實在不利於真正充實詩的語言生命力，果然，就在 30 年代後期，中國的現代派詩歌陷入了詩形僵死的窘境，以至於他們自己也不得不大呼「反傳統」了：「詩僵化，以過於文明故，必有野蠻大力來始能抗此數千年傳統之重壓而更進。」[185]

　　在這種背景下，我們會發現，穆旦的語言選擇根本不能用「完全擺脫了口語的要求」來加以說明。因為試圖擺脫口語要求的是中國的象徵派和現代派，而穆旦的語言貢獻恰恰

---

[184] 參見吳曉東：《從「散文化」到「純詩化」》，《中國現代文學研究叢刊》1993 年 3 期。

[185] 柯可（金克木）：《雜論新詩》，原載 1937 年 1 月《新詩》第 4 期。

就是對包括象徵派、現代派在內的「純詩」傳統的超越。超越「純詩」傳統使得他事實上再次肯定了胡適所開創的白話口語化及散文化取向，當然這是一種更高層次的肯定，其中凝結了詩人對「五四」到 40 年代 20 年間中國新詩語言成果的全面總結，是新的口語被納入到書面語的新的層次之上。

在總結以穆旦為代表的九葉詩派的成就時，袁可嘉先生指出：「現代詩人極端重視日常語言及說話節奏的應用，目的顯在二者內蓄的豐富，只有變化多，彈性大，新鮮，生動的文字與節奏才能適當地，有效地，表達現代詩人感覺的奇異敏銳，思想的急遽變化，作為創造最大量意識活動的工具。」[186]袁可嘉先生的這一認識與穆旦對艾青語言觀的推崇，都表明著一種理性探索的自覺。

穆旦的詩歌全面清除了那些古色古香的詩歌語彙，換之以充滿現代生活氣息的現代語言，勃朗寧、毛瑟槍、Henry 王、咖啡店、通貨膨脹、工業污染、電話機、獎章……沒有什麼典故，也沒有什麼「意在言外」的歷史文化內容，它們就是普普通通的口耳相傳的日常用語，正是這些日常用語為我們編織起了一處處嶄新的現代生活場景，迅捷而有效地捕捉了生存變遷的真切感受。已經熟悉了中國象徵派、現代派詩歌諸多陳舊語彙的我們，一進入穆旦的語言，的確會感到「莫大的驚異，乃至稱羨。」[187]與此同時，散文化的句式也

186　袁可嘉：《新詩現代化》，見《論新詩現代化》6 頁，三聯書店 1988 年版。
187　唐弢：《憶詩人穆旦》，見《一個民族已經起來》。

取代了「純詩」式的並呈語句，文法的邏輯性取代了超邏輯超語法的「雅言」。穆旦的詩歌不是讓我們流連忘返，在原地來回踱步，而是推動著我們的感受在語流的奔湧中勇往直前：「我們做什麼？我們做什麼？／生命永遠誘惑著我們／在苦難裏，渴尋安樂的陷阱，／唉，為了它只一次，不再來臨。」（《控訴》）散文化造就了詩歌語句的流動感，有如生命的活水一路翻滾，奔騰到海。在中國現代主義詩歌陣營中，這無疑是一種全新的美學效果。

當然，對於口語，對於散文化，穆旦都有著比初期白話詩人深刻得多的理解，他充分利用了口語的鮮活與散文化的清晰明白，但卻沒有像三四十年代的革命詩人那樣口語至上，以至詩歌變成了通俗的民歌民謠或標語口號，散文化也散漫到放縱，失卻了必要的精神凝聚。穆旦清醒地意識到，文學創作的語言終歸是一種書面語，所有的努力都不過是為了給這種書面語注入新的生命的活力。因而在創作中，他同樣開掘著現代漢語的書面語魅力，使之與鮮活的口語，與明晰的散文化句式相互配合，以完成最佳的表達。我們看到，大量抽象的書面語彙湧動在穆旦的詩歌文本中，連詞、介詞、副詞，修飾與被修飾，限定與被限定，虛記號的廣泛使用連同辭彙意義的抽象化一起，將我們帶入到一重思辨的空間，從而真正地顯示了屬於現代漢語的書面語的詩學力量。（所有的這些「抽象」都屬於現代漢語，與我們古代書面語的「雅言」無干）同時，書面語與口語又是一組互為消長的力量，現代漢語書面語功能的適當啟用又較好地抑制了某些口語的蕪雜，修整了散文化可能帶來的散漫。袁可嘉先生當

年一再強調對口語和散文化也要破除「迷信」賦予新的理解，這一觀點完全被視作是對穆旦詩歌成就的某種總結。袁可嘉認為：「即使我們以國語為準，在說話的國語與文學的國語之間也必然仍有一大種選擇，洗煉的餘地。」而「事實上詩的『散文化』是一種詩的特殊結構，與散文化的『散文化』沒有什麼關係」。[188]

穆旦的這一番努力可以說充滿了對現代口語與現代書面語關係的嶄新發現，它並不是對口語要求的簡單「擺脫」，而是在一個新的高度重新肯定了口語和散文化，也賦予了書面語新的形態。也許我們仍然會把穆旦的努力與 20 世紀西方詩人（如葉芝、艾略特）的語言動向聯繫在一起，但我認為，比起穆旦本人對中國詩歌傳統與中國新詩現狀的真切體察和深刻思考來，他對西方詩歌新動向的學習分明要外在得多、次要得多。如果說穆旦接受了西方 20 世紀詩歌的的「現代性」，那麼也完全是因為中國新詩發展自身有了創造這種「現代性」的必要，創造才是本質，借鑒不過是靈的一種溝通方式。較之於初期白話詩，穆旦更能證明這一「現代性」的創造價值。

● 傳統：過去、現在與未來

通過以上的討論，我們似乎可以看出，包括穆旦詩歌在內的中國現代新詩的種種「現代特徵」，其實都包含著對西方詩歌現代追求的某種認同。有意思的在於，所有對西方詩

---

[188] 袁可嘉：《對於詩的迷信》，《論新詩現代化》67 頁。

歌現代追求的認同卻沒有導致相同的「現代性」，從胡適開始，卻以中國現代主義詩歌發展最為典型的「現代化」之路曲曲折折、峰巒起伏，難怪有人會將胡適擠向那粗陋的一端，又把穆旦隨心所欲地拉向另外的一端，也難怪有人會在審察胡適的「現代性」之時，有意無意地忽略了胡適的批評者們同樣擁有的「現代性」。

　　現在我們感興趣的是，為什麼同樣追蹤著西方現代主義詩歌的發展，會有如此不同的效果？當然在前面的分析中我們已經知道，這其中暗藏著一個更富實質意義的問題，即中國現代詩人如何面對西方的啟示，完成自身的創造性貢獻，是對既有創作格局的突破，還是有意識的回歸？是「他者化」還是「他者的他者化」？

　　於是，問題又被引到了一個關鍵性的所在：中國詩人究竟怎樣理解自己的「傳統」，他們如何處理自己的創作方向與傳統的關係，因為正是理解和處理的不同，才最終形成了中國新詩各不相同的「現代特徵」。

　　什麼是傳統？什麼是與我們發生著關係的傳統？我想可以這樣說，傳統應當是一種可以進入後人理解範圍與精神世界的歷史文化形態。這樣對傳統的描述包涵著兩個要點，首先，它是一種歷史文化形態，只有是一種具有相對穩定性的文化形態，才可以供後人解讀和梳理。用 T・艾略特的話講，就是今天的人「不能把過去當作亂七八糟的一團。」其次，它還必須能有效地進入到後人的理解範圍與精神世界，與生存條件發生了變化的人們對話，並隨著後人的認知的流動而不斷「啟動」自己，「展開」自己，否則完全塵封於歷

史歲月與後人無干的部分也就無所謂是什麼「傳統」了。這兩個要點代表了「傳統」內部兩個方向的力量。前者維護著固定的較少變化的文化成分，屬於歷史的「過去」，後者洋溢著無限的活力，屬於文化最有生趣和創造力的成分，它經由「現在」的激發，直指未來；前者似乎形成了歷史文化中可見的容易把握的顯性結構；後者則屬於不可見的隱性結構，它需要不斷的撞擊方能火花四濺；前者總是顯示歷史的輝煌，令人景仰也給人心理的壓力，後者則流轉變形融入現實，並構成未來的「新傳統」，「歷史的意識又含有一種領悟，不但要理解過去的過去性，而且還要理解過去的現實性」，「就是這個意識使一個作家成為傳統的」，「現存的藝術經典本身就構成一個理想的秩序，這個秩序由於新的（真正新的）作品被介紹進來而發生變化。」[189]

　　但是，在長期以來形成的原道宗經的觀念中，中國人似乎更注意對傳統的維護而忽略了對它的激發和再造。人們往往不能準確地把握「反傳統」與「傳統」的有機聯繫，不能肯定自覺的反傳統本身就是對傳統結構的挖掘和展開，本身就是對新的傳統的構成，當然也很難繼續推動這種「反傳統」的「新傳統」。我們對胡適等初期白話詩人的批評就是這樣，其實胡適們對日益衰落的中國古典詩歌的「革命」本身就是與傳統的一種饒有意味的對話，正是在這種別具一格的「反傳統」詰問下傳統被扭過來承繼著，生長著──漢語詩歌的

---

[189] T・艾略特：《傳統與個人才能》，《西方現代詩論》73 頁，花城出版社 1988 年版。

歷史經由胡適的調理繼續向前發展。同樣穆旦的價值也並未獲得準確的肯定，因為如果過分誇大穆旦與胡適的差別，實際上也就不能說明穆旦的全部工作的價值亦在於對傳統生命的再啟動，更無法解釋由穆旦的全新的創造所構成的中國新詩的新傳統。

相反，我們從感情上似乎更能接受中國新詩的象徵與現代派，因為它們直接將承襲的目標對準了那輝煌的傳統本身。只是有一個嚴峻的事實被我們忽略了，即這種單純的認同其實並不足以為中國新詩的生長提供強大的動力，因為，每當我們在為歷史的輝煌而嘆服之時，我們同時也承受了同等份量的心理壓力，是中國古典詩歌傳統的光榮限制了我們思想的自由展開，掩蓋了我們未來的夢想。還是 T‧艾略特說得好：「如果傳統的方式僅限於追隨前一代，或僅限於盲目的或膽怯的墨守前一代成功的地方，『傳統』自然是不足稱道了。我們見過許多這樣單純的潮流一來便在沙裏消失了；新穎卻比重複好。傳統的意義實在要廣大得多。它不是承繼得到的，你如要得它，你必須用很大的勞力。」[190]

穆旦顯然是使出了「很大的勞力」。穆旦詩歌的「現代性」之所以有著迄今不衰的價值，正在於他使用「很大的勞力」於詩歌意義的建構，於詩歌語言的選擇，從而突破了古典詩歌的固有格局。他在反叛古典的「雅言化」詩歌傳統的時候，勘探了現代漢語的詩歌潛力。正是在穆旦這裏，我們不無激動地看到，現代漢語承受著較古典式「含蓄」更意味

---

[190] 同上。

豐厚也層次繁多的「晦澀」；現代漢語的中國詩照樣可以在
自由奔走的詩句中煽動讀者的心靈，照樣可以在明白無誤的
傳達中引發人們更深邃的思想，傳達的明白和思想的深刻原
來竟也可以這樣的並行不悖；詩也可以寫得充滿了思辨性，
充滿了邏輯的張力，甚至抽象，拋開了士大夫的感傷，現代
中國的苦難意識方得以生長，拋開了虛靜和恬淡，現代中國
詩人活得更真實更不造作，拋開了風花雪月的感性抒情，中
國詩照樣還是中國詩，而且似乎更有了一種少見的生命的力
度。總之，穆旦運用現代漢語嘗試建立的現代詩模式，已經
拓寬了新詩的自由生長的空間，為未來中國新詩的發展創造
了一個良好的條件。從這個意義上講，穆旦的「反傳統」不
正是中國詩歌傳統的新的內涵麼！

附錄

走向新詩本體
——《中國現代新詩與古典詩歌傳統》讀後

葉世祥

　　1994 年春，李怡著《中國現代新詩與古典詩歌傳統》在重慶出版。這個時候，北京那場由鄭敏先生的長文《世紀末的回顧：漢語語言變革與中國新詩創作》引發的關於傳統與現代關係的論爭正轟轟烈烈地進行著。對於背負著傳統艱難地走在現代化征程上的國人來說，一個多世紀以來「傳統／現代」的二元對抗雖然一直頑強地深植於意識之中，但是，第三世界的文化處境使得渴望現代化的國人在有來無往的權威性的第一世界話語的榮光面前，很難真正平等地把本土傳統納入學術視野。在 90 年代「文化轉型」的時代語境之中，傳統與現代的關係問題似乎又獲得了重新闡釋的可能。這種背景之下，捧讀李怡的新著，益發顯得意味深長。我最初的強烈感受是，沒有直接介入這場論爭的李怡，卻遙相呼應「不失時機」地作出了有分量的發言。當然，李怡本書的寫作時間稍早於這場論爭，他無聲地「加入」

這場論爭不無偶然，但這種機緣往往也只屬於具有敏銳學術觸覺的學者。

新詩研究長期以來未能跳出「傳統／現代」的魔圈。「五四」反傳統之激烈與中國現代詩人在回應外國文學潮流之時所一再呈現出的果敢、敏捷和熱情，極易使研究者站在文化激進主義的立場上更多地看到新詩與外國文學的關係。就像保羅・德・曼那個某種的「洞見／不見」的批評模式所認為的那樣，「不見」成了「洞見」產生的前提和條件，批評家正是在對問題的一些方面的壓抑和忽略的「不見」中，問題的另一些方面才得以凸現。古典詩歌傳統之於新詩，正是長期處於「不見」之中，也就是說，中國現代新詩在由草創走向成熟的演變當中，外國文學的濃度逐漸增強的事實往往掩蓋了古典詩歌傳統也同樣在新詩發展過程中加濃這一事實。當然，這種傾向在 80 年代以來的新詩研究中，尤其在 80 年代末以來在「重估現代性」的旗幟下文化保守主義復活的整體文化氛圍中得到一定的克服。這種克服本身滋長出的另一種貌似相反的高揚傳統的傾向，實際上仍然沒有在思維上呈現出一種超越。這種傾向不再先在地將本土文化視為落後文化，但它在迴避了西方式的觀看角度的同時又過分強調本土文化的特殊性和文化的不可通約性，強調傳統的「古典性」的特殊的人文和美學價值，力圖建構自身的固定而抽象的「本質」。這種以強調相對性的文化觀來凸現「傳統」魅力的努力，仍然在潛意識中把「現代」視為「傳統」展示自身的強勁假想敵。總之，新詩研究的歷史就是在這樣的兩難選擇的困境之中走過來的。年輕的李怡在新詩研究方面已

取得不菲的成果，這樣毫無退路地自蹈魔圈，他能走出這種困境嗎？

我的回答是肯定的。李怡注目古典詩歌傳統對新詩的影響，遠不是為了在「傳統／現代」的二元對抗中作出一種選擇，而是超越這種二元對抗尋找一種新的可能：走向新詩本體。

誠如李怡在該書的導論中指出的那樣，「走向……本體」、「回到……本身」都曾是 80 年代中國現代文學研究的相當重要的口號。這種口號所昭示的只是對學術研究中非學術的政治性因素的摒棄，這當中其實仍然包含著非學術的情緒化的政治熱情。李怡倡導的「走向新詩本體」顯然已毫無這種非學術的政治性的激動，而是冷靜的「純粹」學術意義上的接近物件真實的行為指向。與其說李怡意識到為西方詩歌發展所驗證了的一些基本概念不會給中國新詩闡釋提供多少的便利才去求助古典詩歌傳統，倒不如說李怡在對新詩的研讀過程中至深地體認到繞開古典詩歌傳統就無法認識新詩的本來面目才那麼對古典詩歌傳統情有獨鍾。中國新詩自有其特定的「語碼」，外來的概念往往與這些「語碼」很不相同，走向新詩本體的精義即從新詩自身的語言編碼和文化編碼入手，來探討新詩的歷史存在。這種追求，具有很強的「文化針對性」。「文化針對性」這一理論性概念是美術評論家尹吉男先生提出來的，它指的是生活在中國現代文化背景的學者沒有必要回答純屬某個西方國家的特殊問題，而應當在回答中國問題的同時，去回答人類的共同問題。李怡又是在諳熟、體認西方詩歌對中國現代新詩的影響的前提下來追求這種深層次的「文化針對性」的，這樣，「走

向新詩本體」的努力,就避免了褊狹而具有了一種宏闊的視野。李怡雖然主要著力於梳理古典詩歌傳統在中國詩歌的「現代」征途上的種種顯現、變異和轉換,但在這個層面展開論述時卻清醒地把持著另一個維度,即西方詩學觀念對中國詩歌「現代」取向的種種影響,它怎樣受到古典詩歌傳統之限制、侵蝕和擇取,最終到底留下了什麼。比如,在重點論述比興傳統在新詩創作中的具體顯現和變異時,適時地聯繫到中國新詩對西方詩歌中的明喻、隱喻、象徵的融解消化,雖點到為止,卻使立論飽滿公允,而且頗具說服力地說明了「新的生命體的生成總是對固有生命質素的利用、組合和調整,外來的能量是重要的,但外來的影響終究也要調動固有生命系統的運動才能產生作用」。

　　通讀全書,我感到李怡「走向新詩本體」的努力是相當成功的。他對新詩自身的語言編碼和文化編碼的體認極富創見。像第一章「物態化與中國現代新詩的文化特徵」,發前人之未發,將中國古典詩歌的思維方式概括為「物態化」(即古典詩歌的理想境界之中,個人的情感專利被取締了,自我意識泯滅了,人返回到客觀世界的懷抱,成為客觀世界的一個有機成分,恢復到與山川草木、鳥獸蟲魚親近平等的地位,自我物化了),並在與「物態化」相對應的意義上將西方詩歌的文化特徵概括為「意志化」(即西方詩歌始終保持著對詩人主觀意志的肯定和推重,詩人主體的意志性高於一切,客觀外物是被操縱被超越的物件,詩的世界成為一個為自我意識所浸染的世界,詩人們著力於自然的「人化」而不是自我的「物化」),進而以「物態化」是中國現代新詩的

民族根性，「意志化」是西學東漸時代的必然趨向為立論前提，剖析了中國現代新詩史上，「物態化」與「意志化」互相纏繞、抵牾和融合的複雜情狀，使我們對新詩的風貌有了更深邃的洞見。那精彩的剖析，使我們不時領略到窺視新詩奧秘的快慰。例如，為什麼中國新詩在西學東漸的時代卻未能向西方詩學的深層系統作進一步的推進，新詩中無論是個人情緒的波瀾或者是抽象形態的意念都始終沒有與最深厚的生命本體的幽邃世界貫通起來，生命自身的意義從來沒有被懷疑、被重新估量？諸如此類的困惑，一旦讀到李怡的精到分析（新詩發展過程中「意志化」的鋒芒不斷受到「物態化」需要的包裹、消化），我們會在恍然大悟中，感到更親切更逼近地走進了中國現代新詩的本體。這種讓人感到驟然間真切地走進了新詩本體的閱讀快慰幾乎在閱讀該書的每個章節時都能享受到。無論是對屈騷與新詩的自由形態、魏晉唐詩宋詞與新詩的自覺形態、宋詩與新詩的反傳統趨向、《國風》《樂府》與新詩的歌謠化趨向的論述，還是對胡適、郭沫若、聞一多、徐志摩、戴望舒、何其芳、卞之琳七位詩人與古典詩歌傳統相交會的個體性特徵的解剖，無不讓我們感到驚喜的發現——原以為並不陌生的新詩世界裏竟然有著這番如此陌生又熟悉的天地！時下見多了將一篇論文東「拉」西「扯」拼湊成的專著，讀李怡這部學術資訊密集含金量極高的新著，更添一份驚喜。

　　李怡「走向新詩本體」的追求，為新詩研究展開了一片寬廣的學術境域，已經納入他的探索視野的新詩的分流與整合、新詩的「詩」學內涵、新詩的形式意識等，都是相當誘

人的課題。我相信，隨著「走向新詩本體」課題的系列展開，李怡的新詩研究會更加令學界矚目。

後記

　　進入新詩的本體研究，這僅僅是一個構想。本書又只是
這一構想的初步。因為，顯而易見的是，單純從中國古典傳
統的現代演化這一角度出發，仍然不足以完全展示中國新詩
在多種文化交會下的「立體形象」，至少，我們應當從中國與
西方兩個方向同時出發，才可能進一步接近物件的「真實」。
只是，由於中國詩歌傳統對現代的影響過分蕪雜，非詳盡討論
不能呈現其豐富的細節，這便「先期」誕生了本書的選題，誕
生了一些還嫌單薄的分析，其中的偏頗性大約只有留待於下一
個課題《中國現代新詩的現代化》來加以救正了。

　　一些前輩專家關心著本書的寫作。其中，特別值得一提
的是北京大學的錢理群先生、山東師大的呂家鄉先生以及聊
城師院的宋益喬先生。他們不棄後學，對我的研究鼓勵再
三，又以學者的睿智提醒我注意有關的問題。呂家鄉先生提
醒我慎用「原型」一詞，宋益喬先生在一封長達數千言的來
信中就新詩「尚未定型」的問題作了相當精彩的闡述，並切
中肯綮地提出：「就你這個選題而言，我覺得須避免的一點
是，莫把本土根源和外來影響過分搞得壁壘嚴明，特別是對
前者的肯定程度須有點分寸。」還是在本書的構想之初，錢
理群先生就給予了很大的支持，並始終關心著本書的寫作進
程，其間，又直言不諱地提出了許多重要的批評意見，特別

要求我注意避免「歷史決定論」的陷阱。今天，在全書完成，即將付梓的時候，我重讀著這一封封來信，心情頗為複雜，或許現在的成稿仍然沒有很好地融化諸位師長的悉心指導，以至留下許許多多的錯失、遺憾，那麼，就把這些真知灼見作為我下一步思考的新的基礎吧。

1987 年，我懷著惴惴不安的心情把一篇《李金髮片論》投向了《中國現代文學研究叢刊》。大約正是從這一時刻開始，我那燦爛一時的「作家夢」逐漸淡遠了，另一條所謂的「學術之路」開始在腳下延伸（我至今也說不清這是一種幸運還是不幸）。在這顯然是分外寂寞的旅途中，我先後得到了許多師長的關懷。那些遠在北京的師長給了我最初的也是最無私的幫助，他們是侯玉珍、王信、盧濟恩、王世家、高遠東、吳福輝、錢理群、劉納、黃侯興、童慶炳、王一川、王超冰。《中國現代文學研究叢刊》、《文學評論》、《名作欣賞》、《魯迅研究月刊》、《西南師大學報》、《中州學刊》諸編輯也長期支持著我的研究。值得一提的是，其中的不少師長、朋友都還未曾謀面，僅僅只有一點淡淡的文字之交。就在《李金髮片論》已經發表了五年之後，我才偶然知道，該文的發稿編輯就是錢理群老師，而且五年來他竟然還一直在關心著我的發展。或許，這就是「中國現代文學精神」吧，那是一種聚合在共同的思想信念之下的人生態度和學術態度，是對於數千年實利主義原則的背棄。在世紀之末，在物質文明迅速發展的強大漩渦裏，當我們的生存再次陷入實利主義的泥淖，而「虛無黨」們做戲不已的時候，「中國現代文學精神」乃學術之幸，歷史之幸！

　　北京師範大學王富仁老師和藍棣之老師的諄諄教誨尤其令人難忘。

　　藍棣之老師直接影響了我對新詩的興趣，在我好些篇論文的寫作之中，他都給予了指導。他的新詩專論《正統的與異端的》一書是我閱讀次數最多的著作之一，每讀一遍，我都能從字裏行間中獲得新的感受和啟發。

　　我的學術研究之門是由王富仁老師領著進入的，他對我的教導和影響自不待言。但是，今日思之，我又深深感到，我從他那裏所獲得的東西又遠在學術之外，這似乎更值得珍惜。從 1985 年到現在已經將近十年了，在我人生旅程的每一個重要時刻，都可以感到來自於他的巨大的意志力量和情感力量，那是一種在我們這個古老的文明之國、「禮儀之邦」裏所不可多得的真誠的人際友愛。在我們所熟悉的那張張面孔（複雜的冷臉與誇張的熱臉）之外，它昭示了另一種人格境界。如今，在我的第一本小書即將問世之際，我很難用語言來表達我的感情。當世界「爬行在懦弱的，人和人的關係間／化無數的惡意為自己營養」（穆旦），還有什麼比真誠更寶貴的呢？

李怡

1994 年農曆新年於西南師大龍江村

　　又及：

　　就在本書初版問世十餘年後，承蒙秀威資訊科技股份有限公司及宋如珊女士不棄，將拙作新版收入「大陸學者叢

書」，使之有機會在更大的華文世界內傳播交流，對此，我謹表現最衷心的感激！

李怡

補記於 2006 年 9 月，北京

國家圖書館出版品預行編目

中國新詩的傳統與現代 / 李怡著.
　-- 一版. -- 臺北市：秀威資訊科技, 2006[民 95]
　　面；　公分

　　ISBN 978-986-6909-01-6(平裝)

　　1. 中國詩 – 歷史 – 現代(1900-)　2. 中國詩 – 評論
820.9108　　　　　　　　　　　　95019224

中國新詩的傳統與現代

作　　者 / 李怡
發 行 人 / 宋政坤
主　　編 / 宋如珊
執行編輯 / 賴敬暉
圖文排版 / 陳穎如
封面設計 / 莊芯媚
數位轉譯 / 徐真玉　沈裕閔
銷售發行 / 林怡君
網路服務 / 徐國晉
出版印製 / 秀威資訊科技股份有限公司
　　　　　台北市內湖區瑞光路 583 巷 25 號 1 樓
　　　　　電話：02-2657-9211　　　傳真：02-2657-9106
　　　　　E-mail：service@showwe.com.tw
經 銷 商 / 紅螞蟻圖書有限公司
　　　　　台北市內湖區舊宗路二段 121 巷 28、32 號 4 樓
　　　　　電話：02-2795-3656　　　傳真：02-2795-4100
　　　　　http://www.e-redant.com

2006 年 10 月 BOD 一版
定價：460 元

讀者回函卡

感謝您購買本書，為提升服務品質，請填妥以下資料，將讀者回函卡直接寄回或傳真本公司，收到您的寶貴意見後，我們會收藏記錄及檢討，謝謝！如您需要了解本公司最新出版書目、購書優惠或企劃活動，歡迎您上網查詢或下載相關資料：http:// www.showwe.com.tw

您購買的書名：＿＿＿＿＿＿＿＿＿＿＿＿＿＿＿＿＿＿＿＿＿＿＿＿

出生日期：＿＿＿＿年＿＿＿＿月＿＿＿＿日

學歷：□高中 (含) 以下　　□大專　　□研究所 (含) 以上

職業：□製造業　□金融業　□資訊業　□軍警　□傳播業　□自由業
　　　□服務業　□公務員　□教職　　□學生　□家管　　□其它＿＿＿

購書地點：□網路書店　□實體書店　□書展　□郵購　□贈閱　□其他

您從何得知本書的消息？

　□網路書店　□實體書店　□網路搜尋　□電子報　□書訊　□雜誌

　□傳播媒體　□親友推薦　□網站推薦　□部落格　□其他＿＿＿＿＿

您對本書的評價：(請填代號　1.非常滿意　2.滿意　3.尚可　4.再改進)

　封面設計＿＿　版面編排＿＿　內容＿＿　文／譯筆＿＿　價格＿＿

讀完書後您覺得：

　□很有收穫　□有收穫　□收穫不多　□沒收穫

對我們的建議：＿＿＿＿＿＿＿＿＿＿＿＿＿＿＿＿＿＿＿＿＿＿＿＿

＿＿＿＿＿＿＿＿＿＿＿＿＿＿＿＿＿＿＿＿＿＿＿＿＿＿＿＿＿＿＿＿

＿＿＿＿＿＿＿＿＿＿＿＿＿＿＿＿＿＿＿＿＿＿＿＿＿＿＿＿＿＿＿＿

＿＿＿＿＿＿＿＿＿＿＿＿＿＿＿＿＿＿＿＿＿＿＿＿＿＿＿＿＿＿＿＿

11466
台北市內湖區瑞光路 76 巷 65 號 1 樓

秀威資訊科技股份有限公司　　　收

BOD 數位出版事業部

....

（請沿線對折寄回，謝謝！）

姓　　名：＿＿＿＿＿＿＿＿＿　年齡：＿＿＿＿　性別：□女　□男

郵遞區號：□□□□□

地　　址：＿＿＿＿＿＿＿＿＿＿＿＿＿＿＿＿＿＿＿＿＿

聯絡電話：(日)＿＿＿＿＿＿＿＿＿＿　(夜)＿＿＿＿＿＿＿＿＿＿

E-mail：＿＿＿＿＿＿＿＿＿＿＿＿＿＿＿＿＿＿＿＿